Valeria en blanco y negro

Elísabet Benavent. La publicación de *En los zapatos de Valeria*, *Valeria en el espejo*, *Valeria en blanco y negro*, *Valeria al desnudo*, *Persiguiendo a Silvia*, *Encontrando a Silvia*, *Alguien que no soy*, *Alguien como tú*, *Alguien como yo*, *El diario de Lola*, *Martina con vistas al mar*, *Martina en tierra firme*, *Mi isla*, *La magia de ser Sofía*, *La magia de ser nosotros*, *Este cuaderno es para mí*, *Fuimos canciones*, *Seremos recuerdos*, *Toda la verdad de mis mentiras* y *Un cuento perfecto* se ha convertido en un éxito total de crítica y ventas con más de 2.000.000 de ejemplares vendidos. Sus novelas se publican en 10 países y los derechos audiovisuales de la Saga Valeria se han vendido para su adaptación televisiva. En la actualidad colabora en la revista *Cuore*, se ocupa de la familia Coqueta y está inmersa en la escritura.

Para más información, visita la página web de la autora:
www.betacoqueta.com

También puedes seguir a Elísabet Benavent en Facebook, Twitter e Instagram:
f BetaCoqueta
🐦 @betacoqueta
📷 @betacoqueta

Biblioteca
ELÍSABET BENAVENT

Valeria en blanco y negro

DEBOLS!LLO

Papel certificado por el Forest Stewardship Council®

MIXTO
Papel procedente de
fuentes responsables
FSC® C117695
FSC
www.fsc.org

Primera edición en Debolsillo: septiembre de 2015
Décima reimpresión: mayo de 2020

© 2013, Elísabet Benavent Ferri
© 2014, Penguin Random House Grupo Editorial, S.A.U.
Travessera de Gràcia, 47-49. 08021 Barcelona

Penguin Random House Grupo Editorial apoya la protección del *copyright*.
El *copyright* estimula la creatividad, defiende la diversidad en el ámbito de las ideas
y el conocimiento, promueve la libre expresión y favorece una cultura viva.
Gracias por comprar una edición autorizada de este libro y por respetar las leyes del *copyright*
al no reproducir, escanear ni distribuir ninguna parte de esta obra por ningún medio sin permiso.
Al hacerlo está respaldando a los autores y permitiendo que PRHGE continúe publicando libros
para todos los lectores. Diríjase a CEDRO (Centro Español de Derechos Reprográficos,
http://www.cedro.org) si necesita fotocopiar o escanear algún fragmento de esta obra.

Printed in Spain – Impreso en España

ISBN: 978-84-9062-898-0
Depósito legal: B-15.760-2015

Impreso en Novoprint
Sant Andreu de la Barca (Barcelona)

P628980

Penguin
Random House
Grupo Editorial

*Para María, porque si intento decir lo mucho
que la quiero, me quedo sin palabras.*

1

Víctor estaba arrodillado en la cama, desnudo. Glorioso desnudo el de Víctor, por cierto. Llevaba el pelo revuelto y tenía las sienes húmedas por el esfuerzo. Sus brazos y sus muslos se ponían en tensión rítmicamente, acompañados por el compás de unos jadeos que empezaban a ser secos y violentos. Su pecho se hinchaba… Ese pecho tan masculino, marcado, fuerte y cubierto de la cantidad perfecta de vello que se estrechaba hacia abajo hasta recorrer su estómago en una delgada línea. Y debajo de ella el vaivén entre sus caderas y las mías.

Me tenía cogida por los muslos y me levantaba a su antojo para permitir la penetración. Yo estaba arqueada, desmadejada y a su merced, porque no sé qué tenía aquella postura que siempre hacía que me olvidara de todas mis penas y, sobre todo, de ese nuevo régimen que regulaba nuestra relación. Ya se sabe. No somos novios, no nos pedimos explicaciones, no sabemos del otro más que lo que

9

el otro quiere que sepamos. Un asco, vamos; al menos para mí. Yo lo que quería era otra cosa: una relación, de las que cuando se termina con el sexo se jura amor eterno.

Pero vaya, que cuando Víctor me sostenía las piernas así, ya podía decirme que a partir de ese día me iba a mandar solo telegramas en morse, que a mí me iba a dar igual.

Víctor echó la cabeza hacia atrás y gimió de esa manera que me gustaba tanto, con los dientes apretados. Ese gemido activó un interruptor interior que a su vez me provocó un cosquilleo en las piernas y un leve temblor que me recorrió en dirección ascendente. Me contuve. No quería terminar tan pronto. Balanceé las caderas hacia él sintiendo más fricción cuando su erección se me clavaba.

—Me tienes loco… —murmuró—. Soy adicto a esto, joder. No dejaría de follarte nunca.

Lancé algo que quiso ser un suspiro contenido pero que sonó a alarido y me agarré a las sábanas.

—Más, más… No pares —le pedí.

Víctor aceleró el movimiento y los pezones se me endurecieron cuando una corriente eléctrica me azotó entera, insistiendo en mi sexo. Ni siquiera pude gritar cuando sentí que mi cuerpo explotaba en un orgasmo intenso y jugoso. Me quedé desplomada en la cama, como en coma, y dejé que Víctor siguiera moviéndose hasta que empezó a correrse dentro de mí y ralentizó su movimiento.

—Joder… —gruñó.

El vaivén entre los dos paró del todo y Víctor se quedó unos segundos en mi interior, con los ojos cerrados. En aquellos segundos siempre daba la sensación de que paladeaba despacio el momento, como si fuéramos una pareja que hace el amor y no dos personas que follan. Después, como siempre, se desvaneció esa impresión y se dejó caer a mi lado en la cama, mirando al techo.

A veces Víctor se giraba y me decía algo. Algo tonto, claro, porque ¿qué vas a decir en ese momento si no es «te quiero»? Pues algo como «guau», «ha estado genial» o «dame media hora para repetirlo». Yo prefería aquellas veces que, como esta, se quedaba callado. Las mujeres somos así. Nos gusta más el silencio porque en él caben todas las cosas que preferiríamos que ellos sintieran o pensaran. Es mejor la incertidumbre que saber a ciencia cierta que en realidad está canturreando internamente o pensando en que le apetece una cerveza.

Víctor se giró hacia mí en la cama y se arrulló en la almohada. Me hizo un mimo, me dio un beso en el cuello y me preguntó si quería darme una ducha con él. Víctor y la puñetera ducha poscoito. Esa ducha larga y fría que, no obstante, solía terminar siempre en segundo asalto.

—No, qué va. Me voy a ir ya. Mañana tengo muchas cosas que hacer —dije recuperando el aliento.

—¿Como qué?

—La maleta. Y mandarle a mi editor o agente o lo que quiera Dios que sea un artículo.

—¿Un artículo? —Frunció el ceño y me miró muy interesado.

—Una posible colaboración con una revista. No sé si saldrá. Por mi salud financiera espero que funcione.

—Qué bien. —Se acomodó en la cama y se tapó un poco con la sábana—. ¿Cuándo te ibas?

Durante unas milésimas de segundo pensé que se refería a por qué no me estaba yendo ya de su cama y casi enrojecí, pero luego me di cuenta de que estaba hablando de mi próximo viaje.

—Pasado mañana —contesté.

—¿A qué hora sale tu avión?

—A las seis y veinte, creo. Pero no me hagas mucho caso. Tendría que mirarlo en los billetes.

—¿Te llevo al aeropuerto? —preguntó mientras su mano me acariciaba un brazo.

—No hace falta. Cogeré un taxi —contesté girándome hacia él.

—No, no, pasaré a por ti. A esas horas un taxi… no me hace gracia. Puedo quedarme a dormir en tu casa, si te parece. Así te llevo antes de ir a trabajar y te ayudo con la maleta.

—Bueno. —Sonreí.

En el fondo estábamos continuamente manteniendo un pulso, pero un pulso con nosotros mismos. A mí ese rollo de la seudopareja moderna no me iba, pero jugaba a ir de dura y a fingir que no lo tenía en cuenta en mi vida y que lo usaba siempre que me venía en gana, cuando la verdad era que me encantaba ver que a él se le escapaban gestos un poco más íntimos que el sexo, aunque esos gestos, bien mirado, no tenían por qué ser amor.

A eso jugaba él consigo mismo; para Víctor la postura en la que estábamos era la más cómoda, y no me refiero a la que habíamos practicado en la cama, sino a no verse obligado a dar explicaciones y no tener una novia al uso. Era a lo que estaba acostumbrado y supongo que así se veía libre de la presión de tener que hacer las cosas bien.

Iba conmigo a cenar, a tomar una copa, a la cama o me llamaba para, simplemente, pasar el domingo conmigo en mi casa, sin sexo de por medio. Eso sí, todo esto sin ninguna obligación. Seguro que les decía a sus amigos que yo solo era la chica con la que se acostaba. Me parecía inmaduro e ilógico porque, además, para poder encajar nuestra relación en aquel molde mantenía una lucha continua consigo mismo para controlar ciertos impulsos que le salían de forma natural y que distaban mucho de parecerse a un «sin compromiso». Al final, los dos teníamos que esforzarnos por mantener aquello dentro de los límites del nombre que él prefería ponerle. Pero yo ya estaba empezando a cansarme.

Estirando la mano cogí las braguitas, que habían caído en la mesita de noche, y me las puse. Me levanté de la cama y alcancé los vaqueros, pero antes de que pudiera ponérmelos, Víctor me cogió de la muñeca y, tirando de ella, me echó sobre el colchón otra vez. Se acercó y me besó en los labios.

—No te vayas, cabezona. Quédate esta noche. —Rozó su nariz contra la mía.

—Es que mañana tengo que…

—Yo te despertaré antes de irme a trabajar. Pasado mañana te vas por ahí y no podré dormir contigo en días.

¿Veis? No sonaba exactamente a lo que él vendía que quería que fuera, ¿no?

2

Escuché la alarma en la lejanía, aunque solamente estaba al otro lado de la cama. Bueno, mi cuerpo estaba allí, pero mi yo intangible estaba soñando con las rebajas de Bimba y Lola, peleándose oníricamente por un bolso con una chica sin cara.

La mano de Víctor le dio un toque al despertador y el pitido infernal desapareció. Me acurruqué y él se sentó en el borde. Le oí resoplar y miré de reojo el reloj sin poner demasiado empeño en abrir los párpados. Las seis y media. La desconocida sin cara me había arrebatado finalmente el bolso megarrebajado.

Víctor se levantó y con paso lento se encaminó hacia el baño. Siempre me ha fascinado la facilidad con que acepta que no hay más narices que levantarse. Nunca refunfuña ni pide «cinco minutitos más».

Modo ironía on: casi como yo. *Modo ironía off.*

Cuando pasó por delante de la cama no pude evitar lanzar una miradita a sus piernas y a su trasero. Me encantaba esa costumbre suya de dormir en ropa interior aunque hiciera ya un frío de mil demonios. Me daba unas alegrías por la mañana...

Escuché el agua de la ducha. Mis párpados pesaban quintales.

Dormí un poco más.

La puerta del armario, sonido suave de perchas de madera chocando entre ellas.

Abrí un ojo.

Víctor se metía la camisa por dentro del pantalón de traje y se abrochaba el cinturón. Cerré los ojitos feliz con la visión. Qué riiiiicooooo.

Seguí durmiendo.

Víctor se inclinó sobre la cama y me dio un beso en el cuello. Gimoteé suavecito. Fuera aún era de noche.

—Valeria, son las siete y media. Tienes café en la cocina.

—Cinco minutitos más —murmuré.

—Dijiste que querías volver pronto a tu casa.

—Dije pronto, no al alba —me quejé.

—Venga. —Me dio una palmada en el trasero que resonó en el dormitorio—. Te llamo luego.

Después el pasillo se llenó del sonido de sus pasos, del de las llaves al caer en el bolsillo de su pantalón y del de la puerta al cerrarse. Miré al techo. Sí. Sin duda. Era más feliz cuando Víctor me quería, me achuchaba y me traía el desayuno a la cama. ¿Qué habría hecho mal para dar un paso hacia atrás tan grande?

No había mucho más que pensar. Las cosas eran como eran y si no me gustaban, ahí tenía la puerta. Pero pensar en dejarles vía libre a todas las golfillas que quisieran calentarle la cama no me hizo sentir precisamente mejor. Él me prometió que mientras nosotros nos viéramos no habría nadie más. Ninguna putilla de cuerpo escultural dispuesta a hacer realidad sus sueños más perversos ocuparía ese pedazo de cama que yo reclamaba como mío. Si me ponía a pensar, acababa llegando a la conclusión de que eran solo esas depuradas técnicas amatorias lo que me diferenciaba de esas chicas. Ellas las tenían y yo no. Yo solo era una más. El equivalente humano y sexual a una bolsa de agua caliente.

Sin darme oportunidad para seguir pensando ese tipo de cosas, me levanté, robé una camiseta del armario y fui a la cocina, donde me serví una taza de café. Claro, como ya no tenía derecho a dejar ninguna de mis pertenencias allí, o me pasaba la vida cargada como una mula o me acostumbraba a andar con lo justo y sin comodidades. Comodidades tales como pijama, acondicionador o una muda limpia.

Me bebí el café, enjuagué la taza, fui a la habitación e hice la cama. Debería dejarla sin hacer y hasta olvidarme las bragas dentro, por fastidiar, pero era cobarde. Después busqué mi ropa por la habitación.

En realidad la noche anterior habíamos ido por allí de paso para recoger las llaves del coche e ir a cenar. Pero en un arranque de pasión, Víctor me había arrollado contra una pared y adiós a la reserva en el restaurante. La ropa la fuimos perdiendo a la vez y a manotazos, así que no me extrañaba nada que no encontrase el sujetador. Lo localicé debajo de dos cojines, en el sillón en un rincón de su dormitorio, mejor doblado de lo que esperaba.

Lo primero que me extrañó fue el tacto. Lo segundo, que no me cupieran las tetas dentro. Recuerdo haber arqueado la ceja izquierda y haber pensado que últimamente cenaba demasiado. Pero, espera, espera, espera…, ¿tanto cenaba como para que de un día para otro el sujetador no me valiera? Me lo volví a quitar y lo miré con detenimiento.

¿Por dónde empiezo? ¿Por que era de una marca que yo jamás había usado? ¿Por que no era de mi talla? ¿Por que ni siquiera era del mismo color que el que yo llevaba el día anterior? ¿Cómo iba a combinar yo unas braguitas de encaje blanco con un sujetador negro de raso sintético? ¡¡Raso sintético!!

Bien. Estaba bastante claro. No era mío.

Antes de irme dando un portazo me preocupé por buscar un rollo de celo por toda la casa. Dejé el puñetero sujetador colgando del espejo de la entrada con una nota que ponía: «Ahora esperarás que crea que es de tu hermana, gilipollas comemierda».

Sí, gilipollas comemierda. Así me las gasto yo cuando alguien me toca las narices.

3

Las mujeres somos muy de esconder los detalles que nos hieren o que nos hacen sentir humilladas por no hacer leña del árbol caído. Y actuamos así porque no queremos aceptar que lo estamos permitiendo. ¿Cómo iba yo a decir nada sobre el sujetador en cuestión? Me callé. Me callé como una mujer de vida alegre a pesar de que Lola me llamó para asegurarse de que tenía impresos los billetes de avión, de que Carmen también me telefoneó para preguntarme por decimoctava vez dónde cojones íbamos y de que hasta Nerea me había dejado un mensaje en el contestador pidiéndome que le devolviera la llamada.

Eso sí, al llegar a casa, en un ataque de rabia, le di una patada a lo primero que tuve a mano, que fue el revistero. Hundí el pie en él, haciéndolo astillas y dejando tiradas por todo el salón las revistas que contenía. Después me senté en el suelo y me eché a llorar. ¡A llorar! ¡Yo! Puto Víctor. Puto año de mierda. ¿Por qué no podía llegar otra vez el mes de abril y por qué no podíamos Víctor y yo volver a conocernos?

Seguramente porque volvería a cometer los mismos errores.

En el fondo sabía que él tenía derecho a hacer con su tiempo libre lo que quisiera, pero… ¿y su promesa de que no habría más mujeres? Porque ¿para qué narices necesitaba más sexo?

Mientras sacaba la maleta de debajo de la cama, con las mejillas empapadas de pura rabia, hice un repaso mental a la última semana. El viernes salí a tomarme unas cervezas con las chicas y Víctor había pasado a recogerme, motu proprio, para llevarme a casa, pero habíamos terminado yendo a la suya y haciéndolo en el sofá. Y para más señas fue magnífico y supersalvaje. Creo que Víctor aún llevaba la marca de mis dientes en su hombro izquierdo.

El sábado comimos juntos, después me fui a mi casa y por la noche salimos a tomarnos unas copas, nos emborrachamos y al llegar a casa caímos inconscientes sobre mi cama. Habíamos ido al cine el domingo y después habíamos terminado otra vez en mi casa, haciendo *guarreridas* españolas (o francesas, más bien) que terminaron, como siempre, con repetición en la ducha. Y lo de la ducha fue de película X. Satisfactorio, animal y muy morboso. El lunes se había pasado por mi casa y lo habíamos hecho en la cocina. Después cenamos *sushi* de aguacate y salmón que nosotros mismos cocinamos juntos entre besos y toqueteos. El martes… El martes había sido la noche anterior. Así que, resumiendo, o sus días tenían más horas que los del resto de los mortales o había aprovechado el sábado por la tarde entre una cosa y otra para follarse a una furcia de pechos pequeños con sostén de satén sintético.

Joder. Hijo de la gran puta. ¿Cuánto sexo necesitaba? ¿Qué era lo que pasaba con él? ¿El problema era la variedad? ¿Era eso? ¿Necesitaba montárselo con un montón de pequeñas vaginas jóvenes y vibrantes para sentirse siempre joven?

Quizá lo lógico hubiera sido llamarlo y pedirle explicaciones, pero me sentía tan humillada y tan tonta... Además, esperaba que surtiera algo de efecto mi montaje especial con sostén y celofán. Sonaba a título de escultura de arte contemporáneo. Podría valer como metáfora de la estupidez femenina, supongo.

Me concentré en hacer la maleta. ¿He contado para qué hacía la maleta? ¡Qué cabeza la mía! Era la despedida de soltera de Carmen. Se casaba en seis meses. Sí, ya, nos lo habíamos tomado con mucha previsión, pero temíamos acabar dentro de un canal con la bicicleta de alquiler enganchada en uno de los brazos y las dos piernas rotas; queríamos dar tiempo a que se soldara una posible fractura ósea y que la novia no tuviera que ir al altar en silla de ruedas. Nos íbamos a Ámsterdam.

Lola había conseguido unos billetes de avión tirados de precio, así que los compró al instante sin preguntarnos ni a Nerea ni a mí, y menos aún a Carmen, que se enteraría del destino al día siguiente en el aeropuerto.

Lola había vivido allí durante un año, mientras estudiaba con una beca Erasmus hacía un trillón de años; le encantaba la ciudad y más en invierno. Corría ya el mes de diciembre, así que su pasión nos aseguraba una guía de excepción.

Comprimí en mi maleta de mano cuatro jerséis de cuello alto, tres pares de vaqueros, un par de vestidos, medias tupidas, ropa interior, un pijama, los útiles de aseo y un par de collares. ¿Cómo lo hice? No sé muy bien. Lo único que sé es que debió de ser el cabreo, que me hizo más minuciosa. Eso sí, iba a tener que combinarlo todo con las mismas botas.

Después me senté con la intención de escribir un rato pero lo único que pude hacer fue fumar un cigarrillo tras otro y llamarme tonta diez mil veces. Me abstraje mirando a través de la ventana y casi sin darme cuenta pasó el día.

Maldito Víctor.

A las ocho de la tarde sonó el timbre de mi casa. Era él, claro. Y el caso es que sabía que no pasaría por su casa, que conociéndolo iría al gimnasio y después vendría directamente a la mía. Si no quería verlo lo más fácil hubiera sido llamarlo y decírselo. No sé por qué no lo hice. Supongo que, a pesar de todo, quería verlo. Y allí estaba.

Abrí la puerta y lo encontré de pie, tranquilo y sonriente, con aquel traje gris que tan bien le quedaba. Al menos podría haber tenido la decencia de venir a verme en chándal y ponérmelo un poco más fácil. Bueno, ¿a quién quería engañar? Me gustaría hasta vestido de lagarterana. Pero fui fuerte y le lancé una mirada no muy amable mientras me apoyaba en el marco de la puerta.

—¿Qué haces aquí? —le dije.

—Eh… —Dudó un momento—. Anoche te dije que vendría. Así mañana te llevo al aeropuerto. ¿No?

—Vete a casa.

—¿Qué pasa? —Frunció el ceño.

—Ve a tu casa. Date una vuelta por el recibidor y si sigues teniendo dudas, me preguntas.

Cerré la puerta suavemente y me quedé mirando a la nada. A los dos segundos, los nudillos de Víctor dieron en la puerta y noté cómo se apoyaba sobre la madera.

—Valeria, ¿quieres abrir? —No contesté—. ¿Me lo explicas? —pidió en tono tirante.

—¿No quedamos en no darnos explicaciones? ¡Pues vete a casa de una puta vez!

Víctor se separó de la puerta y escuché sus pasos tranquilos bajar las escaleras. Sin más, se fue. Yo sabía que se había cansado de numeritos en los primeros meses de nuestra relación y que huiría de todo lo que se le pareciera, pero hijo, que te estoy echando de mi casa sin ningún tipo de explicación. Yo en su lugar hubiera insistido un poco más, ¿no?

Pasó una hora. Pensé que vendría y me suplicaría que le abriera la puerta para, al menos, tratar de colarme una mentira.

Pasó otra hora. Creí que estaría sentado en su coche, en mi calle, buscando la manera de dar una explicación sin que lo pareciera.

Pasó una hora más y dejé de pensar ni esperar nada. Tonta de mí.

Me sentí decepcionada, humillada, sola; y por primera vez desde que me había separado añoré a Adrián. Después me di cuenta de que no era a Adrián a quien añoraba, sino a alguien que en ese mismo momento llenara el otro lado de la cama y al que pudiera abrazarme para sentirme menos tonta.

Víctor no vendría; posiblemente ni siquiera había hecho amago de volver para explicarse. A esas horas debía de estar dormido ya, el muy patán. Si es que hay una norma que no tiene excepciones: todos los guapos son malos para la salud.

Lo que no entendía es cómo una persona puede susurrar con los ojos cerrados que te quiere y cuatro meses después olvidarse hasta de respetarte. ¿Cómo es posible que alguien se encapriche, se enamore, quiera y deje de querer en el lapso de meses? Y mejor aún, ¿cómo es posible que ambas partes, habiendo pasado eso, decidan que es buena idea seguir juntos?

A las cuatro y media sonó el despertador y lo apagué sin tener que remolonear. Llevaba despierta toda la santa noche y ya me había dado una ducha, me había vestido y me había tomado un café. Preferí mantenerme activa y no caer en la autocompasión. No quería estropearme el viaje. Después llamé a Teletaxi, cerré la maleta y me senté a esperar, ojerosa y asqueada.

A cinco minutos de la hora convenida para que me recogieran, bajé al portal. Hacía un frío de mil demonios, así que antes de salir me abroché el abrigo hasta arriba y me enrollé bien la bufanda. El aire que corría era helado y hacía que me dolieran hasta los dedos, pero no pude desistir de fumarme un cigarrillo. Estaba nerviosa. Necesitaba respirar hondo, muy hondo, con la esperanza de que el aire me llenara por dentro algo que me parecía muy vacío.

Nada más encender el pitillo y dejar escapar el humo, vi su coche estacionado en segunda fila con las luces de emergencia encendidas. Le di una calada más al cigarrillo y lo tiré al suelo.

La puerta se abrió y Víctor salió con los ojos clavados en mí. Llevaba un traje negro impoluto cuya chaqueta se abrochó con una mano; debajo de esta, una camisa blanca, sin corbata. Simplemente perfecto.

Joder. Puto Víctor.

Se arregló el cuello de la americana y, tras cerrar el coche con el mando, caminó hasta el portal en el que estaba refugiada. Y yo hecha un asco, para terminar de darle el gusto de saber que podía hacerme pasar una noche en vela muerta de celos.

Se plantó delante de mí sin decir nada y cogió la maleta, pero tiré del mango retráctil hacia mí.

—Valeria, sube al coche —dijo en un tono que pretendía no admitir discusión.

—No. He llamado a un taxi. Estará a punto de llegar.

—¿Por qué eres así? —Se enderezó y me pareció altísimo, con su metro noventa totalmente erguido—. ¿Por qué siempre estamos con las mismas, ¿joder? ¿Por qué no tratamos de hacer las cosas más fáciles en vez de empeñarnos en complicarlas?

—Estoy haciéndolas fáciles. Estoy evitando que tengas que darme esa explicación que tanto te molesta tener que darme. Y estoy evitando cabrearme más. ¿Sabes? Me da igual que pienses que me voy a poner en evidencia, pero creía que solo te acostabas conmigo. Y estoy molesta por tantas cosas que si me pongo a enumerarlas pierdo el avión. Así que haz el favor... —Miré a la calle—. Porque el taxi viene por ahí. Ya me has jodido la noche, no te empeñes en joderme también el viaje.

—¿Y ya está? —dijo levantando expresivamente las manos, con las palmas hacia arriba.

—¿Qué más quieres? —Arqueé las cejas—. ¡Encontré un sujetador en tu dormitorio que, evidentemente, no era mío! Lo que pase a partir de ahora me parece que ya no depende de mí. Pregúntale a tu Peter Pan a ver qué tienes que hacer ahora.

Bajé la acera cargando mi pequeña maleta y mi bolso. El taxista salió del coche para abrir el maletero y Víctor se acercó hasta él.

—Disculpe, ha habido un malentendido. Yo la llevaré, pero no se preocupe, le pago la carrera íntegra y...

Me giré con ganas de arrancarle la cabeza. Ni siquiera controlé el tono de mi voz:

—¡No ha habido ningún malentendido! Y las cosas no se arreglan a golpe de billetero, Víctor. ¡¡Ni camisones de La Perla ni cenas magníficas ni estos gestos de película!! Ya está.

¡No espero nada de ti! ¿Entiendes? Nada. ¡¡Ya no espero nada!! Lo que no entiendo es por qué lo esperé algún día...

Me subí al taxi y lo vi apartarse, hacia atrás, hasta apoyarse en un coche que estaba aparcado en esa parte de la calle. No insistió, pero a mí por primera vez en mucho tiempo, tampoco me apeteció que lo hiciera.

Lola, Nerea, Carmen y yo habíamos quedado a las cinco y veinte en el aeropuerto, pero cuando llegué la única que ya estaba allí era Carmen. A su lado, un Borja ojeroso y adormecido se rascaba los ojos con el puño, como un bebé. Me acerqué, forcé una sonrisa y les di dos sonoros besos.

—Qué detalle traerla... —le dije a Borja sintiendo una punzada interna de rabia hacia Víctor.

—Creí que te traería tu chico. Si no, hubiéramos pasado a recogerte —contestó él sonriendo.

—No te preocupes. —Le di una amistosa palmadita en el antebrazo.

Carmen me lanzó una mirada de desconfianza y después, sin darme ni tiempo a responderle al gesto, se lanzó a una discusión consigo misma:

—La culpa es mía, por miedica, ya lo sé, pero es que tengo pavor. Os tengo pavor. Sobre todo a Lola. Dímelo ya, dime que me vais a vestir de gallina y me vais a llevar a Logroño a comer chistorra y ale, ya me quedo tranquila. Y lo asumo, que conste. Pero esto de no saber qué vais a hacer conmigo... ¡Coño! ¡Es que esto es peor! Le he dado una noche a Borja... ¡Qué noche le he dado! ¡Ni ojo he pegado!

Ahora, como el vuelo sea uno de esos de veinte minutos en los que apenas tienes tiempo de dar una cabezada, ya me diréis qué hago yo. Y vosotras, porque seguro que esta noche me queréis llevar, no sé, a la casa del jubilado de un pueblo perdido de la mano de Dios a cantar los pajaritos. ¡¡Y yo no estaré para monsergas!!

Levanté las cejas y me eché a reír.

—Relájate, por favor. No somos tan crueles. Te prometo que van a ser unos días geniales.

—¿Geniales? Vale, ¿para vosotras tres o también para mí?

—Para tooodooos —le dije alargando exageradamente las vocales.

En aquel momento un repiqueteo de tacones sobre el suelo hizo que nos giráramos para ver a Lola acercarse con su andar sinuoso. Se plantó delante de nosotras, nos miró y echándose a reír nos dijo que estábamos hechas un asco.

Ella, cómo no, estaba perfecta. Jodidamente perfecta, añadiría yo. Pocas cosas le quitaban el sueño a Lola y ahora que ni siquiera tenía que preocuparse por el tema de Sergio, que estaba zanjado, más aún. Pensé que Lola y Víctor eran la pareja perfecta, pero como un montón de bilis se me amontonó en la boca del estómago, decidí no volver a pensar en ese jodido mamón, al menos hasta que volviera.

Las tres miramos el reloj y Lola, masticando chicle tan pancha, echó una miradita al panel de salidas.

—Espero que Nerea se dé prisa, porque en diez minutos empiezan a embarcar. Al menos es lo que pone en los billetes —dijo.

—¡Decídmelo ya! —berreó Carmen.

—Guadalajara —le dije yo—. Pero Guadalajara la de México. Te haremos cantar rancheras y gritar: ¡ay, ay, ay, ay, aaayyyy!

Borja, Lola y yo nos tronchamos de risa mientras Carmen nos enseñaba el dedo corazón a todos. En ese momento apareció Nerea, vestida con un *travel look* a lo estrella de Hollywood, con maletita de Loewe y *shopping bag* de Carolina Herrera incluidos. Nos saludó con una sonrisa y se atusó la melena rubia.

—Ya está aquí Greta Garbo —dijo sonriendo Borja—. Os dejo. Dame un beso.

—No me dejes aquí. —Carmen lo cogió del brazo con fuerza—. Me van a hacer cosas horribles. Lo intuyo.

—Sé adónde vas a ir, sé lo que vais a hacer y el único miedo que me da es que no quieras volver, así que dame un beso y vete.

Carmen sonrió y tras poner la maleta a un lado se dejó envolver por los brazos de Borja. Después, simplemente se fundieron en uno de esos besos de película que nos dejan embelesadas. Tierno, ingenuo, sincero. Un beso de amor.

¿Me besaría alguien alguna vez de esa manera?

—Adiós —dijo Borja mirando a Carmen embobado.

—Te quiero.

—Que no se te olvide. —Sonrió de lado, como un galán de cine antiguo; y luego, mirándonos a nosotras, añadió—: Cuidádmela.

Por supuesto, Carmen aceptó el destino de nuestro viaje con entusiasmo. Se puso a dar brincos y, cuando se enteró de que no pensábamos disfrazarla de nada, nos besó a todas, incluida Greta Garbo, a la que las excesivas muestras de afecto incomodaban.

El avión era pequeño pero cómodo, solamente con cuatro asientos por fila, dos a cada lado del pasillo. Todas íbamos en la misma fila y el vuelo no duraba más de dos horas y media, así que simplemente nos sentamos en orden de llegada. Yo me instalé junto a Carmen, que no paraba de planear cosas para aquellos cuatro días:

—Pasearemos por los canales con nuestras bicicletas alquiladas y beberemos cerveza y fumaremos porros y…

Yo le sonreía, pero más allá que aquí… Y allá se refiere a mi discusión con Víctor. Ciertamente pensaba que era el final de la que había sido nuestra relación. Sobre los restos de lo que habíamos dejado ya no se podía construir nada que no fuera a caerse, así que, esta vez con más razón que la anterior, teníamos que dejarlo estar. Y conociendo a Víctor y el tipo de reacción que había tenido al ver el sujetador colgando del espejo de la entrada, sabía que no insistiría. No cogería un avión para venir tras de mí y confesarme junto a un canal que me quería. No. No lo haría.

Y yo no quería que lo hiciera.

Hechos son amores y no buenas razones. Al menos es lo que siempre dice mi madre. ¿De qué me serviría a mí un numerito de final de película romántica? Ya no confiaba en él.

Una vez que despegamos y escuché a Carmen rezar todo lo que había en su limitado repertorio católico, me sumí en un estado de duermevela. No estaba dormida, pero tampoco despierta, y mucho menos relajada. Cuando ya pensaba que lo mejor sería despejarme y pedir un café a las azafatas, un codito me presionó el brazo con suavidad. Abrí los ojos y vi a Carmen mirándome con sus ojos enormes un poco preocupados. Me asomé y vi a Nerea leyendo un libro de Paul Auster con gafas de pasta y a Lola durmiendo con la boca abierta.

—Valeria —susurró Carmen—, ¿qué te pasa?

—Nada, cielo. Solo es que no he dormido bien. —Me froté los ojos que llevaba sin maquillar y sonreí—. A decir verdad, no he dormido ni bien ni mal porque no he dormido nada.

—¿Estabas nerviosa?

—Me hacía mucha ilusión este viaje, y me la hace, que conste, pero me temo que no iba por ahí.

—Víctor —dijo tras un suspiro.

—Sí, Víctor.

—¿Quieres contármelo?

Me mordisqueé el labio inferior con desazón y terminé por asentir. Si había alguien que me comprendería sería ella. Era lo suficientemente humana, blandita y sentimental como para entenderme. No digo que Nerea y Lola no fueran hembras humanas; es solo que a veces en lo concerniente a los sentimientos más bien parecían ciborgs.

—Creo que hemos terminado.

—¿¡Qué!? —dijo sobresaltada.

—No puedo más, Carmen. No puedo más con esa relación posmoderna, abierta, en la que cabe todo y a la vez no cabe nada. Y no me explico cómo hemos llegado hasta aquí en…, joder, en seis putos meses.

—Pero, Val, cariño, tú eres más lista que eso que me estás diciendo. Solamente tienes que aguantar el pulso que estáis manteniendo. Él terminará dándose cuenta de que, le ponga el nombre que le ponga, vosotros dos os queréis y ya está. Solo hay que ver cómo te mira, Valeria.

Rebufé, y me froté la cara con las manos.

—Carmen…

—¿Qué?

—Yo antes opinaba como tú. A veces pensaba que era injusto que yo tuviera que mantener ningún pulso con él, como una estrategia para cazarlo. Otras veces me decía que al amor no le gustan las cosas fáciles y que cuanto más peleas por algo, más vale la pena.

—¿Y? ¿Qué te ha hecho cambiar de opinión?

—Ayer por la mañana… —Suspiré—. Por Dios, Carmen, no se lo cuentes a nadie, porque jamás me he sentido más humillada.

—Claro, te lo juro. ¿Qué pasa? —Frunció el ceño y sus deditos me agarraron el antebrazo.

—Ayer por la mañana estaba vistiéndome en su casa y encontré un sujetador que evidentemente no era mío.

—A lo mejor…

—No me digas que a lo mejor era de su hermana. Sabemos que no lo era. A su hermana no le habría cabido la delantera en ese trapo ni con magia.

Las dos nos quedamos calladas y yo me revolví el pelo en ese gesto tan mío.

—¿Puedo preguntar?

—Claro que puedes preguntar —asentí.

—¿Qué es lo que más te molesta de eso?

Me quedé mirándola fijamente. ¿Cómo que qué era lo que más me molestaba? ¿Es que estábamos tontas? Pero, claro, Carmen es una persona muy inteligente y nunca pregunta las cosas porque sí. Ella quería llegar a alguna parte con aquella cuestión y empecé a imaginarme el cauce de la conversación.

—¿Lo que más me molesta? ¿Te contesto con la cabeza o con la mano en el corazón?

—Con los dos, supongo.

—Con la cabeza fría, sin prestarle atención a todo lo demás, estoy muy molesta porque... —Carraspeé—. Porque Víctor y yo no tomamos precauciones. Bueno, las tomo yo. Me sigo tomando la píldora. Siempre me pareció que era un acto de intimidad, un paso más de compromiso, porque además de estar los dos sanos no lo compartíamos con nadie más. Pero ¿quién me dice a mí que siempre fue así? En cuanto vuelva de Ámsterdam pido hora en el médico. Voy a hacerme pruebas hasta para la peste negra. —Carmen me miró levantando las cejas expresivamente—. ¿Qué? —le dije.

—Lo primero, no sabemos si él se está acostando con otras, si ha sido algo aislado, si realmente no ha existido... Pero en el caso de que él esté... alternando con chicas...

—¿Alternando? —Me reí.

—¿Prefieres follando? —me preguntó.

—No, tienes razón. Prefiero alternando.

—Pues eso, si él está acostándose con otras es de suponer que utilice preservativo. ¿Por que no va a respetar eso?

—¿Ha respetado lo demás? ¿Por qué va a respetarlo?

Miré enfadada hacia el infinito. Carmen llamó mi atención de nuevo.

—¿Y con el corazón en la mano?

—Eso es más complicado. —Suspiré—. Porque no entiendo, de verdad que no entiendo, qué he podido hacer mal para que todo se estropee. Me dijo que me quería. Fui yo quien lo dejó. Y nunca se ha retractado de sus palabras, ni siquiera cuando lo dejé... ¿Qué tengo que pensar ahora, después de lo que he visto? ¿Que jamás me ha querido? ¿Que era demasiado pronto para decirlo? ¿Que me lo dijo porque se sintió obligado pues creía que era lo que yo esperaba escuchar? ¿Era realmente lo que yo quería?

—Val, cariño, frena. ¿Te das cuenta?

—¿De qué?

—¿Por qué tienes que tener la culpa tú? Te dijo te quiero porque en ese momento lo sentía y, si me pides mi opinión, te diré sinceramente que no creo que haya dejado de hacerlo, pero él mismo le ha dado otro nombre a ese sentimiento para que no le sea incómodo. Se ha cagado encima. Lo plantaste, se lo hiciste pasar mal y luego volviste. Es un tío acostumbrado a que las tías se le tiren a los pies y tú no eres así. Al principio fuiste un reto, después una realidad que le exigía más de lo que él estaba habituado a dar y se estableció aquel tira y afloja que hacía que te sintieras

33

insegura, ¿te acuerdas? Cuando tú decidiste que no tenías el control de tu vida y que debías volver a coger la sartén por el mango, las tornas cambiaron y él se encontró con que lo habías dejado; y cuando volvisteis eras tú la que parecía saber lo que hacía. Yo creo que aún no está preparado para aceptarlo. Ya lo estará.

—¿Ya lo estará? Parece mentira, Carmen. No voy a esperar sentada a que él se canse de tirarse a todo el equipo femenino de vóley playa.

—Esas no tienen tetas —susurró.

—A juzgar por el sujetador que encontré, la tía que se lo folla tampoco es que tenga muchas. Lo de ponerse un sujetador me parece más un acto de entusiasmo.

—Y un tema importante… ¿Se lo has dicho?

—Le pegué con celo el sujetador al espejo de la entrada junto a una nota en la que ponía: «Ahora querrás hacerme creer que es de tu hermana, soplapollas». Por la noche vino a casa directamente del trabajo y lo mandé a la mierda. Le dije que se fuera a su casa si quería entenderme. No volvió. Esta mañana lo he encontrado con el coche a las cinco menos cuarto, delante de mi casa. Quería traerme al aeropuerto, pero yo no tenía más ganas de discutir y de joderme el viaje.

—A lo mejor quería hablarlo, darte una explicación.

—¿Víctor? ¡Qué va! Se puso en plan «vamos a ponernos las cosas fáciles», que supongo que para él significa «deja que me folle a todo lo que se mueve y no refunfuñes». No, esto se ha terminado. Estoy harta. No tengo por qué aguantarlo. Es un imbécil.

—Un poco imbécil sí que es, pero todos los somos de una u otra manera.

—No lo justifiques. Además, ¿Borja es un imbécil? Déjame que lo dude. Nena, te vas a casar con el único hombre de verdad que queda sobre la faz de la tierra.

—¿Qué me dices de lo de su madre? —contestó abriendo mucho los ojos.

—¡Le plantó cara!

—Sí, pero tardó un poco más de lo necesario, ¿no crees? Además, Borja tiene sus cosas, como todo el mundo.

—¿Qué cosas?

—Cosas —dijo enigmáticamente, encogiéndose de hombros.

—Oh, no, ahora escupe…

—Es muy flemático, por ejemplo. —Levanté una ceja y me quedé mirándola, esperando que soltara la información sustanciosa y se dejara de monsergas. Carmen chasqueó la lengua contra el paladar y se acercó—. Es solo que… —Miró a su alrededor—. No quiere nunca…

—¿Follar?

—No, calla. —Se rio—. Eso sí, joder. A todas horas. Es un tío.

—¿Entonces?

—No quiere usar…

—Condón. —Terminé la frase por ella.

—De un tiempo a esta parte… nunca.

—¿Entonces?

—Pues ahí estamos. —Puso morritos.

—¿Marcha atrás?

—Marcha atrás, método Ojino…, esas cosas.

—El *baby boom* de los setenta creo que fue obra de ese tal Ojino. ¿Eres consciente?

—Sí, claro que sí. —Se miró las manos, avergonzada—. Pero es que… yo tampoco me pongo muy firme con el asunto, ¿sabes?

—Ya. —Me reí—. Eres una calentorra.

Cuando llegamos al apartotel, a Lola aún se le marcaban en la mejilla las arrugas del cojín hinchable que le habíamos colocado para que no se desnucara. Carmen y yo parecíamos recién salidas de *Pesadilla antes de Navidad,* pero Nerea estaba fresca como una rosa. Antes de salir del avión se había humedecido la piel con un poco de agua micelar y…, pues eso, que era para odiarla…

En un principio habíamos pensado ir a un hotel, pero Lola encontró una especie de residencia de estudiantes donde, no sé por qué, nos alquilaron una habitación para cuatro personas. En realidad creo que era para dos. No, estoy mintiendo, sabíamos que era para dos, pero es que el precio era perfecto para cuatro. Dormir de dos en dos apiñadas en las camitas de noventa no nos importaba. No era de por vida, solo cuatro días.

La habitación era cuadrada y tenía dos grandes ventanales que daban a una calle peatonal, pero a través de ellas se veía poco más que el ladrillo rojizo del edificio de enfrente y un poco de cielo. Tenía sus dos camas, un sillón, una mesita de centro, una mesa con cuatro sillas, cada una de su padre y de su madre, y una bancada pequeña de cocina, con una nevera pequeña, un par de armarios y un fregadero. Junto a la puerta de salida había un cuarto de baño completo, con su ducha. No necesitabamos nada más.

Lola nos llevó enseguida a un supermercado que se llamaba Albert Heijn donde nos hicimos con un montón de provisiones. A esas alturas nos sentíamos muy emocionadas por estar en Ámsterdam juntas, y el carro de la compra lo demostró: cantidades ingentes de cerveza. Además, en latas de medio litro, que siempre queda muchísimo más yonqui. Cogimos dos de cada, para ir probando. A mí, de primeras, me gustó una que tenía el dibujo de una rata, por exótica.

Me llevé a Carmen a la sección de patatas fritas en bolsa y elegimos todas las raras, las que no había en España, y después, siguiendo con mi tradición, cogí un refresco extraño para probar. Las demás se rieron de mí porque tenía pinta de limpiasuelos aroma pino.

El carro se llenó de pan de molde, fiambre de pavo, queso, chocolate, *stroopwafels* y porquerías. Todo preparado para irnos a un *coffee shop* y empezar con la experiencia.

Nerea, que tiene la cabeza muy bien ordenada, decidió por las demás que el primer día haríamos turismo y que ya si eso, por la noche, nos pasaríamos a por un poco de marihuana para fumar. No era algo que hiciéramos a menudo; es más, no creo que fuera algo que hiciéramos desde que teníamos veinte años, pero estábamos en Ámsterdam. Era obligación moral.

Lola nos llevó a un sitio, cerca de Central Station, donde pudimos alquilar unas bicicletas. Para poder encontrar una con la que los pies me llegaran al suelo tuvimos que probarlas todas. Me da pánico ir en bicicleta desde que una vez, en los albores de la humanidad, aterricé en mitad de la calzada con la barbilla por delante. Al final, muerta de miedo, las seguí y salimos con las bicicletas… durante quince minutos, tras los cuales regresamos a la tienda a devolver la mía y a cambiar la de Lola por una con asiento detrás, para llevarme de paquete.

Fue muy divertido recorrer la ciudad así. Incluso cuando llovía un poco. Cruzamos los canales por esos puentes empedrados tan típicos, nos hicimos un millón de fotos, nos tomamos unas birras en un sitio junto a algo que parecía un castillo, visitamos un molino donde elaboraban su propia cerveza, fuimos a un mercado tradicional, bebimos vino caliente con especias y compramos un montón de tonterías. Y las fotos son geniales.

Lo malo es que hacía un frío de narices y anocheció muy pronto, así que a las seis y media de la tarde estábamos como si fuesen las tres de la mañana y nos retiramos a nuestra habitación, pasando, eso sí, por un *coffee shop* en el que compramos algo que se hacía llamar White Russian.

Sentada en el borde de mi cama (bueno, la cama que aquella noche compartiría con Lola), vestida con un pijama con dibujos de *muffins* y galletitas, me paré a pensar en Víctor por primera vez en todo el día. Traté de quitármelo de la cabeza. Me lo estaba pasando bien. Era el primer viaje que conseguíamos hacer juntas desde hacía años y estaba siendo histórico. No quería estropearlo poniéndome melodramática porque mi historia con Víctor no hubiera funcionado. Le di una calada a mi cigarrillo (y juro que era un cigarrillo) y miré a las demás.

Lola estaba rebuscando en los dos armarios tratando de localizar el paquete de patatas fritas. Ojalá fuera como ella, y no solo me refiero al tema de comer y no engordar. Ojalá me recuperara de las rupturas como lo hacía ella de las suyas. Ojalá no me sintiera tan frustrada ni me empeñase en cargar con todas las culpas, al menos en lo concerniente a Víctor.

Después miré a Nerea, que estaba poniéndose el pijama frente al espejo. En aquel momento solo llevaba la parte de arriba, que era una camiseta lencera negra, y un *culotte* negro de encaje. Dios. Era perfecta. Se recogió el pelo en una coleta y se puso el pantalón: unas mallitas ceñidas negras. Ojalá fuese como ella. Ojalá pudiese ponerme aquellas mallas sin sentirme ridícula y conseguir aquella imagen, como recién sacada del *FHM*. Pensé (muy equivocada) que si fuera así, Víctor me querría sin sentir vergüenza por ello.

A veces soy imbécil, pero creo que se me puede perdonar, ¿no?

Carmen salió en ese momento del cuarto de baño con su bolsa de aseo. Carmen, que parecía inmersa en un caos constante, iba a sentar la cabeza antes incluso de que ninguna de las demás nos lo planteáramos. E iba a hacerlo con un hombre de verdad, que la quería con locura y que la cuidaría de por vida.

¿Me querría alguien a mí así alguna vez en la vida?

¿Qué me pasaba?

—Val, ¿anda todo bien? —susurró Nerea mientras se sentaba a mi lado y me pasaba una cerveza.

—No —dije rotunda—. Creo que lo he dejado con Víctor.

Lola se giró hacia nosotras con la boca llena de patatas y los ojos a punto de salírsele de las órbitas. Carmen se sentó en la cama de enfrente con otra cerveza en la mano y flexionó las piernas hacia su cuerpo.

—¿Qué dices? —farfulló Lola.

—No quiero hablar mucho del tema. Estamos aquí para pasárnoslo bien y…

—¿Fuiste tú?

—Bueno, yo, él… No lo sé. Quedó todo un poco en el aire.

—¿Qué ha pasado? —preguntó Lola en tono estridente después de tragar—. ¿¡Qué cojones ha hecho ese maldito hijo del mal!?

Rebufé. Joder.

—Encontré en su dormitorio un sujetador que no era mío. Y no puedo aguantarlo. No puedo con ello. No puedo mantener esta relación a sabiendas de que hay otras. Ya está. No hablemos más, por favor.

Las tres se quedaron mirándome en silencio y Lola suspiró.

—Los tíos son una puta mierda —sentenció.

—Una puta mierda. —La secundó Nerea, lo que no pudo más que sorprendernos.

—¿Y tú? —dije dirigiéndome a Lola.

—¿Yo qué?

—¿Qué tienes por ahí?

—Nada. Ya te lo dije el otro día. Paso de los tíos. Paso de todo.

—¿Cuánto hace que no follas? —le preguntó Carmen con desparpajo.

Lola se mordió el labio con vergüenza.

—Tres meses. —Todas abrimos los ojos de par en par—. Y voy a seguir así. No lo necesito. No quiero más de la mierda que me daba Sergio. Ya tuve suficiente.

—Muy bien, Lolita, te estás haciendo mayor —dijo alegremente Nerea.

—Lo que me estoy haciendo es vieja y exigente y sé muy bien cómo va a terminar esto.

—¿Qué dices? —le preguntamos.

—¡Acabaré sola! —dijo riéndose—. Bueno, sola o con un calvete gracioso y barrigón que me parezca tierno y con el que me acostumbre a pasar el tiempo cuando me dé cuenta de que se me pasa el arroz. Pero no os preocupéis. Lo tengo aceptado.

—¿Por qué te vas a conformar con menos de lo que quieres? Una cosa es que nos comamos todas las mierdas que nos pasen por delante y otra es que te quedes sola —sentenció Nerea muy seria.

—¿Y el amor? —preguntó Carmen.

—¿El amor? Yo no creo en el amor. A las pruebas me remito. Es lo típico que veo que viven los demás pero que jamás viviré yo. Como cuando ves a la gente a la que le ha tocado la lotería de Navidad. Ves que pasa, pero sabes que nunca, por más que juegues, te va a tocar —suspiró Lola mientras se sentaba en la cama de enfrente.

—No digas tonterías. —Nerea parecía enfadada.

—¿Y tú? Yo digo tonterías, pero ¿qué tal tú?

—Yo bien, gracias —dijo rápidamente Nerea.

Todas nos quedamos calladas y miramos a las demás.

—Pues sí que estamos buenas. —Se rio Lola—. Menuda pandilla. Joder, Carmen, eres la única con suerte. ¡Quién lo iba a decir!

—No sé si ofenderme —comentó ella con los ojos entornados.

—No tienes porqué. —Lola le dio un beso en la sien.

—Te envidio —le dije a Carmen—. Tengo envidia, sana, pero envidia al fin y al cabo.

—¿Por qué? ¿Porque si hay una hecatombe mis reservas de grasa me aseguran meses de supervivencia sin alimento? —contestó ella mordaz.

—No. No seas gilipollas. Porque vas a comprometerte de verdad.

—Tú también te casaste —dijo con dulzura—. Fue una pena que no saliera bien, pero no significa que en un futuro…

—No, cariño. Lo que tú vas a hacer no se parece en nada a lo que yo hice. Tu boda es de verdad y pongo la mano en el fuego porque será de por vida.

Nerea arrugó las cejitas y, asintiendo, dijo:

—Es verdad, yo también te envidio. Vas a tener una boda preciosa y por amor. —¿Por amor? Claro que era por amor, ¿por qué si no? Qué marciana era Nerea. Todas nos reímos y ella, suspirando, siguió—: A veces creo que dejarlo con Daniel fue una ida de olla en toda regla. Que me tenía que haber quedado callada y que me dejé llevar por ideas románticas e irreales de lo que es una pareja. Pero luego os miro a Borja y a ti y veo que habría sido un sinsentido que Daniel y yo nos prometiéramos. Yo quiero lo que tú tienes, y no me refiero solo a la boda.

Lola alcanzó la bolsita de la marihuana y se puso a liar un porro.

—¿No os pasa a veces que pensáis: «Joder, con todo lo que esperaba yo de la vida, con menuda mierda me he conformado»? —dije yo.

Nerea asintió.

—Tú al menos tienes tu trabajo. Te encanta tu trabajo.

—Y a ti el tuyo —dije.

Y ella enarcó una ceja. Carmen la miró, confusa.

—Nerea, ¿no te gusta tu trabajo?

—No. Creo que no me ha gustado nunca. Es un aburrimiento.

Lola dejó el porro sobre la mesa y abrió su cerveza. Después se puso de pie, se subió a la cama junto a Carmen y alzó su lata.

—Levantaos todas. Vamos a prometernos algo.

—Bájate de la cama. Llevas los pies sucios y yo tengo que dormir ahí después —se quejó Nerea.

—¡Te he dicho que te levantes! —Nerea chasqueó la lengua pero no le hizo el menor caso—. Escuchadme. Lo digo en serio. ¿Os dais cuenta? ¡No es la vida la que nos tiene que traer todas esas cosas que queríamos! Somos nosotras las que tenemos que cogerlas. En algún punto del camino hemos debido de volvernos imbéciles, porque aquí estamos, esperando que nos baje la felicidad del maná. ¡Tú! —dijo señalándome—. ¿Qué quieres?

—Ser feliz, supongo —contesté encogiéndome de hombros.

—Norma primera: concreción. Los propósitos tienen que ser concretos, concisos, realistas y alcanzables. ¿Qué quieres?

—A Víctor —respondí sin pensarlo—. Quiero que me quiera.

—¿Y qué más?

—Quiero... —dudé—, quiero bajar cinco kilos.

—Gilipollas —murmuró Carmen lanzándome una mirada de soslayo.

—¿Y cómo lo vas a hacer? —volvió a preguntarme Lola.

—Empezaré a comer como una hembra humana y saldré a andar todos los días —dije cargada de buenas intenciones mientras me subía a la cama.

—Sabes que eso no lo vas a cumplir. Dime algo que de verdad quieras hacer.

Tras unos segundos en silencio levanté la vista hacia ella y dije:

—Quiero ser adulta.

—¿Y cómo lo vas a hacer?

—Voy a ser independiente, voy a controlar mis gastos, voy a comer bien, voy a buscar el tipo de relación que quiero y si Víctor no está de acuerdo conmigo, tendré que despedirme de él.

Lola me aplaudió y Carmen se le unió, mientras Nerea nos miraba como si estuviéramos locas.

—¡Carmen! ¿Qué quieres tú?

De un salto esta se puso de pie sobre el colchón y alzó su cerveza:

—Quiero subir de categoría en el trabajo.

—¿Y cómo lo vas a hacer?

—Voy a ser la más eficiente. Voy a ser una máquina de trabajar.

—¿Y qué más quieres?

—Quiero… Quiero llevar siempre tacones. ¡Y ponerme más faldas! ¡Porque me siento muy guapa cuando me las pongo y no tengo por qué no sentirme así!

—¡Eso es! ¿Qué más quieres?

—¡Quiero que mi suegra se entere de quién va a mandar en mi casa!

—¿Y cómo lo vas a hacer?

—Grrrrrrrrrrrr —gruñó Carmen apretando los puños.

Lola y yo aplaudimos y vitoreamos a Carmen.

—¡Nerea!

—Yo no pienso hacer eso.

—¡Nerea! —gritamos las tres al unísono.

—Que no, que no soy tan ridícula.

Lola arqueó una ceja y tras carraspear dijo:

—No tienes novio, pero quieres casarte, tienes trabajo, pero no te gusta, vas de mujer independiente, pero ni siquiera eres capaz de decir en voz alta las cosas que quieres. Creo que te iría mejor siendo un poco más ridícula.

Carmen y yo le empezamos a suplicar que se subiera en la cama y al final, tras quitarse sus bailarinas de ir por casa, se subió encima de la colcha.

—¡Nerea! —gritamos las tres—. ¿Qué quieres?

—Quiero que dejéis de gritar y que os bajéis de mi cama.

—¡¿Qué quieres de la vida?!

—Quiero ser normal —respondió cruzando los brazos sobre el pecho.

—¡Quieres casarte! —dijo Lola.

—¡Quieres tener hijos! —añadió Carmen.

—¡Quieres darle esquinazo a todas las cosas que según tu madre tienes que tener!

Nerea me miró sorprendida.

—Te has pasado —me dijo.

—¿He dicho alguna mentira?

—No.

—¡Nerea! —gritó Lola otra vez—. ¿Qué quieres?

—Quiero…

Carmen, Lola y yo empezamos a vitorearla y ella esbozó una pequeña sonrisa.

—¡Nerea no quiere nada de la vida! —dijo Lola.

—Buuuuuuuuuuuuuuuuuuuuuu. —La abucheamos—. ¡Nerea! ¡Nerea! ¡Nerea! ¡Nerea!

—Quiero cambiar de trabajo —dijo con la boquita pequeña.

—¿Qué trabajo quieres?

—Otro. Algo más divertido. Algo que me guste.

—¡¿Qué quieres, Nerea?!

—¡Nerea la fría, Nerea la fría! —repetíamos nosotras.

—¡Quiero dejar de ser Nerea la fría!

Lola se puso seria y, mirándonos a todas en un repaso visual, levantó su cerveza y dijo:

—Pues prometámonos a nosotras mismas que jamás nos quedaremos con algo que no nos gusta por el mero hecho de que sea cómodo. —Todas asentimos—. Nos merecemos lo mejor y, sobre todo, nos merecemos creerlo.

Después nos bebimos nuestras latas de cerveza de dos o tres tragos y eructamos como si no hubiera mañana.

4

E l vuelo de vuelta se dividió en dos partes: una en la que nos dedicamos a reponernos de la resaca de la noche anterior permaneciendo mudas, en estado comatoso; y otra en la que, después de un café pagado a precio de oro en el avión y unas galletas que llevábamos en el bolso, nos dedicamos al célebre «¿os acordáis cuando...?».

Había un millón de cosas que tendríamos siempre en ese libro de recuerdos conjuntos que tendíamos a hojear cuando estábamos juntas: los paseos en bici por Ámsterdam, conmigo de paquete; la noche en la que escuchamos jazz en directo y después, cansadas de ser formales, nos emborrachamos con cerveza tostada. O el amago de accidente que Lola y yo tuvimos en la bicicleta al venirnos arriba e intentar chocar las dos manos, soltando el manillar. Las risas absurdas por las frases a medio decir como resultado de la marihuana; los atracones de chocolate; la comida en aquella cafetería tan cuca, bebiendo batidos y compartiendo unos sándwiches; aquella canción en portugués tan pegadiza cuya letra nos inventábamos; Lola y Carmen robando un candelabro viejo y roñoso de un bar clandestino en un polígono industrial, en cuya puerta estaban quemando un palé. Pinceladas solo de la sensación de estar allí y de habernos prometido que jamás nos conformaríamos con lo que teníamos si lo que teníamos no nos gustaba.

Cuando llegamos a Madrid, Borja estaba esperando a Carmen en la terminal, justo en la puerta por la que estábamos desembarcando. Y a la envidia que le teníamos por su estupenda relación había que sumar el hecho de que Borja estuviera tan guapo. El que en un principio no parecía más que un tímido entradito en carnes era ahora un galán del Hollywood antiguo. Había perdido peso, había cambiado las gafas por lentillas a petición expresa de Carmen y tenía esa chispa que solo tienen los hombres que saben lo que quieren. Además, mal que le pesase a él, Carmen nos mantenía al día de ciertos detalles íntimos y sabíamos que era una fiera en la cama.

En cuanto se tuvieron a mano, se abrazaron y se besaron. A pesar de que Borja era extremadamente tímido para aquellas muestras de cariño en público, no se nos pasó por alto la intensidad del beso. Se habían echado de menos… En todos los sentidos. Lo más probable era que fueran directos al piso de Carmen a desfogarse un rato por esos días de ausencia.

49

Al llegar a su lado, Borja nos saludó a todas con dos formales besos en las mejillas y Carmen le riñó; ella piensa que a la gente que uno conoce y aprecia solo hay que darle un beso al saludarse.

—Parece que las conozcas de vista —le reprendió.

Pero él no contestó, solo la miró de reojo con una sonrisa en los labios. Conque eso era el amor, ¿eh?

—Oíd chicas, tengo el coche en el parking. ¿A quién dejo primero? —dijo Borja al tiempo que se sacaba las llaves del coche del bolsillo de los vaqueros.

Mientras escuchaba a la cuadriculada Nerea programar la ruta, mi mirada fue del suelo al pasillo, donde la gente pasaba buscando la pantalla de anuncio de los vuelos. Y allí, junto a un mostrador cerrado de alquiler de coches, vi a Víctor apoyado en la pared.

Ale. Bomba emocional a un golpe de vista.

El estómago me dio un vuelco y tuve ganas de vomitar durante un instante. Noté cómo la sangre se me agolpaba en la cabeza y se me nublaba levemente la vista, llenándose de puntitos brillantes que desaparecían si trataba de enfocarlos.

Víctor llevaba barba de más de tres días e iba vestido con unos vaqueros, un jersey gris humo con cuello chimenea y un abrigo negro cruzado, de paño. Me mordí el labio indecisa. Por un momento pensé que, como él parecía no haberme visto, podría hacerme la loca e irme con Borja, esperando que el gesto me valiera al menos para olvidarme un poco de aquella historia que ya no tenía arreglo. Después pensé «¿crees que eso te servirá de algo?». Lo vi poco probable, así que carraspeé para llamar la atención de todos.

—Borja, te agradezco la intención, pero me parece que han venido a recogerme.

Todos, incluido Borja, miraron entre la gente hasta localizar a Víctor. Carmen sonrió, Nerea me lanzó una mirada de advertencia y Lola me despidió con una palmada en el culo y un beso en la mejilla, gesto que aprovechó para susurrar:

—No te quedes con nada que no te guste, pero pelea. Víctor vale la pena, a pesar de lo mucho que se empeña en disimularlo.

En cuanto me giré para ir hacia él me di cuenta de que la Valeria comedida, la que se callaba todas aquellas cosas que quería, se había quedado en Ámsterdam. No es que no tuviera edad de hacer las cosas difíciles, es que ya no tenía ganas.

Víctor seguía con la mirada perdida entre la gente que salía por aquella puerta de embarque. Nos habíamos juntado al salir varios vuelos procedentes de distintos destinos, por lo que había muchas personas pululando por allí. No me vio hasta que no estuve prácticamente delante de él y al reconocerme se sobresaltó y, por primera vez desde que lo conocía, lo vi ruborizarse.

—Hola —dije.

—No te había visto. —Se rascó la barba.

—Yo tampoco te vi al salir. Estaba a punto de irme. No sabía que vendrías.

—¿Han venido a recogerte? —dijo poniéndose alerta.

—Vino Borja a por Carmen y ya sabes… somos el añadido.

—Ya.

Suspiró profundamente y se mordió el labio superior, mirando hacia la gente que empezaba a disiparse.

—¿Puedo llevarte a casa?

—Sí —contesté secamente.

Alargó la mano, cogió mi maleta por el asa y la arrastró junto a él, mientras empezaba a andar hacia una parte del aparcamiento contraria adonde se dirigían Carmen, Borja, Nerea y Lola, que miraban sin parar hacia nosotros.

Caminamos en silencio. Cargó mi maleta, entramos en el coche y salimos de allí sin mediar palabra. Diez minutos después Víctor rompió un silencio muy violento preguntándome qué tal lo había pasado.

—Muy bien. Ha sido muy clarificador —contesté mirando por la ventanilla.

—¿Sí?

—Sí —aseguré.

—¿Y eso?

—Me ha dado tiempo de pensar.

—¿Algo que me concierna a mí? —Me miró fugazmente.

—Pues sí, supongo que sí.

Nos callamos de nuevo. Como él no preguntó yo no contesté y así no hablamos hasta que no aparcó el coche frente a mi casa. No entiendo por qué narices había venido a por mí si no quería hablar.

—¿Puedo subir? Creo que tenemos que hablar —preguntó después de un suspiro muy elocuente.

—Preferiría hablarlo aquí —contesté resuelta.

—Valeria, por favor. —Y lo dijo en un tono ostensiblemente tirante.

—¿Qué?

—¿No vamos a hablar de ello?

—¿De qué? ¿Del sujetador?

—Por ejemplo.

—¿Por ejemplo? —contesté con voz aguda.

—Creo que tenemos más problemas que ese.

Rebufé. Sí, claro que teníamos más problemas. Él era un inmenso y guapísimo problema.

—Mira, Valeria, no me voy a poner a inventar rocambolescas excusas para justificar que ese sujetador llegara donde estaba —dijo mientras se quitaba el cinturón de seguridad, sin mirarme.

—Pues yo quiero saber cómo llegó allí.

Víctor se mordió los labios y me miró, serio.

—Pues si quieres saberlo te lo diré. La semana pasada salí con mis amigos. Fuimos a un garito, nos tomamos unas copas, un grupo de chicas se nos acercó, tonteamos con ellas y a la hora de irme a casa una de ellas se quitó el sujetador y me lo dio.

—¿Una tía te regaló su sujetador para que te lo llevaras como recuerdo?

—Eso y su número de teléfono...

Levanté las cejas expresivamente. No es que no lo terminara de creer. Lola era una de mis mejores amigas; ese tipo de marketing directo no me era desconocido; pero los tíos con los que Lola hacía esas cosas siempre daban pie a que aquello ocurriera.

Víctor añadió:

—Sé qué debiste pensar cuando lo viste, pero eso es lo que hay y no hay más.

—¿Te acostaste con ella?

—¡No! ¡Claro que no! —dijo tajante.

—¿Os enrollasteis?

El silencio habló por sí mismo. Además Víctor se removió incómodo en su asiento y chasqueó la lengua contra el paladar. Me dieron ganas de apuñalarlo con una horquilla.

—Vaya tela —añadí mirando por la ventanilla.

—Fue solo un… No sé, fue una tontería. Estaba borracho y…

—No hay quien te entienda, ¿lo sabes? —dije.

Cogí el bolso, me desabroché el cinturón de seguridad y salí del coche. Víctor salió también y sacó la maleta. Nos encontramos cruzando la calle, hacia mi portal, donde paramos.

—Valeria. —Me cogió de la muñeca cuando empecé a buscar abruptamente las llaves en el bolso y me giró hacia él.

—¿Qué?

—No quiero… no… no significó nada. Fue un beso de mierda. No sé por qué quise besarla.

—¿No sabes por qué? Pues yo sí. ¿Quieres que te lo diga? Necesitas reafirmarte. Necesitas decirte a ti mismo que sigues siendo un machote y que no pasa nada porque folles a menudo conmigo, porque yo tampoco significo nada.

—Eso no es verdad.

—No, no es verdad, pero te comportas como si lo fuera. Y tienes treinta y dos años, Víctor, no eres ningún crío. Y ahora no me vengas con el discurso de que no espere que te arrodilles con un anillo. Te superas, te lo juro, cada día te superas para parecer más imbécil. Eres infantil y egoísta, ¿te das cuenta? Si quieres decirle a todo el mundo que no estás atado, que tenemos en realidad una relación abierta, adelante, pero no cuentes conmigo. Búscate a otra gilipollas. Es tan fácil como eso.

—No quiero estar con otra. —Frunció el ceño—. No sabes cuánto me arrepentí. Esto que tenemos… es…

—¿Por qué coño te empeñas en mantener lo que tenemos si vas frenando continuamente? ¡¡Llámalo como quieras pero esto es una puta mierda!!

—Valeria, sé justa, yo…

—Yo, yo, yo. Me da igual. ¡Me dijiste te quiero! —Subí la voz—. ¡Me dijiste te quiero y lo peor es que me lo hiciste creer! ¿Qué pasa? ¿Se te suelta la lengua cuando vas a correrte? —Víctor se metió las manos en los bolsillos y miró al suelo—. No quiero discutir esto ni un minuto más y menos aún en la calle —sentencié.

Me volví a girar con las llaves en la mano.

—No, no, Valeria, no quiero dejarlo así. —En un ademán volvió a ponerme frente a él.

—¿Qué quieres que piense? ¡Me dices que me quieres y de pronto ya no lo haces! ¡Vas besando a otras por ahí, joder! ¡Y a saber si solo la besaste o…!

—No, no, no… Valeria. ¡No te montes películas! Me dejé dar un beso. Esto no es truculento ni sórdido.

—Me cuesta mucho creerlo. Haces sórdido todo lo que tocas. Hasta un «te quiero».

—Yo no he dicho jamás que no te quiera —dijo frunciendo el ceño—. Ni he frivolizado con el tema.

—¡Pero tampoco has dicho nada al respecto desde que volvimos! ¿Qué tengo que entender de la manera en la que me tratas, Víctor? —Chasqueó la lengua contra el paladar y se frotó la frente—. Y encima vas morreándote por ahí con cualquiera. Y yo comiéndome sus babas. Joder. —Me revolví el pelo—. Eres lo peor.

Agachó la cabeza, aparentemente avergonzado.

—Lo siento. No puedo decir más. No sé por qué lo hice.

—Lo hiciste porque estás asustado.

—Sí —dijo firmemente—. Sí lo estoy.

—¡Pues no entiendo de qué! ¡Yo no te he pedido compromiso de por vida! Pero es que a la edad que tenemos la gente suele tener relaciones adultas. No entiendo qué miedo puede darte eso.

—No es el caso. De lo que tengo miedo es de ti.

Me quedé mirándolo sin saber cómo reaccionar a eso. Al fin, después de tragar y coger aire, me encontré con las fuerzas de contestar:

—¿De mí? ¿Tienes miedo de mí? ¿Me vas a contar ahora el cuento chino del tío al que le han roto el corazón y que ya no confía en las mujeres?

—No. Pero no me siento cómodo con lo que tenemos.

Levanté las cejas, sorprendida.

—Vale, entonces ya somos dos.

—Soy imbécil, ya lo sé.

Pues sí. Eres imbécil.

Abrí la puerta y empecé a subir las escaleras. Me di cuenta más bien pronto de que, para mi tranquilidad, Víctor se había quedado en el portal viéndome subir pero que no me seguiría.

5

L ola decidió que necesitaba hablar chino. A decir verdad, Lola decidió que debía ocupar su tiempo libre para dejar de tener los pensamientos que tenía. Había conseguido no mirar a Sergio con deseo y, la verdad, tenía tan claro que él era un capítulo pasado de su vida que ya ni le interesaba hacerlo. Hasta lo miraba con desdén, como a aquellos zapatos que se compró en un ataque de fiebre consumista y que se suponía que estaban tan de moda.

Ahora, sentada en su pupitre de la escuela de idiomas, miraba a su alrededor y se arrepentía un poco del hecho de haberse apuntado de esa manera tan impulsiva. Podría haber decidido practicar yoga en casa y así de paso conseguir unos glúteos de acero. Pero no. Iba a aprender chino. Y es que ocupar su tiempo no servía de nada si eso la conducía a relacionarse con un montón de hombres. En clase de yoga habría hombres y si no los había en la clase, estarían en el gimnasio. En clase de cocina... más hombres y además, a ella no le interesaba aprender a cocinar; con saber preparar café y abrir botes de pepinillos se daba por satisfecha. Podía haberse apuntado a un club de montaña, pero habría hombres. Por eso había decidido seguir estudiando idiomas. Aquello no era precisamente un catálogo de tentaciones.

En la primera fila vislumbró a un chico que no cabía en la silla. Podía pasar por alto cierto sobrepeso, pero aquello era un manatí; probablemente se llevaría el pupitre a casa incrustado en su rotundidad corporal. Además, tenía serios y evidentes problemas con su higiene personal, entre ellos una sucia mata de pelo, marrón y sin brillo, pegada a la cabeza como con pegamento.

A su lado había otra chica también con el pelo sucio. Vaya, parecía que era una epidemia. Y, bueno, aquello no era un hombre, pero no podía evitar mirarle el pelo y preguntarse qué lleva a una persona a salir de casa con semejante aceite en la pelambrera. Eso mata la libido de cualquiera. Esperó que fuera suficiente como para acabar con la suya, que no era moco de pavo, sobre todo después de los tres meses de sequía que, para más inri, había confesado.

En la quinta fila había una pandilla de chicos jóvenes. Tenían pinta de fans del manga y del anime… ¿no les pegaba más una clase de japonés? Aquellos adolescentes parecían haberse perdido. Miraban a su alrededor ávidos de escotes pero, pensaba Lola, tendrían que haberse apuntado a yoga, a pilates o a francés. Se rio por dentro del doble sentido de su broma mental.

Suspiró. Aparte de algunas dedicadas estudiantes de traducción, como ella, no había nadie más allí dentro. La profesora tampoco la seducía. Oye, que no decía que no a nada. ¿Quién sabía? Podía enamorarse de una mujer, pero… no de aquella chica escuálida. Estaba claro. Iba a aprender chino sí o sí, porque no tendría nada con lo que entretenerse.

Bueno. Esa era la intención.

De repente la puerta se abrió y entró un chico joven, con bastante buena pinta. Lola lo olió desde allí: no alianza, no menor de edad, no friki, no sucio… Uhm…

—Disculpe, creo que me he equivocado de aula. —Sonrió—. Esta no parece la clase de alemán.

—No. —Sonrió la profesora oriental.

¡Menuda mierda! Estaba condenada a tener que concentrarse. Era lo que debía hacer, pero a ratos no estaba del todo de acuerdo con la marcial Lola que renegaba de los hombres.

En el descanso salió a fumarse un pitillo. Los ideogramas eran complicados de cojones y estaba asqueada. Había dado unas clases en un seminario hacía unos años y se podía desenvolver en presentaciones. Un hola, qué tal. Encantada de conocerlo. Pero ya ni siquiera se acordaba de cómo escribirlo. Qué infierno. De repente se puso a sí misma en entredicho, pensando que era mejor entregarse al placer del fornicio sin amor que sufrir en aquella aula dos veces por semana.

Se apoyó en el muro de la entrada, le dio una honda calada al pitillo y alguien se le acercó.

—Disculpa.

—¿Sí?

Al levantar la vista se encontró con que un chico le sonreía. Tenía los ojos marrón oscuro y el pelo castaño peinado a la moda o revuelto, nunca encontró la diferencia. Lucía una sonrisa de lo más provocadora a la que ella le contestó con otra.

—¿Tienes un cigarrillo?

—Claro.

Le tendió el paquete y él cazó uno entre sus dedos y se lo encendió.

—Muchas gracias. Me lo olvidé en el coche y tuve que aparcarlo en el quinto infierno. Y a ver qué haces en el descanso si no fumas.

—Después de una clase de estas me fumaría hasta el césped —comentó ella.

—¿En qué clase estás?

—En chino. —Sonrió.

—Vaya, no tienes pinta de friki.

—Gracias, supongo. ¿Y tú?

—Inglés.

—Bueno, no te quejes. —Lo miró coqueta.

—Claro, después de una clase de chino supongo que todo pinta mejor.

Se rieron.

—Soy Rai.

—¿Rai?

—Raimundo. Padres con sentido del humor. —Volvió a sonreír mientras le tendía la mano.

—Yo Lola.

—Dolores —aclaró él.

—Otros padres con sentido del humor. —Sonrió ella.

Se estrecharon la mano.

—Creo que es hora de volver —susurró Lola.

—Quizá podamos volver a coincidir.

—Estaría bien…

—¿Verdad? —Y los labios de Rai se movieron hasta dibujar una sonrisa de lo más pérfida.

Bueno, bueno… A lo mejor, con un poco de suerte, no tendría por qué aprender mucho chino aquel año. Pero por el momento no tenía por qué enterarse nadie de que empezaba a pensar que la clausura no iba con ella.

6

La madre de Carmen ya había ido a acompañarla a probarse vestidos dos veces. Le quedaban apenas seis meses para la boda y llevaba un par tratando de ignorar el tema.

Odiaba los vestidos de novia. Los odiaba con toda su alma. Prefería casarse con un camisón de franela hasta los pies a tener que ir hasta el altar disfrazada de repollo.

La primera salida en busca del vestido le provocó un dolor de cabeza terrible y una bronca con su madre, que esperaba poder verla vestida de blanco fulgurante y con todos los complementos posibles.

La segunda tarde de compras casi la hizo llorar cuando las dependientas trataron de meterla en un vestido dos tallas menos que la suya, horrible, y después no podían quitárselo. Para mejorar la tarde, su madre le dejó caer la posibilidad de «perder unos kilitos». Le provocó tanta ansiedad que aquella noche se dio un atracón casi enfermizo

63

y tardó una semana en cogerle el teléfono a su madre, que, por otra parte, ya estaba acostumbrada.

Así que, cuando se le pasó, llegaron a un acuerdo: Carmen miraría vestidos por su cuenta y cuando tuviera localizados dos o tres que no la hicieran llorar sangre, irían juntas a decidirse.

Y allí estaba. Pero no sola. No. Ya le gustaría a ella. Porque Nerea, que adoraba las bodas y todo lo que tuviera que ver con ellas, se había enterado y se había empeñado en acompañarla. Se hubiera negado de no ser porque le hizo chantaje emocional, logrando que acabara compadeciéndose de sí misma.

—Carmenchu, ¿qué pasa? ¿Es que estás sola en el mundo? ¿Quieres que piensen que nadie te quiere lo suficiente como para acompañarte a comprar el vestido de novia?

A Carmen lo que los demás pensaran se la traía al fresco, pero es que resultaba que, mediante aquella vil y silenciosa manipulación, era ella misma la que tenía miedo de terminar pensando aquello.

Así estaban las cosas.

Carmen se miró en el espejo con cara de asco. La dependienta de la tienda la observaba de soslayo y ella sabía que deseaba que se fuera de allí y la dejase tranquila. Más quisiera ella dejarla tranquila ya. Solo tenía ganas de irse a casa, ponerse el pijama y beberse un litro de zumo de naranja de brik de un trago. Era el décimo vestido que se probaba y el décimo que no le gustaba. Y, por cierto, el décimo que no le entraba y que le tenían que enganchar con una especie de pinzas enormes para que pudiera hacerse a la idea.

¿Por qué se empeñan en las tiendas de vestidos de novia en hacernos sentir a todas orondas teniendo solo esas malditas tallas minúsculas?

Pero Nerea, que parecía habitar en una realidad paralela, aplaudió sentadita en un banco, junto a ella.

—¡Estás preciosa, Carmen! ¡Qué emoción! ¡Es tu vestido!

—De eso nada, parezco un repollo. Me prendería fuego a mí misma.

—¿A que no?

Nerea buscó apoyo en la pobre desconocida que ahora se apoyaba en la pared con fatiga.

—Voy a ser sincera. De los diez, este es el peor —añadió.

—¿Ves? —Carmen estaba desesperándose—. Mejor me caso con un camisón de franela y todo el mundo contento.

—El problema es que no te ves vestida de novia, pero, cariño, te vas a casar y quieras o no vas a tener que ponerte uno de estos —apostilló Nerea con tono dulce.

—De lo malo, lo mejor —añadió la dependienta mientras sujetaba una de las perchas.

Carmen meditó. ¿Era eso verdad? ¿Tenía que quedarse con lo menos malo? Si casarse ya suponía para ella un problema, pasar ese día disfrazada de algo que no le gustaba iba a convertir el supuesto día más feliz de su vida en un infierno personal.

—No. —Bajó del podio donde la tenían subida—. No quiero. Me niego. Lo siento mucho por esta señorita que ha perdido la tarde por mi culpa, pero es que no me gusta.

La chica sonrió y Nerea se enfurruñó.

A la salida de la tienda añadió el catálogo a todos los demás que llevaba dentro de su bolso y luego, girándose hacia Carmen, le dijo que necesitaban una tercera opinión.

Aparecieron en mi casa a las ocho de la tarde. Era noche cerrada ya y yo estaba en pijama, con un moño indescriptible en el cogote y con ganas de meterme en la cama y despertar en primavera. Bufé al verlas en el quicio de la puerta, sin mirarse. No podían llegar en peor momento. No estaba yo para muchas monsergas desde que el martes había discutido con Víctor y no había vuelto a saber nada de él.

—Pero, bueno, ¡qué horror! No sé qué haría en mi anterior vida para tener que hacer ahora de juez en todas vuestras riñas… —gruñí.

—Necesito que la hagas entrar en razón —dijo Nerea.

—¿Por qué? —Entré en el piso y abrí la nevera.

Coloqué una botella de vino blanco encima de la mesa y saqué tres copas. Ellas seguían en el minúsculo recibidor.

—Pero pasad, si ya estáis aquí.

—No queremos molestar —dijo Carmen con un hilo de voz.

Me tapé la cara, bufé y después, mirándolas de nuevo, dulcifiqué el tono y el gesto:

—Perdonad, no tengo un buen día.

—¿Quién lo tiene? —susurró Carmen a mi paso.

—¿Qué pasa? —pregunté desde la cocina nuevamente.

—Carmen está imposible con el tema del vestido —refunfuñó Nerea.

Aparecí con un bol lleno de ganchitos.

Si continúas tratándonos así de bien seguiremos acudiendo a ti en estos casos —sonrió Carmen alcanzando el aperitivo.

—Para eso estamos.

—¡No comas ganchitos! ¡Te casas este año! ¡Haz el favor de no comer esas mierdas! —vociferó Nerea.

Carmen se hizo un ovillo en su asiento y controló un puchero.

—Pero ¿qué te pasa? ¿Por qué de repente eres tan nazi? —le dije a Nerea poniendo los brazos en jarras, muy seria.

—Lo hago por su bien.

—¿Por qué yo? ¿Por qué no Lola? —lloriqueé mientras me dejaba caer sobre el sillón, que habían tenido la deferencia de dejar libre.

—Lola está en su curso de chino. ¡Cualquiera diría que te molestamos! —dijo Nerea ofendida—. Lo importante es que convenzas a Carmen de que casarse con un traje de chaqueta es una absoluta locura.

Miré a Carmen.

—No, no le hagas ni caso. Si te gusta un traje de chaqueta, cásate con un traje de chaqueta.

—Pero ¡Valeria! —se quejó Nerea, dando una patadita al suelo.

—¿Qué quieres que haga? ¡Si quieres que te dé la razón como a los locos, por lo menos tendrás que sobornarme!

—Vaya par… Mira, me gusta este —dijo Carmen abriendo un catálogo—. Es sencillo, elegante y creo que me favorecería.

—Es bonito. Quizá un poco soso.

—¡Ves! ¡Soso, Carmen, soso! ¿Quieres que ese sea el comentario que haga la gente al verte entrar en la iglesia? ¡Uy, qué vestido tan soso! —Nerea puso vocecita de maruja y contrajo el gesto.

—Hostias, qué fea te pones. Empiezas a darme miedo, Nerea —dijo Carmen—. Y además no creo que te perdone lo de los ganchitos en un buen rato…

Saqué un álbum del armario y se lo tendí.

—¿Te acuerdas de mi vestido de novia?

—¡Eso no era un vestido de novia! —se quejó Nerea.

—Era bonito —comentó Carmen al tiempo que miraba las fotos con melancolía.

—Me lo compré en una tienda de segunda mano. Me costó seis mil pesetas…, treinta y seis euros de nada. Mi madre por poco cayó desmayada, pero era el que a mí me gustaba.

—¿No te has arrepentido con el tiempo?

—No. Del vestido no. De la boda sí. —Me reí con nostalgia—. Me tenía que gustar en el momento y punto. Incluso lo he vuelto a utilizar.

—Pero, Valeria, sé sincera contigo misma: tu boda fue un poco… carnaval hippy —dijo Nerea—. Os fuisteis del catering en vespa y el novio iba disfrazado de… Nunca me quedó claro. ¿De qué iba disfrazado Adrián?

—De lo que tú quieras, pero Carmen tiene que ponerse lo que le apetezca. Es su boda. Ostras… Mírate en esta foto, Nerea. —Señalé una fotografía del álbum muerta de la risa.

—¡Qué horror! —exclamó.

—¿Ves? ¡Hasta tu puedes arrepentirte de ponerte algo!

—No, yo estoy estupenda. Mi vestido era divino. Lo que es un horror son las fotos de boda. Siendo Adrián fotógrafo...

—No contratamos a nadie. Simplemente son copias de las cámaras de todos los invitados —comenté mientras acariciaba una de las fotografías con la mirada perdida. Cuando desperté de mis cábalas mentales me giré hacia ellas—. Carmen, cómprate el vestido que quieras, no cedas ante nadie.

—Pero, bien pensado... mi madre... no sé. Se morirá de pena si me ve entrar en la iglesia de corto. Solo tienen una hija. Mi hermano ya está casado...

Me quedé mirándola.

—Date tiempo. No te agobies con el tema del vestido.

—Ya va muy retrasada —nos sermoneó Nerea.

—Nerea, cielo, ¿desde cuándo eres organizadora de bodas a lo Jennifer López en aquella película...?

—*Planes de boda* —puntualizó Carmen.

—Eso —asentí.

—No soy... —Nerea se miró digna las uñas, con su manicura perfecta—. Yo solo quiero ayudar.

—Y yo encantada, que conste —dijo Carmen—. Pero en vez de empecinarte con el tema del vestido quizá deberías centrarte en ayudarme con las doscientas cincuenta mil cosas que me quedan por cerrar y que me suenan a chino.

Nerea levantó las cejas contenta, como si terminara de acordarse de algo, y rebuscó en su estupendo bolso de Bimba y Lola. Tras unos segundos sacó un paquete envuelto en papel de regalo dorado.

—Casi se me olvida. Aunque creo que no te lo mereces, pedorra.

Carmen rasgó el papel sin miramientos y se quedó con el librito en la mano, sin saber muy bien qué hacer.

—Oh…, qué bonito, Nerea. Muchas gracias. No tenías por qué.

—No sabes lo que es, ¿verdad?

—No —contestó sonrojándose.

—Es un diario para la planificación de tu boda. Viene con todas las secciones que necesitas: programación para todas las cuestiones del vestido, el maquillaje, la peluquería, la manicura, la ropa interior…

—¿¡No me puedo casar con mis bragas de toda la vida!? —dijo Carmen alarmada.

—¡Claro que no! Y ya sabes, mira, puedes ir apuntando las fechas y todas esas cosas. Lleva también consejos entre sección y sección. ¿A que es una monada? Porque, claro, no puedes dejar de lado cuestiones como los detalles que vas a dar a los invitados, los puros, la lista de organización de mesas, los menús, las alianzas, la música que sonará, los adornos florales, la ambientación musical en la iglesia…

—Ay, Dios… —Los ojos de Carmen se humedecieron de pronto y empezó a temblarle levemente el labio superior.

Nerea la miró con ternura y se sentó a su lado; le pasó el bracito por la cintura, le besó un hombro y, arrullándola, dijo:

—No te preocupes, Carmenchu, yo te ayudaré.

A continuación se abrazaron y yo di tres palmadas a modo de aplauso sarcástico. Después las dos se abalanzaron sobre mí y me apretujaron. Incluso Nerea la fría, que ya empezaba a ser Nerea la templada.

7

EL TÍO DE LAS CLASES DE INGLÉS

L ola salió como alma que lleva el diablo de su aula.
Como todos los lunes y viernes, tenía clase de chino
y esperaba poder volver a ver a Rai. Menudo fraude de
dedicada estudiante; pero era de suponer. Es Lola, por Dios
santo.

Así que, estudiadamente, se apoyó en el punto exacto
del muro donde se habían conocido y él no tardó en aparecer, con dos botes de coca cola y un cigarro entre los labios.

—Toma. —Le dio un refresco sin ceremonias.

Lola arqueó una ceja y se dijo a sí misma: «Así me
gusta, al grano».

—¿Para mí? —preguntó mientras cogía la coca cola.

—Claro. Gracias por el cigarrillo del otro día.

—No fue nada. —Sonrió.

—¿Nos sentamos allí?

Lola se contoneó con sus vaqueros negros nuevos delante de él y luego se dejó caer en un banco de piedra, entre

unos setos. Había mucha humedad y hacía un frío de mil demonios, pero ella hubiera aguantado sentada en aquella roca helada toda la noche si hubiera hecho falta, aunque se le congelara la «cococha», como más tarde me contó. Lola no necesita traducción ni mis mediaciones. Tal y como es ya resulta merecidamente interesante.

—Bueno, Lola, dime, ¿a qué te dedicas? —preguntó Rai mientras abría su refresco.

—Soy traductora.

—Vaya, de ahí lo de estudiar chino.

—Sí, estoy intentando ampliar currículo, a ver si me cambio de trabajo.

—¿Y eso?

—Bah, una larga historia. Me lié con mi jefe y ahora no lo aguanto. —Sonrió.

—Vaya con la traductora.

—¿Y tú?

—¿Yo? Buf... Soy uno de esos... sin oficio ni beneficio. Soy profesor de dibujo para críos en una academia, pero me quiero ir a Londres a buscarme la vida a ver si tengo suerte.

Lola asintió. Le pareció muy tierno. ¿Le gustaba o era demasiado tierno para ella? La antigua Lola no le hubiera dado oportunidad alguna, ni siquiera para conocerlo. Lo hubiera tachado de meacamas y lo hubiera olvidado en un par de minutos.

—Oye, Lola.

—Dime.

—A lo mejor esto te parece un poco precipitado, pero... ¿te apetecería tomar una cerveza mañana?

Meditó medio microsegundo.

—A lo mejor eres un sádico violador o un asesino. No te conozco de nada.

—Estaremos en un sitio público. —Sonrió él.

La antigua Lola no se hubiera preguntado nada más, pero la nueva Lola era un poquito pesada y puso cara de estar meditándolo mucho.

—Pensé que nos podríamos reír un rato de tus clases de chino y de mi inglés.

Lola asintió y después sonrió. Ya tenía una cita.

¡Gracias a Dios! El celibato no iba con ella, por mucha nueva Lola que fuera.

8

La mañana del sábado alguien osó perturbar la paz de mi santuario y, con mucho descaro, hizo sonar el teléfono a las diez y media de la mañana. Yo aún estaba en coma pero como insistieron, terminé por estirar el brazo y coger el auricular.

—¿Sí? —pregunté con voz pastosa.

—Buenos días, Valeria. Soy Jose. ¿Te he despertado?

Me incorporé, como si pudiera verme, y negué con la cabeza. No me apetecía que mi editor, o mi agente o lo que quiera Dios que fuera Jose, tuviera una visión equivocada de mi proceso creativo. ¿Equivocada? Bueno, corramos un tupido velo.

—No, qué va. Es que aún no me he tomado el café.

—En mi próxima vida quiero ser escritor. A todos os pillo durmiendo a horas intempestivas.

Sonreí.

—Bueno, las diez de la mañana de un sábado no es una hora demasiado exótica, ¿no crees?

—Diez y media. Seguro que ayer estuviste paseando el palmito con una glamurosa copa de Martini, fingiendo que eres la Carrie Bradshaw española —se rio.

—Estaba en casa, con un pijama que mejor ni te describo, bebiendo vino en unas copas descascarilladas con dos amigas, hojeando catálogos de vestidos de novia.

—¡¿Te casas?!

—No, hijo, no. Con una boda tuve suficiente.

—Sí, te entiendo —se rio—. Pero basta de charla introductoria superflua.

—Llamas por lo del artículo.

—No, aún no me han contestado. Las cosas de palacio van despacio. Te llamo porque vas a dar una charla en la universidad en unas jornadas sobre profesiones creativas.

—¿Charlas? ¿Yo? Espero que sea sobre cómo aplicarse la sombra de ojos, porque si no vamos listos... —Me froté el ojo y me di cuenta de que me había acostado sin desmaquillarme y a esas alturas ya debía de parecer un mapache.

—No. Nada de sombras de ojos ni de hombres ni de cócteles ni nada de esas cosas a las que debes de estar dedicándote ahora.

—Estoy con el borrador de la segunda parte. No me acoses telefónicamente con excusas baratas. —Me reí.

—No, no, lo de la charla va en serio. Vais a ir un par de escritores jóvenes, de los de la casa, a hablar sobre el mundo editorial, sobre cómo conseguisteis que os publicaran, sobre cómo es vuestra jornada de trabajo, si es que tenéis algo de eso. Ya sabes.

—¡Consígueme lo de la revista y tendré jornada de trabajo! —dije entre risas.

—Será el miércoles de la semana que viene. —Y él me ignoró.

—¿¡El miércoles!? Menos mal que me das tiempo para prepararme, ¿eh?

—No lloriquees. Si te digo la verdad, se lo habían propuesto a otra persona, pero ha tenido que salir de viaje.

—Ya decía yo —sonreí.

—Seréis tres y después habrá ronda de preguntas, por lo que no creo que tengas que preparar nada de más de quince minutos. No cuentes nada deprimente y no es necesario que te diga que debes dejar a la editorial en muy buena posición. Ya sabes…

—Utilizaré muchas veces la palabra «mecenas».

—Así me gusta. Si terminas la segunda parte de *En los zapatos de Valeria* te adoraré. Ya va siendo hora, reina mora.

—Vale.

—Cuídate.

—Igualmente.

Colgué el teléfono y me levanté de la cama. Pasé por el baño, donde me peiné con un poco más de esmero que el día anterior y me lavé la cara. Después me pesé, fui a la cocina, encendí la cafetera y, tras sentarme delante del portátil, busqué el borrador de la segunda parte de mis desventuras. Lo revisé por encima y suspiré. ¿Terminarlo? Llevaba dos meses releyéndolo. Prácticamente lo había llevado al día, como un diario, pero… ¿Estaba dispuesta a volver a pasar por el proceso que había sufrido con el primero?

Toda mi vida al aire, expuesta para que todos pudieran leerla y reírse de mí. La mía y la de tres amigas que, aunque habían leído el borrador y habían dado su consentimiento a todo lo que en él contaba sobre ellas, no tenían ninguna culpa de que no tuviera inspiración suficiente como para contar algo inventado que pareciera real.

Pero había escrito la primera parte de mi novela por una razón que seguía siendo lógica: quería escribir algo de verdad y quería que las chicas que me leyeran se sintieran identificadas. Yo no soy especial y sé que las cosas que me pasan a mí deben de pasarles a las demás. Al igual que las que les pasan a Carmen, a Nerea y a Lola. Bueno, las de Lola en parte. No sé si habrá ahí fuera alguien como ella.

Sin más, abrí un correo electrónico que dirigí a Jose y adjunté el archivo de la novela: «Está terminada desde el mes pasado. No me odies. Entiende que le tenga miedo. Espero el *feedback*».

Y sin más la mandé.

Después de darme una ducha y de pasarme por una librería a comprar un par de títulos que tenía pendientes en mi lista de «*to do's*», me di cuenta de que no había mirado el móvil en toda la mañana. Ya eran las dos y media del mediodía y si mi madre había tratado de localizarme, a esas alturas debía de estar histérica. Así que mientras terminaba de hacerse una sopa de verduras, fui a por él, a la mesita de noche.

Al activar la pantalla del teléfono con el que aún me estaba acostumbrando a trastear, lo vi. Un mensaje de Víctor de las doce de la noche. Y lo veía catorce horas y media después. Eso era hacerse la interesante y lo demás tonterías: «No sé nada de ti desde el martes. Y ya no sé qué hacer con esto. La he cagado, ya lo sé, pero es que me cuesta mucho gestionar hasta la más mínima sensación de las que me sacuden contigo. Necesito que hablemos y, sobre todo, que determinemos en qué punto estamos. Vas a tener que darme una pista, porque soy un imbécil. Estoy harto de estropear las cosas contigo».

Vaya por Dios...

¿No era un tema más bien para una llamada? No es que no me gustaran los mensajes de texto, porque, claro, soy una cobarde, pero el asunto es que para ciertas cosas, como «determinar en qué punto estábamos», creía necesario más que un mensajito. ¿Quizá un MMS con foto incluida de mi dedo corazón erguido?

Respiré hondo y me senté a los pies de la cama. Cogí el teléfono y sin pensarlo demasiado escribí: «¿En qué punto estamos? Te lo diría si lo supiera. De lo único que estoy segura es de que tú no quieres nada ni adulto ni serio y de que hace dos semanas te enrollaste con otra tía cuyo sujetador encontré en tu casa, pero a la que juras que no te follaste. No es muy alentador».

Pulsé enviar y me olvidé del asunto. O quise olvidarme del asunto, porque ni siquiera pasó media hora hasta que me contestó: «No, no es muy alentador».

Tragué saliva y contuve las ganas de llorar. Ya estaba bien de llorar. Me negaba.

Dejé el móvil en la mesita de noche, descolgué el teléfono fijo y marqué. Después de unos tonos alguien preguntó un clásico: «¿Quién?».

—Hola, mamá. ¿Sabes que voy a dar una charla en una universidad?

9

Lola, como es de suponer, no sintió ningún rastro de nerviosismo previo a su cita. Estaba segura de que iba a dominar la situación y de que tenía muchas probabilidades de volver a casa acompañada esa noche. Se frotaba las manitas tan solo con la expectativa.

No quiso vestirse muy formal porque no sabía adónde la llevaría, así que se puso unos vaqueros rectos, una blusa negra, una chaqueta de cuero entallada y unos zapatos de tacón, cómodos y poco llamativos. Se dejó el pelo suelto. No se lo pensó mucho más y se marchó andando.

Se vio reflejada en un escaparate y se encontró guapísima. Estaba muy orgullosa de sí misma y no lo escondía. Además, todas disfrutamos de vez en cuando de ese día en el que tenemos el guapo subido, no hace falta hacerse la mojigata modesta.

Lolita llegó al lugar de encuentro con la seguridad personal por las nubes, claro está. Para más inri Rai ya estaba allí esperándola. Llevaba una bonita camiseta negra, una chupa y unos jeans oscuros. Se saludaron con dos besos, algo fríos.

—He pensado que podríamos ir a un garito cerca de aquí que está muy bien, muy *cool*. Tengo un colega que es camarero y seguro que nos invita a algo. —Sonrió Rai.

Lola asintió. ¿*Cool*? ¿Seguro que nos invita a algo? Estos niños de ahora…

Pero ella se dejó querer, a ver dónde terminaba la cosa.

Llegaron al local. Era un sitio oscuro, de diseño y elegante. Bueno, al menos el chico tenía buen gusto, aunque fueran con la promesa de no pagar el total de la cuenta. Se colaron en la entrada porque estaban apuntados en la lista VIP y después se acomodaron en un reservado, en el fondo del local. Lola pidió un Cosmopolitan y Rai un whisky con naranja.

Se sonrieron. ¿Ahora qué? Ahora a buscar un tema de conversación.

—Bueno, Rai, ni siquiera sé qué edad tienes. —Lola estaba muy entrenada en ese tipo de citas y sabía cómo romper el hielo.

—Pues… veinticuatro. —Lola hizo una mueca—. ¿Qué? ¿Demasiado mayor para ti?

—Eres muy galante diciendo eso, pero creo que es evidente que te saco unos años —contestó ella.

—¿Cuántos?

—Casi cinco. —Sonrió Lola.

—Bueno, eso no es nada. Mis padres se llevan siete. —Le guiñó un ojo.

Ese comentario a la vieja Lola la hubiera hecho salir disparada hacia la salida con cualquier excusa, pero ahora iba a ser tolerante. Respiró hondo.

—¿Qué más me cuentas? —preguntó distraída, acercándose la copa a los labios.

—Pues no sé... Doy clases de pintura a niños fuera del horario escolar, pinto en mi tiempo libre, toco la guitarra, comparto piso con dos amigos y terminé una relación hace poco más de seis meses —sonrió—. ¿Y tú?

Vaya. Eso parecía una de esas citas relámpago que se hacían en Estados Unidos. ¿Iba a tener que condensar Lola toda su vida en cuatro frases? Pues lo iba a tener jodido.

—Soy traductora, me invento enfermedades ficticias para faltar al trabajo, bebo más de lo que me gustaría admitir, fumo más de lo que debería, vivo sola y rompí con mi jefe hace unos meses. —Ella también sonrió. Pues no era tan difícil...

—¿Te puedo decir una cosa, Lola?

—Claro.

—Me encantas.

Bien... La cosa marchaba.

Después hablaron de música, del instituto y de la facultad. Una cosa llevó a la otra y Lola terminó contándole aquella temporada en la que se convirtió en *groupie* de una banda de rockeros cutres de su facultad, cosa que sufrimos todas, por cierto. Aún me acuerdo, que conste, y no precisamente con cariño.

Rai, por su parte, le contó su experiencia en un grupo de aficionados y cómo besó el suelo al lanzarse a la multitud desde el escenario del recinto ferial de un pueblo. Se rieron mucho e incluso hicieron algunas manitas inocentes.

Entonces el amigo de Rai se acercó a su mesa y, tras las presentaciones, les prometió una sorpresa, palmeando sonoramente la espalda de su amigo. El tal Luis era el típico chico delgado y ojeroso con cara de buena persona que sufre trabajando para gente imbécil. Iba vestido con una camiseta negra del local con un «staff» gigante impreso en la espalda. Pobre chico, pensó Lola, cargando bandejas con aquellos bracitos.

La sorpresa llegó a la una y cuarto en forma de botella de Moët & Chandon rosado y dos copas. Los dos se miraron sin saber qué decir.

—Tengo que admitir que no suelo beber este tipo de cosas… —dijo Rai avergonzado.

—Uy, yo sí. Todos los domingos me lleno una bañera con esto y me hago unos largos —bromeó Lola.

—¿Ha sonado eso tremendamente erótico o soy un enfermo?

—Eres un enfermo. ¿He mencionado que a veces me hago fotos?

Los dos se echaron a reír.

—Pues venga. —Rai cogió la botella—. Habrá que probarlo.

—Te aviso que da resaca.

—Pues te veo muy ducha en el tema.

Lola le sacó la lengua y Rai forcejeó con la botella.

—¿No puedes? Mariquita —se rio ella.

—No es tan fácil, ¿vale?

—Dame. Yo la abriré.

—¡No! ¡Esto se ha convertido en un tema personal! —Rai siguió intentando sacar el corcho, poniéndose rojo del esfuerzo—. Ya casi está…

—¡Qué va! —dijo Lola.

—¡Que sí, mujer, que está saliendo!

—Pero si estoy viendo desde aquí que no se ha movido ni un milímetro.

—Que no, que no, que noto cómo va saliendo.

—¿Qué vas a notar? Dámela, anda.

—¡Que no, hombre, que yo puedo!

—Si no me la das voy a pensar que eres un machista asqueroso y no volveré a llamarte ni a cogerte el teléfono.

—Venga, va, toma, listilla.

Rai le cedió la botella, pero en el mismo momento en el que Lola la agarraba por el cuello, el movimiento del líquido hizo que las burbujas ayudaran al tapón a salir disparado…

Se escuchó una explosión y el corcho rebotó hasta terminar cayendo al suelo, donde una niñata vestida de putilla se resbaló con él. Bueno, hasta ahí todo bien… Pero… ¿dónde había rebotado al salir? ¿En el techo? ¿En la pared? No…

En el ojo de Lola.

La suerte que tuvo mi pequeña Lolita fue que no le acertó en el ojo, sino en la ceja. Desde tan cerca es posible que hubiera terminado con un parche para el resto de sus días, que en su caso seguro que habría sido fabuloso, pero un parche al fin y al cabo.

Rai saltó de su asiento mientras Lola se tapaba la cara, sin saber si reírse o llorar.

—¡La hostia putaaaaaaaaaaaa! —gritó ella.

—¿Estás bien? ¿Estás bien? ¡Dios mío! Vamos, te llevo al hospital.

—No es nada, tranquilo. No es nada. Quédate quieto.

—Vamos, Lola…

—Que no, no te preocupes, cállate un poquito, cariño.

—¡Dios mío! —masculló él.

—¡Que te sientes, coño! —gritó ella, poniéndose nerviosa.

—¡Voy a por hielo!

Rai volvió con un bloque enorme de hielo envuelto en un paño de tela. Lola se descubrió el ojo y al ver la cara que ponía él supo que le saldría un enorme moratón. Se colocó el hielo y mirándolo muy seria le dijo:

—Te voy a denunciar por agresión.

—Yo, lo siento, pensé que…

Sonrió y él se contagió. En el fondo Lola estaba iracunda pero tenía la certeza de que cuando le bajara la hinchazón y dejara de dolerle horrores, se reiría.

—No te preocupes, tonto. Maquillo un poco la historia y mañana cuando lo cuente soy la reina de la fiesta.

—De veras que lo siento, Lola.

—Ya me recompensarás. —Sonrió. Luego aulló de dolor.

Rai la llevó a casa pronto, tras disuadirla para que no se amorrara a la botella de champán con la excusa de que el alcohol es el mejor antiinflamatorio. A Lola le iba a estallar la cabeza y la verdad era que ya tenía la ceja morada e hinchada.

—Lola, lo siento. Ahora seguro que no quieres volver a verme —repitió Rai mientras se acercaban al portal.

—La próxima vez, si es que te va esto del sado, arréame con algo más blandito. ¿Te parece mejor?

—Lo tendré en cuenta.

—Te invitaría a subir, pero me duele mucho la cabeza.

—Vaya, la mítica excusa hecha realidad. —Los dos se rieron—. Buenas noches, Lola, nos vemos en la escuela.

—Sí, ya te irá a buscar la Guardia Civil, sinvergüenza —sonrió Lola.

Rai se acercó, se acercó, se acercó… y la besó… en la ceja.

Pues al final sí que volvía acompañada a casa, sí, pero por un chichón de magnitudes faraónicas.

10

Nerea... Ay, Nerea.

Nerea estaba organizando una boda que le quitaba hasta el sueño y el apetito, aunque no fuera la suya. Vivía en un continuo estado de desenfreno creativo del que solamente la sacaban las pocas cosas de su trabajo en las que lograba concentrarse y las llamadas del fotógrafo, del encargado del vídeo o del pastelero que haría la tarta. Iba a ser una boda perfecta.

Sin embargo, una tarde, al llegar a casa después del trabajo, mientras le daba vueltas a la idea de colocar un libro de firmas a la entrada del salón de bodas, se dio cuenta de una cosa que no la hizo del todo feliz... A decir verdad, la hizo sentirse bastante desgraciada. La boda iba a ser perfecta, insuperable. Y ella no iba a ser la novia.

Llamó a su hermana, pero esta no estaba para monsergas. Simplemente, y de malas maneras, le dijo que había sacado la misma tontuna decimonónica de su madre y que si se preocupaba por esas cosas es que carecía de nada más interesante en lo que pensar. Luego colgó.

Dudó. No debía llamar a su madre, pero necesitaba contárselo a alguien. La querida mamá de Nerea (a la que yo no podía soportar desde que me dio a entender que yo sufría el mal del Tordo) sentenció la breve conversación con un: «Es que eres tonta. Menos preocuparte por los demás y más por ti, que cuando quieras darte cuenta ya no estarás de tan buen ver y nadie se querrá casar contigo, pánfila».

Ella se mordió las uñas, preocupada. Por mucho que se lo negase a sí misma, Nerea pensaba lo mismo. Lo mismo y muchas otras cosas más que no dejaban de acosarla desde el viaje a Ámsterdam.

Un día, en su trabajo, se dio cuenta de que llevaba un rato sentada a su mesa contemplando la pantalla del ordenador sin mirar nada en concreto. Absolutamente nada. Y es que tampoco había nada que le interesara dentro de aquella caja tonta.

Le dio un sorbo a su café, pero estaba frío. Tras una mirada al reloj descubrió que llevaba así más de una hora y que ya debía ir a comer. Pero no tenía hambre, lo cual no estaba relacionado con el hecho de que a veces se autoconvenciera de que no tenía hambre para seguir estando estupenda. No. Es que tenía el estómago cerrado.

Respiró hondo un par de veces cuando la idea volvió a pasarle por la cabeza. El corazón le bombeaba rápido cada vez que lo pensaba porque, cuanto más lo hacía, más le gustaba. Se le había ocurrido el sábado por la noche, cuando hojeaba una revista y hablaba con Carmen por teléfono. Y ya no había podido quitársela de la mente. Era lunes, eran las dos y media y ella seguía pensando en ello.

¿Por qué no? Era lo que no dejaba de pensar.

¿Por qué no?

Porque no podía hacer una locura de esas características con los tiempos que corrían. Era de locos pensar que podía funcionar. Además sus padres la matarían. Con lo que les había costado a todos que ella estuviera donde estaba, universidad prestigiosa y privada de por medio...

Pero... ¿por qué no?

Al fin y al cabo, ¿qué más daban sus padres? Era su vida. Era su vida y no quería, definitivamente, pasarla, desaprovecharla, derrocharla en cosas que no valían la pena.

Pronto tendría veintinueve años. A un año de la treintena. Sí, era gerente en una multinacional. ¿Y qué? Estaba bien pagada y tenía el armario lleno de ropa preciosa. Eso y un cuerpo que muchas querrían. ¿Qué más? Tenía tres amigas íntimas, tres mejores amigas. Es más de lo que muchos pueden decir. Pero, aparte de aquello, ¿qué más tenía?

Nada.

Ni sueños, ni pasiones, ni aspiraciones propias, ni obsesiones, ni hobbies, ni pareja, ni planes de futuro, ni ganas de seguir estando donde estaba.

Se levantó de la silla, recogió fríamente todas sus cosas y las metió en el bolso. Después se acercó al gancho redondeado que hacía las veces de perchero, adosado a la puerta, y se puso su precioso abrigo de cachemir con el cuello de zorro. Cogió el bolso y salió del despacho, cerrando con llave.

Se acercó a la mesa de la secretaria de planta y con una sonrisa le dijo:

—Disculpa... Marisa, ¿verdad?

—Sí. Dime, Nerea —contestó la secretaria dejando claro que ella sí sabía su nombre con seguridad.

—No me encuentro muy bien. Voy a irme a casa. Si llaman por algo urgente, siempre que realmente sea urgente, me pueden localizar en la BlackBerry.

—Muy bien.

—Gracias, Marisa. Y que pases buena tarde.

Nerea salió del edificio con un subidón de adrenalina y nada más llegar a su barrio aparcó el coche en su plaza de garaje, subió a casa y encendió el ordenador.

El resto de la tarde la pasó dándole forma al proyecto. Su proyecto. Al día siguiente llamó al trabajo para decir que estaba enferma y dedicó dos horas de su mañana a hablar con el interventor de la sucursal bancaria con la que operaba. Ya estaba en marcha.

Nunca más Nerea la fría. Eso sí, con moderación. Después se hizo la manicura, se puso una mascarilla en la cara y en el pelo y decidió qué se pondría al día siguiente para hablar con sus padres.

11

E ntré en la universidad con unas ganas de vomitar tremendas, pero las obvié porque sabía que eran de puros nervios y que en cuanto me bebiera una coca cola se me pasarían. Había pasado más tiempo del esperado delante del armario y, además de haber dejado mi cama sepultada por ropa que me había probado y desechado después, llegaba un pelín justa. Y todo para ir con un vaquero, una camiseta de los Ramones y una americana negra... ¡Los Ramones! ¿Qué trataba de hacer? ¿Congraciarme con mi público antes de abrir la boca? Quizá debería haber elegido una de Lady Gaga.

Busqué el salón de actos y me di cuenta, al pasar por delante, de que estaba llenísimo. En ese momento sí temí doblarme en dos y echar hasta la primera papilla. Pero entonces una chica me rescató al preguntarme si era Valeria Férriz.

—Sí, soy yo —dije tratando de sonreír pero dibujando una mueca terrible.

—Hola, soy Susana, ayudante de doña Elena San Fernando, la organizadora de las jornadas.

—Hola. Encantada. —Le di la mano y me obligué a respirar hondo.

—¿Has traído algún tipo de material con el que apoyar la conferencia?

—¿Cómo? —pregunté al borde de la histeria.

—Si has traído, ya sabes, alguna presentación en Power Point o… —Vio mi cara de pánico y añadió sonriendo—: No te preocupes. Mejor. Esas cosas siempre resultan aburridísimas.

—Lo siento. Estoy muy nerviosa. Es la primera vez que… Bueno…

—No te preocupes. Piensa que se trata de un seminario que da créditos de libre elección, no sé si me entiendes. —Me guiñó el ojo.

—Ya, sí. —Suspiré aliviada.

—Si te parece, como la conferencia empezará en unos quince minutos, puedes ir a la sala donde están los demás ponentes. Es justo tras esa puerta. ¿Te apetece algo? ¿Un café, una botella de agua, un refresco?…

—Si me dices dónde hay una máquina, mataría por una coca cola. —Me reí.

—Allí dentro tienes. Bébela tranquila. Serás la segunda en intervenir. Tienes tiempo de relajarte.

Le agradecí los ánimos y entré en la habitación. Junto a una mesa con bebidas encontré a un hombre y una mujer hablando. Los dos tenían unos treinta y pocos y parecían enfrascados en una conversación interesantísima, pero se giraron a mirarme en cuanto me abalancé sobre una coca cola zero, que me bebí casi de un trago. Después, sonriéndoles y reprimiendo las ganas de eructar, les tendí la mano.

—Hola, soy Valeria Férriz.

—Encantada —dijo de manera cortante la mujer—. Soy Marta Goicoechea.

Vaya. Marta Goicoechea. Había empezado a leer uno de sus libros hacía poco y ni siquiera pude terminarlo. Era de un pedante aplastante, y ahora que la miraba pensé que tenía esa pinta tan típica de gafipasti trasnochada encantada de conocerse a sí misma.

Él, sin embargo, alargó la mano hacia mí con una sonrisa amable y atractiva. Nos dimos un apretón de manos y, sin entender por qué, una corriente eléctrica me llegó hasta las braguitas. Lo miré con detenimiento. ¿Qué tenía aquel hombre que me azotaba con tanta intensidad? Entonces habló, con una voz grave y sensual:

—Encantado, Valeria. Soy Bruno Aguilar.

—¡Oh! —dije ilusionada soltándole la mano antes de que notara que la mía estaba sudando—. Leí tu último libro. Muy bueno. ¡Buenísimo! Me enganchó tanto que me pasé de parada en el autobús y tardé hora y media en poder volver a casa.

—¡Qué bien! Por lo de engancharte, no por lo de la hora y media, claro.

Los dos nos miramos y sonreímos. De pronto me sentí cortada, acalorada y sonrojada. Pero qué manera de mirar tenía este hombre…

—Por cierto, ¿quién será el primero en hablar? —pregunté para destensar el ambiente.

—Yo —contestó la pedante—. Es más, creo que deberíamos ir ya.

Ella echó a andar hacia el salón de actos y Bruno me colocó una mano en la espalda.

—Tú primero, por favor.

Asentí y seguí a Marta andando despacio, mientras contenía la respiración. Esa mano me ardía bastante más abajo de donde estaba colocada.

Nos sentamos en el «estrado» y saqué de mi bolso los papeles en los que llevaba mi pequeño discurso garabateado y lleno de tachones. Bruno se sentó a mi izquierda y a mi derecha se ubicó un contacto de la universidad que se presentó como Elena San Fernando. Hablamos brevemente en la típica conversación introductoria educada y después comenzaron las presentaciones y las formalidades.

En ese momento localicé entre el público a mis padres, que me saludaron con la mano. Les sonreí y agaché la cabeza, muerta de vergüenza, esperando que no se pusieran a hacer fotos.

Un ratito de «*net working* docente» después, todos los alumnos estaban sentados por fin y había el suficiente silencio como para poder empezar la conferencia, así que la señora Elena San Fernando, que parecía haberse tragado una escoba con un palo muy largo, comenzó su perorata:

—Buenos días y bienvenidos a la segunda jornada del seminario universitario «Universo Creativo». Hoy, como ya habréis podido comprobar en el programa, vamos a abordar el concepto de la profesión artística y creativa desde diferentes puntos de vista. Empezamos la mañana con una charla coloquio sobre el mundo editorial. Para ello contamos con la presencia de Marta Goicoechea, autora de *Conversaciones al alba* y profesora adjunta de Filología Clásica en la Universidad de Granada. Nos acompaña también Bruno Aguilar, escritor de ciencia ficción, ganador de varios premios nacionales y colaborador de publicaciones especializadas, como *Cinefilia* e *Imaginalia,* y contertulio en Radio Oviedo. Por último, damos la bienvenida a Valeria Férriz, escritora novel, autora de *Oda,* con la que ganó dos prestigiosos premios de la crítica, y *En los zapatos de Valeria*, obra de perfil autobiográfico. Cedemos ahora la palabra a Marta Goicoechea.

Y… menuda cesión de palabra…

Los siguientes veinte minutos fueron una inmersión en el ego de la tal Marta. Fue como una masturbación en público. Un acto de onanismo verbal exacerbado que nos dejó a todos al borde del coma profundo. Bueno, a todos no, porque si te detenías a mirar las caras de algunas de las personas que asistían al coloquio, había más de tres entusiasmados. Tiene que haber gustos para todo, desde luego.

A mi lado, Bruno Aguilar se entretenía garabateando en un papel. Cuando me pudo la curiosidad y le eché un vistazo a la hoja, me di cuenta de que había dibujado a un montón de gente tirándole piedras a una figura que se parecía sospechosamente a Marta Goicoechea. De vez en cuando me lanzaba miraditas, con una sonrisa, para constatar que me gustaban sus ilustraciones. Casi se me olvidó que la Marta de las narices estaba marcándose un monólogo.

Y después de ahondar en la complejidad de los personajes de su novela, todos torturados por un interior acomplejado y una infancia difícil, cómo no, me tocó el turno a mí. Qué bien, porque claro, yo era de una profundidad… Me iban a comer viva.

Mientras me preparaba, a punto ya de abrir la boca y empezar con mi perorata, vi que Bruno me pasaba sigilosamente uno de sus folios con una nota: «Tranquila. Para todo hay una primera vez y a casi todas esas cosas uno termina cogiéndoles el gusto. Me encanta tu nariz».

Reprimí una carcajada y me aclaré la voz.

—Buenos días a todos. —Sonreí y eché un vistazo al papel que había llevado conmigo—. Hace no mucho, unos seis años, asignatura arriba, asignatura abajo, yo estaba sentada donde ahora estáis vosotros. Siempre tuve una vocación: yo siempre quise escribir. Probablemente no he dejado de hacerlo nunca. He escrito mucha basura, de eso estoy segura, pero es basura que me ha hecho madurar como escribiente. No sé si soy escritora aún. Admiro tanto a algunos de mis compañeros de profesión que me cuesta mucho igualarme a ellos y ponerme la medalla de considerarme «escritora». —Miré las caras de la gente en un repaso visual—. *Oda*, mi primer libro, fue el resultado de lo que para los demás fue un gran esfuerzo. Por aquel entonces yo trabajaba como gestora de contenidos en una página web con un horario muy encorsetado, de los de oficina. Las noches las pasaba delante del ordenador, aunque no era eso lo que implicaba un verdadero esfuerzo, sino la jornada de trabajo, perdiendo frases, enrollando tramas sin poder sentarme a garabatearlas para que no se esfumaran. Pude permitirme dejar el trabajo porque las ventas de mi libro cumplieron con ciertas expectativas por parte de la editorial pero...

La puerta del salón de actos se abrió y levanté la vista. Víctor cerró con suavidad y me dirigió una intensa mirada que me produjo un nudo en la garganta. Me costó arrancar de nuevo. ¿Cómo narices se habría enterado? Y, sobre todo, ¿por qué habría venido? ¿No se suponía que lo habíamos dejado? O lo estábamos dejando... No lo sé. Se apoyó en la pared, al fondo, vestido con uno de sus trajes gris oscuro, con camisa azul clara.

Miré el papel de nuevo, miré a la gente que llenaba la sala y doblándolo decidí que era mejor improvisar. Si iba a cagarla, por lo menos que fuese con naturalidad.

—Bueno, tenía un discurso preparado, pero ¿sabéis? Pienso lo que pienso y probablemente no estoy diciendo nada que os pueda interesar, así que mejor voy a ir al grano. La gente va a tratar de desanimaros continuamente. La misma industria desanima día a día a miles de personas. A mí me devolvieron el borrador de *Oda* hasta cinco editoriales y todas las cartas de agradecimiento parecían la misma. A punto estuve de mandarlo todo a la mierda. En realidad, era mucho más cómodo quedarme como estaba. Levantarme todos los días para ir a trabajar, escribir en mis ratos libres y fingir que no quería nada más de la vida. Es algo que se nos impone desde pequeños y prácticamente no nos damos cuenta de que repetimos el modelo: sigue a la multitud. No destaques o sé el mejor. No hay término medio y, por desgracia, me da en la nariz... —miré a Bruno, que me sonrió— que eso de «sé el mejor» se refiere más bien a formar parte del elenco de un *reality show* y montarla parda. —Una risita común en la sala me hizo sonreír. Seguí, apoyándome en la mesa.

»Cuando la gente que conocemos nos lee siempre tiende a decir eso de «¿por qué no lo mueves? ¿Por qué no lo mandas a algún sitio?». Lo hacen con la mejor intención del mundo, pero no entienden que eso que leen, desde la primera a la última palabra, con cada uno de los personajes y con la mayor parte de las frases y los diálogos, somos nosotros. Es nuestra vida. Es difícil desprenderse de ello y probar suerte.

»En la universidad tuve un profesor muy bueno, cojonudo a decir verdad, de esos cuyas clases nunca te pierdes aunque haya timba de tute en la cafetería. —La gente se rio—. Una vez este hombre nos dijo que la creación, el proceso mismo de creación, siempre ha estado sujeto a la necesidad del ser humano por referenciarse. Y en ese momento lo anoté en mis apuntes y lo subrayé. No era importante para el examen. A decir verdad en el examen cayó, si no recuerdo mal, un comentario de texto sobre los protorrománticos. De lo que tardé en darme cuenta fue de que aquella frase era para mí. La cacé al vuelo porque me hacía falta. Y vaya, cosas de la vida, después de hacer el examen, cuando fui a guardar los apuntes, la releí; aquella noche me emborraché para celebrar el fin de curso y al día siguiente, cuando me desperté, empecé a escribir *Oda,* una novela en la que invertí dos años y medio de mi vida.

»Y sé que uno se desnuda de muchos pretextos en las cosas que escribe, decídmelo a mí, que publique una especie de diario como segundo libro. *En los zapatos de Valeria* no es más que el espejo en el que vomité todo lo que me pasó desde que me di cuenta de que estaba seca de ideas hasta que me divorcié del que fue mi marido. Y me casé a los veintidós. Que nadie cometa la misma locura.

»Y es significativo, no porque me mole tanto a mí misma que piense que todos tienen que conocer las cosas que me pasan, sino porque me *referencié* a mí misma. Y, además, quise escribir algo real. Algo de verdad.

»Todos somos creadores, en mayor o menor medida. A todos nos visitan las musas, ya sea después de unas copas o de escuchar una canción de Kings of Leon. —Miré a Víctor cuando dije esto—. Solo hay que buscar nuestro sitio. Y… La verdad, no tengo nada más interesante que contar. Solo un par de consejos, pero tened en cuenta que los consejos y las opiniones son como los culos: todo el mundo tiene uno y no siempre es agradable. —Una carcajada estalló en la sala y yo contesté con una sonrisa.

»Consejo número uno: si alguna vez os publican algo no dejéis el trabajo con aires de escritores torturados. No vivimos del orgullo literario y se necesita dinero, sobre todo si sois de gustos caros como yo y preferís la ginebra de marca. —No se me pasó por alto la cara de estupefacción de mis padres—. Consejo número dos: nunca os fiéis de quien os adula demasiado. A nadie normal puede encantarle todo lo que hacemos porque somos humanos y también la cagamos. Consejo número tres: si alguna vez os creéis tan guays como yo y decidís publicar una autobiografía, hacedlo bajo pseudónimo. Después vuestra madre podrá seguir mirándoos a la cara. Muchas gracias.

Los aplausos me supieron a gloria y me reí con naturalidad. Bruno también aplaudió y me dio la enhorabuena, mientras yo miraba a Víctor, que esbozaba una amplia sonrisa.

Ay, Víctor, por Dios, no me lo hagas más difícil...

Elena San Fernando anunció un descanso de diez minutos y me levanté como un resorte. Bruno me dio una palmadita en el hombro y yo le contesté con una sonrisa. Bajé las escaleras y crucé a través del público, que salía de la sala. Con un gesto les pedí a mis padres que me esperaran allí. Una chica me paró pidiéndome que le firmara un ejemplar de *Oda* y tras una breve conversación pude seguir mi camino hacia Víctor, que continuaba apoyado junto a la puerta, en un rincón.

Al llegar le sonreí... La primera sonrisa desde hacía demasiado tiempo para dos personas que se han considerado pareja. Cuando estuve frente a él estiró los brazos, me estrechó contra su pecho con cariño y me besó en la sien. No debía haberlo hecho. Ahora necesitaba apretarlo más y más contra mí. Ahora necesitaba que no se fuera. Miré de reojo cómo mis padres, alerta, observaban como quien no quiere la cosa.

—Ha sido genial. Has estado espectacular.

—Casi me muero de vergüenza, ¿sabes? No deberías haber venido. —Me reí, poniendo distancia entre nosotros.

—Lo que debería darte vergüenza es que me haya tenido que enterar por mi hermana de que ibas a dar una conferencia.

— Esto no es una conferencia. Es una charlita. En plan coloquio.

No dijo nada. Solo me miró y me acarició el pelo. Su sonrisa mutó hasta convertirse en una expresión torturada.

—Estás preciosa, ¿lo sabes?

—Qué va. Tú estás muy guapo —dije dando una palmada a la solapa de su traje al tiempo que notaba cómo enrojecía—. ¿Te quedarás hasta el turno de preguntas?

—No, no puedo. Me he escapado un rato, pero tengo que volver.

—Ya.

Respiramos hondo y sonreímos algo cortados. Luego apartó la mirada de mi cara e hizo una mueca:

—Soy imbécil, ¿verdad? —dijo.

—A ratos yo también lo soy. —Pues sí, la imbécil de Valeria, que aún quería justificarlo.

—¿Puedo besarte?

Lo miré sorprendida y poniendo boquita de piñón negué con la cabeza.

—Mis padres están en la otra esquina y no quiero… Ya sabes.

Víctor miró y por el rabillo del ojo vi a mis padres disimular, encontrando muy interesantes de pronto sus zapatos.

Compartimos una mirada. ¿Y si aquel era uno de esos besos importantes de la vida? Sí, uno de esos besos que lo cambian todo, que deciden el rumbo que seguirán finalmente las cosas y llevan de la mano tus decisiones.

Era demasiado tarde. «¿Puedo besarte?». Yo había dicho que no. Y él parecía decepcionado.

—Vale. Bueno… —Se humedeció los labios—. Pues… enhorabuena otra vez. Llámame, ¿vale? Creo que aún tenemos cosas que hablar. Dejo la pelota en tu tejado, al menos un par de semanas.

¿«Al menos un par de semanas»? Sonaba a ultimátum, ¿verdad?

Asentí, nos dimos otro abrazo corto y Víctor se marchó. Cuando salió me sentí desubicada. Aun así anduve hasta donde estaban mis padres y los dejé arrullarme un poco y que demostraran lo contentos que estaban. No es que ellos no hubieran creído en mí, es que siempre pensaron que lo de dejar el trabajo era una equivocación. No es que no lo fuera, mi cuenta corriente no hacía más que darles la razón, pero parecía que las cosas empezaban a marchar. Si Jose me conseguía alguna colaboración mi vida sería muy diferente y se parecería más a una vida adulta, con rutinas y obligaciones. Si no… tendría que volver a empezar de cero y buscar un trabajo por mí misma, como el resto de los mortales. Y como ya había hecho antes.

Después de las adulaciones, mi madre me preguntó quién era el chico al que había ido a saludar.

—Es un amigo —dije escueta.

—Si es más que un amigo… —insistió mi madre, tratando de hacerse la comprensiva.

—No, no lo es. Es solo un buen amigo.

Como respuesta mi madre me dijo que me podía haber esmerado más a la hora de elegir atuendo para la ocasión.

—Pareces una... No sé. ¿No tenías ningún vestido?

Después de unos minutos me sentí en la obligación de volver a la mesa, así que me despedí de ellos y les di permiso para marcharse. Ellos no querían, pero la verdad es que yo no iba a volver a hablar y dudaba mucho que alguien tuviera preguntas que hacerme durante el coloquio, así que al final se fueron a regañadientes.

Al llegar a la mesa el resto de los ponentes estaban charlando con gente de la universidad. Yo me senté, rebusqué en mi bolso y consulté el móvil que, sí, por supuesto, llevaba en silencio. Carmen se disculpaba en un mensaje por no venir a verme, porque no iba a poder escaparse del trabajo. Lola me había mandado un mensaje para decirme que era una pésima amiga, pero que le pillaba muy lejos. De Nerea ni rastro, pero es que Nerea llevaba ya unos días muy rara e intuía que estaba en pleno proceso de búsqueda de ella misma.

Y ese beso que no le había dado a Víctor... ¿me perseguiría?

Cuando levanté la vista otra vez, Bruno estaba sentado a mi lado y me miraba con media sonrisa.

—¿Qué tal lo he hecho? —le pregunté mientras dejaba el móvil dentro del bolso debajo de la mesa, sin mirarlo.

—Muy bien. Buenrollista. Te los has ganado.

—¿He sido demasiado populista?

—Lo justo. —Sonrió.

—¿Sabes, Bruno? Te imaginaba gordo, con coleta y gafas de culo de vaso.

Sus ojillos oscuros y vivarachos brillaron cuando estalló en carcajadas.

—Pues ya ves que no.

—No, a decir verdad quizá te haría falta engordar un poco. —Me reí, apoyándome en la mesa—. A mí en el colegio me llamaban «bicho palo». —Lancé un par de carcajadas.

—Apuesto a que tu apodo tenía algo que ver con tu nariz —dijo.

—No sé si felicitarte por tus dotes de adivinación o darte un guantazo.

—Lo digo en serio. Tienes una naricita muy mona. ¿Sabes a quién me recuerdas?

—Sorpréndeme.

—A Clara Alonso, ¿sabes quién es?

—Claro que sé quién es. Y estás loco.

—Sí. Le tienes un aire —insistió.

—Ni en el blanco de los ojos. Además, debo pesar veinte kilos más que ella. —Me reí.

—Las mujeres siempre termináis haciendo ese tipo de comentarios que los hombres nunca sabemos cómo contestar, porque si te digo que por eso tú estás tan buena pensarás que creo que estás gorda y si te digo «¡qué va!», entonces pensarás que soy un falso de cojones. Así que mejor te digo: me sigues recordando a Clara Alonso y lo de los veinte kilos ha sido una exageración y lo sabes. —Me guiñó un ojo.

—Qué rápido eres.

—La escuela de la vida. Además, las mujeres contáis toda una historia de vosotras mismas con solo miraros. —Se rio y mostró todos sus perfectos y blancos dientes—. Emanáis un manual de instrucciones.

—¿Sí?

—¿Quieres que te cuente lo que me dices tú sin hablar?

—Claro…

Elena San Fernando carraspeó y se reanudó la conferencia, dando paso a Bruno esta vez.

—Luego te lo contaré —murmuró con una sonrisa descarada y sensual.

Se acomodó en su silla y, sonriendo, comenzó a hablar con total tranquilidad. Contó cómo había empezado a escribir, a quién leía, cómo contactó con la editorial, la cantidad de críticas que había recibido su primer libro… Todo como si estuviera tomándose una caña con unos amigos. Estaba tranquilo y de vez en cuando su mano derecha se paseaba un poco por el pelo negro que caía sobre sus ojos.

Objetivamente no era guapo. Si lo mirabas a conciencia, como yo lo estaba haciendo en aquel momento, te dabas cuenta de que sus orejas eran un poco desproporcionadas para el tamaño del óvalo de su cara. Tenía los labios más bien finos y la nariz un poco grande. Aunque los pómulos no estaban demasiado marcados bajo su piel, tenía una cara delgada, como el resto del cuerpo. Sin embargo, había algo. Bruno Aguilar tenía algo que, para más señas, me atraía. Mucho.

Cuando me di cuenta, su turno de palabra ya había pasado y empezaron las preguntas. Como bien predije, no había demasiadas preguntas entre el público. Unos pocos iluminados quisieron seguir ahondando en la trama de *Conversaciones al alba* y otros tantos optaron por preguntarle a Bruno sobre la obra que estaba escribiendo en aquel mismo momento y sobre los rumores que apuntaban a que había vendido los derechos de una de sus novelas para hacer una serie de televisión. A mí, bueno, a mí me preguntó la tal Elena San Fernando para que no me quedara sin participar y tuve que responder sobre cuestiones un poco más concretas acerca de cómo había contactado con las editoriales y qué gestiones tiene que hacer alguien a la hora de enviar un manuscrito. Aproveché para que la editorial se sintiera feliz conmigo y hablé de la gran labor de mecenazgo que llevaba a cabo y cómo los consideraba mis padrinos.

Después dimos por cerrada la charla coloquio. Y si algo no me podía quitar de la cabeza, era a Víctor. Jodido Víctor. ¿Por qué había tenido que venir? Ya no éramos novios y yo entendía que tampoco éramos nada más. A excepción del cruce de mensajes después de nuestra discusión, no habíamos vuelto a hablar del tema. Y no pintaba bien, la verdad. Algo me decía que Víctor sería fiel a sí mismo y huiría como un gato escaldado.

Me levanté, charlé con los contactos tanto de la universidad como de la editorial y cuando pude me despedí, escabulléndome cual rata. No me gusta lo de autopromocionarme y a decir verdad se me da fatal. Aunque hubiera podido echarle una miradita coqueta a Bruno, fui hacia la puerta sin mirar atrás, porque iba metida de lleno en mis razonamientos internos y ni siquiera reparé en él. Bruno apretó el paso para salir detrás de mí.

Junto a la puerta fue abordado por una horda de fans frikis y tuvo que pararse a firmar varios ejemplares. Yo seguí andando hacia la salida, donde llamé a Teletaxi para que pasaran a recogerme y me encendí un cigarrillo.

Marta Goicoechea salió y se quedó parada a mi lado. Me sonrió de manera tirante y se giró hacia la puerta en cuanto Bruno salió rebuscando en sus bolsillos. Pronto alcanzó un paquete de tabaco y se encendió un cigarrillo. Sexi, escritor y fumador. ¡Ya basta! ¡Era mi hombre ideal! Pero eso solo fue una broma interna porque bien sabía yo que mi hombre ideal era otro, al que había negado un beso...

La pedante se acercó a Bruno y carraspeando llamó su atención. Él la miró primero a ella y después a mí.

—Oye, Bruno, me he quedado con ganas de decirte lo brillante que me pareció *España caníbal*. —Y él seguía mirándome a mí—. Me parece una metáfora increíble de la crisis de valores que vivimos actualmente y de cómo el país ha intentado subirse al carro de la modernidad a través del consumismo exacerbado...

Bruno le dio una honda calada al cigarrillo y levantó las cejas, devolviendo la mirada hacia la cara de Marta mientras dejaba salir el humo.

—¿Qué dices que fumaste cuando lo leíste? Vas a tener que darme el teléfono de tu camello.

—¿Me equivoco? —dijo ella poniéndole una voz suave y amable—. Quizá me quedé con una visión simplista o...

—*España caníbal* va sobre una pandilla de adolescentes colgados y frikis que deciden comerse a todo el que les da por culo. Me da que el simplista fui yo.

—Pero...

Él se echó a reír, le dio un par de palmaditas en el hombro, se giró hacia mí y dijo:

—¿Vas hacia el centro?

—Sí, acabo de pedir un taxi.

—Mira qué bien, yo también. —Se giró hacia Marta—. Marta, no hace falta que llames a un taxi. Coge el mío. Yo me iré con Valeria. —Y me sonrió.

Y en esas estábamos cuando llegó el primer taxi. Creo que Marta tardó un par de horas en cerrar la boca. Y yo otras tantas.

Cuando Bruno y yo nos acomodamos en la parte trasera del coche me sentí algo violenta. Pero él… ¿Él? Como en su casa.

—Al hotel NH. Espere, que le digo cómo se llama.

—Haremos dos paradas —repliqué yo—. Yo voy a la calle…

—Tome, aquí está la dirección del hotel. —Le pasó un papel cortándome y se giró hacia mí—. ¿Has oído eso? Metáfora del consumismo.

Después se acomodó en su asiento y empezó a soltar carcajadas. Yo me contagié.

—¿Has leído su libro? —le pregunté viendo cómo arrancaba el coche.

—Lo tengo en la mesita de noche. Pensaba empezarlo la semana que viene, pero me parece que mejor paso…

—Sí, mejor.

Nos miramos y nos reímos.

—¿Qué hacemos en el mismo taxi? —le pregunté, muy valiente yo.

—Voy a invitarte a tomar una copa.

—¿Y si yo no quiero? —objeté.

—Anda, sé buena chica. —Hizo un puchero—. No te voy violar… Creo.

Puse los ojos en blanco y miré por la ventanilla a la vez que le decía:

—Antes me comentabas que cuento una historia.

—No seas impaciente. —Se acercó al asiento delantero y con una sonrisa hacia mí le dijo al conductor—: Haremos una sola parada.

12

ꞵajé del taxi sin llegar a estar del todo segura de lo que estaba haciendo. Tomarme una copa en un hotel con un hombre al que acababa de conocer… ¿Me estaba convirtiendo en Lola? Creo que no. Ella se la hubiera tomado en la habitación. Yo al menos lo haría en el bar del hotel, con público y ropa.

¿Qué estaría haciendo Víctor en aquel momento?

Subimos hasta la elegante octava planta y Bruno, sin ningún tipo de complejo, se acercó a la barra y pidió un whisky. Pero así. Whisky. Sin hielo y sin cola, ni naranja. Nada. Solito, en un vaso chato a la una del mediodía. Al principio pensé que estaba loco de atar y que debía salir por patas, pero debo confesar que me excitó. Algo en él me ponía la piel sensible y me calentaba el vientre. No podía remediarlo, aunque mi cabeza estuviera puesta en Víctor. Así que yo pedí un *gin tonic* preparado. Por acompañarlo más que nada. ¿Escritores y alcohólicos, quizá?

—Te voy a contar una historia —dijo apoyándose en la barra—. Érase una vez una chica que se llamaba Valeria. Siempre fue un poco… un poco así… hippy. Pero hippy piji. En realidad era una chica tradicional que no siempre se comprendía mucho a sí misma.

—Ah, ¿sí?

—Sí. Se casó con veintidós años enamorada de su novio y sobre todo de llevarles la contraria a sus padres. Después, años después, conoció a otro hombre y se separó, aunque su matrimonio ya hacía aguas.

Arrugué el ceño. Esto empezaba a ponerse verdaderamente bizarro.

—He leído tu libro. —Soltó de pronto.

Eso lo explicaba todo.

—Nunca lo hubiera sospechado de alguien como tú.

—Lo sé. Es evidente, sobre todo por esa portada tan femenina.

—No es femenina.

—Como si lo fuera. Te juro que sosteniéndolo me sentía menos hombre. —Sonrió de lado y dirigiéndose al camarero dijo—: Por favor, cárguelo a la habitación 215.

El camarero le pasó una cuenta y él firmó. Me quedé mirándolo y él lanzó una simpática carcajada y fue hacia la puerta que daba a la terraza.

—¿Has visto? Soy un *gentleman*.

—Lo que pasa es que has visto demasiadas películas en tu vida, me parece.

—Es que los feos tenemos que dejar huella, aunque sea por hacer el imbécil. Sobre todo nosotros, los que no somos tan feos como para que nos recuerden por lo feos que somos.

Lo miré de reojo mientras me abrochaba el abrigo de nuevo.

—Esa falsa modestia no te pega nada.

—No es falsa modestia. Los chicos como ese mozalbete al que te abrazabas con vehemencia en el descanso de la conferencia… —Se puso un cigarrillo en los labios y después de encendérselo se subió un poco el cuello de la chaqueta—. Esos chicos lo tienen todo hecho. ¿Quién no va a querer tirárselos? ¡Me los tiraría hasta yo! Seguro que hasta les puedes rayar queso en el abdomen.

Me reí y encendí otro cigarrillo mientras él seguía:

»Yo, sin embargo, me lo tengo que currar mucho más. Antes y después.

—¿Cómo que antes y después? —pregunté.

—Pongamos que estamos en un bar por la noche. Está oscuro, la música muy alta y tú un poco borracha. Resumiendo: algunos de tus sentidos están mermados, por lo que puedo aprovechar y atacar. Impresionarte. No seré el primero en el que te fijes, pero haré que te fijes en mí. ¿Entiendes?

—Sí.

—Ese es el antes. El después es que si he conseguido llevarte a la cama porque los planetas se han alineado esa noche, tendré que asegurarme de hacer las cosas bien para que quieras repetir. —Y levantó las cejas un par de veces.

—No quiero entender lo que me estás diciendo.

Bruno se sentó en una banqueta y le dio una honda calada a su cigarrillo y después vació un largo trago de whisky en su garganta.

—Eso es que no quieres verte arrastrada por mis encantos.

—Seguro. Pero dime, ¿qué hago aquí, bebiendo al mediodía?

—No me gusta beber solo. —Sonrió—. Y eres agradable de ver.

—Bah.

—Además, hay cosas que me intrigan. ¿Hay segunda parte del libro?

—Sí. Está en revisión.

—¿Ese chico guapo que te abrazaba es tu novio?

—Si te doy más información, te estoy desvelando parte de la trama. Sería un *spoiler*.

—Me arriesgaré. —Se apoyó en la mesa alta.

—No, quiero que compres la segunda novela.

—Sabes de sobra que no la compraré en cualquier caso. La pediré amablemente a la editorial y me harán llegar un ejemplar. —Le di un sorbo a mi copa—. No te hagas la interesante —dijo acercándose su vaso a los labios.

—No te contesto porque no sé la respuesta.

—Vaya, hay problemas en el paraíso de los maniquís. ¿Estáis tan buenos que cada vez que folláis creáis una supernova?

Arqueé la ceja.

—Voy a tener que presentarte a mi amiga Lola, harías unas estupendas migas con ella.

—¿Lola? No, tranquila. Ya conoceré a Lola en otra ocasión. Ahora me interesas más tú.

—Espero que como sujeto de estudio.

—Algo así. Nunca sería tan tonto de colgarme de una mujer como tú.

—¿Y qué tipo de mujer soy yo? —¡Y cómo estaba disfrutando del juego!

—De esas capaces de postrar a los hombres a sus pies.

Levanté las cejas y le di otro trago largo a mi copa, notando cómo el estómago me rugía de hambre. Esperé que no se escuchase fuera de mi cuerpo tal y como yo lo estaba sintiendo.

—Si hubieras nacido hace dos mil años, habrías podido hacer caer un imperio.

Apuré la copa y la dejé sobre la mesa alta en la que estaba apoyado. Después le di la última calada a mi cigarrillo y lo apagué.

—Demasiado para mí.

Y era verdad. Bruno, con ese abrigo jaspeado con el cuello subido, con los mechones de pelo negro revueltos por el viento frío y esos ojos negros tan profundos, era demasiado para mí. Una copa más con el estómago vacío y seguir escuchándole decir esas cosas y, con total seguridad, acabaríamos en la cama de su hotel compartiendo un pitillo. Y no quería. Despecho, le llaman.

—No te vayas. No me gusta beber solo —suplicó cuando me vio cargar con mi bolso.

—Mala suerte. Tengo que irme.

—Vale. —Hizo un puchero—. Pero prométeme que cuando vuelva a la ciudad y te llame en el patio, bajarás a jugar.

—No prometo nada. Eres como el sombrerero loco de *Alicia en el País de las Maravillas*. Me da miedo caer a través de la madriguera de conejo.

Su gesto cambió y por un momento me pareció una persona completamente normal. Se terminó el cigarrillo, lo apagó en el cenicero y con una sonrisa muy plácida negó suavemente con la cabeza.

—No, en el fondo soy un tipo de lo más normal. Pero así me aseguro de que te acordarás de mí.

—En eso quizá tengas razón.

—Adiós, Clara Alonso. —Sonrió, apoyado en la mesa alta.

—Gracias por la copa.

—Te llamaré en breve.

—No tienes mi teléfono.

Levantó la ceja izquierda.

—¿No?

—No.

—Vaya… —Y lo acompañó de una mueca de fastidio.

Yo no me paré a dárselo y él no lo pidió, así que me di media vuelta y me encaminé hacia el ascensor, contoneándome un poco y sonriente, muy sonriente.

Al llegar a la calle mi teléfono móvil empezó a vibrar en el bolso. Lo alcancé mientras le daba el alto a un taxi.

—¿Sí?

—Te llamaré la semana que viene, cuando vuelva —susurró la voz de Bruno.

—Pero ¿¿¿cómo??? —dije riéndome.

—El truco bien vale una cena, ¿no?

13

Carmen se puso unos pendientes de aro de plata y se miró en el espejo, alejándose un poco y contorsionándose para poder atisbar cómo le quedaban aquellos jeans a su culo. Una manaza apareció en escena, plantándose sobre su trasero y apretujándolo.

—¡Borja!

—Es que te pones esos vaqueritos... —se quejó él, y la cogió en volandas por la cintura y la llevó hasta la cama.

—¡Borja, que he quedado dentro de media hora! —Pataleó.

—¿Y no quieres llegar un poco tarde?

Carmen trató de apartarse pero después de un par de besos en el cuello se dijo a sí misma eso de «¿a quién quieres engañar?» y le quitó la corbata, la camisa y el cinturón a un Borja que tampoco perdía el tiempo.

Se tumbaron en la cama medio desnudos y Carmen le pidió un preservativo. Borja gimoteó.

—Carmenchu… —suplicó.

—¡Si me caso preñada a tu madre le va a dar un pasmo y de paso a mí otro! ¡Dos por uno!

Borja se arrodilló en la cama y bajó las braguitas de Carmen.

—¿No quieres tener hijos conmigo? —sonrió él.

—No.

—¿Por qué?

—¿Por qué debería tenerlos? —contestó ella pataleando, resistiéndose un poco a que Borja se acomodara sobre ella con tan poca ropa.

—Pues también tienes razón.

Los dos se echaron a reír y Borja abrió el primer cajón de la mesita y se concentró en la tarea de ponerse uno. Después se acostó sobre Carmen y la abordó enseguida, haciendo que se le escapara un gemido agudo de entre los labios.

—Yo tampoco quiero tener niños aún —le dijo entre jadeos y embestidas duras.

—Me alegro.

—Pero me daría igual si es contigo.

Carmen sonrió y, girando en la cama, se puso sobre él con un movimiento rápido de cadera, que le provocó a Borja un escalofrío de placer.

Lola y Rai se estaban despidiendo en la puerta de casa de ella. Habíamos quedado todas en veinte minutos, pero ¡por Dios, si Rai se animaba ella llegaría tarde! Empezaba a estar más que harta del tema de la castidad y el buen hacer.

Llevaba ya una semana fantaseando con hacérselo de todas las formas que conocía... y conocía muchas. Pero él no terminaba de arrancarse.

Lola pensó que, a lo mejor, solo estaba buscando una amiga y no tenía intención alguna de aparearse con ella. Quizá estaba perdiendo facultades y ese termómetro suyo que siempre daba la alarma cuando un hombre se sentía atraído hacia ella se había escacharrado. Pero entonces notó algo frío en la mano. Eran los dedos de Rai, jugueteando con los suyos.

—¿Querrás salir conmigo el fin de semana que viene? —susurró.

—¿Adónde?

—Es sorpresa.

Lola sonrió.

—Bueno. No tengo ningún otro plan.

—Oh, me has roto el corazón —se rio él.

—Ándate con cuidado, porque suelo hacerlo.

—No te preocupes por mí. Soy mayorcito.

La cabeza de Rai se inclinó ligeramente hacia Lola y ella esperó el beso, cerrando los ojos. Como no notó los labios de Rai sobre los suyos volvió a abrirlos para encontrarlo a escasos milímetros, haciéndole cosquillas con su respiración.

—¿A qué esperas?

—Quiero escuchar cómo me lo pides —y sonrió de lado.

Lola lo agarró del cuello de la cazadora, lo acercó un poco más y susurró:

—Bésame de una puta vez.

Después sus bocas encajaron y aunque Lola fue consciente de que aquel beso era uno de esos de verdad, cargado de cosas (entre las que refulgían las ganas de subir a su casa y quitárselo todo, claro), se le hizo muy corto.

Rai se apartó, sonrió y después solo le dijo:

—Te llamaré esta semana para concretar.

—Vale.

Él empezó a alejarse y Lola se sintió en la obligación de decir algo. Soltó lo primero que se le pasó por la cabeza:

—Échame de menos.

Él se giró y con una sonrisa de oreja a oreja dijo:

—¿Lo dudabas?

Nerea fue la primera en llegar a nuestro restaurante, cómo no. Llevaba un vestido negro precioso que me encanta y que, a juzgar por la asiduidad con la que se lo pone, a ella también. Le queda por encima de la rodilla y tiene manga larga, con los puños blancos, y un cuello Peter Pan también blanco. Llevaba el pelo como siempre, liso pero con las puntas onduladas, y evitaba que se le cayera sobre los ojos con una horquilla blanca y negra. Encima, un abriguito entallado negro, y a los pies, unas merceditas de tacón altísimo. Estaba preciosa.

La segunda en llegar fui yo. A pesar de que no me apetecía demasiado arreglarme, desde que pasé aquella época «moscorrofio» cuando estaba casada con Adrián trataba de obligarme siempre a hacerlo y no caer en las mismas malas costumbres. Así que me había puesto un vestido color azul eléctrico caído de un hombro y hasta la rodilla y me había recogido el pelo en una estudiada coleta con la raya al lado. Sobre el modelito, un abrigo de Desigual, estampado a retales y entallado, y unas botas negras altas de tacón alto.

Nerea y yo nos saludamos con un beso en la mejilla y cuando notamos lo frías que teníamos las narices, decidimos que sería mejor esperarlas dentro mientras nos tomábamos una copa de vino.

A los cinco minutos, cuando nos estaban sirviendo la copa, llegó Carmen. Llevaba unos jeans rectos desgastados que le quedaban como un guante y le hacían, además, unas piernas largas y bien torneadas. Cuando se quitó su chaquetón marrón, descubrimos que llevaba una blusa preciosa, escotada, con estampados marrones y color crema y el cuello adornado con un collar dorado viejo de varias vueltas. Venía exultante, algo despeinada y con las mejillas sonrosadas.

—Una copa de vino también para mí —le pidió al camarero. Después se sentó y sonrió—. Estos sábados me dan la vida.

—Pues parece que ya vienes con mucha vida —dijo Nerea refiriéndose a su pelo alborotado.

—Ataque de pasión de última hora. —Y se peinó con la mano.

Nerea y yo sonreímos como tontas.

El camarero trajo dos copas más, como si supiera que en aquel momento iba a entrar Lola, como así fue. Llevaba unos vaqueros pitillo tobilleros negros, unos zapatos negros cuyo tacón era un pintalabios rojo (esta Lola tenía que darle siempre su toque excéntrico a todo) y un jersey de cuello alto también negro, bajo una chupa de cuero. Los ojos pintados de negro y los labios muy rojos, como nos tenía acostumbradas.

—¿¡Habéis empezado sin mí!? —nos increpó sorprendida.

—Solo para entrar en calor —dije tratando de disculparnos.

—Para entrar en calor pides un coñac o le echas un polvo al camarero. —El chico que nos estaba sirviendo la miró sonriente y ella le devolvió la sonrisa a la vez que contestaba—: Yo que tú no me haría muchas ilusiones, zagal.

Después de pedir la cena, que era, más o menos, la de siempre, nos miramos todas, esperando que una tomase la palabra para ir poniéndonos al día. Carmen levantó las cejas y se dirigió a mí:

—¿Qué tal la conferencia?

—¿Qué conferencia? —preguntó Nerea en tono muy agudo.

—Esa que di esta semana en la universidad y en la que ninguna de vosotras se dignó aparecer.

—¡Yo no lo sabía! —se quejó.

—Os envié un email a todas. Te lo envié al del trabajo.

—Es que... he faltado algunos días esta semana y cuando volví tenía tantos que se me debió de pasar. No sabes cuánto lo siento.

—¿Has faltado al trabajo? ¿Y eso? ¿Estabas enferma?

—Luego os lo cuento, primero la conferencia —sentenció Nerea mirándome.

—Pues fue bien. Vinieron mis padres, que sí que me quieren. —Las fulminé con la mirada y Carmen se hundió un poco en su silla—. Y vino Víctor.

—¡¿Fue Víctor?! —dijeron las tres al unísono.

—Sí. No sé con qué intención, pero allí estaba. No se quedó hasta el final. Se fue en cuanto terminó el descanso, después de mi intervención.

—¿Hablasteis entonces?

—No mucho.

—¿Y qué vais a hacer?

—Pues no lo sé. Quedamos en que le llamaría yo. Me dijo que había cosas que aún teníamos que hablar y que me daba un par de semanas; me sonó un poco a ultimátum y no me gustó. Pero, bueno...

Me mordí el labio y Lola levantó la ceja izquierda.

—¿Escondes algo?

—No —dije volviendo a mordisquearme el labio de abajo.

—¡Escondes algo!

—No es nada..., es solo que en la conferencia... conocí a alguien...

—¡Cuenta, cuenta! —exclamó Carmen, necesitada de historias truculentas.

—Pues es otro escritor de la editorial. Escribe esos libros tan sangrientos... ¿A cuál de las tres le dejé el libro...?

—¿De Bruno Aguilar? A mí, pero aún no lo he terminado —dijo Carmen. —Es demasiado violento para leerlo antes de dormir. Me provoca pesadillas.

—¿Y él? ¿Es de los que provoca pesadillas o sueños húmedos? —preguntó, evidentemente, Lola.

—Ni una cosa ni otra. No es guapo lo que se dice guapo. Es muy resultón. Tiene la nariz un poco grande y aún no tengo claro si las orejas pecan de grandes o de pequeñas, pero lo que sí está claro es que no hacen demasiado juego con su cabeza. —Y al decirlo entrecerraba los ojos, mirando hacia el techo, esperando visualizarlo mejor—. O puede ser con el pelo, porque tiene una mata de pelo negro..., brillante, eso también, pero es delgado, bastante alto y...

—¿Y qué pasó con él?

—Pues que empezamos a hablar, una cosa llevó a la otra y terminé en su hotel...

—¡Follando! —gritó Lola haciendo que todo el restaurante se girara hacia nosotras.

—¡No! ¡Y baja la voz! Tomándome una copa. Me invitó a un *gin tonic*, estuvimos hablando y me pareció muy excéntrico. Me dijo que era así para conseguir que me acordara de él y que le recordaba a Clara Alonso. Ya ves, qué tontería.

Jugueteé con la servilleta, sonrojada.

—Menudo cumplido. Esa chica es una monada —dijo Nerea.

Carmen entornó los ojos y asintió:

—Es verdad que le tienes un aire.

—Deja las drogas. El caso es que en un momento dado, después de un despliegue de adulaciones cada una más gigantesca que la anterior, decidí irme. Él me dijo que me llamaría y yo le contesté que no tenía mi teléfono. Después, simplemente, nos despedimos y me fui.

—¿No te lo pidió?

—No, no, espera. Cuando salí del hotel y cuando estaba a punto de subirme a un taxi, sonó mi teléfono y ¡era él! —Sonreí—. Me ha invitado a cenar la semana que viene.

Todas abrieron los ojos como platos. En esas estábamos cuando nos trajeron la cena.

—¿Y aceptaste? —preguntó Lola, arqueando una ceja.

—Sí. En principio sí. No sabe cuándo va a volver porque depende de unos temas profesionales, así que a lo mejor se queda todo en agua de borrajas. —Lola hizo una mueca—. ¿Qué pasa? —le pregunté—. Escupe sea lo que sea lo que quieres decir.

—No es nada…, es solo que… ¿Y Víctor?

—He ahí la cuestión —dije encogiéndome de hombros—. ¿Y Víctor? Pues Víctor juega a dejar la pelota en mi tejado esperando que sea yo la que agarre el toro por los cuernos y le diga: «oye, chato, ¿qué hacemos?». Y lo peor es que creo que está esperando la pregunta para decirme adiós.

—¿Tú crees? —replicó Lola muy sorprendida—. No es que me extrañe… Víctor suele hacer esas cosas pero… estaba muy colgado.

Eso me dolió. Iba a utilizar conmigo el mismo modus operandi que con el resto de sus ligues, porque yo no había sido más que eso: un ligue más.

—Me siento muy abandonada —confesé en voz baja—. No quiero arrastrar esto y que termine como el rosario de la aurora.

Déjame que hable con él —pidió ella.

—No, no lo hagas. Esto tenemos que solucionarlo nosotros. Es solo cuestión de tiempo.

Lola torció sus preciosos labios.

—¡Qué asco de hombres! —murmuró y cogió un poco de *carpaccio* del plato que el camarero había dejado sobre la mesa.

Pasamos un momento en silencio.

—¿De dónde es? —preguntó Nerea mirándome.

—¿Quién? —Fruncí el ceño, sin entenderla.

—El chico este, el escritor.

—¡Ah, Bruno! Asturiano. Tiene un acentillo de lo más gracioso.

—Pilla un poco lejos para venir solo a cenar, ¿no? —dijo Nerea mientras se acercaba la copa a los labios.

—No sé a qué vendrá, pero tiene pinta de ser más bien para aprovechar el viaje, no a propósito. No me parezco tanto a Clara Alonso.

Las cuatro nos reímos. Después de darle un trago a mi vino dije, negando con la cabeza:

—Y el caso es que no será guapo pero tiene algo supersexual. Y sabéis que no iba buscando encontrar algo así... No tengo ninguna intención. Yo no tengo ganas de rollos raros ni de empiltrarme con el primero que me diga que tengo pinta de que los hombres se postran a mis pies.

—Vaya tío. Ándate con cuidado, que ese debe de saber latín.

—Y otras lenguas muertas, seguro —añadió Lola.

—Oye, Lola, hablando de lenguas, ¿conoces ya la de Rai? —dije yo con sorna mientras removía mi ensalada con vinagreta de lima.

—Pues la acabo de conocer, listilla.

—¿Sí? —preguntamos todas soltando los cubiertos.

—Sí, pero poco más que un beso en mi portal. Estoy empezando a pensar que este niño no tiene ninguna intención de aparearse conmigo.

Todas pusimos los ojos en blanco.

—Os estáis conociendo, como una pareja normal —comentó Carmen.

—Tiene veinticuatro años, por Dios santo. Me parece muy raro que... Bueno, da igual, no quiero darle vueltas a la cabeza.

—¿Es posible que estés interesada en tener una relación madura con ese chico? —le dije al borde de la carcajada.

—No, claro que no. Yo tendría que estar buscando a un interesante treintañero dispuesto a pagarme todos mis caprichos, no a un veinteañero monín con el que pasar el rato y sin un duro en el bolsillo. Hay que ver, Lola, qué mal ojo —susurró, reprendiéndose a sí misma.

—¿Y si es amor?

—¡Qué va a ser amor! —exclamó de mala gana al tiempo que cortaba su bocadillo de pan negro con pollo, dátiles y cebolla caramelizada—. Lo que quiero es que me la enchufe, leche.

—Oye, y volviendo a lo tuyo, Nerea, ¿has estado pocha esta semana? —preguntó Carmen.

—No es eso. Es que... —Nerea soltó los cubiertos con los que daba vueltas a su ensalada griega—. Voy a dejar el trabajo.

Las que soltamos los tenedores entonces fuimos nosotras, pero a coro.

—¿Qué dices?

—Si es por lo que te dije la semana pasada, estaba bromeando —afirmó Lola con cara de apuro—. No creo que te vaya a crecer el culo por estar sentada en la oficina, Ne, estaba de coña.

—No es por eso, inútil —le aclaró ella revolviéndose el pelo con los dedos—. Es que estoy harta. No me gusta y no tengo por qué mantener algo que no me gusta solo por comodidad, ¿recordáis?

—Sí, mujer, pero estando las cosas así, un poco turbias en el contexto económico..., ¿crees que es buena idea?

—Ya lo tengo decidido —dijo convencida.

—Pero... ¿cuándo?

—Aún no he dicho nada en la empresa. Tengo que solucionar algunas cosas antes.

—Sí, lo primero, que salga tu madre de la UVI después de saberlo —murmuré.

—Mi madre ya lo sabe y si no le gusta que no mire.

Todas abrimos los ojos un poco más si cabe.

—¿Y qué planes tienes?

—Voy a montar una pequeña empresa de organización de eventos. Sobre todo bodas y fiestas de cumpleaños pijas.

Poca inversión y mucho mercado. Lo malo es que el alquiler del bajo que quiero me cuesta un pastón. Estoy mirando abaratar costes porque, como bien decís, ahora que la cuestión económica está turbia los bancos se andan con mucho ojo con eso de los créditos. En el trabajo pediré una excedencia que puedo tener hasta de dos años. Pero, además, me he puesto en contacto con un programa para emprendedores de la comunidad y por ser mujer menor de treinta años me dan muchas ayudas. Espero tenerlo en funcionamiento para abril y a fecha de hoy ya tengo un par de proyectos. —Rebuscó en su fabuloso *clutch* de Jimmy Choo—. Tomad unas tarjetas. Hacedme publicidad.

Nos costó un mundo cerrar la boca. Después no pudimos más que aplaudir y en menos de lo que canta un gallo varias mesas se habían unido a nosotras y Nerea se levantó, hizo una reverencia y, tras volver a sentarse, se bebió todo el contenido de su copa.

La madre que la parió.

14

Cuando quedé con Víctor en aquella cafetería tan cuca no caí en la cuenta de que él, con su tamaño, parecería un adulto metido en una casa de muñecas. Pero allí estaba, sentado delante de mí, removiéndose incómodo en su silla, tratando de no tirar la mesa con sus eternas piernas. Tenía agarrada la taza de manera que aquella vajilla con dibujos de galletitas y *muffins* no parecía tan de juguete en sus manos. Daba igual de qué lo rodearas: siempre devolvía esa imagen tan masculina que apabullaba. Ni siquiera allí, en un local lleno de volantes y pintado de rosa, lograba despegar de Víctor el recuerdo de su cuerpo desnudo y de todas las cosas que me hacía sentir. Y lo peor es que me las hacía sentir con su sola presencia, y no hablo solo de placer.

Quererlo me complicaba las cosas.

Yo, con las piernas cruzadas, intentaba interiorizar el motivo por el que estábamos allí. El porqué no era amable, sino tenso: íbamos a discutir los puntos del tratado de paz o de la rendición. Y no pintaba bien. Era como si nuestra relación se hubiera enfriado hasta el punto de parecer una auténtica tontería que los dos tratáramos de llevarla a buen puerto. Me temía que esa sensación la teníamos ambos y era más intensa por su parte.

Víctor se terminó el café de un trago y pidió otro, especificando que, por favor, se lo pusieran largo y en un vaso medianamente grande. Después se giró hacia mí y me apremió con un gesto para que empezara a hablar.

Terminé de echarme el azúcar en el té y lo removí, mientras hacía tiempo para buscar las palabras adecuadas, pero, cuando iba a empezar a hablar, la amable camarera ataviada con un delantal blanco lleno de volantes nos interrumpió, trayéndole a Víctor el café en un vasito lleno de florituras doradas en el borde. Él levantó la mirada hacia mí y arqueó las cejas de manera significativa. Lancé una carcajada y él se contagió, sonriendo. Cuando la camarera se fue el momento de distensión se evaporó y Víctor empezó a hablar, pasándose nerviosamente la mano por su barba de tres días:

—Está claro que la elección del sitio ha sido para castigarme.

—Me encanta este sitio. Hacen un *red velvet* impresionante.

—Tendrías que haberte pedido uno, ¿no?

—No tengo el estómago yo para fiestas...

—Ya.

Los dos asentimos tontamente.

—¿Quién empieza? —pregunté con la esperanza de que tomara el timón de la situación.

—Creo que será mejor que lo hagas tú —contestó.

Respiré hondo. Pues vale. Allá iba.

—Supongo que estás de acuerdo conmigo en que esto, lo nuestro, si es que realmente hay algo tangible que podamos llamar nuestro, no va tan bien como debería. —Jugueteé con mis dedos.

—Sí, estoy de acuerdo.

—Y ¿qué opinas?

—Pues… —suspiró con sonoridad—. Que es complicado, pero que tenemos que hacer algo. Lo que no sé es si aún podemos encauzarlo.

—Todo tiene remedio.

—¿Tú crees? —Me miró fijamente con sus ojos verdes. El corazón se me subió a la garganta. Víctor bajó los ojos hacia sus manos y siguió—: Estabas casada y a mí me importó una mierda: no fue un buen comienzo, la verdad. Y lo peor es que no nos quedamos ahí. No nos dimos tiempo para asimilar la situación cuando volviste de tus vacaciones. Debí entender que es imposible ir de cero a cien en estas cosas y yo estoy demasiado acostumbrado a dar cero. —Fui a replicarle, pero él reanudó su discurso—: Para terminar de mejorarlo, no es que tú definieras muy bien los límites de tu nueva relación con Adrián. Todo eran numeritos a los que no estoy habituado. —Se frotó la cara, escondiéndola unos segundos detrás de sus manos—. Pero no es que yo lo haya hecho mejor. Me empeño en intentar hacer las cosas bien pero no lo consigo nunca. Cuando no doy de más, doy de menos, y ya no sé cómo arreglarlo. ¿Tiene todo esto remedio? Porque me parece que el problema somos nosotros.

—No sé qué decirte —contesté.

Se cogió el puente de la nariz y después dejó las manos sobre la mesa.

—No tengo mucha experiencia en estas cosas, pero me parece que lo nuestro no es lo que viene siendo normal. Y hay que tener inteligencia emocional, nena. —Víctor se removió en su silla y me miró. Parecía resuelto a hacer algo que no nos iba a gustar precisamente a ninguno de los dos—. Tenemos que solucionarlo ya —dijo.

—¿Y qué propones?

Hubo un silencio y Víctor se mordió el labio superior, nervioso, antes de decir:

—Sabes muy bien lo que propongo.

—Pero quiero escucharte decirlo. —Y lo dije sin rabia, sin melancolía, pero llena de una sensación demasiado vacía.

Él chasqueó la lengua. Para ser completamente sincera diré que no parecía estar pasándolo mejor que yo. A un largo suspiro por su parte le siguió un pequeño reproche.

—Me lo estás poniendo muy difícil.

—Quiero que lo digas —insistí.

—Supongo que no me crees capaz de hacerlo y opinas que estoy tratando de manipular la situación para quedar como el bueno, pero te prometo que eso está muy lejos de ser la realidad.

—Dilo de una maldita vez… —Ahora sí que no pude evitar que la voz escapara llena de amargura.

—Quiero que lo dejemos. Quiero dejarlo ahora que aún no se ha puesto verdaderamente feo. —Hizo una pausa—. No estoy preparado para darte lo que tú necesitas. Y no soy nadie para exigir que renuncies a ello.

—Yo nunca he pedido nada —dije con la voz temblorosa y las manos alrededor de la taza de té.

—No. Pero… —Tragó y miró al techo—. Tú y yo no nos entendemos. Prefiero que se quede aquí.

—Bien —repliqué abriendo mucho los ojos, evitando llorar—. Si es lo que quieres, hagámoslo bien.

Aquella contestación por mi parte nos catapultó a los dos al rellano de su casa, al día en el que fui a devolverle el juego de llaves que me regaló. Creo que Víctor dijo en aquella ocasión algo muy parecido y sé que los dos lo recordamos. Su expresión se ablandó entonces. Fue como si no pudiera sostener una coraza que le pesaba demasiado.

—Nena… —susurró—. Estoy harto de ser una decepción. No nos merecemos esto. —Cogí aire y lo dejé escapar despacio entre los labios; él añadió—: Eres lo más bonito que me ha pasado en la vida.

—Suena estupendo —repliqué con sádica condescendencia.

—Siento no haber estado a la altura. De verdad. No te haces a la idea de cuánto.

—Ya.

Yo no quería que él me viera llorar y él no quería verlo, así que sacó un billete, lo dejó sobre la mesa y se levantó. Ni siquiera había tocado el segundo café.

Al pasar por mi lado se agachó para besarme en la sien y susurró:

—Te quiero. Te lo juro, nena. Pero te quiero demasiado.

Me quería. Ya, claro. Me quería demasiado y ¿por eso me dejaba?

Me acordé entonces del beso que le negué tras mi conferencia. Creo que en el mismo momento en el que se lo negué supe que llegaría el día en que me arrepentiría de haberlo hecho. Y ya había llegado. Ya no tenía beso. Nuestro último beso. Lo había perdido.

Cuando escuché la campanita de la puerta al cerrarse dejé la taza sobre la mesa, me tapé la cara y sollocé.

Hasta allí habíamos llegado Víctor y yo. Hasta allí. Ni más ni menos.

15

Jose me llamó aquella misma semana para decirme que no había habido suerte con la revista a la que habíamos enviado el artículo porque no estaba teniendo muy buenas cifras de venta. Viéndole las orejas a un lobo llamado «ERE», entendía que no estuvieran convencidos de contratar nada.

Lo que me faltaba. Qué suerte la mía. Igual si salía de casa tenía la fortuna de que me cayera un piano encima.

Sin embargo, viendo un poco de luz al final del túnel, me pidió que preparara otro más largo para mandarlo a una publicación mensual que, por cierto, me encantaba. Sé que no tenía ninguna obligación de hacer todas aquellas cosas por mí, pero creo que en un momento dado a Jose le di pena. Y no lo culpo; yo misma me tenía una pena inmensa. Solo esperé no decepcionarlo llegado el momento y no estar provocándole muchas molestias.

Me pasé los tres días siguientes dándole vueltas a mi artículo, escribiendo, borrando, reescribiendo y corrigiendo.

Bueno, y llorando de vez en cuando, debo confesarlo. Cada vez que me acordaba de Víctor lo hacía de nuestra ruptura y la veía desde fuera, como si en vez de estar sentada en aquella silla en la tetería hubiera estado observando desde otra mesa. Y eso me hacía sentir más lástima de mí misma.

Pobre Valeria, con la ilusión que puso en esa relación... Pobre Valeria, con lo enamorada que estaba de ese chico... Pobre Valeria, todas las relaciones le salen mal...

Pero tenía que concentrarme y entender que no es que dijéramos adiós a los mejores días de nuestra vida. Por esa parte había sido un alivio saber al menos a qué atenerme cada vez que pensase en Víctor. Por esa parte. Todo lo demás era una mierda.

Ya no había Víctor. Y esta vez era de verdad.

Como si respondiera a un plan, un día una llamada de teléfono me hizo resucitar de entre los muertos.

Estaba tomándome una taza de café americano, solo y sin azúcar, sentada sobre el banco de la cocina. Aún llevaba puesto el pijama y tenía el pelo recogido en un moño que no era demasiado favorecedor pero sí muy práctico. Ya pensaba en ir a peinarme cuando sonó el teléfono fijo de casa.

Alcancé el auricular del inalámbrico. Pensaba que sería mi madre para preguntarme qué quería cenar en Nochebuena y deseaba poder contestarle algo supermelodramático, pero lo que me encontré fue una voz masculina que me resultó familiar y que al poco reconocí como la de Bruno Aguilar. Sonreí e intenté pasar por alto ese repentino cosquilleo entre los muslos.

—Buenos días, señorita Férriz.

—Buenos días, señor Aguilar. ¿Cómo has conseguido el teléfono de mi casa?

—¿Tú conoces a algún mago que cuente el misterio de sus trucos? —Y lo imaginé diciendo aquello con una sonrisa provocadora.

Me descentró. Pestañeé, tratando de tranquilizarme y contesté:

—No, tienes razón. Y dime, ¿qué tal el día?

—Pues bien. Liado. Estoy terminando una novela y, ya sabes, en ese punto en el que no puedo hacer nada más porque lo contamino todo.

Fruncí el ceño al recordar de pronto a Víctor. A Bruno aquella pregunta le pareció típica y cordial. A Víctor le había hecho reír de esa manera... Pensé en el primer café que nos tomamos juntos, antes de que ninguno de los dos... se encariñara. Yo le había preguntado en su coche qué tal le había ido el día y él había reído...

—¿Valeria? —preguntó Bruno.

—Sí, sí. Estoy aquí. —Víctor, por Dios, sal de aquí dentro. Necesité suspirar hondo para volver a centrarme en la conversación—. ¿Caníbales otra vez? —le pregunté.

—No, pero no quiero *spoilearte* nada. Solo que esta vez es menos sangrienta. Bueno, al menos nadie se come a nadie..., creo. Espero no defraudarte.

—Seguro que no.

—Te la enviaré en el mismo momento en el que la termine. Sales en alguno de los últimos capítulos.

—¿Sí? —dije ilusionada—. Seguro que me matas.

—Sí, me temo que sí. Pero das mucho juego hasta entonces. Sobre todo en el último capítulo en el que sales.

—Dime que no es lo que creo. —Me reí.

—Ya lo verás. Oye, el caso es que yo te llamaba para decirte algo. Con esto de las Navidades he retrasado mi viaje para la semana que viene en vez de esta. ¿Te parece que cenemos por ejemplo el día 27?

—Espera. ¿De este mes?

—Sí, de diciembre.

Fui a mi ordenador portátil, abrí mi cuenta de Outlook y después accedí al calendario. El 27 no tenía ningún compromiso. Ni el 27 ni ningún otro día. Pero qué tristeza más infinita...

—En principio no tengo problema —contesté haciéndome la interesante—. Pero aclárame una cosa. ¿Qué temática tiene la cena? ¿Va de dos escritores que cenan juntos para hacer lucha de egos? ¿O de dos...? —No me dejó terminar.

—De dos adultos que se conocen un poco con unas copas de vino. ¿Eliges tú un restaurante en consonancia? —Y me gustó su tono, porque no parecía darle más importancia a las cosas de la que tenían. Nada de dramas pero una pizca de... ¿interés sensual?

—¿Suena a cita? —dije bromeando—. Es por elegir bien el restaurante.

—A lo mejor quiero robarte ideas para mi próxima novela. Ya sabes, para hacer las paces con mi lado femenino.

—Eres imbécil. —Me reí.

—Me alegro de que lo hayas descubierto ya, así no tendrás muchas expectativas.

—¿Qué tipo de comida te gusta?

—Oh, pues cualquiera. Soy de buen comer.

—OK, pues apúntate la dirección —dije mientras sacaba del primer cajón del escritorio el tarjetero donde guardaba las tarjetas de los restaurantes—. Cenaremos comida tailandesa entonces.

Después nos despedimos hasta el 27 a las diez y colgamos. Acto seguido y de manera compulsiva, reservé mesa para dos en mi restaurante tailandés preferido, en el que había cenado hacía relativamente poco con Víctor, y un año antes con Adrián.

Al pensar en ello me sentí mal. A decir verdad, mal se queda corto. Me sentí fatal. Necesitaba consultar al oráculo si no sería que había terminado por hacer de mi capa un sayo...

—Lola —dije con el auricular pegado a la oreja—. Me ha llamado.

—¿Quién? —A ella no le extrañó que no le dijera cosas como «hola» o «¿qué tal?».

—Bruno.

—No sé si me gusta. Tiene nombre de colonia chunga de tío.

—Creo que te refieres a Brummel —contesté irritada.

—Lo que tú quieras. ¿Y qué que te haya llamado?

—Me ha invitado a cenar la semana que viene con él. ¿Crees que debo?

—¿Por qué no vas a deber?

—Acabo de romper con Víctor. Creo que ni siquiera debería apetecerme.

—Hostias, Valeria, ¿le has dicho que no?

—No solo le he dicho que sí, sino que yo misma he reservado mesa. —Y me avergoncé, tapándome la cara con una mano.

—Pues, entonces, ¿qué más da?

—¿Y Víctor?

Me mordí las uñas. Lola y Víctor habían sido amigos con derecho a roce íntimo durante mucho tiempo y, además, se apreciaban de verdad. Me daba miedo hacer algo indebido y que Lola se molestara conmigo por ser una perra mala y superar la ruptura demasiado pronto. Porque… ¿era eso lo que estaba haciendo? ¿Estaba superándolo demasiado pronto? Por el suspiro de Lola entendí que no irían por ahí los tiros. Al menos no por el momento.

—¿Víctor? Ay, chata, no me puedes estar diciendo esto de verdad. ¿Lo que quieres decir es que quieres estar mal, regodearte en tu tristeza y sentir ganas de morirte?

—No, pero…

—¿Me dejas ser borde?

—Sí, pero controla la lengua.

—No suelen decirme mucho eso de controla la lengua —carraspeó y siguió—. Víctor te ha plantado. Te ha dejado tirada porque es un *mierder*, pero no temas, que ya se lo he dicho y te sorprenderá saber que él está de acuerdo con esa afirmación. Y encima antes de irse le pone la guinda al pastel y te dice que te quiere demasiado. No voy a hacer leña del árbol caído, Valeria, pero Víctor está hecho una mierda y lo peor es que se lo merece. Tú no. Tú no le has dejado porque no das la talla. Haz el favor. Sal a cenar con ese. Y si es un gilipollas, sal a cenar con otro. La vida es así. Así lo hacemos las demás. Folla, que el mundo se acaba.

—¿Te pillo mal, verdad? —pregunté levantando una ceja.

—No muy bien, para ser sincera. Tengo un pegote de cera enorme a medio quitar de uno de mis labios vaginales externos. ¿Se me nota?

—Sí. Tira con cuidado.

Lola colgó, sin más, como siempre.

—¿Dígame?

—Hola, Carmen —dije en tono cariñoso—. Feliz Navidad.

—¡Oh! ¡Qué mona! Feliz Navidad, Val. Eres la primera en felicitarme las fiestas.

—Me acabo de acordar de que te vas al pueblo y como allí solo tienes cobertura en el collado ese que no sé ni lo que es…

—Ni te interesa, te lo aseguro. ¡Qué muermo de pueblo!

—Oye, y así, en plan perra egoísta, ¿podría preguntarte algo?

—Claro.

—Me ha llamado Brummel…, digo, Bruno.

—¿Bruno? ¿Bruno Aguilar? ¿El del libro sanguino-
lento? —contestó emocionadísima.

—Sí.

—¿Para invitarte a salir tipo película americana?

—Eres tonta del culo. —Me reí—. Para invitarme a cenar, sí. Ya he reservado mesa.

—¿Cuándo?

—La semana que viene.

—Oh, qué bien. Me alegro mucho.

—La cosa es… ¿está bien que vaya a cenar con él estando tan reciente lo de Víctor?

—Hablas de Víctor como si en realidad se hubiera
muerto.

—No es que no haya deseado a ratos que lo atropelle
un autobús…

—Valeria, es normal que estés animada y que te apetezca. Llevabas muchos meses malos con Víctor. Lo importante es que te hace ilusión ir a cenar con ese chico. Sal y diviértete. Y si esa cita no sale bien…

—Ni siquiera creo que sea una cita. Es… un ceremonial de coqueteo, a lo pavo real. —Y me avergoncé, no sé
por qué.

—El ceremonial de los pavos reales suele terminar en
apareamiento. Y con un montón de plumas por el aire.

—No será mi caso, me temo. Ni apareamiento ni
plumas.

—Val, si quieres ir a cenar con ese chico, ve a cenar
con él. Si no quieres que pase nada, que no pase, y si quieres, ¿por qué no? Es así. ¿Y si es el hombre de tu vida?

—No. No lo es —dije jugueteando con las llaves de casa que tenía sobre el escritorio—. El hombre de mi vida era otro.

—Cielo, cómo te complicas. ¿Te das cuenta? Víctor, Víctor, Víctor…

—Ya. —Me revolví el pelo.

—Diviértete. Date una oportunidad, Valeria. Y feliz Navidad, cariño. —Y lo dijo de esa manera tan dulce que todo empezó a preocuparme un poco menos.

—Por cierto, los Reyes trajeron algo para ti a casa.

—Oh, qué casualidad, ahora mismo me pillas envolviendo lo que dejaron en la mía para ti.

Cuando colgué el teléfono me quedé un rato pensando, divagando cosas sin mucho sentido y sin hilvanar. Y pensé otra vez en aquel beso.

«¿Puedo besarte?», me había dicho Víctor, mirándome los labios.

Yo dije que no porque mis padres miraban. Quizá ahí estaba la diferencia. Quizá un sí lo hubiera cambiado todo y ahora, en lugar de estar preguntándome si hacía bien en quedar con otra persona para superar nuestra ruptura, estaría tumbada en la cama con él, hablando y besándonos.

Perdí nuestro último beso y quizá… Quizá mucho más que eso.

16

Lola se peinó antes de ponerse el jersey de cuello alto, lo que provocó que un millón de cabellos reaccionaran a la electricidad estática y tuviera que volver a peinarse. Y encima el tiempo no acompañaba. Era el típico sábado gris y helado en el que el plan perfecto solo incluía un chocolate caliente, una manta y una película dramática, de esas de sobremesa a poder ser basadas en hechos reales. Pero Rai había insistido tanto... Y eso que al día siguiente era Nochebuena.

—Venga Lola. Tengo un plan genial para este fin de semana. No te diré nada más. Pero anímate.

—¿Por qué a mí? —Había lloriqueado ella tras mirar por la ventana después de decir que sí.

Era bastante evidente. ¡Estaban tan bien juntos! Parecían viejos amigos, pero no de esos en los que la camaradería suple la atracción, sino de aquellos entre los cuales saltan chispas con solo rozarse. Yo lo digo en plan elegante; ella lo describía como «ese tipo de amigos a los que aún te quieres follar desaforadamente, cabalgándoles encima hasta partirte en dos». Esa es mi Lola.

Sin embargo, ella estaba empezando a perder la paciencia. Se preguntó si no estaría alucinando o imaginando cosas raras. Se preguntó si Rai no sería en realidad un amigo gay que besa en la boca de vez en cuando.

Miró el reloj. Llegaba tarde. Bajó las escaleras a saltos, cargada con una mochila y las pocas cosas que él le dijo que le harían falta. En el último tramo se encontró a Rai congelado, con su chaqueta de cuero y sus pantalones vaqueros oscuros. Tenía la nariz roja por el frío y al verla se enrolló una gruesa bufanda de lana en el cuello y se puso unos guantes.

—¿Preparada para la aventura?

—Tú lo has dicho… Aventura. Si no morimos congelados en el intento será toda una hazaña.

—Eres una llorica.

Salieron a la calle y Rai se subió a una moto.

—¿Qué haces? ¡Bájate de ahí antes de que el dueño te dé una torta y te mate!

—El dueño me ha dado más de una torta en su vida y no me ha matado. Venga, sube. La moto es de mi hermano.

Lola se echó a reír.

—¿Estás loco? ¡¡Pero si casi está nevando!!

—Pues venga, antes de que la cosa empeore, que aún tenemos que llegar hasta allí.

No se lo pensó. ¿Desde cuándo Lola se paraba a pensar ese tipo de cosas?

Tras tres cuartos de hora en la moto se detuvieron junto a una casita de campo, casi en la sierra. Era una de esas construcciones prefabricadas de madera que te montan de una pieza sobre una parcela, pero tenía un aspecto de lo más acogedor, sobre todo porque las primeras borlas de nieve empezaban a volar entre ellos.

Si Lola temblaba, Rai se convulsionaba. Se había llevado la peor parte tapándole el gélido viento que atravesaba la piel como témpanos afilados de hielo. Pero estoy tratando de ser elegante otra vez. Cuando Lola nos lo contó creo que las palabras exactas fueron: «Rai estaba tan congelado que me preocupé. Imagina que me pongo a cascarle una paja, se le rompe la chorra y me quedo con ella en la mano como un pirulo tropical».

Nerea por poco no se levantó de la mesa al escuchar la narración.

Poesía urbana.

El caso es que cuando entraron dejaron las cosas en el suelo, se taparon con una manta por encima de los hombros y encendieron la chimenea con unos cuantos troncos pequeños y una pastilla de encendido. A Lola no dejó de parecerle peligroso por el hecho de encontrarse en una cabaña de madera, pero la agradable calidez de la llama borró todas sus dudas.

Rai, después de recobrar el color de una persona con vida y conseguir mover las falanges de los dedos de la posición del manillar, se marchó a la cocina, dejando a Lola en el sofá mirando ensimismada el fuego.

Su madre le decía de pequeña que si se quedaba mucho rato mirando las llamas, luego se mearía en la cama. Se sentía naturalmente atraída hacia la danza arrítmica de las llamas y de los fulgurantes colores que se quedaban impresos en su retina. Se sintió relajada, pero no como cuando Miss Shanghái (como ella llamaba a su esteticista, que en realidad era de Palencia) le daba un masaje con aceite de lavanda, sino como... En realidad no recordaba la última vez que se había sentido de esa manera. Por eso le gustaba estar con él.

Escuchó los pasos de Rai a su espalda y con una sonrisa bendita en los labios pintados de rojo se giró hacia él. Llevaba dos copas de vino tinto en la mano y después de entregarle una se sentó a su lado frente al fuego.

—No soy muy buen cocinero, así que he metido unas pizzas en el horno. —Sonrió.

—No necesito más.

No pudo reprimir el impulso de apoyar su espalda sobre el pecho de Rai y dejar que este le acariciara el pelo. Bebió un poco de vino y se acomodó presa de una extraña paz interior.

—¿Pongo algo de música? —preguntó él.

—No. Todo es perfecto así.

La mano de Rai se deslizó hasta su cuello y lo masajeó como una caricia casual.

—¿Sabes? Me cuesta tocar a la gente. No me gusta invadir el espacio vital de nadie porque soy muy celoso con el mío. Sin embargo contigo...

Lola sonrió. Por ella el mundo podía explotar en llamas fuera de aquella habitación.

—Ha valido la pena pasar frío —dijo.

—Sí. Ha valido la pena.

Rai le dejó un beso distraído sobre el pelo antes de levantarse a sacar las pizzas del horno. Luego cenaron en silencio, sentados en la alfombra frente a la chimenea, y terminaron la botella de vino. Con la somnolencia de la tercera copa se recostaron sobre el mullido suelo alfombrado, uno frente al otro, y hablaron durante una hora. Después se cogieron de la mano y se mantuvieron en silencio, mirando hacia otra parte, como si les avergonzara la idea de que sus dedos estuvieran entrelazados.

A las doce parecieron resucitar y salieron envueltos en una misma manta al porche de la casa, donde había un balancín de madera colgado del techo. La nieve no había cuajado. Rai se sentó y la obligó a sentarse en sus rodillas. Se sintieron abrumados por el frío.

—Brrr… Qué noche más fría.

—Es porque se han ido las nubes. Esta noche no nevará. ¿Ves? Se ven todas las estrellas.

Se quedaron en silencio. A Lola le molestó un poco que aquello, que antes le hubiera provocado arcadas de tan dulce que era, le gustara y la reconfortara. Sin embargo algo desvió su atención.

Tenía el cuerpo pegado a Rai, sentada sobre sus rodillas. El balanceo del asiento hacía que sus caderas se movieran rítmicamente y empezó a notar cierto entusiasmo en el cuerpo de él. No, no era posible malentender aquello. Era, evidentemente, una erección. Sonrió, mirando hacia delante, y se impulsó con las puntas de los dedos de los pies, enfundados en abrigados calcetines. El balancín siguió moviéndose, provocando cierta fricción entre ellos. La mano de Rai se coló por debajo de la manta y se apoyó sobre su vientre. Ella esperaba que la bajara y se acomodara dentro de su pantalón vaquero, pero el único movimiento que hubo fue el de un seco frenazo en el vaivén del asiento. Rai había calcado los pies en el suelo. Luego, confusa al sentir su aliento cercano a su oreja, entre su pelo, le escuchó susurrar:

—Lola…, voy a parar mientras pueda.

—¿Por qué? —dijo ella en otro susurro, acercándose un poco retozona, como un gato.

—Porque no quiero que eso mande entre tú y yo. Me importas. Y yo no soy como Sergio.

Lola se sintió estúpida y rechazada. Se levantó dejando que la manta se escurriera de su cuerpo y cayera sobre Rai. No debía haberle contado lo de Sergio. ¿En qué posición se situaba ella? ¿Y desde cuándo aquello le importaba?

Rai se levantó y la volvió a abrigar. La giró hacia él y vio que apretaba los morritos pintados, como siempre que se enfadaba. Sonrió abiertamente.

—¿Sabes? Eres una malcriada. Siempre tienes que salirte con la tuya.

Antes de que ella pudiera rebatirle aquel comentario, la besó, pero casi tontamente, como un juego de niños. Apretó su boca contra la de Lola y luego apresó su labio para dejarlo ir lentamente.

Rai podría querer que aquello no mandara entre ambos, pero Lola es mucha Lola. Y solamente tuvo que dejar caer la manta y entrar de nuevo en el salón. Él la siguió.

Después se besaron profundamente y Rai la tumbó en la alfombra. Lola jamás había tenido tantas ansias contenidas y ahora estaba a punto de explotar. Claro, ella no era de esas chicas acostumbradas a retrasar la gratificación.

Él empezó a desnudarla y a desnudarse a la vez y a Lola por poco no le dio un ataque de risa. Cuando Rai se quedó atrapado entre pantalones y mangas, ella se dio cuenta de que lo más probable era que estuviera hecho un manojo de nervios.

—Tranquilo.

—Estoy tranquilo —dijo él antes de coger aire con la boca a través de los dientes apretados.

Lola sonrió.

—No, no lo estás. Pero no pasa nada.

Lo liberó de la pernera del vaquero que se le había quedado enrollada al brazo y lo empujó hasta que dejó caer la espalda sobre la alfombra. Ella se subió encima, a horcajadas, y Rai cerró los ojos.

—¿Estás excitado?

—Demasiado —contestó él sin abrir los ojos y con el ceño fruncido.

—Eso no tiene por qué preocuparte.

Lolita sabía muy bien lo que se hacía.

Ella misma se quitó el sujetador y lo lanzó sobre el sofá. Se movió sobre Rai y consiguió desnudarlo del todo. Echó un vistazo y le alegró comprobar que al menos había tenido el atino de quitarse los calcetines. Punto para Rai.

—Hum… —murmuró después, evaluando el material.

—¿Qué? —dijo él asustado.

—No está nada mal.

Menuda está hecha Lola. Ya no sé si es que es gran consumidora de porno o es que el porno está inspirado en ella.

Se levantó con agilidad y, despacio, se bajó las braguitas transparentes hasta las rodillas. Rai la miraba con la boca ligeramente abierta; le encantó poder despertar ese sentimiento en alguien.

—¿Qué quieres hacer, Rai? —preguntó, regocijándose en su dominio de la situación.

—Buf…, de todo —contestó él.

Lola no pudo evitar reírse abiertamente. ¿Dónde narices estaba el chico contenido que había visto en el porche? ¿Dónde se habían quedado las buenas razones para esperar y no dejar que el sexo bla bla bla bla bla? Seguro que en los calzoncillos grises que reposaban en el suelo.

Se inclinó sobre él, cogió su erección con una mano y movió lentamente la piel suave arriba y abajo. Rai gimió.

—Avísame si ves que te excitas demasiado. Tú solo di mi nombre y pararé…

Él ni siquiera contestó y ella pasó la lengua despacio por la punta, alrededor.

—Lola… —gimió quejumbroso él.

—Oh, vaya. —Subió hasta su boca y le besó. Rai respiraba agitadamente—. Debo entender que esa novia con la que rompiste hace unos meses era la primera —le dijo con gesto neutro, tratando de no ofenderlo.

—Sí —asintió.

—Pues piensa que soy como ella… —le susurró al oído, antes de darle un mordisquito en el lóbulo.

—Joder, no, no lo eres.

Qué bien le hizo sentir aquello. Si tenía que pasar de los preliminares lo haría sin duda. ¡Qué chico tan dulce!

Tiró del asa de su bolso y alcanzó su neceser. Sacó un preservativo y lo abrió con los dientes. Después sopló sobre él para colocarlo en la posición correcta. Lo puso sobre su punta y fue desenrollándolo despacio sobre la erección de Rai, que tenía la mandíbula tensa. Sin pensarlo mucho más, se subió sobre él y lo introdujo lentamente en su interior. Una oleada de alivio la sacudió y él se removió.

—Lo haré despacio —susurró al tiempo que se levantaba y volvía a dejarse caer con lentitud—. Y tú me avisarás.

Rai asintió y en el siguiente movimiento de Lola levantó las caderas para penetrarla con más fuerza. ¿Resistiría? ¿Terminaría en un par de embestidas más?

Al parecer no.

Uno, dos, tres, cuatro golpes de cadera, cada vez con más fuerza. Fue cogiendo el ritmo y, con él, Lola disfrutó, echando la cabeza hacia atrás y relajándose.

—No quiero parecerte torpe —jadeó él.

—Ahora lo que me pareces es muy mono —contestó ella con la respiración agitada y una sonrisa—. Y un tío con un rabo que me viene como anillo al dedo.

Los dos se rieron y ella le preguntó si quería que cambiaran de postura. La respuesta fue que él giró con fuerza sobre el suelo y ella lo tuvo encima en menos de lo que canta un gallo, empujando con brío entre sus muslos.

No duró mucho, pero la sacudió un orgasmo brutal con el que gritó desatada y Rai, al escucharla, se tensó y lanzó un gemido de satisfacción. Lola acababa de disfrutar como una energúmena. El jueguecito, el que él estuviera tan nervioso, el ser ella la que dominara la situación y ese papel de «deja, que yo te enseño» la habían puesto a cien. Si lo pensaba mucho, ya quería repetir.

Rai se sostuvo con los brazos en tensión sobre Lola y después cayó a su lado sobre la alfombra. No dijeron nada durante un rato, hasta que Lola se animó a apoyarse sobre su pecho, mirándolo.

—¿Te ha gustado? —preguntó él tímidamente intentando controlar su respiración y quitándose el condón usado.

—Claro. Me ha encantado. Y quiero repetir.

Rai sonrió triunfante. Luego la sonrisa se le escurrió por la cara lentamente.

—¿Qué pasa? —preguntó ella alarmada por su cambio de expresión.

—Esto… Lola… Yo debería contarte algo.

Lola pensó un segundo. No, había sido responsable, había utilizado preservativo. Por esa parte no podía llevarse ningún disgusto.

—Dilo ya, no le des más vueltas, hombre.

Rai se removió intranquilo.

—Es que… ha sido tan especial… Al menos lo ha sido para mí. No quiero engañarte, Lola, y hay algo en lo que no he sido del todo sincero contigo.

Ella agarró la manta, se tapó el pecho desnudo, se incorporó y lo miró, pero sin mostrarse realmente preocupada. Él hizo lo mismo, sentándose a su lado.

—Venga. —Sonrió ella—. Que no me como a nadie.

—Lola…, tengo algunos años menos de los que te dije.

Arqueó las cejas. ¿Cómo?

—¿Cuántos menos? —Y fue consciente de que sonaba mucho más seria de lo que pretendía.

—Algunos.

—¿Cuántos son algunos? —Y mentalmente rezaba por que al menos fuera mayor de edad.

—¿Cuántos te dije que tenía?

—Veinticuatro.

—Pues… aún no he cumplido los veinte.

¡Ay, Dios mío!

17

Cuando estaba casada con Adrián me gustaban las Navidades. Eran agradables. Mi madre se deshacía en mimos, mi padre se reía y le palmeaba la espalda a Adrián y yo podía pasar tiempo con mi hermana. Adoraba los regalos y las cenas familiares.

Ahora ya nada era tan agradable. Ni siquiera los regalos de mi madre, que se empeñaba en comprar cosas de *crochet* que terminaba teniendo que cambiar en la tienda o vender en eBay. Y este año, para terminar de mejorarlo, mi madre se había propuesto sonsacarme quién demonios era aquel chico al que me había abrazado el día de la puñetera conferencia.

—Era Víctor —confesé finalmente mientras cortaba la carne en mi plato, sintiendo una punzada en la boca del estómago.

—¿Y quién es Víctor?

—Pues... supongo que... hemos salido alguna vez juntos.

Mi madre soltó los cubiertos dispuesta a hacer de aquello un drama.

—¿Es tu novio?

—Yo no he dicho eso. He dicho que salimos alguna vez. En pasado. Solo una cena o una salida al cine. —Tragué bilis y el resto de mis mentiras. Una cena, una salida al cine, doce polvos salvajes en su cama cuando aún estaba casada, hacerme creer que era el amor de mi vida...; esas cosas.

—¿Y de qué lo conoces?

—Me lo presentó Lola.

El que soltó los cubiertos entonces fue mi padre, que tuvo que agarrar el vaso de agua y darle un trago largo. Mi madre abrió la boca para replicar, pero no le salió ni una palabra. Atajé la situación.

—No tiene nada que ver con ella. Son como el cielo y la tierra —aclaré sin saber si volvía a mentir.

—Pero, Valeria... —se quejó mi padre.

—¿Cuánto hace que lo conoces? Pero ¡si ni siquiera hace tres o cuatro meses que estás separada!

—Hace más de seis meses que me separé. —Mi madre abrió la boca para añadir algo pero yo seguí hablando sin darle la oportunidad de réplica—. Adrián sacó sus cosas de casa en junio. Creedme, lo recuerdo bien.

—¿Entonces? —preguntó mi padre.

—Entonces ¿qué?

—¿Cuánto hace que lo conoces?

Miré a mi hermana de reojo y ella negó ligeramente con la cabeza.

—Pues… —dudé— desde hace algún tiempo. No sabría decirte. No prestaba atención a otros hombres cuando estaba casada.

Rebeca reprimió una risa y se entretuvo haciéndole tonterías a Mar, que soltó una carcajada por ella. Al menos alguien podía reírse abiertamente de mis descaradas mentiras.

—Dile que venga a tomar café —sentenció mi madre con autoridad.

—No va a poder —dije muy seria, antes de levantarme de la mesa y llevar mi plato a la cocina—. Y no tiene por qué. Víctor y yo ya no nos vemos. Ni lo haremos.

Después me pasé el resto del día pensando en él e imaginando cómo sería tenerlo allí. Presentárselo a mis padres y, al fin y al cabo, volver a empezar. Volver a empezar con algo que ya había terminado.

Absurdo.

El 27, día de mi cita con Bruno, llegó pronto, pero gracias al cosmos tuve casi dos días para depurar mi cuerpo de tanta comilona, de tanto turroncito y de la cantidad ingente de vino que había tenido que beber para poder soportar estoicamente el asunto. Así que los vaqueros volvían a abrocharse sin tener que meter tripa, no respirar y tumbarme en la cama.

Pero no iba a ponerme vaqueros para aquella ocasión. No, señor. El ceremonial del pavo real implicaba más logística.

Después de probarme la mitad de los vestidos de mi armario me decidí por una falda negra de cintura alta y a la altura de la rodilla y una blusa negra con unas pocas transparencias (pero nada vulgar, no quería quedar de buscona). Me coloqué unas medias de liguero y unos zapatos de tacón alto también negros y me escondí debajo de un abriguito negro con cuello de zorro. Después me miré en el espejo y me vi favorecida y ridícula a la vez. ¡Valeria teniendo citas! ¿Adónde íbamos a llegar?

Pues al menos a la puerta del restaurante, que fue donde me encontré a Bruno, esperándome. Dios. Por poco no le pedí al taxista que pasara de largo y volviera a llevarme a mi tranquilo piso, donde no tenía que impresionar a nadie, ni parecer sexi, ni interesante, ni inteligente, ni…

¿Y por qué no lo hice? Pues porque por poco no perdí mis braguitas por combustión instantánea en cuanto lo vi. Vaaaayaaaa. La memoria me había jugado una muy mala pasada.

Me bajé del taxi y le sonreí lo más seductoramente que supe, a lo que él me contestó de la misma manera. Por Dios, me alcanzaba aquella corriente sexual incluso sin tocarlo. Eso empezaba a parecerme grave. Parpadeé tratando de calmarme y un par de fotogramas de Víctor y yo en la cama me sacudieron por dentro. Maldito y jodido Víctor. Ya estaría tirándose a otras tías…, seguramente de dos en dos.

Me acerqué con paso seguro entre la gente que se cruzaba en varias direcciones por la acera y cuando me planté delante de él lo saludé y me incliné para darle dos besos. Bruno no me dejó tiempo para reaccionar y me envolvió con los brazos, me giró, poniéndome la espalda contra la pared de ladrillo del restaurante italiano de al lado, y acariciándome el pelo me besó apasionadamente entre la nariz y los labios.

Cuando se separó no pude más que reírme. De nervios, eso lo primero. Me temblaban las manos. Joder, qué rápido, qué fuerte, qué hábil era este Bruno. Había sido una maniobra genial de distracción y distensión.

—Ahora todos pensarán que eres mi chica. —Me guiñó un ojo.

—Gilipollas. —Le di un golpe en el hombro, sin parar de reírme.

Le eché una miradita, dando un paso atrás, en dirección opuesta a él, y evalué lo que tenía delante que no sé por qué siempre me gustó muy mucho. No sé por qué recordaba a Bruno como un hombre tirando a feo y la verdad era que ni se acercaba a eso. A decir verdad, estaba realmente guapo. Averigüé, por fin, que lo que le pasaba a sus orejas era que eran muy pequeñas, pero tremendamente tiernas. Pensaba que su nariz era mucho más grande y que sus ojos eran arratonados, pero de eso nada. Solo una nariz recta y unos ojos oscuros y preciosos.

—¿Entramos? —me preguntó deteniendo mi escáner.

—Hueles muy bien —me atreví a decir mientras caminábamos hacia la entrada del tailandés donde teníamos hecha la reserva.

Y me quedaba corta. Bien no; olía obscenamente bien, para ser más concretos.

—Y tú —dijo acercándose a mí, a modo de confesión.

Y mi pregunta era…: ¿seguía llevando bragas o ya las había carbonizado de ganas?

Al entrar en el restaurante Bruno me puso la mano en el final de mi espalda y permaneció así hasta que llegamos a nuestra mesa. Allí me ayudó a quitarme el abrigo y cuando se lo dimos al camarero para que lo guardara, lanzó una miradita bastante subida de tono hacia mi escote que solo se intuía a través de la tela. Se mordió el labio y yo me reí, sonrojada.

Yo tampoco pude evitar mirar su cuello e ir bajando, comprobando en el recorrido lo bien que le quedaba aquella camisa blanca que descubrió al quitarse la chaqueta.

Y con toda la ceremonia del mundo me retiró la silla, después la acercó a la mesa y se sentó frente a mí. Al fondo del restaurante vi a un chico alto, guapo y moreno, que se movía con gracia para acercar su silla a la de su acompañante. El corazón se me desató en el pecho y por un instante la vista se me llenó de puntitos brillantes…, hasta que ese chico se giró hacia nosotros, buscando un camarero, y comprobé que no, no era Víctor.

—Me temo que debería haberme arreglado un poco más —dijo Bruno mientras se ponía la servilleta sobre el regazo y me devolvía a nuestra mesa.

—No. No. Así estás muy bien. —Y no quise darle un tono pícaro a la frase, porque estaba distraída y atontada, pero supongo que sonó algo sugerente.

—Ah, ¿sí? —contestó él.

—A mí me lo parece.

Y pensando en Víctor, esta vez sí quise sonar pizpireta y coqueta.

—Para —me pidió con una sonrisa—. Para si no quieres que tu sujetador termine colgando de esa viga del techo. —Señaló hacia arriba.

—Pensaba que hoy cenaba con el Bruno normal, no con el Bruno excéntrico.

—Bueno, si he conseguido que aceptaras mi invitación creo que ya puedo relajar la táctica del tío feo.

—Sobre todo porque no lo eres.

—Qué chica más tierna. —Sonrió ladeando la cabeza—. Seguro que te deshaces en la boca.

Y en su cara se dibujó una sonrisa de lobo feroz. Me temblaron las canillas.

—Cuéntame algo de ti. Tú has leído mi libro, que es casi como mi manual de instrucciones —dije acordándome otra vez de Víctor.

«Vete de aquí. Ya. Sal de mi cabeza. Esto es una cita y no te quiero rondando por ahí».

—¿Qué quieres saber? —susurró Bruno.

—Algo que nos ponga en igualdad de condiciones, por ejemplo.

—Viene el camarero a tomarnos nota. Pide tú. Me fío de tu buen criterio. Después cantaré como un ruiseñor.

Alcancé la carta, hojeé las páginas y localicé los platos que más me gustaban. Pedí una botella de agua fría y la cena y me quedé mirando a Bruno, a la espera de que empezase a hablar; sin embargo, él abrió diligentemente la carta de vinos y, de una rápida ojeada, seleccionó uno; luego llamó al camarero antes de que se alejara y lo pidió. Después entrelazó los dedos y se me quedó mirando con una sonrisa.

—Igualdad de condiciones, ¿eh? Pues veamos. —Suspiró—. Antes era cámara en una televisión pública autonómica, aunque también hacía algunos trabajos de fotografía por mi cuenta; BBC, que le llaman: bodas, bautizos y comuniones. Lo dejé todo cuando el tercer libro tuvo buen tirón y se empezaron a vender más ediciones del primero y el segundo. Me gustaba mi trabajo en la tele, pero un día, simplemente, dejó de interesarme; ya sabes cómo es esto. Todo el día con el proyecto en la cabeza, anotando frases y… No quiero aburrirte con cosas de escritor. Debes de estar suficientemente cansada de vivirlas en primera persona. Así que… ¿qué más? —Se acomodó en su silla—. Estoy divorciado. —Puso cara de apuro—. Me casé a los veinticinco, cuando aprobé el examen para la tele, y duró cinco años. Eso tenemos en común: los matrimonios inconscientes a edades tempranas.

—¿Cuántos años tienes? —pregunté.

—Treinta y cinco y… —Levantó con énfasis las cejas—. Una niña de cinco años.

—¿Sí? —contesté interesada.

—Vaya, qué reacción más positiva. —Se rio—. ¿Quieres ver una foto?

—Por favor.

Rebuscó en sus bolsillos y alcanzó la cartera, de la que sacó una foto manoseada de una niña con unos enormes ojos color caramelo y dos coletitas.

—Esta foto ya tiene tiempo. Ahora está mayor. Y no es porque sea su padre, pero cada día que pasa es más guapa.

—No lo dudo. Es preciosa.

—Como su padre. —Se rio.

—Lo normal es decir «como su madre». —Sonrió de lado y se guardó la cartera otra vez—. Si queremos estar en igualdad de condiciones tendrás que contarme también por qué te divorciaste, ¿no? —Sonreí con descaro.

Y crucé los dedos deseando que no me dijera algo como «mi mujer me pilló con la cabeza enterrada entre los muslos de otra mujer» o peor: «mi ex encontró un sujetador que no era suyo entre mis cosas». Eso acabaría con mis ya pobres expectativas sobre el género masculino.

—Pues lo típico, supongo. Muchas desavenencias que con el tiempo se vuelven redecillas infranqueables. Mi ex es una de esas mujeres que necesitan un trato especial. Esas cosas van minándote. En realidad siempre fuimos demasiado diferentes pero cuando éramos más jóvenes no nos importaba. Eso sí, nos llevamos muy bien, por la niña. —Cambió de tema rápidamente—. ¿Y qué más? Vivo en una casa con parcela, pequeñita, y tengo dos gatos con nombres ingratos y extraños.

—¿Cómo se llaman?

—Anisaki y Sanguijuela.

—Joder. —Me reí.

—Lo sé. Soy un friki. ¿Qué más quieres saber?

—¿Cómo tomas el café?

Se echó a reír y una camarera nos trajo el vino.

—¿Es para saber cómo preparármelo mañana por la mañana? —me preguntó.

—Sigue soñando. —Y tuve que apretar los muslos para tratar de terminar con aquel hormigueo.

—Solo, sin azúcar y cargado.

—A mí me gusta igual.

—Ves, no tendré que preparar dos cafeteras mañana.

Se apoyó en la mesa y le dijo a la camarera que él mismo serviría el vino, atajando ese incómodo momento en el que te lo dan a probar esperando que pronuncies tu veredicto. ¿Qué se supone que les vas a decir? «¡Oh, qué gran añada!». Se lo agradecí y le guiñé un ojo.

—¿Tienes más dudas?

—Muchas. ¿Qué odias? —pregunté.

—La telebasura y las tetas de silicona.

—¿Y eso?

—Supongo que no preguntas por mis gustos televisivos. —Se rio y me animó a probar el vino—. No me gusta el tacto. A decir verdad me dan grima. Me sudan hasta las manos de pensarlo.

Me enseñó las palmas de sus manos húmedas.

—¿No será que te pongo nervioso?

—Pues para ser sincero te diré que un poco. Eres con diferencia la tía más buena con la que he estado cenando nunca. Por no hablar de las horribles y pérfidas intenciones que tengo para después —sonrió descarado.

—Debes de estar de coña.

—Y humilde. —Arrugó la nariz, pícaro—. Hummm... Para, que me enamoro.

—No soy lo que suele decirse un dechado de virtudes, cielo —repliqué.

—No puedo pensar mal de una mujer que sé que se casó con el hombre con el que perdió la virginidad y que solo se ha acostado con un hombre más en toda su vida.

—Creo que doy demasiada información personal en mis libros. —Me sonrojé y alcancé la copa de vino. El otro hombre había sido Víctor. Pensé que el definitivo.

—Disculpa. —Se rio—. Hasta a mi me ha parecido fuera de lugar después de decirlo.

—Disculpado. Y oye…, ¿has tocado muchos pechos de silicona?

Lanzó una masculina y sensual carcajada.

—Alguno. Bebe más vino.

—¿Quieres emborracharme?

—Si tienes que preguntármelo es que estoy siendo demasiado sutil. Pero cambiemos de tema. Cuéntame algo de la segunda parte de la novela.

—No —remoloneé.

Víctor.

Víctor en mayúsculas, sonriendo, con sus ojos verdes como el cristal de una botella vacía de mi cerveza preferida.

Víctor diciéndome que me quería mientras me hacía lentamente el amor. Y toda la habitación oliendo a lavanda…

—Por favor —insistió Bruno.

—Pues… —Me acaricié el puente de la nariz tratando de tranquilizarme.

—¿Es él en realidad ese hombre perfecto dispuesto a cambiar de vida por ti?

—No. —Negué con la cabeza y sentí que algo me dolía por dentro—. Al menos no lo ha sido hasta ahora.

—¿Miedo al compromiso?

—Yo no quiero ningún compromiso —respondí secamente.

—Oh, oh. ¿Aún estás colgada?

—¿No crees que son preguntas un tanto personales para la primera cena?

—Y eso que aún no te he preguntado qué clase de ropa interior llevas y de qué color. —Sonrió distendiendo otra vez el ambiente.

—Nunca contestaría a esa pregunta. —Me reí.

—No hace falta. A las mujeres se os ve en la cara qué tipo de lencería usáis. Y la tuya dice cosas que me gustan.

—Sorpréndeme.

Se humedeció los labios y se inclinó hacia mí en la mesa antes de decir:

—Encaje negro. Probablemente liguero. Y una de esas braguitas bajitas, las que van a la altura de la cadera…, ¿cómo las llamáis?

—*Culotte.*

—Exacto. ¿He acertado?

Tuve que darme unos segundos para reponerme de la sorpresa.

—No lo sé, te dije que jamás contestaría a esa pregunta.

—A veces voy al gimnasio. —Sonrió—. Solo a veces, como comprobarás por mi lamentable forma física. Pues en el vestuario ya he visto a más de dos o tres con una ropa interior tremendamente pequeña y apretada y yo me pregunto: ¿tanto os gusta a las chicas como para que un hombre ponga en peligro su virilidad?

—A mí no, desde luego. Me horrorizaría encontrar sobre mi cama a un hombre con ropa interior diminuta.

Víctor. Víctor con unos bóxers negros apretados. Víctor desnudo. Víctor. Mi Víctor.

Parpadeé nerviosamente.

«Joder, vete de aquí. Vete ya, mierda. Te voy a echar de mi vida aunque tenga que hacerlo por la fuerza».

—A ti te van más los hombres con pololos.

—Claro. —Me reí forzadamente—. Que lleven más ropa interior que yo. Eso lo hace interesante.

—Yo llevo pololos —dijo poniéndome morritos.

—Qué mono. ¿Te los regaló tu madre?

—No, me los tejió mi abuela. Son de lana.

Nos echamos a reír y en esas empezó a llegar la comida.

Pedimos otra botella de vino. Dos botellas de vino dan como resultado, con total seguridad, una Valeria bastante achispada. Y el recuerdo constante de Víctor, una Valeria bastante despechada.

Cuando salimos del restaurante eran las doce de la noche. Habíamos coqueteado sin parar. Y aunque no tenía ganas de despedirme aún, tenía claro que, en esta ocasión, prefería respetar la norma número uno de Nerea: no follar en la primera noche. Aunque ella nunca diría follar, sino intimar.

A Bruno mis reticencias a volver a casa le vinieron al pelo, así que propuso ir a tomarse la penúltima a algún sitio.

Paseamos un poco a lo largo de la calle y encontramos una coctelería elegante y agradable que no estaba abarrotada, así que entramos y probamos suerte, acomodándonos en una mesa del fondo, más oscuro y prometedor. Follar no, pero unas manitas…

Vale. Estaba bastante oscuro y yo iba un poco borracha, así que según el mismo Bruno, mis sentidos estaban mermados y quedaba a su merced. Pues no, no me parecía mal plan.

Él se acercó a la barra y pidió un whisky para él y un *gin tonic* para mí, con limón exprimido y con mi marca de ginebra preferida. Un hombre al que le gustan los pequeños detalles. Me encantó que me prestara la suficiente atención como para acordarse de aquello.

—Déjame pagar a mí —le dije.

—Yo estas cosas me las cobro en carne.

Y me pareció una amenaza taaaaan prometedora.

Volvimos a nuestra mesa en el rincón y seguimos hablando. Nunca hubiera imaginado que las citas eran así de cómodas. O a lo mejor es que aquella estaba siendo una muy buena cita. Charlamos de todo lo que se nos ocurrió: de libros, de exposiciones, de su infancia y de la mía, de las primeras relaciones y hasta de nuestra primera vez. Sin saber por qué, el tema del sexo nos atraía. Bueno, sí sé por qué, porque, de repente, como si me hubieran hecho un trasplante de personalidad, yo quería practicarlo con él muchas veces y muy fuerte.

—Entonces, ¿de rodillas? —me preguntó con la mano sobre mi pierna y en un susurro.

—Definitivamente doy demasiada información personal en el libro —sonreí descaradamente.

—Nunca lo he hecho así. —Se mordió el labio, mirando hacia mi boca, desde cerca.

—¿Por qué hemos terminado hablando de esto?

—Deben de ser las ganas de llegar a la parte donde...

—Cuidado —susurré interrumpiéndolo.

Para mi total sorpresa me cogió las piernas, las puso por encima de las suyas de lado y después me apretó contra él. Bebí de mi copa para distraerme.

—¿Qué tiene de malo hablar de esto? No eres como tu amiga Nerea, y sí, ya lo sé, tampoco eres como Lola. Pero no me pasa por alto tu...

—¿Mi qué? —Me giré a mirarlo y nos encontramos muy cerca.

—¡Dios! —masculló con los ojos perdidos en mi cara, y su mano subió por mi muslo, por encima de la falda—. Tu todo. Emanas algo que me tiene loco. Tú ya sabes de lo que hablo. ¿O no?

—Puede —contesté coqueta mientras dejaba la copa en la mesa.

—Hueles muy bien. ¿Puedo acercarme más?

—Prueba.

Su mano derecha me apartó el pelo suelto. Después la punta de su nariz se posó en mi cuello, poniéndome la piel de gallina, subiendo hasta que sus labios estaban sobre mi oreja. Pellizcó el lóbulo entre sus dientes y jugueteó con mi pendiente antes de volver a bajar con besos húmedos hacia los hombros. Juro que me costó mucho no gemir.

—Mi vuelo sale a las cinco y veinte de la mañana —susurró.

—Espero que eso no haya sido una proposición —repliqué con una sonrisa borracha.

—No lo ha sido. ¿O sí? No lo sé.

—Es la una, deberíamos irnos. Tienes que dormir.

—¿Te vienes conmigo?

Me aparté un poco y lo miré con la ceja levantada.

—No. Creo que no —negué.

Bruno dejó su mano sobre mi muslo e hizo un mohín.

—Juro que no te pondré una mano encima aunque me lo supliques. —Sonrió—. Pero no me apetece dormir solo.

—No soy de las que…

—¿¡Qué más da de las que seas!? —dijo sin abandonar su sonrisa—. No voy a pensar que eres nada. Soy yo el que te lo está pidiendo. ¿Qué más da que no lo hayas hecho nunca o que lo hagas todos los fines de semana? Ven conmigo.

—Estoy borracha —confesé.

—Y está oscuro. —Sonrió—. Venga…

—No puedo. No llevo pijama. Si me hubieras dicho que esto iba a terminar en fiesta de pijamas habría venido preparada.

—Estamos en igualdad de condiciones. Yo tampoco lo he traído.

—La próxima vez.

—¿Me lo prometes?

—Te lo prometo.

—Sellemos esta promesa.

Bruno me cogió de las caderas y de un tirón me subió sobre sus piernas de lado. Sin poder (ni querer) hacer nada por remediarlo, me besó.

Y cómo me besó.

Cuando sus labios se entreabrieron y su lengua acarició los míos, me deshice por dentro. Jugamos, enrollando nuestras lenguas y... no es por nada, pero qué bien se nos dio nuestro primer beso.

A pesar de eso, algo apareció en mi cabeza ocupándolo todo: Víctor. Un Víctor enorme. Víctor dejándome en aquella cafetería, susurrando junto a mi oído que me quería demasiado.

Agarré a Bruno del cuello de la camisa y lo presioné más contra mí. Ladeé la cabeza y me fundí en un brutal beso con lengua.

«No, Víctor, no. Yo hago mi vida. Me da igual lo que dijeras antes de irte».

Escuché un carraspeo de fondo y al abrir los ojos descubrí que un camarero nos retiraba las copas vacías con cara de no aprobar nuestro achuchón. Avergonzada aparté con suavidad a Bruno y le pedí que nos fuéramos. Creo que sonó desesperadamente a «cómeme» porque él sonrió satisfecho.

Cuando salimos a la calle principal pretendía darle el alto a un taxi e irme antes de que la situación se me fuera de las manos y mis hormonas, también borrachas, montaran un motín. Pero... Bruno me cogió de la cintura y me pegó a la pared del edificio, en la bocacalle perpendicular. Estábamos resguardados del frío y relativamente a oscuras, así que nos dejamos llevar un poco más. Y Bruno besaba de una manera... Joder, de qué manera. Era como si su lengua se deslizara por mi boca con una lentitud mucho más excitante que cualquier otra cosa. Él besaba de una manera lánguida pero tremendamente apasionada.

Una pareja joven salió de un portal junto a nosotros y Bruno, muy rápido, paró la puerta apenas sin separarse de mí. Después tiró de mi brazo y me metió dentro. Junto a la mesa en la que de día debía de estar el portero, encontramos unos sillones…

Blanco y en botella.

Bruno se sentó y yo, delante de él, me subí la falda lo suficiente como para poder sentarme a horcajadas sobre él. Se vieron de refilón las ligas de mis medias y Bruno resopló, envolviéndome de nuevo en sus brazos y apretándome contra su erección. Y vaya…

Estuvimos así un buen rato, besándonos a oscuras. Un beso tras otro. Y otro. Y otro. Pero empezamos a necesitar un poco más y Bruno decidió sacarme la blusa de dentro de la falda de un tirón, dejar caer mi abrigo y subir las manos por dentro de la tela hasta mis pechos.

—Dime una cosa… —susurró tratando de meterlas también por debajo del sujetador—. ¿Eres una morbosa a la que le va hacerlo en sitios públicos o…?

—Eres tú —me quejé, pero sin poder evitar poner cara de morbo—. Eres tú, que me estás llevando al límite. Yo no quiero…

—Oh, sí, se te ve muy disgustada —sonrió mientras volvía a acercarse a mis labios.

Esta vez fui yo quien lo agarró de la camisa y lo estampó contra su boca. No sé qué puñetas tenía, pero me gustaba.

—Vámonos a mi hotel —suplicó.

—No puedo —negué mientras jugueteaba con el lóbulo de su oreja y me frotaba contra su bragueta.

—¿Por qué?

Y las dos manos fueron entonces debajo de la falda, hacia mi trasero. Me incorporé, lo miré y me pregunté a mí misma si realmente había una razón de peso para no hacerlo aquella noche. Él me miraba con el ceño ligeramente fruncido, una sonrisa en los labios entreabiertos y la respiración agitada.

—¿Sabes por qué? —le contesté—. Porque me gustas y si lo hago, mañana estaré tan avergonzada que lo más probable es que no vuelvas a saber de mí.

—Yo no quiero eso.

—No, yo tampoco —sonreí.

Seguimos besándonos y los dedos hábiles de Bruno me desabrocharon la blusa. Dos segundos y ya tenía su boca contra mi piel, sus manos apretando mi trasero y su erección rozándose justo en un punto muy sensible de mí.

Aquello me recordó a las primeras tardes de intimidad con Adrián, cuando yo aún no me sentía preparada para perder la virginidad, él se estaba volviendo loco y las hormonas flotaban convirtiendo el aire en morbo. ¿Qué tenía entonces, dieciocho años otra vez?

Con Víctor no era así. Lo fue con Adrián, pero no con él. Víctor era morbo, era sexo, era placer, pero siempre hubo algo más. Más. Ese fue nuestro secreto durante el tiempo que estuvimos juntos.

«Contigo es más», decía Víctor, con sus labios de bizcocho y los ojos cerrados y expresión intensa y torturada.

No pude más que levantarme. Lo hice sin pensar. No podía llegar más lejos. Al menos no podría hacerlo por el momento. Me bajé la falda a una altura honrosa y recogí el abrigo. Bruno no daba crédito.

—Pero… —empezó a decir.

—Paremos mientras podamos —sonreí avergonzada.

—¿Estás segura de que no quieres? —dijo poniendo morritos.

—Claro que estoy segura. ¿No prefieres hacerlo bien y repetir?

Miró hacia el techo con un resoplido y me pidió que le diera un segundo.

—En un portal cualquiera. —Me reí—. Desvergonzado.

En un portal. Como Lola y Víctor. Seguramente él ya lo habría repetido con otra.

Bruno se levantó y se abrochó el abrigo enseguida, sin dejarme evaluar bien el calibre de lo que se le marcaba en los pantalones.

—Vayámonos pues.

Y tras decir eso, me tendió la mano. Me sentí como una cría y la agarré. Salimos a la calle y fuimos hacia la avenida, donde localizamos una luz verde en la lejanía.

—Por ahí viene un taxi —dijo Bruno—. Te lo pregunto por última vez. ¿Duermes conmigo?

Y al decir esto último me envolvió de nuevo entre sus brazos.

—La próxima vez.

—Estoy impaciente. Te llamo la semana que viene.

—Eso espero. —Sonreí.

Le hice el alto al taxi, que paró a unos metros con un frenazo.

—¿No hay beso? —me dijo reteniéndome.

—Ya te he dado muchos, ¿no?

—Nunca se dan demasiados besos en la vida.

Atrapándome entre la carrocería del coche y su cuerpo, volvimos a besarnos profundamente. Para terminar me dio un beso corto y una palmada en el culo.

—Te veo pronto —dijo mientras se apartaba.

—¿No subes? Haremos dos paradas —pregunté ya desde dentro.

—No —sonrió—. Voy a pasear.

—Hace frío.

—Me vendrá genial para el priapismo.

El taxista se echó a reír y no pude evitar hacer lo mismo. Después le lancé un beso y cerré la puerta. Le di la dirección de mi casa al conductor y me arrebujé en mi asiento mirando por la ventanilla. Bruno se quedó de pie en la acera, viendo cómo me alejaba. Y los dos teníamos una sonrisa estúpida y enorme en los labios. La mía se descolgó poco después.

Víctor.

18

Aurora estaba en la cocina delante de los fogones cuando escuchó un frenazo junto a la puerta. Se asomó por la ventana y, examinando el jardín con la mirada, fijó los ojos en el coche que acababa de aparcar frente a la verja de entrada.

—Víctor —dijo llamándolo en voz muy alta—. Creo que ya ha llegado tu hijo.

—Cuando dices «tu hijo» en ese tono temo el peor de sus humores.

Aurora se rio de aquella ocurrencia y abrió la puerta en cuanto llamaron; volvió a la cocina y esperó dando vueltas al contenido de una olla. Escuchó abrirse la puerta de la casa y unos pasos que se aproximaban. Víctor, su hijo, entró buscándola con la mirada.

—Hola —dijo en un tono bastante sieso—. ¿Tú cocinando? ¿A qué se debe este honor?

—Lo dices como si no supiera hacer ni un huevo frito y creo que siempre has comido muy bien en esta casa —le reprendió con una sonrisa descarada.

—Sí, bueno. Debe de ser que dudo de la autoría de muchos de tus guisos.

Aurora ignoró esa actitud pasiva agresiva con la que Víctor había llegado.

—¿Está papá?

—Está en el estudio.

—Vale.

Se quitó la americana, la dejó en el respaldo de una de las sillas de la cocina y se dispuso a salir de allí, pero su madre lo retuvo.

—¿No te tomas un café conmigo?

—Vengo con prisa —farfulló sin soltar el pomo de la puerta.

—Un café, Víctor. Luego dejo que subas y busques gresca con tu padre.

—No vengo buscando gresca.

—Pues vienes de un humor un tanto especial, ¿no crees? —Pero al decírselo no dejó de sonreír—. Creo que has debido de dejar la marca de las ruedas ahí fuera.

—Estoy cansado. Eso es todo. —Se frotó los ojos.

Aurora conocía a todos sus hijos, pero Víctor era probablemente el más transparente de los cuatro. No podía disimular cuando se levantaba con mal pie, lo que venía siendo costumbre en los últimos días, de todas maneras. Fruncía el ceño, decía solo lo estrictamente necesario y se sumía en el silencio. Y ella, como madre, se imaginaba que el problema que le tenía ceñudo e irritable llevaba falda y tacones.

Víctor dejó un tubo de los de guardar planos apoyado en un rincón y cedió finalmente a la insistencia, pidiendo un café con leche y dos de azúcar. Se sentó en la barra y se concentró en mirar al vacío y mesarse el pelo en silencio.

—¿Vienes del estudio?

—Sí —asintió.

Aurora le puso el café encima de la barra y se sentó a su lado, cruzando las piernas.

—¿Te quedas a cenar? —le preguntó acariciándole el pelo.

—No. Me voy a casa. Estoy cansado.

—Va a venir tu hermana con el niño.

Víctor la miró de reojo y rebufó.

—Estoy cansado. Cierro el tema que quiero hablar con papá y me voy.

—Vete a casa y bébete una copa de vino, a ver si te endulza ese carácter tan agrio que tienes últimamente. —Su hijo gruñó y ella se concentró en acercar su pitillera y encender un cigarrillo. Allí estaba, subida a un taburete en el que no tocaba el suelo ni de lejos, lidiando sin miedo con alguien que hacía mucho tiempo que ya no tenía por qué obedecerla cuando le aconsejaba algo—. Oye, Víctor, cariño, no sé qué te pasa últimamente, pero estás muy irascible. Si tenéis problemas es mejor que os sentéis a solucionarlos.

—¿Si tenemos problemas? ¿A quiénes exactamente te refieres? —La miró alzando una de sus cejas—. Papá y yo no tenemos problemas. Son desavenencias laborales, no personales.

—No me refería a eso. Me refería a Valeria y a ti, cielo.

Aurora vio con sorpresa cómo la cara de su hijo cambiaba en décimas de segundo al escuchar aquel nombre. El ceño dejó de estar fruncido, los labios se destensaron y los ojos empezaron a brillarle de un modo diferente.

—Esto... —resopló—. Valeria y yo hemos roto.

—¡¿Cuándo!?

—Antes de Navidad.

—Pero... ¿por qué? —Y Aurora ya temía que «hemos roto» era un eufemismo tras el que se ocultaba un claro «la he dejado».

—Por cosas de las que no me apetece ponerme a hablar contigo, la verdad —contestó él bastante tirante.

—Qué lástima de carácter tienes, Víctor —se quejó.

—Déjalo estar ya, mamá. No me apetece absolutamente nada hablar de esto.

Aurora apuró su taza de café malhumorada también y se acercó al fregadero.

—Hijo mío, yo te quiero mucho, pero eres imbécil perdido.

—Gracias, mamá. Yo también te quiero —contestó Víctor sardónicamente.

—¿Se la pegaste con alguien?

—No —dijo rotundo—. ¿No vas a dejar el tema?

—Claro que no. Hace unos meses me dijiste que te planteabas sentar la cabeza con ella de verdad y ahora me cuentas que lo habéis dejado. Es la única chica normal con la que te he visto, comprende que tenga interés. —Víctor se puso de pie, vació el café en el fregadero y fue hacia la puerta—. No sé de dónde cojones te hemos sacado. Debes de parecerte a tu abuela Rosita, hijo, porque es la única de la que has podido heredar esta mala hostia que te gastas. ¡No se te puede decir nada!

—Mamá, Valeria quería algo que yo no le podía dar. ¡Punto!

Aurora se quedó mirándolo sorprendida. Nunca había reaccionado así al dejar a una chica. Nunca le suponía un problema, sino un descanso. Era un peso que se quitaba de encima. Dejaba a la chica que fuera y después aparecía como un ciclón, besando a sus hermanas, diciendo tonterías a su madre y contento como unas castañuelas. Ahora parecía que el peso había sido la ruptura.

Cuando ya se iba hacia el piso de arriba en busca de su padre, Aurora lo alcanzó, dispuesta a no dejar en el tintero lo que pensaba.

—Víctor, tienes que crecer. Y tienes que hacerlo ya, antes de que sea tarde y hayas terminado de convertirte en esa persona que nos quieres hacer creer a todos que eres, pero que no te gusta una mierda. Tú puedes engañarte cuanto quieras, convenciéndote de que lo que te gustaba de esa chica era meterte entre sus piernas y follártela en todas las posturas que te sabes, que parece que son muchas. Pero la triste verdad es que si te empeñas en negar la evidencia, terminarás por verla casarse con otro, bastante menos gilipollas que tú, que prefiera hacerla feliz antes de mirarse el ombligo.

Víctor la miró en silencio. La miró, la miró, la miró. Después subió las escaleras, dándole la espalda.

19

El 2 de enero, apenas cinco días después de mi cita con Bruno, recibí un email en mi cuenta profesional. Sí, esa cuenta de correo electrónico que no tenía el nombre raro y estúpido que inventé a los dieciséis. Solo mi nombre y mi apellido. Desde donde enviaba los emails a la editorial y donde recibía las contestaciones de Jose.

Provenía de una dirección de correo electrónico que no reconocía y aunque en esos casos los correos siempre terminaban en la papelera de reciclaje, algo en el asunto me dio la pista de quién podía ser el remitente: «El señor del priapismo».

Nada de charla introductoria. Nada de tonterías como preguntarme qué tal había pasado el fin de año. Me encantaba que Bruno fuera al grano. Tan directo, tan falto de estrategia, tan natural y poco dramático.

El email estaba formado por un pequeño mensaje con su firma al principio y después un texto compacto y largo, como si fuese el extracto de una novela. «Te envío un capítulo de mi nuevo proyecto para que lo revises. Confío mucho en tu criterio y creo que deberías leerlo. Bruno».

Empecé a leer:

(...) *Seguí la mirada de aquel hombre grasiento y jadeante hasta ella y apreté los puños sin poder evitarlo. Sabía que no tenía razón para mostrarme tan a la defensiva, pero la agarré de la muñeca con fuerza y cuando nos ofrecieron una habitación donde lavarnos y descansar pedí que fuera la misma para los dos.*

—No sabíamos que la señorita era su... —dijo el hombre corpulento devorándola con la mirada.

—Es mi esposa.

Ella me miró sin expresión alguna en la cara, como si aquella mentira le diera igual. Probablemente le daba igual.

Recorrimos pasillos y pasillos de aquel viejo edificio que, a pesar de haber sido en su día un gran hotel de lujo, olía a humedad, polvo y a eso que se colaba por todas partes... podredumbre. (...)

Nos dieron una habitación en una de las plantas nobles. Era una suite amplia, descascarillada pero limpia, precedida por un pequeño salón lleno de brocados y dorados que la hicieron sonreír mientras paseaba su delicada mano mugrienta sobre las telas. Quise abrazarla y prometerle un millón de cosas absurdas pero lo cierto es que ella no era de esas mujeres que necesitan promesas.

—Siento haberte incomodado diciendo que eras mi esposa —dije al verla entrar en el dormitorio.

Ella me sonrió y se quitó la chaqueta que uno de los soldados le había prestado, dejando a la vista aquel jersey roído a través del cual su ropa interior era tan visible. Tragué saliva y su sonrisa se agrandó.

—No me has incomodado, pero no tienes por qué preocuparte por mí. Sé cuidarme sola.

—Lo sé. Lo he visto con mis propios ojos.

Los dos sonreímos y fuimos hacia el cuarto de baño.

—¿Puedo afeitarme mientras te duchas? —pregunté.

Ella se encogió de hombros. Le dio igual. Como todo.

No le importó, tampoco, que yo estuviera allí a la hora de desnudarse. En tiempos como los que vivíamos, una señorita no sentía pudor al desvestirse delante de un hombre, sobre todo cuando habían matado juntos.

Al quitarse el jersey me sorprendió comprobar que no solo su ropa estaba empapada en sangre. Ella, entera, tenía la piel roja, como si al disfrutar de la masacre de esa tarde se hubiera bañado en la sangre de sus enemigos. Se miró en el reflejo del espejo y su gesto no demostró aprensión alguna. Y lo entendí.

Era una diosa.

Una diosa. Una diosa de la guerra, nacida para ver postrarse a los hombres a sus pies. Hombres como yo. ¿Cómo habría sido antes del desastre? Una diosa llena de un odio que, como una mancha de petróleo, la llenaba entera. ¿O una frágil mujer de mejillas sonrosadas? No. Disfrutaba matando. Lo había visto con mis propios ojos. El odio que sentía era tan grande que incluso se odiaba a sí misma. Si no cambiaba, no tardaría en caer. Los dos lo sabíamos pero, a diferencia de mí, ella parecía tenerlo asumido. El odio nos ciega. Ella sabía que no llegaría a vivir de nuevo la libertad.

No pude despegar mi mirada del lugar exacto del espejo donde se reflejaban sus braguitas, casi hechas jirones. Yo podría postrarme a sus pies, pensé. Me pregunté a mí mismo por qué no podía quedarme con ella allí, por qué debía marcharme al día siguiente.

Pero ella estaba hecha para caminar sobre las cabezas de todo aquel que se arrodillara frente a su cuerpo, venerándola. Si hubiera nacido dos mil años antes, habría podido derribar una civilización con el pestañeo de sus ojos. Como Helena de Troya. Era capaz de hacer que matáramos por ella, que muriéramos por ella. Lo comprendí y la vi, allí, empapada en sangre de otros, como una divinidad que se ha regodeado en la sangre de los sacrificios que se han hecho por ella.

(...)

Al darnos el relevo en la ducha sentí la tentación de arrastrarla conmigo hasta debajo del agua nuevamente y devorarla allí mismo, pero ella y su piel ya eran de nuevo imperturbables. Ella, limpia, parecía una muñeca magullada, pero digna. Una de esas muñecas que deben mantenerse en una vitrina alejadas de las manos de los niños.

Tras unos minutos observando cómo el agua desaparecía por el desagüe en una mezcla de sangre y mugre, disfruté de sentirme limpio, de oler a jabón, de que mi piel dejase de tener aquel aspecto, como si fuese a caerse a jirones. Me sentí feliz de haberme deshecho de los restos de carne, piel y sangre de otros. Yo no disfrutaba matando y cada mancha me pesaba.

Salí a la habitación y la encontré en ropa interior poniéndose unos cortísimos pantalones de algodón.

—Han traído ropa para que podamos cambiarnos —susurró sin mirarme.

—Gracias.

—No me las des a mí.

Todo le daba igual. ¿Le daría igual también pensar en cómo la estaba mirando? Lejos del campo de batalla empezaban a despertar sentidos que habían estado dormidos desde que todo aquel infierno se desató. Y de repente su olor, su pelo húmedo secándose frente a la ventana, las formas de su cintura… Siempre he pensado que la muerte y el sexo son dos caras de la misma moneda. Quizá ya venía siendo hora de darle la vuelta a aquella moneda.

Ahora o nunca.

Me acerqué a ella y fulminé los últimos centímetros entre nosotros mientras pensaba cómo hacerlo. Ella lo atajó. Se giró haciendo volar su larguísima melena color cobre y, tomándome del cuello, estampó su jugosa boca contra la mía.

Creí que me correría en cuanto pusiera uno de sus delicados dedos sobre mi cuerpo, pero aguanté.

Nos dejamos caer en la cama, con ella sobre mí, y arrancó la toalla con la que me tapaba, lanzándola hacia la otra punta de la habitación. Se irguió, se quitó el pantalón, la camiseta y las braguitas..., una de esas braguitas a la cadera, pequeñas y bajas. Y cuando la vi desnuda... me sentí morir.

No hubo arrumacos, preliminares, sexo oral o masturbación. Todo estaba listo, y simplemente ella se sentó sobre mí y la penetré despacio. Estaba húmeda. El descanso del guerrero, pensé echando la cabeza hacia atrás y gimiendo hondamente. Ella me recibía cálida, húmeda, suave, pero firme. El descanso del guerrero, pero ella era el guerrero y yo quien tenía que consolarla de los horrores de la guerra.

Sus caderas se movían de arriba abajo y en aquel movimiento ondeaba su espalda, y sus pechos, redondos, perfectos, turgentes, vibraban cada vez que entraba en ella. Se mordió el labio inferior y me miró sin despegar los labios; solo abrió más las piernas y aceleró el movimiento mientras llevaba mis manos hasta sus pechos, que amasé.

Sin más, sin terminar, se bajó de mi regazo y se tumbó a mi lado. Abrió las piernas y, al tiempo que se tocaba suavemente a sí misma, me pidió que siguiera, que me subiera sobre ella. No me hice de rogar, no lo dudé. La penetré hasta con rabia, porque quería que fuera mía y nunca lo sería.

Su mano, entre los dos, acariciaba rítmicamente su clítoris mientras mis penetraciones se hacían más violentas y su respiración más agitada. La escuché gemir con placer, como deshaciéndose, como si la voz se derritiera, y, sin poder evitarlo, me corrí dentro de ella en dos fuertes embestidas. La última la hizo gritar...

No dormimos. Una vez estuve dentro de ella no pude parar y traté de empacharme. Pero tampoco pude. Era deliciosa y ligera a partes iguales. Lo probamos todo, lo hicimos todo. Todo lo que alguna vez deseé hacer con una mujer y todo lo que ni siquiera se me había ocurrido hasta el momento. Todo. Perverso o no, en su cuerpo se hizo tangible. No nos quedó rincón por probar. Y al final, a las cinco de la mañana, empapados de sudor, saliva, su humedad y mi semen, compartimos una ducha.

Al alba salí de la habitación, no sin antes preguntarle cien veces si estaba segura de no querer acompañarme. No, dijo siempre con una sonrisa ahora menos fría. No quiero ir. No puedo ir. Este es mi sitio.

(...)

Salí de la ciudadela pronto y caminé en dirección este cargado con todo lo que los soldados pudieron darme. Iba pensando en ella y en cuándo podría estar de vuelta. (...)

Apenas cinco horas después de salir escuché una explosión que me hizo vibrar los tímpanos y la tierra batida sobre la que caminaba. Miré en dirección al origen del sonido, donde una columna de humo y pol-

vo ondeaba en el horizonte…, justo donde yo sabía
que se levantaba el último reducto humano de la pe-
nínsula. Justo donde estaba ella.

Cuarenta y dos minutos después de haber salido de
allí, dos de ellos se habían colado en la parte baja
de manera sigilosa. Nadie se dio cuenta hasta que era
demasiado tarde. Niños. Mujeres. Ancianos. Solda-
dos, muchos soldados, algunos casi unos críos. Todos
cayeron.

La ciudadela había sido invadida y los sistemas de
seguridad no fallaron. Una vez descontrolada la situa-
ción y tal y como correspondía al plan de emergencia,
se había activado la carga explosiva que lo derribaría
todo. Todo. Con ella dentro.

Caí de rodillas y no lloré porque sería ofenderla.
A los dioses no se les llora. Se les honra.

A partir de aquel momento siempre mataría por ella.
Valeria.

Despegué los ojos de la pantalla, abiertos como platos,
y me di cuenta de que tenía la boca abierta.

20

Lola me miró con media sonrisilla y dejó caer sobre la mesa los dos folios impresos con el email de Bruno.

—Joder, me he puesto cachonda —dijo antes de estallar en carcajadas.

—Pues que sepas que te acabas de poner cachonda conmigo.

—Qué fuerte —dijo mientras volvía a coger las hojas y les echaba otro vistazo—. Sí que debes de besar bien, *jodía*. Fijo que se la ha cascado ya un par de veces pensando en ti.

—Haz el favor, Lola —me quejé con una sonrisa.

—¿Le has contestado?

—¿Qué le voy a contestar?

—Pues… ¡algo! Te ha mandado un relato porno sobre los dos follando. Este te tiene más ganas…

—Es parte de su novela —la interrumpí.

—Sí, pero no te ha enviado la parte en la que os conocéis o yo qué sé. Solo la parte donde te lo follas, diosa de la guerra. Este tío empieza a caerme bien. —Quise reprenderla, pero no pude más que reírme—. Grrrrr —dijo Lola—. Guerrera.

—Me voy a casa —dije riéndome.

—¿Puedo quedarme esta copia?

—¿Para qué? —La fulminé con la mirada.

—Voy a llamar a Carmen y a leérsela.

—Sí, bueno, pasad un buen rato riéndoos a mi costa. —Y queriendo cambiar de tema añadí—: Oye, ¿y Rai? ¿Ya has perdido el interés? Ya te acostaste con él, deduzco. —El gesto de Lola mutó de la sonrisa al estupor. Quiso recomponerlo pero ya era muy tarde. La había cazado—. ¿Qué pasa? —le pregunté.

—¿Te acuerdas de que me quería llevar a un sitio…?

—Sí. Supongo que adonde te llevó fue al huerto.

—Me llevó a una cabaña en la sierra el día antes de Nochebuena. Lo hicimos encima de una alfombra.

—¿Y? Vamos, que muy bien, me alegro y todas esas cosas, pero hay más, ¿no?

—Sí. —Y que Lola se mordiera las uñas no me dio demasiada confianza—. Pero…

—Pero ¿qué?

—Valeria, creo que Rai me gusta —dijo con las cejas arqueadas, como muy sorprendida de su propia confesión.

Sonreí espléndidamente.

—Oh, pero eso es muy bonito y me alegro mucho. Por lo que cuentas parece un buen chico.

—Valeria…, Rai me gusta mucho.

—Ya te he oído. ¿Cuál es el problema? ¿Es por Sergio? Lola, no puedes darme clases sobre superar lo de Víctor y después decirme esto.

—No es eso.

—¿Entonces?

—Rai no ha cumplido aún los veinte años. Le llevo nueve. ¡Nueve años!

Me volví a sentar en el sillón y me obligué a cerrar la boca. Joder con la gente, le había dado a todo el mundo por sorprenderme. Después, muy a mi pesar, me eché a reír sonoramente.

—Yo no me río, perra —se quejó.

—No me río, no me río… —dije mientras trataba de no hacerlo—. Solo es que… me sorprende.

—Más me sorprendió a mí. Yo pensaba que solo era un tío con poca maña. Pero, claro, ¿qué maña va a tener con esa edad? Hace nada estaba en la secundaria.

—Ay, Lolita… —suspiré—. Pero tú vas a poder enseñarle muchas cosas.

—De eso no tengo duda. Que soy una diosa del sexo lo tengo muy claro, pero… ¡aquí no se dan clases a domicilio! —dijo señalándose la entrepierna. Volví a echarme a reír sin poder evitarlo—. Eso, eso, tú ríete de tu amiga. Me he convertido en el centro de todas vuestras burlas. Tendrías que haber visto a Víctor cuando se lo conté. Me escupió todo el café encima.

Y de pronto ya no tenía ganas de reírme.

Víctor. Víctor con sus ojos verdes grandes y brillantes, confesándome en un susurro que me quería demasiado. El corazón dejó de latirme una milésima de segundo.

Lola se dio cuenta enseguida y cerrando los ojos me pidió perdón.

—Valeria, pichu, no pongas esa cara. Perdona. No debí haberlo mencionado.

—No, no, tranquila. Es mejor que tratemos el asunto con naturalidad —suspiré—. ¿Cómo está? ¿Qué tal le va?

Lola tironeó de su labio inferior entre sus dientes y meditó sobre si debía o no contestar a esa pregunta.

—Pues… le va.

—¿Qué quiere decir que «le va»?

—Pues que ha retomado su rutina, Valeria.

—¿Y eso es malo? —Me cogí un mechón de pelo y jugueteé con él, muy seria.

—Es malo porque eso no le llena. Da igual lo que me diga al respecto. Le conozco bien. A él ya no le gusta follar por deporte. No es esa persona que nos hace creer. En el fondo está hecho una mierda, pero quiere esconderlo.

Lo dejó él, me repetí a mí misma. Quise gritárselo a Lola. Gritarle que si estaba mal, se jodiera. Pero lo único que hice fue levantarme del sofá, darle un beso en la mejilla e ir hacia la puerta.

—¿Quieres que le diga algo? —preguntó desde los mullidos cojines de su sofá.

—No. —Sonreí cuanto pude, le lancé otro beso desde allí y me fui a casa.

Me fui a casa hecha una mierda. Lo único que me había cruzado la cabeza cuando ella se había ofrecido para decirle algo de mi parte fue «que le quiero».

¡Cuando llegué había tenido tiempo de pensar en todo aquello. Y estaba muy rabiosa. Víctor lo había dejado justo en el momento en el que deberíamos haber encauzado lo nuestro. Él lo había decidido. Él había tomado la decisión. Yo tenía que seguir con mi vida. Ya estaba bien de que otros decidieran por mí.

Así que, ni corta ni perezosa, cogí el teléfono de casa, busqué en mi móvil su número y lo marqué. El de Bruno, claro.

—¿Sí? —preguntó.

—Eres un cerdo —me reí.

—Ya creía que nunca me contestarías.

—¡¿Qué quieres que conteste a eso?!

—A mi editor le gusta. Le da un toque lo de tu muerte; ya sabes, la venganza y esas cosas. Te mandaré un ejemplar cuando la publiquen.

—Muy amable por tu parte.

—¿No te gustó? —Me pareció que todo aquello le resultaba tremendamente divertido.

—Era un poco subidita de tono, ¿no?

—Bueno, creo que la última vez que nos vimos la cosa iba en esa dirección. —Los dos nos reímos—. ¿Cuántas veces lo has leído?

—Una —contesté.

—Mientes —se rio—. ¿Cuántas?

—Tres —me reí también.

—Sigues mintiendo.

—Sí, pero no te daré el gusto de decirte que lo releo de vez en cuando.

—Es una lástima, pequeña diosa de la guerra, porque me apetece horrores volver a verte y sacarte por ahí, someterte a innombrables torturas para que confieses y esas cosas, pero estoy castigado hasta que termine esto.

—Por eso no has llamado.

—¡Oh! —Se descojonó—. ¿Impaciente?

—¿Quién te ha dicho que yo quiera repetir?

—La manera en la que se movían tus caderas encima de mí, frotándose. Ellas me lo dijeron.

Eso que sentía en aquel momento era deseo, ¿verdad? ¿Era posible sentirlo estando enamorada de otra persona? ¿Significaba que empezaba a no estarlo?

—Llama a un *party-line* si quieres conversaciones de este estilo. Hay profesionales para eso —le dije.

—Hasta mañana.

—¿Vendrás? —pregunté emocionada.

—¿Me tienes muchas ganas o me lo parece? —me eché a reír—. Mañana te llamo —dijo antes de colgar.

Lola estaba leyendo un libro pero no pudo resistirse a la tentación de alargar la mano y acercar el pequeño relato que me había mandado Bruno. Se puso a leerlo otra vez y una risita maligna brotó de su boca. Cogió el teléfono y marcó el número de Carmen. Le iba a encantar.

—¿Sí?

—¿Quieres escuchar una cosa para troncharse? —le preguntó.

—Claro —dijo Carmen emocionadísima—. Lo único… confírmame antes que eres Lola.

—Soy Lola. ¿Tienes tiempo? Es largo.

—Sí. Me pillas en casa rascándome la barriga.

—¿Y eso de ser la mejor en el trabajo y no descansar jamás?

—Ay, hija, se acaba de ir Borja y me ha dejado para el arrastre.

—Y luego dicen que el matrimonio termina con la pasión.

—Pues no scrá la de mi futuro señor esposo.

—¿Te lo leo?

—Sí, sí. ¿Qué es? ¿Algo de Facebook?

—Lo tuyo con Facebook es enfermizo —se rio Lola.

Cogió los folios impresos y se aclaró la garganta para empezar a leer, pero sonó el timbre de su casa.

—Espera, llaman al timbre. —Se asomó a la mirilla y después, apoyándose sobre la puerta volvió a colocarse el auricular en la oreja y susurró—: Te vuelvo a llamar en cuanto pueda.

—¡No me dejes así!

—La vida es cruel, las drogas matan y el fuego quema. —Y colgó.

Abrió la puerta y Rai le sonrió. Levantó una mano a modo de saludo y la dejó caer, haciendo un mohín.

—Hola —dijo ella—. Me pillas un poco mal.

—Ya. ¿Te pillo mal o es que no quieres verme porque tengo diecinueve años?

Lola apretó los labios y lo dejó pasar. Joder. Era demasiado mono para tener diecinueve años. Eso lo sabía todo el mundo de aquí a Lima.

—Creía que congeniábamos —dijo él.

—Con la edad que tienes, demasiado hemos congeniado ya. —Y Lola cerró la puerta de su casa.

—Hasta ahora no parecía importarte.

—No lo sabía.

—Bueno, tú no lo sabrías, pero yo seguía teniendo la misma edad. —Lola se mordió el labio inferior—. Mira, Lola, los años se cumplen. Solo es cuestión de tiempo. ¿Perderías esto por no tener la paciencia suficiente?

—¿Y qué es esto? —Sonrió muy sobradilla.

—¿Quién está siendo una cría ahora? —respondió Rai apoyándose en el sillón.

—Es que no creo que...

—Pero... ¿por qué estamos preocupándonos por esto ahora? —preguntó Rai.

—Mejor ahora que luego, ¿no?

—¿Y qué tal ni ahora ni luego? —Lola miró a Rai de reojo—. Y el caso es que quieres besarme, ¿a que sí?

Lola dibujó una sonrisita que no pudo reprimir, sabedora de que cada milímetro que su sonrisa se ensanchara sería el equivalente en metros del espacio que dejaba a Rai para colarse dentro de su vida. Pero... ¿qué demonios? De todas formas no creía poder controlarse.

No es que Lola fuese conocida por su capacidad de contención.

Y vaya si lo dejó entrar en ella. Lo dejó entrar tres veces, porque si algo tienen los jovencitos es una capacidad de recuperación envidiable.

21

El viernes Víctor terminó de trabajar más tarde de lo habitual. Había tenido que solucionar un contratiempo en una de las obras que tenía entre manos en ese momento. Y había sido tedioso y muy frustrante. Mientras andaba por la calle de camino a su casa solo pensaba en meterse en la cama. Tenía intención de dormir todo el fin de semana.

Pero cuando estaba a punto de llegar recibió un mensaje de un amigo con la dirección del garito en el que habían quedado todos a tomar unas copas. «En plan tranquilo», le decía. Bufó. No le apetecía pero…

Llegó a casa, comió algo de lo poco que le quedaba en la nevera y después se dio una ducha.

Veinte minutos más tarde estaba saliendo de casa vestido con unos vaqueros de un color gris muy oscuro, una camiseta gris clara y un cárdigan del mismo color que los vaqueros, que llevaba abrochado. Mientras se ponía el abrigo en la calle se preguntó por qué narices salía si no tenía ganas. Pensó en lo que realmente le apetecía y apretó el paso.

Cuando llegó al local todos sus amigos estaban allí. Lo saludaron con sonoras palmadas en la espalda y en cuanto se sentó con ellos en uno de los sillones, alguien pidió por él una copa. Pensó que quizá debería beberse dos, para animarse.

—Tíos, una y me piro, estoy destrozado.

Ninguno lo creyó. Él tampoco.

Sentadas en un grupo de sillones como en los que estaban sentados ellos, vio a unas seis o siete chicas. Sus amigos ya estaban ojo avizor. Entre ellas localizó a una pelirroja que desde que había entrado en el local no dejaba de echarle miraditas, como si fueran miguitas de pan. Sonrió sin mirarla, pero en su dirección, y ella imitó su gesto.

Después de dos copas, de hablar sobre el coche que se había comprado uno de sus amigos y de mucho pensárselo, vio a la pelirroja levantarse de su sillón y acercarse a la barra. La escuchó bromear con el camarero y pedir otro combinado. Víctor fue hacia ella.

Se quedaron codo con codo en la barra y se sonrieron.

—¿Qué te pongo? —le preguntó el barman.

—¿Qué bebe ella?

—*Gin tonic* de Tanqueray con lima —le contestó la susurrante voz de la pelirroja.

—Pues ponme lo mismo.

Se quedó mirándola y después de sonreír de esa manera tan a lo galán de cine en blanco y negro, cogió un mechón de pelo de la chica y lo enrolló de manera hábil entre sus dedos. Era suave y de un color precioso, anaranjado, como si fuera natural, pero oscuro y muy brillante.

—¿Puedo hacerte una pregunta personal?

—Puedes. Ya veré si te la contesto.

—¿Eres pelirroja natural?

—Lo fui de pequeña. —Se encogió de hombros y Víctor echó un vistazo a su delantera, grande, turgente y provocadora.

—Víctor. —Le tendió la mano.

—Cristina —le contestó ella estrechándosela.

—Cristina, tienes unos ojos grises alucinantes, ¿lo sabes?

—¿Sabes tú lo impresionante que es el verde de los tuyos?

Los dos se rieron y el camarero dejó sus dos copas sobre la barra. Víctor le pasó un billete y le preguntó a Cristina si podía invitarla.

—Puedes —contestó ella coqueta.

Bebieron. Después las preguntas. ¿A qué te dedicas? ¿Te gusta? ¿Qué haces por aquí? ¿Qué harás luego?

Luego… No hizo falta saber adónde iría. Cristina no tardó en descolgarse del plan de sus amigas, fingir una migraña y salir a la calle, donde Víctor la esperaba apoyado en la pared.

Caminaron dos calles. Víctor la agarró, la llevó hasta la pared y la besó. Sus lenguas se enredaron y se apretaron. Víctor necesitó acomodarse el pantalón para seguir andando.

Llegaron a casa de Víctor y se besaron en el portal, en el ascensor, en el rellano y finalmente llegaron al dormitorio. Ella se quitó el abrigo y lo dejó sobre el sillón de cuero negro y él la imitó. Se desnudaron uno al otro con manos nerviosas, a zarpazos. La piel de Cristina era blanca, perfecta, casi de porcelana. Tenía las mejillas sonrosadas, probablemente más por el maquillaje que por timidez. Víctor sabía que ella era una de esas chicas difíciles de ruborizar. Se lo decía la experiencia.

Parpadeó. Su exnovia se ruborizaba con la misma rapidez que él le bajaba las braguitas.

Cuando se quedaron en ropa interior, Víctor pensó que Cristina era terriblemente sexi. Tenía los pechos más grandes de lo que parecía con ropa y ni de coña cabría en un pantalón de la talla 40, pero tenía la piel tersa y firme, apretada. Le encantó amasar su trasero cuando ella se sentó a horcajadas sobre él. Era una de esas mujeres con aura. Y su aura gritaba sexo.

—¿Sabes que eres la bomba? —le dijo él en el fragor de la batalla por perder la ropa interior.

—Algo he oído —contestó ella risueña.

El sujetador de encaje negro cayó junto a la cama y pronto lo acompañaron unas braguitas a juego y los calzoncillos negros de Víctor.

Echó mano del primer cajón de la mesita de noche y cogió un preservativo.

—¿Te recuperas pronto? —preguntó ella sentada encima de él, pero dejándole espacio de maniobra para que se lo colocara.

—Relativamente pronto. —Sonrió él con los ojos puestos en el condón que estaba desenrollando sobre su erección—. ¿Por...?

—Quizá deberías sacar dos.

Lanzó una carcajada.

—Bueno, bueno, tranquila. Yo te echo un polvo ahora y si sobrevives hablamos del segundo asalto.

Ella misma lo deslizó hasta su interior. Después Víctor la agarró de las caderas y la dejó moverse a su antojo. La habitación se llenó de los sonidos del sexo. Jadeos, gemidos y golpeteo de la piel.

No tenía el pelo muy largo, pero caía sobre su escote, desordenándose en cada movimiento que ella hacía con sus caderas. Se acordó del pelo de su exnovia. Largo. Suave. Que olía a ella. Cerró los ojos. Jadeó con fuerza y al volver a abrirlos, empujó a Cristina contra el colchón, poniéndose encima.

Ella enroscó sus muslos alrededor de sus caderas mientras él embestía con fuerza. Se colaba en su interior haciendo que ella se arqueara y que sus pezones se endurecieran. Pensó que era placentero y se concentró en esa sensación. Placer.

La sintió temblar debajo de él y supuso que se había corrido. Él siguió, con las manos fuertemente agarradas a la almohada y la vista clavada en el bamboleo de los enormes pechos, que se movían en cada penetración.

—Puedo hacer que te corras otra vez —dijo en voz baja.

—Sí…, sí… —recibió como respuesta.

Se colocó de rodillas en la cama, llevándosela a ella con él, y la sujetó en el aire durante, una, dos, tres, cuatro acometidas más. Después la dejó caer, le dio la vuelta y, tras levantarle las caderas, la penetró desde atrás, agarrándola también de un mechón de pelo, que tironeó con maestría para hacerla gemir más fuerte.

Sintió la mano de ella acariciándose al compás de las penetraciones y alargar los dedos hasta él de vez en cuando. Cerró los ojos. Apretó la carne de ella y aceleró. Toda la habitación se llenó del ritmo de su cadera chocando contra el trasero de su compañera de cama. Gritó ella, gruñó él. Gimieron los dos y, en una explosión, se corrieron.

Víctor se dejó caer en su lado de la cama y tiró del condón húmedo hasta quitárselo. Después lo dejó sobre el envoltorio plateado y se tapó los ojos con el antebrazo, recuperando la respiración.

La escuchó a ella levantarse de la cama, recoger su ropa interior y marcharse al cuarto de baño. Cuando salió miró en su dirección. Sí, seguía pareciéndole sexi. Ella le sonrió.

—Me voy —le dijo con una sonrisa.

—¿No íbamos a repetir? —contestó él con guasa.

—Sé que soy mucha mujer. Pensaba dejarte descansar uno o dos días.

Los dos se echaron a reír. Víctor se incorporó y, tirándola del brazo, la llevó hasta la cama. Le había caído bien.

—Quédate un rato. ¿Tienes un cigarrillo?

—No fumo —contestó ella acomodándose a su lado.

—Cuéntame algo mientras me recupero, Cristina. Cuéntame cosas que no sean tristes.

La mano de ella, que estaba fría, le recorrió el muslo hasta llegar a su entrepierna. Él dio un respingo al sentir sus gélidos dedos cerniéndose alrededor de su pene.

—Érase una vez… —susurró ella— una maga que se llamaba Cristina. Tenía el pelo rojo como el fuego, los ojos grises y la piel blanca.

—Tienes la mano muy fría, cielo. No va a levantarse —comentó él.

—La maga Cristina siempre tenía las manos frías, pero…, como era maga, tenía sus trucos.

Se puso a cuatro patas en la cama y apartó el edredón de plumas, inclinándose sobre lo que sujetaba con la mano. Pronto tuvo la boca demasiado ocupada como para seguir hablando.

Víctor le acarició el pelo mientras le dedicaba aquella mamada. Respiró hondo y se relajó, mirando al techo. Tanto se relajó que le sorprendió comprobar que reaccionaba a las caricias y se había vuelto a endurecer. Lo hacía bien.

—Así…, así… Despacio —le susurró cuando ella la llevó hasta el fondo de su garganta y luego dejó su lengua revolotear mientras la sacaba.

Una imagen de agua cayendo le vino a la cabeza cuando cerró los ojos. Agua cayendo en cascada en su ducha de diseño. Y su exnovia arrodillada delante de él. Apretó la mandíbula, agarró un mechón de pelo rojo y dirigió la cabeza de ella con más rapidez. Jadeó.

Jadeó. Jadeó. Jadeó, se incorporó para mirarla y dijo que no aguantaría mucho más así. Ella siguió y él sintió que volvía a hundirse en caída libre hacia el orgasmo.

—Mírame, mírame —le pidió.

Cuando ella levantó sus ojos grises hacia él, mirándolo a través de sus espesas pestañas maquilladas, Víctor se dejó ir, vaciándose en su boca.

Cristina dio un par de lametazos más antes de incorporarse, limpiarse la comisura de sus labios rosas y sonreír.

—Eso ha sido de regalo. Ahora me voy.

Se puso su vestido negro, las medias y los zapatos mientras Víctor la miraba desde la cama. Cuando incluso se había abrochado ya el abrigo, abrió su bolsito y tiró una tarjeta sobre el pecho de él, que la alcanzó y le echó un vistazo.

—Cristina Soler. Abogada. —Leyó—. Y maga, ¿no?

—Las tarjetas de maga se me han terminado. —Le guiñó un ojo y fue hacia la puerta—. No hace falta que me acompañes. Llámame si te apetece repetir.

—Y de paso te devuelvo el regalo, ¿no?

—Por ejemplo.

Desapareció haciendo resonar sus tacones sobre la tarima flotante. La puerta de su casa se abrió para cerrarse inmediatamente.

Víctor respiró, como si hubiese estado conteniendo el aliento. Se levantó, cogió el preservativo usado y se lo llevó al baño, donde le hizo un nudo y lo tiró. Se miró en el espejo, completamente desnudo, y luego se lavó las manos y la cara con agua fría. La piel le olía a sexo, así que se lo pensó mejor y se metió entero en la ducha. Después cogió un pijama limpio y se lo puso.

Cuando volvió a la cama y se tumbó una nube de perfume desconocido de mujer lo envolvió. Apoyó la cabeza en los antebrazos y se quedó un buen rato mirando al techo. Se acordó de la primera noche que su exnovia durmió en su cama. Cuando se fue olió la almohada y le pareció tan delicioso que quiso ahogarse en ella. Cuando ella se iba, sus sábanas olían a la brisa corporal de Coco Madeimoselle y a su hidratante. Cuando ella se iba... él la echaba de menos.

Se tapó los ojos con una mano y se mordió el labio inferior muy fuerte. No. No era ella la que se había ido de su cama, pero era a ella a la que echaba de menos.

—Joder, Valeria… —musitó a media voz.

Se sentó, se sintió vacío, estúpido y un imbécil infeliz. Después se levantó decidido y arrancó las sábanas de la cama. Quitó la funda de almohada, todo… Y lo dejó en el suelo, junto al sillón de cuero. Después cogió una manta del altillo y se fue a dormir al sofá.

22

Miércoles 19 de enero

Sí? —dije, contestando al cuarto tono.

—Seguro que estabas pensando: «Ojalá sea Bruno. Me haré la dura y contestaré al cuarto tono para que no note que estoy sentada junto al teléfono esperando a que me llame, porque besa tan bien...».

—Eres telépata. ¿Cómo va?

—Estoy aburrido. He releído cinco veces el mismo texto y sigue sin gustarme. Le falta algo.

—Tetas, seguro.

—Si quiero tetas me vuelvo al capítulo en el que tú me dejas que te las toque o me acuerdo de cuando te las toqué yo en el portal. Después, casi siempre, me entran ganas de tocármela...

—Creo que nunca te he dado estas confianzas. —Me reí.

—Oh, sí me las diste. Pero es que estaba oscuro y andabas con unas copas de más. ¿Qué te vas a poner la próxima vez que cenemos?

—¿Y tú?

—Pues no lo sé, pero espero terminar solo con un gorrito de plástico en…

—¡No termines esa frase! —me quejé, riéndome.

—Bueno, voy a volver al trabajo. Contigo me pongo muy tonto y esta tarde he quedado con Aitana.

—¿Quién es Aitana? —pregunté alerta.

—Uhmm. ¿Celosa? Me encanta. No te preocupes, fiera, Aitana es mi hija.

—¿Adónde la llevas?

—A patinar sobre hielo. Voy a morir degollado por una de esas afiladas cuchillas de los patines, lo sé. Teñiré todo el hielo con mi sangre y Aitana se convertirá en una asesina a sueldo para poder superar el trauma.

—No son afiladas, tonto. Nadie va a teñir el hielo con su sangre.

—Ya veremos.

—Haz fotos.

A las seis de la tarde recibí un email con una foto suya y de su hija. Solo ponía: «Tengo ganas de verte».

Viernes 21 de enero

—¿Sí?

—Oh, disculpe. He debido de equivocarme. Yo estaba llamando al *party-line* de Patty —dijo Bruno con sorna.

—Es aquí.

—Esperaba otro tipo de respuesta —contestó apenado.

—Es que este negocio por el día es una frutería.

—Claro, tiene sentido. Todo queda entre cocos, kiwis y plátanos. Bueno, bueno, finja que acaba de contestar, por favor. Me hace ilusión escuchar el mensaje de presentación.

—De acuerdo. —Me aclaré la voz—. Bienvenido al *party-line* de Patty. Si quiere hablar con Wendy, marque el uno, si quiere hablar con Patty, marque el dos...

—Disculpe, ¿quién es usted?

—Patty.

—Ah. —Escuché cómo pulsaba una tecla.

—¿Era el uno o el dos?

—El dos, el dos. ¿Qué lleva puesto, señorita Patty? —Me tiré en la cama muerta de risa y oí cómo se encendía un cigarrillo—. Sueño con que un día me contestes de verdad a esa pregunta —dijo tras expulsar el humo.

—Sigue soñando —contesté.

—¿Por qué te echo de menos?

Y cerrando los ojos, me derretí.

Sábado 22 de enero

—Anoche soñé contigo —susurró Bruno al descolgar el auricular.

—Tienes suerte de que viva sola y que reconozca tu voz, porque eso ha sonado a acosador.

—¿No quieres saber qué soñé?

—¿Es bonito?

—Y tanto… —Y lanzó una especie de gruñido, bajo y sensual.

—Creo que no quiero saberlo. —Pero apreté los muslos.

—Mejor. Así no tengo que compartir nuestros secretos nocturnos.

—¿Cuándo vienes?

—¿Tienes ganas?

—Tengo ganas de que dejes de llamar. —Me reí.

—Oh…

Colgó. Escuché un pitido intermitente y, sonriendo, colgué y marqué su número.

—¿Sí? —dijo.

—No me cuelgues. —Me quejé entre risas.

—Eso suena a acosadora.

—¿Cuándo vienes?

—El día 31 tengo una reunión allí.

—¿Irás y volverás en el mismo día?

—No. Me quedaré al menos una noche. Espero que no olvides nuestra fiesta de pijamas.

—No la he olvidado.

—Yo no dejo de pensar en ella.

—¿Me llevo los rulos y los pintaúñas? —pregunté.

—No, mejor tráete el *twist*. Jugaremos un rato.

—Lo siento. No lo tengo.

—No te preocupes. Cogeré unas ceras y nos pintaremos círculos de colores a nosotros mismos. Amarillo y verde: ombligo y lengua, recorrido ascendente.

Tragué con dificultad.

—Para, Bruno...

—Azul y rojo: mano derecha a muslo izquierdo.

—Para...

Sí, mejor voy a parar, porque estaba empezando a imaginar verde y rojo.

—Lengua con...

—Muslo izquierdo. Dirección ascendente. ¿Has vuelto a leer el email?

—Sí —confesé.

—¿Cuándo?

—Hace veinte minutos.

—Me has alegrado el día. Ya puedo colgar.

Domingo 23 de enero

—¿Cuánto rato llevamos hablando? —pregunté con la oreja dolorida.

—Creo que ya va hora y media.

—Espero que tengas tarifa plana —me reí.

—La tengo. ¿Por qué crees que te llamo? Porque me aburro.

—Pues más escribir y menos aburrirte.

—Ayer mandé el borrador. Poco me queda por hacer. Me esperan unas merecidas vacaciones.

—¿Y adónde te vas para celebrarlo?

—A verte —susurró.

—Aquí vienes a una reunión. —Y la cuestión es que me molestaba un poco saber que yo era su manera de aprovechar el viaje, pero no el motivo del mismo—. ¿Para qué es la reunión? —Me interesé.

—Estoy a punto de vender los derechos para que hagan una película con mi primera novela. Miedo me da. Si al final sale bien, pasaré al menos un par de meses por ahí.

—Qué bien —le dije.

—¿Te apetece?

—Claro.

—Después de esa tengo otra reunión. —Suspiró—. Una muy seria.

Arqueé las cejas. ¿Otra? Ahora sí que estaba empezando a impacientarme. Esperaba tenerlo casi todo el día para mí.

—¿Con la editorial? —pregunté con desgana.

—No, con una chica. Creo que vamos a definir este rollo que nos llevamos. Espero que termine en la cama, con ella encima, diciéndome que no puede vivir sin mí mientras me cabalga.

Cerré los ojos y me reí.

—Capullo.

—Ella suele decírmelo también… —Un remolino me llenó el estómago—. Oye, Valeria.

—Dime.

—Y ese chico ¿dónde está?

—¿Qué chico?

—Tu novio. Bueno, tu exnovio.

Víctor. Allí, otra vez. Como si su solo nombre llenara toda la habitación de un aire que no portaba oxígeno. Me llevé la mano al pecho.

«Vete, Víctor».

—No lo sé —contesté.

—¿Y fue dura la ruptura?

—No —contesté enseguida, para que no me pillara la mentira.

—Eso es que te has debido de entretener con algo por ahí. —Se rio.

Me eché a reír, pero con una sensación rancia en el estómago. El maldito Víctor me daba ardor.

—¿Crees que podrías encontrar en el mercado negro unas orejas de tu tamaño? —le dije.

—¿Y tú?

—¿Yo qué?

—¿Has pensado ya lo que te vas a poner cuando nos veamos? Porque yo no puedo pensar en otra cosa.

Miércoles 26 de enero

—¿Sí?

—Solo llamo para darte las buenas noches y para decirte que llevo todo el día pensando en ti —susurró Bruno.

Eso era lo que necesitaba. Más llamadas de ese tipo y menos quebraderos de cabeza. Menos «no sé nada de Jose y de ese trabajo que me iba a ayudar a encontrar». Menos «he echado mano de los ahorros por primera vez para hacer una compra tan básica como tampones». Menos «¿qué estará haciendo Víctor en este mismo momento?». Y ese último era uno de los pensamientos más recurrentes.

—¿Sabes? Yo también he pensado en ti — declaré resuelta.

—¿Iba vestido en tus pensamientos?

—Sí. —Me reí.

—¿Y terminaba vestido?

—Sí. Qué pesado.

—Es que… Me he estado acordando de esa falda que llevabas.

—¿Te gustaba?

—La falda me da igual. Lo que me gustaba era cómo te quedaba. Has nacido para que nos postremos a tus pies cuando llevas esa maldita falda —se rio.

—¿A qué hora tienes la reunión?

—A falta de confirmación por su parte, a las diez. A las doce estaré libre para la nuestra.

—¿Nos vemos a las doce y media en la puerta de tu hotel? Reservo mesa en algún sitio que esté cerca.

—Me muero por olerte y por hundir mi cabeza entre tus pechos y bajar…

Cerré los ojos.

—Para.

—Si me dices «para» de esa manera me crezco. Me da la sensación de que te gusta demasiado que te diga estas cosas.

—Venga, dame las buenas noches otra vez.

—¿Qué llevas puesto?

—Buenas noches —repetí.

Bufó.

—Sí, mejor. Buenas noches.

Colgué el teléfono y me quedé mirando el auricular en las manos. Estaba sentada en la cama, debajo de la colcha ya, con un libro en el regazo. Estaba releyendo *Lolita*, de Nabokov. Pero era el ejemplar que me compré cuando aún estudiaba, no el que le regalé a Víctor. Ese se lo llevó él un día, para terminarlo. Después, los que terminamos fuimos nosotros.

Aparté el libro, lo dejé en la mesita y me recosté, con el teléfono aún en la mano. Volví a mirar el auricular y... marqué rellamada.

—¿Sí?

—Un camisón negro de tirantes —dije como si me doliera seguir por ese camino.

Se echó a reír.

—Para que conste en acta, eres tú quien ha abierto la caja de Pandora.

—Aceptado.

—Y... ¿cómo es?

—Es corto. No logro controlar la calefacción central y en mi piso, como es tan pequeño, hace mucho calor.

—¿Y qué más? —Su voz se volvió susurrante.

—Tiene un poco de encaje en la zona del pecho y los tirantes. Unas bandas muy finas.

—¿Y debajo?

Me reí.

—Esto parece un *party-line* de verdad.

—Empezaste tú —aclaró Bruno.

—Unas braguitas a juego.

—¿De las bajitas?

—De las bajitas. ¿Y tú?

—No, yo no llevo braguitas bajitas.

Los dos nos reímos, avergonzados.

—¿Y qué llevas? —insistí.

—Aún llevo la ropa de calle. Estaba a punto de meterme en la cama ahora.

—¿Y qué llevas? —repetí.

—Unos vaqueros y un jersey gris. Ah, y una camiseta blanca debajo.

—¿Duermes con pijama?

—Contigo no. Así estaré más a mano por si quieres abusar de mí durante la noche. ¿Me esperas un segundo?

—Claro —contesté.

Se escucharon ruidos y, tras unos segundos, volvió a coger el teléfono.

—Pregúntame qué llevo ahora.

—¿Qué llevas puesto?

—Un camisón… —Los dos nos echamos a reír—. Me he quitado ropa —dijo—. Pero eso no importa porque solo pienso en quitártela a ti.

—Si estás tratando de seducirme para tener sexo telefónico debes de estar loco.

—¿Por qué?

—¡Porque sí!

—No puedo dejar de imaginarte como en lo que te escribí —susurró.

—¿Empapada de sangre de mis adversarios?

—No. Desnuda y húmeda encima de mí.

Me mordí el labio inferior.

—Vienes en cuatro días…

—¿Quieres que reservemos las fuerzas? Hace un mes que no te veo. Un mes da para pensar en muchas cosas. El lunes no voy a saber por dónde empezar —contestó.

—¿Y si el lunes no…?

—¿No qué?

—No surge. O no nos apetece. O yo considero que no…, que aún… —Que aún pienso demasiado en Víctor como para acostarme contigo, me dije.

—Sí, claro. —Se rio—. Como si pudiéramos evitarlo.

Tragué saliva.

—Voy a darme una ducha —dije, riéndome.

—Vale.

—¿Te conformas?

—¿Qué más puedo hacer?

—Algo puedes hacer. —Me reí.

—Voy a tener que hacerlo si no quiero quedar como un adolescente cuando me toques. —Cerré los ojos—. Pero me imaginaré que eres tú la que me toca —susurró.

—En serio, para…

—Venga…, todavía quedan cuatro eternos días. Es fácil. Solo coge tu mano derecha, métela dentro de tus braguitas y dime qué tal —susurró, medio en broma, medio en serio.

Me quedé mirando el techo y me sentí muy tentada a hacerlo. Después me dio un ataque de risa y dije:

—¡Buenas noches!

Y colgué el teléfono. Acto seguido apagué la luz y traté de dormir.

No pude hasta pasadas las dos y media y no antes de haberme dejado llevar, acordándome de Víctor.

«Jodido Víctor. Vete ya».

23

C armen miró de reojo a Borja, que le sonreía de esa manera tan elocuente.

—Ni lo sueñes —le dijo contestándole a la sonrisa y poniendo sus pies en el regazo de él.

—No he dicho nada. —Borja volvió la mirada hacia el dosier que Nerea les había preparado para la organización de su boda—. ¿Has visto los precios de las cosas? Porque es amiga tuya, que si no pensaría que nos está timando. —Ella se puso a mesarse el pelo, mirando al techo—. ¿No vas a ayudarme? —suplicó él.

—Yo ya organicé mi parte de los invitados. Ahora sufre tú, mamón.

Se levantó del sofá bostezando y le dijo que iba a tender la ropa de la lavadora. Ni siquiera llegó a la cocina, como ya se esperaba. Borja la cogió por la cintura, la levantó a pulso y la subió encima de la mesa del comedor. Las braguitas le duraron puestas lo que él tardó en localizar la cinturilla.

—Por favor, Borja… —suplicó ella—. Póntelo.

Él frunció el ceño. Se desabrochó el pantalón y ella lo rodeó con las piernas, acercándolo.

—Por favor, cariño…

—Solo un poco… —susurró Borja.

La primera embestida le pareció deliciosa y le costó mucho pedirle que parara cuando ya empezaba a cogerle el ritmo.

—Para, para… —le pidió entre gemidos.

—Te juro que controlo. Me correré fuera…

La cogió en brazos, la dejó encima del sofá tumbada y se echó sobre ella. A Carmen le encantaba hacerlo sin quitarse casi ropa, así, en plan arranque pasional.

Él bombeó dentro de ella. Una, dos, tres veces. Echó la cabeza hacia atrás y gimió roncamente.

—¡Joder! —se quejó Carmen—. ¡No pares, no pares!

Borja le sujetó una pierna y volvió a colarse dentro de ella. Carmen cerró los ojos y se dejó llevar hacia donde él quería llevarla. Lo sintió palpitar en su interior, parar, reanudar el movimiento, parar y jadear.

—No pares, estoy a punto —dijo.

Carmen movió las caderas buscando a Borja y se concentró en las sacudidas de placer que empezaba a sentir. Gritó y él la acompañó con placer hasta que no pudo más; esperó a que ella terminara y después de sacarla, se corrió fuera… dejando el sofá perdido.

Ella lo miró jadeante de manera desaprobadora y él se mordió el labio.

—Perdón… —Hizo una mueca.

—La próxima vez te pondrás condón y no habrá no que valga.

Lola abrió las piernas con una sonrisa pérfida. Rai pestañeó, emocionado, y se inclinó hacia ella.

—Despacio... —le reprendió.

Él desplegó la lengua entre sus labios vaginales y Lola se revolvió. Asintió, dándole el visto bueno, y se acomodó mientras él hacía lo mismo con la cabeza hundida en su sexo. Le acarició el pelo.

—Me gusta... —gimió.

Él separó sus labios, le rozó el clítoris con la punta de la lengua y después empezó a rodearlo una y otra vez. Lola dio un respingo cuando él deslizó uno de sus dedos en su interior y después otro. Joder, qué buen alumno. Nada que ver con la primera vez que lo hizo. Aquello se le empezaba a dar muy bien.

—Sigue así...

—¿Me pagarás con la misma moneda? —preguntó él juguetón.

Lola echó la cabeza hacia atrás cuando Rai siguió soplando, lamiendo, mordiendo suavemente y succionando. Cuando arqueó los dedos ella explotó en un orgasmo de lo más sonoro que a punto estuvo de levantarla del colchón.

Rai alzó la cara, contento, sonriente y emocionado, y a Lola le pareció adorable. Se levantó, lo besó en los labios húmedos y le desarmó el pantalón vaquero. Lo apremió a que se pusiera encima de ella y a que se colocara el condón. Después le susurró:

—Úsame como quieras...

Rai empujó en su interior y comenzó con un ritmo violento que catapultó a Lolita hasta el infinito y más allá. Cuando él terminó con un gemido satisfecho ella había conseguido correrse dos veces más.

¿Por qué narices iba a estar mal aquello?

Las visitas al ginecólogo no suelen ser demasiado agradables, en general. Vas allí, aguardas una eternidad en una sala de espera llena de revistas para embarazadas y cuando por fin te hacen pasar te desnudas, te pones una horrible bata abierta por todas partes y te espatarras en la cara de un desconocido. Y quien dice un desconocido dice un médico al que conoces desde hace años pero que apenas ve nada más que tus vergüenzas abiertas de par en par.

Son procesos que, además de no gustarme, me ponen visiblemente nerviosa, pero allí estaba, como todos los años, para cumplir con mi revisión anual.

El doctor Ignacio Pino era un caballero de unos treinta y muchos con planta de galán de Hollywood y una sonrisa impresionante que, por otro lado, resultaba bastante cara de ver, casi tan cara como sus citas. La primera vez que fui a su consulta fue por recomendación de mi hermana, a la que trataba casi desde que se licenció; pero el hecho de que fuera tan guapo nunca me gustó. Prefería una mujer o un señor que no pudiera interesarme jamás sexualmente. Ignacio Pino podría interesarme llegado el caso. ¿Que por qué seguí yendo? Por pereza. Total, me dije, es una vez al año. Pero qué mal rato al año, leñe.

Miré al techo con un suspiro y el doctor entró con su habitual rictus, entre profesional y aburrido. Lo comprendía; pobre hombre, todo el día viendo alcachofas...

—Hola, Valeria —me saludó y se puso los guantes de látex.

—Hola, doctor.

—¿Qué tal? —Acercó un taburete con el pie y hasta ese gesto me pareció sexi.

Volví a mirar al techo. ¿Podría él recetarme bromuro?

—Estoy bien.

—¿Sigues con la píldora?

—Sí —asentí nerviosa.

—Sube las piernas —susurró—. Así... acércate un poco más al borde.

Cuando me tuvo en el sitio volvió a mirarme a la cara.

—En realidad no sé si debería dejar de tomarla —le dije.

—¿Quieres quedarte embarazada? —preguntó cogiendo el ecógrafo.

Dios. Ahora era cuando venía todo el numerito de ponerle el condón y lubricarlo. Maldito ecógrafo con forma fálica y maldito Doctor Amor, como lo llamaba Lola, que también era paciente (aunque ella prefiere decir cliente).

—No. No quiero quedarme embarazada, pero me he divorciado y ahora mismo no tengo pareja estable.

Miré al médico y me sonrió. Vaya. Una sonrisa.

—Bueno, Valeria, a decir verdad no te recomendaría dejar de tomártela porque fue la manera de regular tus ciclos y…

—Sí, sí… —suspiré—. Solo quería consultárselo.

—Puedes tutearme. —Lo miré otra vez y se levantó, ecógrafo en mano—. ¿Y hace mucho que te separaste?

—No mucho. Poco más de seis meses.

—Vaya —se sentó de nuevo—. Relaja los muslos.

Me relajé cuanto pude y el hombre anteriormente conocido como doctor Pino, ahora Ignacio, me introdujo el ecógrafo y fijó los ojos en la pantalla, donde yo solo veía el fondo de una tele estropeada.

—Uhm… —dijo frunciendo el ceño.

—¿Pasa algo?

No contestó. Dejó el ecógrafo a un lado, se puso un poco de lubricante en los dedos y me exploró con diligencia.

—Tienes el cuello del útero inflamado.

Miré al techo con los ojos abiertos de par en par. El cuello del útero inflamado y sus dedos dentro de mí.

—¿Es grave? —pregunté.

—No, pero lo más probable es que tengas una infección… por clamidia. —Cerré los ojos. ¿¡Qué!?—. ¿Has practicado sexo sin protección?

Adiós a la sonrisa. A lo mejor incluso tenía que volver a hablarle de usted después de este descubrimiento.

—Tuve otra relación. Consideramos que había confianza y…

—De todas maneras nos lo confirmará la citología. Los resultados nos llegarán en cuarenta y ocho horas. Aun así te voy a mandar un antibiótico y trata de no tener sexo mientras lo estés tomando.

Hola, Bruno. El cabrón hijo de la gran puta de Víctor me ha pegado una enfermedad de transmisión sexual. Huye, huye veloz como el viento.

—Te recomendaría que llamaras a todas tus parejas sexuales. Esto puede ser asintomático, pero es importante tratarlo pronto. —Me tapé la cara—. Valeria, no te preocupes. No tienes que avergonzarte. Te sorprendería saber lo que vemos los médicos.

—No es eso. Es que estoy tan enfadada…

Volvió a sonreír. Mi día de suerte. Dos sonrisas y una infección por clamidia.

Cuando salí de allí no sabía si llorar o estrangular a Víctor con una media. La segunda opción me apetecía sobremanera, lo juro. Pero, tranquilizándome, preferí hacer algo legal que me permitiera seguir con mi vida, aunque me proporcionara menos placer en el momento.

Alcancé el teléfono, paré un taxi y llamé a Víctor, que tardó una eternidad en contestar. Me imaginé la cara que pondría al ver mi nombre en la pantalla de su iPhone. Pero me daba igual. Esta no era, precisamente, una llamada de cortesía.

—Hola, Valeria. ¿Qué tal? —contestó muy serio.

Cerré los ojos. No esperaba que su voz siguiera afectándome tanto.

—Bueno…, aquí andamos —respondí.

—¿Qué tal las fiestas? ¿La familia bien?

¿Qué tal las fiestas? ¿La familia bien? Decidido: estrangulamiento con mis propias manos.

—Oye, Víctor, supongo que ya te imaginarás que no te llamo por el placer de charlar.

—Ya… —contestó.

—Necesito hablar contigo y preferiría hacerlo en persona. —Miré de soslayo al conductor, que parecía muy interesado en mi conversación.

—Creo que tengo un hueco el lunes que viene.

Arqueé una ceja. Después enterré la cara en mi mano, tratando de controlar las ganas de gritarle y estrellar el móvil contra su cabeza a pesar de la distancia.

¿El lunes que viene? Pero ¿quién narices se creía que era para darme esas largas? Y, además, ¡el lunes iba a ver a Bruno! Joder, puto Víctor.

—Me temo que no puedo esperar al lunes. Vas a tener que hacerme un hueco hoy. —Impuse.

Víctor no contestó en el momento. Se dio tiempo para rumiar una respuesta a la altura de la mía.

—OK. Te paso con mi secretaria. Buscad un hueco.

Hijo de la gran puta.

Su amable secretaria se acordaba de mí, así que tuve suerte. Encontró un hueco de media hora después de comer y me pidió que fuera puntual.

—No creo que necesitemos la media hora de todas formas. Será breve.

—Este chico… Qué lástima cuando se pone así. —La escuché susurrar.

Cuando Víctor entró en su despacho yo ya llevaba esperándole casi veinte minutos. Veinte minutos de dar vueltas, a fuego lento, a un cabreo que ya de por sí era mayúsculo. Cuando me vio, se quitó el abrigo a toda prisa y lo colgó en el perchero. Y a pesar de estar lo más enfadada que he estado en mi vida, algo me burbujeó dentro del estómago cuando lo miré. Él y un traje gris marengo, de *tweed*, con camisa blanca y corbata negra. Joder.

Joder, él y la puta de oros.

Tuve que obligarme a respirar hondo.

—Perdona, Valeria. He tenido una comida larga y tediosa con un cliente —se disculpó, pasándose una mano por el pelo, que traía desgreñado.

—Ya... —contesté con condescendencia. Una comida con un cliente o una clienta comiéndoselo a él.

Se acercó y al ver mi expresión se saltó el paso de los saludos amorosos entre «amigos». Rodeó la mesa y se sentó en su silla.

—Tú dirás.

—¿Sabes que eres un cerdo asqueroso? —solté.

Levantó las cejas.

—Esto..., ¿me he perdido algo? —preguntó ladeando la cabeza, contenido.

—No, la que se lo ha perdido soy yo. ¿A cuántas tías te follaste estando conmigo? Eres un hijo de...

—¿De qué narices me hablas? —Me interrumpió irritado—. ¿Por qué me llamas y me dices que tienes algo urgente que tratar conmigo y luego me insultas?

—Me has pegado la clamidia, ¿sabes? —Me mordí el labio, rabiosa.

—¿Qué dices? —contestó en tono incrédulo—. ¿Cómo te voy a pegar yo nada?

—¡Pues ya me dirás! Porque esta mañana el médico me lo ha dicho muy claro.

—Habla con los demás tíos a los que te folles, porque yo no tengo nada que ver con eso.

Cogí lo primero que alcancé a mano, que fue un bote de lápices, y se lo tiré con rabia. Ni me lo pensé. Víctor se levantó, apartándose.

—¡¡Me cago en la puta, Valeria!! ¿Qué haces?

—¿¡Los demás tíos a los que te folles!? ¿¡Tú crees que puedes tratarme así después de todo!? ¿Me lo merezco?

—¡¡Y yo qué cojones sé!! —irrumpió.

—¡Me has contagiado!

—¡¡Te digo que no he sido yo!! ¿No lo ves? ¡Es imposible! ¿Cómo te voy a pegar nada? —gritó.

—Pues porque…

—¡¡No, escúchame!! No he podido ser yo porque ¡¡eres la única a la que me he tirado sin condón en toda mi jodida vida!! ¿¡Cómo te voy a pegar nada!? ¿De dónde cojones lo habría pillado yo?

Seguro que su secretaria había sacado ya el paquete de pipas, para entretenerse mientras escuchaba la radionovela a gritos que se emitía desde el despacho.

—¿¡¡Y por qué me tengo que fiar de ti!!? ¡Encontré un sujetador en tu casa cuando aún estábamos juntos!

Se tapó la cara con las manos y resopló.

—Hostia con el puto sujetador... ¡¡¡Hostia con el puto sujetador de las narices!!! —gritó fuera de sí—. Sobre el puto sujetador de los cojones ya te di una explicación en su día, explicación que ahora no mereces porque ¡¡no eres nada mío!! Y ¿sabes otra cosa? ¡Yo no me acosté con otras estando contigo! Es la enésima y última vez que te lo digo, Valeria.

—Mejor no te digo de qué me sirven tus palabras —gruñí en un tono histérico.

—¡Pues no entiendo por qué coño te presentas aquí gritándome!

—¡¡Quería ver tu cara de cínico mentiroso cuando te excusaras mirándome a la cara como, por supuesto, has hecho!! ¡Eres un falso, eres...! ¡Eres lo puto peor! ¡Cómo me engañaste!

—Te lo vuelvo a repetir —dijo frotándose la cara—: ¡yo no te he pegado la clamidia! ¿¡Cómo mierdas iba a hacerlo!?

—Mintiéndome, como con el resto de cosas. Contigo lo único que he hecho es tragarme una mentira detrás de otra.

—Eso no es verdad —negó—. No es verdad y lo sabes.

—¡Oh, Dios! —Me tapé la cara—. ¿Cómo he podido creerte alguna vez? ¡Mírate, joder, mírate! Eres un maldito cabrón mentiroso.

—Cállate —dijo frotándose la frente y humedeciéndose los labios.

—¡No me da la gana! —repliqué en un grito—. Estás acostumbrado a que las chicas a las que usas como un kleenex se callen, pero yo no soy así, por mucho que me hayas tratado como una puta mierda, como a todas.

—Cállate. O mejor vete —me pidió, tratando de calmarse.

—Supongo que si puedes seguir mirándote al espejo es porque solo eres eso, lo que se ve reflejado.

Rebufó.

—No te lo pido más veces, Valeria… —Víctor jadeaba.

—¡Maldito el momento en el que me crucé contigo!

—¡Déjame en paz de una jodida vez!

—Mi vida es una puta mierda desde el segundo uno que pasé contigo. Eres lo peor que me ha pasado.

Víctor hinchó su pecho con una bocanada de aire y, cuando ya pensaba que volvería a pedirme cansinamente que me fuera, algo le cruzó por la cabeza, todo su gesto cambió y… simple y llanamente Víctor, mi Víctor, explotó:

—¡¡Me cago en mi puta vida, Valeria!! ¿¡Tu vida es una mierda desde que me conociste!? ¡¡Yo te quería, joder!! —gritó completamente fuera de sí—. ¡¡Te quiero!! ¡¡Te quiero, joder!! Pero ¡¡nada te sirve!! ¡¡¡Nada!!! ¡¡Nunca tienes suficiente!! ¡¡Vas a acabar volviéndome loco!! ¿¡Es lo que quieres!? ¿¡Dime!? ¿¡Es lo que quieres!?

Después, de un manotazo, tiró un bloque de bandejas para el papel y le dio una patada a la mesa que la hizo vibrar. Un bote de bolígrafos se volcó y los dejó rodar por encima de la superficie hasta el suelo.

¿Había dicho «te quiero»?

Me levanté de la silla, cogí mi abrigo por la manga y lo arrastré hasta la puerta, donde intenté ponérmelo.

—Espero tus disculpas pronto. —Suspiró entrecortadamente.

—¿O qué? —pregunté iracunda.

—O nada. Porque ya… Mira para lo que hemos quedado. —Y al decirlo pareció verdaderamente compungido—. Para gritarnos y faltarnos al respeto, que es lo único que nos quedaba por hacer. —No contesté y abrí la puerta del despacho para marcharme—. Llama a Adrián —dijo.

—¿Para qué narices voy a llamar a Adrián?

—Si mal no recuerdo, él sí se folló a otra estando contigo. Cierra cuando salgas.

Pegué tal portazo que no sé cómo no saqué la puerta de las bisagras.

—Hola, Adrián —dije muy seria.

—Hola, Valeria —contestó él en el mismo tono.

—Sé que teníamos intención de no hablar durante muchísimo tiempo, pero me ha surgido un problema y necesito tratarlo contigo. He estado esta mañana en…

—Yo también quería llamarte un día de estos… —me interrumpió.

—¿Y eso? —respondí alerta.

—Pues… El caso es que es un tema complicado, Valeria. Álex me llamó hace unas semanas para decirme que…, bueno, que tenía una ETS y que lo más probable es que me la hubiera contagiado. Deberías hacerte pruebas, Valeria…

Me tapé los ojos con vergüenza. Dios mío, después del numerito en el despacho de Víctor no, joder.

Y todo lo que quería decir aquello.

Se follaba a otra mucho antes de que yo ni siquiera lo sospechara. Se la follaba sin condón, como a mí. Y le daba igual.

Él era quien me mentía. Él era quien no me quiso.

No sabría decir si tenía más pena o más asco.

—Deberías haberme llamado antes. Me ha provocado una inflamación en el cuello del útero. —«Y he gritado e insultado a Víctor», pensé.

—Creo que los dos sabemos por qué no lo he hecho. Lo siento.

—A estas alturas ya tenía muy claro que habías estado con ella más tiempo del que decías.

—Lo de Almería solo fue casi el final. Álex y yo estuvimos juntos cerca de un año.

Me separé el auricular de la oreja y lo miré sin entender. Un año. Cerca de un año. Cuando aún juraba que me quería, cuando aún nos acostábamos, cuando desayunábamos juntos los domingos.

La única referencia sobre el amor que siempre creí clara en mi vida, destrozada.

Colgué el teléfono.

24

N erea, que andaba desaparecida y concentrada en
levantar su imperio de organización de bodas,
nos llamó el viernes por la mañana para que fuéramos con
ella por la tarde a ver un bajo que había «preseleccionado».
Estaba exultante, porque se hallaba en un buen barrio en
el que había un ambiente muy *cool* y adinerado que, seguro, le proporcionaría clientela. No podía dejar de tener un
poco de miedo por ella. Cuando lo pensaba, al final, con
el corazón en la garganta, me tenía que repetir a mí misma
que era su dinero y que yo no arriesgaba nada; mi manía
empática me hacía pasar un mal rato poniéndome en lo
peor sin pensar que Nerea, en el caso de que los peores
pronósticos se cumplieran, se levantaría tan dignamente
del asunto.

Llegaba tarde y de un humor bastante regulero, pero
sabía que cuando saliera de allí me sentiría irremediable-
mente mejor. Localicé el número de la calle que Nerea me

había indicado en un mensaje y golpeé con los nudillos en la persiana metálica, que estaba a medio subir. Ella misma se asomó, vestida con unos vaqueros de pata de elefante con un cinturón marrón, una camisa a cuadros entallada y una chupa de cuero marrón.

—Hola, cielo —sonrió—. Las chicas ya están dentro.

—Qué puntuales.

—A decir verdad es que… —Consultó su impecable reloj de muñeca de Marc Jacobs— llegas media hora tarde.

—Ya. —Miré mi reloj, menos impecable—. Lo siento mucho. Ahora os cuento.

—Pasa, pasa —sonrió ella.

Bajamos la persiana detrás de mí. El bajo estaba totalmente vacío, pero sobre una pequeña balaustrada de obra se las habían apañado para preparar un enfriador de botellas lleno de hielo, con dos botellas de lambrusco italiano dentro. Carmen y Lola ya lucían dos copas en las manos; y de cristal. Nada de vasos de plástico.

—¡Ey! —Las saludé con una sonrisa.

—¿Desde cuándo la señorita Férriz llega tarde? —dijo Lola sonriente.

—Primero que nos cuente Nerea, después despotrico yo. Perdonad.

—¿Ese Bruno no tendrá nada que ver? —preguntó Carmen emocionada.

—Eh…, no.

—¿Qué te parece el local? —dijo Nerea—. Mira, aquí delante pondré un sofá *vintage* que ya tengo apalabrado, marrón, de cuero desgastado, y una mesita con un montón de revistas de bodas. Aquí una nevera de esas pequeñas, retro, y allí mi mesa, con dos sillones frente a ella, para las visitas. Detrás, unas estanterías chulísimas, que son como ondeantes, con archivadores de colores y... —Los ojillos le brillaban con pasión.

Me giré a mirar al resto con la boca abierta y señalé a Nerea a su espalda, mientras seguía hablando sobre el cuarto de baño y todo lo que podía ganar el bajo con una mano de pintura y un poco de papel para la pared. Lola se llevó el dedo índice a la sien y dejó claro que pensaba que Nerea había perdido la razón. Carmen le dio una leche en el brazo y me levantó el pulgar. En esas estábamos cuando Nerea se giró hacia mí con un muestrario de papel de pared en la mano.

—¿Qué te parece?

—Que nunca te había visto tan ilusionada con nada y estoy muy contenta por ti.

—¿Qué papel te gusta más? —preguntó sonriendo.

—Este.

—El mismo que a Carmen y a mí.

—¿A Lola cuál le gustaba?

—Lola quería llenar la pared de neones rojos.

La miré y me sacó la lengua lascivamente.

—Ponme una copa y cuéntame de paso qué tal con Rai.

A Lola le cambió la cara, como si hubiese deseado mantenerlo en secreto, aunque supiera a ciencia cierta que algún día saltaría la liebre.

—¡Eso! ¿Qué tal con Rai? —dijeron las otras dos a coro.

235

—Pues... —Se apoyó en la pared con su copa y con el gesto constreñido añadió—: Me temo que muy bien.

—¿Temes que muy bien? No entiendo —dijo Nerea.

—Juro que he tratado de ignorarlo, pero no veas cómo lo come —explicó poniendo los ojos en blanco.

—¿Qué nos hemos perdido? —preguntó Carmen mientras dejaba la copa de vino al lado.

—Díselo tú. A mí se me cae la cara de vergüenza —dijo Lola.

—Rai, el chico con el que se estaba viendo Lola... Resulta que todo iba viento en popa a toda vela cuando...

—Te has acostado con él y la tiene pequeña, ¿no? —interrumpió Nerea.

—Oye, ¿tú estás mutando o qué pasa contigo? —le dije divertida.

—Sigue, sigue, por favor.

—Pues, bueno, el día que se acostaron, en el que deduzco por lo que me dijo Lola que todo había ido estupendamente, él le confesó que le había mentido con la edad. En realidad tiene diecinueve años.

—Hostias... —saltó Carmen sentándose en el escalón que dividía el local en «dos pisos»—. Qué fuerte. ¿Diecinueve?

—Aparenta al menos veinticinco. Y pensé que tres años, o cuatro, no importaban.

—Son casi diez años.

—Son exactamente nueve. El día que yo cumplo veintinueve él cumple veinte.

—¡Qué coincidencia! —dije yo emocionada.

—Sí, el día que yo cumplí la mayoría de edad, él cumplía nueve. ¡Nueve!

Nerea soltó una risita y se tapó la cara. Como Lola la fulminó con la mirada pidió disculpas sin poder quitarse una sonrisilla de la cara.

—Perdón, perdón...

—Pero él te gusta, ¿no? —le pregunté yo a Lola.

—Claro que me gusta.

—¿Por qué te gusta? —dijo Carmen—. Y no lo pregunto en mal plan...

—Pues me gusta porque es divertido, está un poco loco, es tierno sin ser un meacamas... Y hablando de camas, es brutal. No sé... Con él me siento en casa.

—Oh, Dios, esto es el primer jinete del Apocalipsis. Lola está enamorada.

—¡No estoy enamorada! —se quejó—. Solo un poco colgada, pero se me pasará.

—¿Y habéis roto? —preguntó Carmen alucinada.

—No. Para romper haría falta tener algo..., ya sabes, oficial. Y no lo tenemos. ¿Cómo lo vamos a tener? Tiene diecinueve años.

—¡Qué más dará eso! —le contesté yo.

—Pues que es un crío que está en segundo de carrera, que hace seis meses que lo dejó con su primera novia, y yo estoy cerca de la treintena y estoy muy resabiada. Me da miedo hacerle la vida imposible.

—¿Por qué se la ibas a hacer?

—¡Porque estoy cagada de miedo!

La confesión nos enterneció a todas, que le dimos besitos en la cabeza después de soltar un «ohhhh». Ella nos quitó de encima, enfurruñada.

—He decidido que no voy a reprimirme si me apetece llamarlo o estar con él. No tengo por qué preocuparme por algo que ni siquiera ha llegado a ser nada. Ahora solo quiero su cabeza entre mis muslos y a lo sumo su polla en mi...

—¡Entendido! —la interrumpió Nerea.

—Quizá mañana él abra la boca, diga alguna barbaridad, como que cree en la existencia de los gamusinos, y el tema se termine antes de haber empezado. ¿Por qué va a ser agrio antes aún de tirarse el eructo?

—Dios, qué asco de dicho, Lola —me quejé yo riéndome—. Pero estoy de acuerdo.

—No puedes cerrarte las puertas por tener miedo. Hay que coger la vida por los cuernos. Mira a Val o a Nerea —sentenció Carmen.

—¿A mí por qué me tiene que mirar? Yo no me acuesto con escolares —dije muerta de la risa.

—Eres una zorra. —Lola me fulminó con la mirada.

—Te tiene que mirar a ti porque te separaste de Adrián hace, ¿cuántos?, ¿nueve meses?

—Siete —dije con el tono de voz algo tirante.

—Pues en siete meses has intentado rehacer tu vida dos veces, sin miedo.

—¿Quién te dice que no tengo miedo? Y no han sido dos veces. Fue una y fue una mierda —dije apoyándome en la pared—. No funcionó pero... —Las miré a todas, le di un trago a la copa y carraspeé.

—Ayer fui al ginecólogo.

—¡Estás preñada! —gritó Lola fuera de sí, como si estuviera a punto de golpearse el pecho y arrancarse la camisa.

No. Tengo clamidia.

—¡Jodido Víctor! —volvió a gritar.

—Eso mismo pensé yo antes de ir a montarle el pollo de su vida en su trabajo. Pero luego averigüé que el regalito era de Adrián. —Las tres me miraron sorprendidas—. Y me dijo que lo suyo con Álex duró casi un año.

Todas contuvieron la respiración.

—Me cago en su puta estampa. Jodido payaso. Espero que se le caiga la chorra y que los cojones se le descuelguen hasta tocar el suelo. —Escuché maldecir a Lola.

—¿Y cómo estás? —preguntó Carmen.

—Asqueada. Me siento como si la niñata esa se hubiera puesto todas mis bragas cuando yo no estaba en casa. —Las tres me miraron sin entender—. Es un decir. Estoy jodida, pero no por Adrián. Eso ya lo superé. Es que creo que cada día que pasa pierdo más la fe en el género humano. Primero Adrián, después Víctor...

Me froté nerviosa la frente. No sabía si iban a entenderme bien. Ni siquiera yo entendía por qué para mí la confesión de Adrián era la guinda que coronaba el pastel de mi relación con Víctor. Quizá algo así como: «Mira, no te quiso ni tu marido, con el que estuviste diez años. ¿Cómo pudiste creer que Víctor iba a quererte?».

A veces somos nuestras peores enemigas.

—¿Y montaste mucho pollo? —preguntó Lola.

—¿A cuál de los dos?

—A los dos —aclaró Nerea.

—A Adrián solo le colgué el teléfono. Ni le contesté.

—¿Y a Víctor?

—A Víctor le monté un numerito bastante espectacular. Terminamos gritando como dos locos.

—¿El flemático Víctor también? —preguntó Lola arqueando una ceja.

—Me da que no fue al flemático Víctor al que vi. Tiró al suelo todo lo que tenía encima de la mesa y le dio una patada… —Me pasé dos dedos entre las cejas.

—Joder… —exclamaron al unísono.

—Ya, ya, es horrible. Pero no es que yo lo hiciera mucho mejor: le tiré un bote de lápices a la cabeza.

—Y os dijisteis cosas horribles, claro —preguntó indirectamente Carmen.

—Entre otras cosas, porque de pronto, cuando más enfadados estábamos, me soltó un te quiero rabioso que fue como una puñalada.

Las tres contuvieron la respiración.

—¿Te dijo que te quería? —preguntó emocionadísima Nerea.

—No fue un te quiero, reina, fue casi un escupitajo en la cara. Me dijo que yo nunca tenía suficiente y que lo que quería era volverlo loco.

—Y ahora ¿qué?

—¿Ahora? Pues ahora tengo que pedirle perdón a Víctor, tomar antibiótico y no tener sexo hasta nuevo aviso. Es todo estupendo.

Me senté en el escalón y me revolví el pelo.

—Te dijo te quiero —remarcó Nerea.

—También me dijo que le contara esas mierdas al resto de los tíos a los que me folle. Esto es un sinsentido —rebufé—. Y Bruno viene el lunes.

—¿Bruno viene el lunes? —me preguntó Carmen con una sonrisilla.

—¡Ah! ¿Es que no os ha contado que se enrolló en un portal con ese tal Bruno? —Se carcajeó Lola aligerando la tensión del ambiente.

—¿¡¡En qué portal!!? —preguntó Nerea alarmada.

—¡Y yo qué sé!

—¡Joder, Lola, se lo has pegado!

—No, no, yo no tengo champiñones —aclaró.

—Imbécil —le espeté—. Si no os lo conté es porque es un rollo sexual que no creo que dure demasiado —dije no muy orgullosa de mí misma y de la nueva Valeria que se morreaba en portales—. No hay nada más. El lunes a lo mejor hasta perdemos el interés por volver a dirigirnos la palabra en toda nuestra vida.

—Eso no es verdad; es más, es imposible, tú no tienes ese tipo de rollos jamás. No sabes. Pero, de todas formas, aclárame eso del lunes —dijo Nerea.

—Bueno, viene a una reunión y hemos convocado una fiesta de pijamas en su hotel… —dije ruborizándome en el acto pero fingiendo que tenía experiencia en ese tipo de cosas.

—Os veis dos veces y… ¿ya a la tercera a la cama? —preguntó Nerea, volviendo a su victorianismo.

—Pues, mujer, no son dos veces… Bueno, sí, pero hemos hablado mucho por teléfono y…

—Que te pica. No pasa nada, Valeria. Te pica y punto.
—Y la boca de Lola dibujó una sonrisa malévola en la comisura de sus labios.

—Os recuerdo que no puedo follar —les aclaré.

—Pues mámasela —propuso Lola mientras se servía más vino—. O por el culo.

Nerea dio un gritito de horror y las demás no pudimos más que reírnos.

—Oye, Carmen, ¿y tú no dices nada? —pregunté extrañada de verla tan callada y obviando el comentario de Lola.

—Es que yo tampoco me creo que tú vayas a tener un rollo al más puro estilo Lola.

—¿Acaso nadie va a confiar en mí?

—No —contestaron a coro.

—Pero ¿por qué?

—Porque eres débil y blandita —dijo Lola.

—Porque no eres de esas —añadió Nerea.

—Porque eres una romántica y aún quieres a Víctor —sentenció Carmen.

25

Todo pasa y todo queda pero lo nuestro es pasar…, eso decía Machado. Pues no sabía si lo nuestro sería pasar, pero el lunes por fin llegó. Me levanté como un colegial que ha esperado todo el año para ir a una excursión y de pronto llega el día.

El día anterior me había hecho la cera en casa con la ayuda de Lola, que es un animal de granja, todo hay que decirlo. Me había dejado marcas de puntitos morados, que parecían un chupetón, en ciertas zonas íntimas. No puede evitarlo; tirar de un jirón de cera saca lo más salvaje de ella misma.

Eso sí: después, para compensarme, me pintó las uñas de los pies de color rojo.

Y ¿para qué tanto preparativo? Ya sé que no podía acostarme con él, pero esperaba que pasáramos la noche juntos. En realidad, si no podíamos hacerlo…, casi que mejor. Necesitaba dominar esa electricidad tan sexual que me sacudía entera con él. Por lo menos hasta que Víctor se disipara un poco más de mi cabeza.

Me levanté temprano para elegir cuál de los tres modelitos preseleccionados sería el indicado. Mientras revisaba el armario en busca de mis vaqueros negros pitillo, me topé con un vestido negro y pensé si no sería mejor algo así. Al descolgarlo y ponérmelo por encima, me di cuenta de que era el vestido que llevaba cuando conocí a Víctor. Pensé que aquello iba a arruinarme el día, pero, para mi sorpresa, conseguí reponerme lo suficiente. Estar enfadada facilita mucho las cosas. Ya era hora de olvidar a Víctor, al que por cierto aún no había tenido ánimo de pedir disculpas.

Los vaqueros negros ceñidos y unos zapatos de tacón alto, negros y rojos. Salí de la ducha, elegí un conjunto de ropa interior de encaje blanco, con braguita baja, y me puse mi crema hidratante. Lencería, pantalón, zapato, pero… ¿me iba a tener que poner ese antiestético calcetín de media tipo ejecutivo? De eso nada.

Me volví a desvestir dejándome solo la ropa interior y tras colgar la ropa de nuevo, saqué otro de los elegidos. Una falda negra, ceñida, corta, una camiseta informal por dentro de la falda, una americana y unos botines. ¿Tendría que ponerme pantis?

Después de probarme otra vez prácticamente todo lo que tenía en el armario, me decidí por algo más normal; un vestidito estampado, unas medias de liga, claro está, unas botas altas y una cazadora de cuero cortita.

Cuando iba de camino al hotel recibí un mensaje de Bruno en el que me decía que la reunión se estaba alargando. Añadía: «Y que sepas que estoy a punto de echar la puerta abajo e ir corriendo hasta donde quedé contigo. ¿Yo corriendo? ¿Qué me has hecho?».

Me encantó. Este Bruno... ¿qué tenía?

Tuve que esperar quince eternos minutos en la puerta del hotel hasta que un taxi frenó frente a mí. Por poco vomité el corazón sobre la acera cuando Bruno salió del vehículo, con su nariz recta, su sonrisa desvergonzada y sus ojos oscuros y vivos, recorriéndome entera. Por un momento, me dio vergüenza y me sonrojé. ¡Casi no nos conocíamos! Era la tercera vez que nos veíamos.

Bruno sacó una maleta de mano minúscula del maletero sin esperar a que el taxista fuera a por ella. Le dio un billete y, mirándome a mí, le dijo que se quedara con el cambio. El taxista se quedó mirando el dinero y, conforme, se fue.

Bruno apoyó la maleta en el suelo y se plantó delante de mí con una sonrisa. A mí el estómago me subió a la garganta. Y ahora ¿qué?

Pues en ese momento Bruno pasó un brazo alrededor de mi cintura y me besó. Me besó como se besa en las películas, pero mejor. Mejor porque no era uno de esos besos sosos, morrito con morrito. En este hubo intercambio de saliva y de lengua. Y cómo besaba, cómo se movía su lengua dentro de mi boca. ¡A la mierda el victorianismo!

Nos abrazamos apretados y seguimos besándonos como si se acabara el mundo. Una pandilla de adolescentes, que debían de estar de pellas, nos silbaron cuando las manos de Bruno fueron a mi trasero y las mías al suyo. Traté de separarme, pero mientras me echaba hacia atrás me besó de nuevo, repasando con su lengua toda mi boca.

Bruno tenía algo, pero no sabría decir qué era. Desde luego no era una belleza mediterránea y tangible como la de Víctor, por muy mal que esté eso de comparar. Víctor era absolutamente guapo y aunque había matices que posiblemente no todas las mujeres pudieran apreciar en él, no creo que ninguna se atreviera a decir que no era uno de los hombres más guapos que había visto en su vida sin arriesgarse a mentir. Pero Bruno… ¿qué tenía Bruno?

No es que no fuera guapo. Aunque más que guapo era garboso, atractivo y uno de esos tíos que irradian un no sé qué que nos gusta y nos atrae. Él decía que los feos como él, que no eran lo suficientemente feos como para ser recordados por ello, tenían que esforzarse más con las mujeres, pero… ¿a quién quería engañar con aquella falsa modestia? Al menos yo no lo creía, principalmente porque ahora que estaba envuelta entre sus brazos, con sus labios pegados en mi cuello y su respiración agitada en mi oreja, lo creía de todo menos feo.

Dimos un paso hacia atrás, nos sonreímos, yo con un poco de vergüenza porque…, veamos, hacía un mes era un desconocido y ahora, en ese momento, después de verlo tres únicas veces en mi vida, me había lanzado a sus brazos y me había dejado besar entregándome al tema con mucho gusto, por segunda vez. Bruno, sin embargo, sonrió con ese… halo que tienen los chicos seguros de ellos mismos. Pero no era una seguridad como la de Víctor, si se me permite comparar otra vez. Víctor sabía que era guapo porque el espejo no miente. Además, lo que no tenía por naturaleza se lo había trabajado él, como ese maldito estómago duro y marcado en el que se podía lavar ropa. Así sonreía Víctor, sabiendo sin saber que con aquella sonrisa nos gustaría mucho más.

Bruno, por su parte, sonreía como ese chico que está seguro de sí mismo porque, a pesar de no ser perfecto, sabe que es especial. Así que no pude más que contagiarme y dejar la vergüenza para otro momento.

Bruno se aclaró la voz y abiertamente se quitó mi carmín de la boca. Después me cogió de la cintura y dijo:

—¿Siempre recibes así a todos tus colegas escritores?

—Aunque debes confesar que ha sido más cosa tuya que mía, sí, siempre os recibo así. Así acabo de engordar vuestro ego.

—Tengo que… —Se rio, sin hacer comentarios sobre mi broma—. Tengo que hacer el *check-in* en el hotel y dejar la maleta. ¿A qué hora tenemos mesa?

—En media hora.

—Bien. Vengo muerto de hambre. De ahí… —nos señaló a los dos—, de ahí que intentara comerte hace un momento.

Bruno cogió su maleta y la arrastró dos pasos por detrás de nosotros, rodeándome la cintura con su brazo izquierdo.

Dentro del vestíbulo Bruno se encargó de los trámites mientras yo miraba a mi alrededor, distraída. Su mano izquierda seguía en mi cintura, mientras con la derecha, mañoso, se encargaba de sacar su carné de identidad y su tarjeta de crédito. El calor de la palma de su mano descendió unos centímetros y me giré a mirarlo.

—No te pases —susurré.

—Lo siento. Es involuntario.

—Esas cosas no son involuntarias. —Me reí, arrullándome en su brazo.

—Esas sí. Las otras que quiero hacerte ya no.

Oh, oh. En algún punto iba a tener que aclararle la situación… Mejor esperaba a la hora del café.

La chica que se estaba encargando de su *check-in* se alejó unos pasos a recoger una hoja de la impresora y a por la tarjeta de la habitación y Bruno aprovechó para volver a acercarse a mí hasta que sus labios y los míos estuvieron casi juntos.

—¿Has venido preparada para la fiesta de pijamas?

—Sí. He traído los rulos y los pintaúñas.

Volvimos a besarnos y su mano terminó por meterse debajo del vestido y sobarme una nalga.

—¡Bruno!

—Si llevas medias, ¿cómo es que he tocado carne? —dijo con los ojos muy abiertos.

—Disculpe. —La chica sonreía, algo ruborizada—. Señor Aguilar, aquí tiene la tarjeta de su habitación. La cuatrocientos setenta y cinco, en la cuarta planta.

—Gracias. —Y Bruno sonrió de esa manera que solo él sabía convertir en un gesto de provocación.

Fuimos hacia los ascensores y cuando las puertas se abrieron, me quedé fuera.

—Venga... —dijo y se metió la cartera en el bolsillo de los vaqueros.

—Mejor te espero aquí abajo.

Bruno me miró y, tapando con la mano el sensor para que no se cerraran las puertas, susurró:

—¿Temes volverte loca y comerme?

—Temo no llegar al restaurante y perder la reserva. Y tengo hambre. Baja rápido.

Nos sentaron en un rincón que no podía ser más íntimo. Y no es que me sorprendiera realmente, porque al hacer la reserva había pedido «una de esas mesas algo apartadas». Y en lugar de sentarnos uno frente al otro, Bruno se acomodó junto a mí.

—¿Qué te apetece? —dije cogiendo la carta y echándole un vistazo.

—Ay... —Se rio—. Por apetecerme... —Levanté la cabeza y le reprendí con un gesto—. ¿Qué te parecen unas ostras?

—Tienes que estar loco de atar. Lo de las ostras no hace más que confirmármelo. ¡Es un italiano!

Bruno cerró la carta y me cerró la mía. Acto seguido llamó al camarero.

—Yo no sé lo que quiero —me quejé.

—Claro que lo sabes. Lo traes estudiado de casa. Pedirás pasta napolitana.

Levanté las cejas sorprendida y me sonrojé.

—Hola. —Le sonrió al camarero—. Yo tomaré la lasaña de setas, ella los macarrones napolitana y de beber tráiganos, por favor, una botella de Sangue di Giudas. Gracias.

El camarero tomó nota y se marchó. Bruno se acomodó en su silla, junto a mí.

—Venga, ¿cómo sabías que iba a pedir pasta napolitana? —dije apoyándome en la mesa, aunque fuese de mala educación.

—Es fácil. Las mujeres sois muy cuadriculadas para estas cosas. Nunca dejáis cabos sueltos.

—Vale, sí, había mirado la carta en casa por internet, pero ¿de ahí a deducir lo que voy a pedir?

Bruno se puso la servilleta de tela sobre el regazo y sonrió mirando hacia los cubiertos.

—He estado casado.

—¿Y? —Arqueé las cejas.

—Mi exmujer ya me puso al día sobre ciertas normas no escritas para estas ocasiones.

—No te entiendo. —Sonreí, haciéndome la tonta.

—Nunca nada con ajo o cebolla. La carne se queda entre los dientes, el marisco es incómodo para comer en una cita, sobre todo porque si tienes que usar las manos…, como que queda poco fino. Y algunas verduras pueden quedarse también pegadas en un diente. Huís de cualquier cosa que pueda haceros parecer menos sexis. Por lo tanto, pasta y napolitana, que es solo tomate. ¿Me equivoco?

Sonreí.

—No. Pero tú has pedido el otro clásico: lasaña de setas.

—Bueno, eso demuestra que los dos queremos que el otro se lleve una buena impresión.

—Y que se repita lo de los besos. —Le guiñé un ojo.

—¿Beso bien? —Asentí algo avergonzada—. ¿Puedo? —preguntó acercándose a mí.

—No hasta el postre.

—El postre nos lo tomamos ya en el hotel, ¿no?

—¿No estás dando muchas cosas por hecho?

—Sería tonto si no lo intentase.

Bruno se inclinó hacia mí y nos besamos. Sus labios se pegaron a los míos y esta vez fui yo la que no pudo resistirse a la tentación de abrir ligeramente la boca, haciéndole notar la punta de mi lengua sobre su labio inferior. La suya salió a mi encuentro y abrimos la boca encajándonos. Era delicioso. Esa forma de besar, lenta, el modo en que su lengua se movía dentro de mi boca, aparentemente lánguida pero con decisión, me estaba derritiendo. Su mano se posó en mi rodilla y sus dedos juguetearon, presionando ligeramente mi piel, en dirección ascendente, quedándose a una altura honrosa pero sugerente. De pronto me acordé de los besos que Víctor y yo compartimos en un restaurante italiano al día siguiente de nuestra primera noche de sexo. Fueron besos tiernos pero desesperados. Fueron besos que habían estado almacenados y que tenían ganas de salir.

Me separé de su boca y los dos sonreímos. Ya habían traído el vino y ni siquiera nos habíamos dado cuenta. Carraspeamos.

—¿Cómo conociste a tu exmujer? —dije tratando de entablar una conversación.

—No me hables de mi ex después de besarte, santo Dios. —Se rio—. Me bajas toda la libido.

—Pues mira tú qué bien. Así al menos comeremos en paz.

—A ver… pues… la conocí en un bar, una noche de verano de hace un trillón de años.

—¿La abordaste en la barra?

—No. —Sonrió y dejaron los platos de nuestra comida sobre la mesa—. Se quedó encerrada en el baño. Yo pasaba por allí y una amiga suya me pidió que las ayudase. Que aproveche.

—Gracias. ¿Echaste la puerta abajo?

—La puerta se abría hacia fuera, así que tuve la brillante idea de meterme con ella y empujar desde dentro. —Sonrió—. Como estaba tan delgado me colé por el hueco de debajo, lo cual creó una imagen bastante deplorable de mí. Pero como ella estaba prácticamente histérica, no se dio mucha cuenta. Estaba desesperada, pobre, fingiendo que no lloraba. Me pareció tan tierna…

—¿Y?

—Llamaron al dueño del bar para que nos ayudase porque a patadas tampoco pude echarla abajo.

—¿Te quedaste encerrado también?

—Algo así. Como ella estaba tan nerviosa, decidí no volver a escabullirme hacia fuera por debajo de la puerta —aclaró.

—Qué caballeroso.

—Cuando consiguieron sacar la puerta de las bisagras y desarmarla, me encontraron con mi lengua en su garganta…

—Muy romántico, sí, señor.

—¿No vas a decir que soy un cerdo aprovechado? —preguntó sorprendido.

—No.

—Bueno, ya me lo diras dentro de un rato, cuando trate de quitarte la ropa interior con el vestido puesto. —Los dos nos echamos a reír—. Oye y… —dijo concentrado en cortar su lasaña—, y tu… ex…

—¿Mi exnovio?

Nos miramos unos instantes e hice una mueca, volviendo a mi plato.

—¿No quieres hablar del tema?

—Bueno, es que está bastante reciente. —Reciente como la bronca en su despacho sobre el tema de las enfermedades venéreas y la llamada a modo de disculpa que le debía.

—¿Cómo de reciente?

—Lo dejamos definitivamente hace cosa de mes y medio. Y supongo que fue una historia intensa…

—¿Cuando te conocí…?

—Estábamos ya muy mal. Ni siquiera sé decirte si el día de la conferencia estábamos aún juntos.

—Era aquel moreno guapo que te abrazaba, ¿no?

—Sí —asentí.

—Yo no puedo competir con eso —dijo melancólico.

—¿Con qué?

—Con esas cejas tan bien depiladas.

Le miré y lo vi sonreír.

—Víctor no se depila las cejas. —Hice un mohín sincero. No me gustaba que nadie más que yo hablara mal de él ni de sus cejas.

—Oh, no, claro que no —dijo con retintín—. Seguro que también se hacía la línea del biquini.

—Ay, por dios, Bruno… —Solté los cubiertos y me eché a reír, sonrojada.

Bruno no debería haber dicho eso, porque mentalmente estaba recorriendo en dirección ascendente el recuerdo de los muslos de Víctor, delgados pero fuertes, cubiertos de un vello masculino y…

—¿Cómo os conocisteis? —interrumpió mis fantasías.

—En la esteticista —solté sin pensar.

Bruno y yo estallamos en sonoras carcajadas y el resto de las mesas que estaban ocupadas se giraron hacia nosotros. Me sentí cómoda, de pronto, con la idea de poder hacer una broma así de Víctor. Era un paso. ¿O había dado ya más pasos de los pertinentes besándome como una adolescente con Bruno? No, Víctor aún estaba demasiado presente en todo.

—Bueno, ahora en serio, no sé por qué lo preguntas. Si has leído mi libro lo sabrás de sobra.

—Cierto —asintió—. Corto pero intenso lo vuestro, ¿no?

—Sí.

—Si te molesta hablar del tema podemos…

—No, no. No te preocupes. Es solo que si me paro a pensarlo y lo racionalizo me da la sensación de que he pasado página demasiado pronto.

—¿Y eso es malo?

—No sé si es que la reina del drama que todas llevamos dentro echa de menos un poco de, no sé, de ganas de morirse y todas esas mandangas o si es que simplemente lo he falseado, si en realidad lo he tapado con otras cosas y el día menos pensado me doy cuenta...

—También puede ser que...

—Sí, también puede ser que los últimos meses de nuestra relación acabaran con la poca ilusión ingenua que me quedaba y ya llevara mucho tiempo preparada para esto.

—Claro. Aunque iba a decir que también puede ser que mi fabuloso atractivo físico te haya hecho olvidarlo. —Me guiñó un ojo.

—Es raro esto. —Me encogí de hombros—. Es la tercera vez que te veo y me siento muy cómoda.

—Hemos hablado mucho por teléfono.

—Y has escrito un metarrelato seudoporno en tu nueva novela en el que yo soy la protagonista.

—Eso también.

Nos miramos y sonreímos.

—Por tu culpa mi amiga Lola me llama diosa de la guerra.

—No parece molestarte mucho.

—¿A qué mujer no le gusta que alguien la describa como una amazona? —Lo miré mientras masticaba.

—¿Empapada en sangre?

—Eso es un punto morboso que quizá deberías hablar con tu psiquiatra.

—No necesito psiquiatra. Tengo una vaca a la que se lo cuento todo.

Me quedé mirándolo y él asintió mientras masticaba y me servía más vino.

—¿Tu psiquiatra es una vaca?

—No le pago.

—Vas a tener que explicar eso.

—Es fácil. Vivo en una casa bastante apartada, en plan escritor torturado, en los alrededores de un pueblecito pequeño. Mi vecino más cercano está como a un kilómetro de mi casa y tiene un cercado con vacas. Una de ellas es escapista y muchas noches cuando salgo a fumar me la encuentro comiéndose mis flores.

—¿Y cómo salta la valla?

—Por la parte de atrás mi casa da al prado, con lo que exactamente no entra, sino que se entretiene en comerse todo lo que yo haya plantado en las proximidades de la cerca de piedra. Me hace tanta gracia que...

—¿Le hablas?

—Sí. Le he puesto nombre y hasta se lleva bien con mis gatos.

—¿Y cómo se llama la vaca?

—Lucinda. No me preguntes por qué. Siempre me ha parecido nombre de vaca.

—Ya sé por qué no te planteas mudarte a la ciudad. Cercas bajas de piedra, prados verdes, silencio...

—Muy pintoresco todo.

—¿Tu hija vive cerca?

—Pues vive con su madre a unos treinta kilómetros, pero nos vemos todas las semanas. Siempre tengo su habitación preparada por si Amaia me llama para que la recoja yo del cole. Eso es lo bueno de tener una relación tan cordial con su madre; no he tenido que pelear por su custodia ni nada por el estilo. Nosotros nos organizamos sin mediadores y ella ya está acostumbrada a vivir medio con papá, medio con mamá. Creo que no me equivoco si digo que es feliz.

—¿Y qué niña no es feliz en una casa con prado y vaca incluidos?

—Oye... —sonrió, apartando el plato vacío y acercándose la copa—, ¿sabes qué sería genial?

—¿Qué? —dije llevándome la copa a los labios.

—Que vinieras a verme. Una semana.

—Estás loco.

—Cercas de piedra, un prado verde, la vaca Lucinda... —Me guiñó un ojo.

—Claro, claro.

—Te lo digo en serio. Ven el mes que viene; ya hará menos frío pero aún podremos asar castañas en la chimenea. Asar castañas y hacer salvajemente el amor sobre la alfombra que tengo frente al fuego. —Sonreí como respuesta—. No me tomas en serio —dijo apoyándose en la mesa.

—No mucho.

—¿Por qué?

—Nos acabamos de conocer. ¿Una semana en tu casa, apartada de la civilización? Debes de estar de coña.

—No te voy a secuestrar. —Sonrió—. Aunque en mis libros dé esa impresión, no tengo mucho de psicópata. Quiero que vengas.

—Hagamos una cosa. Mañana por la mañana lo decidimos.

—Uhm... —Entornó los ojos—. Creo que el tamaño de mi pene va a estar bajo examen...

Le tiré la servilleta y levanté la mano para pedir la cuenta.

—El café lo tomamos en otro sitio, ¿te parece?

Y a Bruno lo que le pareció fue tremendamente sugerente.

Fue mi hermana Rebeca la que me descubrió aquel restaurante jordano, escondido y enano, al que siempre íbamos a tomar té con hierbas y a fumar *shisha*. Pero aquello era antes de que fuera mamá. Ahora tenía que compartirla con la preciosa Mar, que me tenía enamorada.

Entramos y, como siempre, detrás de la barra nos sonrió el mismo chico, entretenido en limpiar una *shisha*. Esta vez pedí yo por él:

—Dos tés de canela y una *shisha* de manzana.

—Perfecto. —Volvió a sonreír el dueño—. ¿Os acomodáis abajo?

—Claro. —Sonreí, pícara, mirando a Bruno.

Le cogí la mano y tiré de él hacia las estrechas escaleras de caracol que bajaban hacia una única estancia, algo húmeda pero cuyas paredes y suelo estaban absolutamente cubiertos de alfombras y tejidos cálidos, que aislaban del frío. Para sentarse, unos mullidos cojines a un lado y un banco en el otro. En el centro, mesitas redondas y pequeñas.

Nosotros nos acomodamos en el fondo, de manera que estábamos más resguardados por si alguien se asomaba por la escalera; y mientras nos quitábamos la chaqueta unos pasos nos avisaron de que así era. El dueño apareció con una bandeja, haciendo malabarismos con los dos tés y con los útiles para encender la *shisha,* que sacó de un pequeño almacén que había junto a los baños.

—¿Tenéis frío? ¿Queréis que suba la calefacción?

—No, así está perfecto —le dije acercándome uno de los ornamentados vasos con té caliente.

—Si tiene frío que se me arrime —intervino Bruno.

Y el camarero, entendiendo que quizá habíamos ido en busca de algo más que un té y una *shisha,* nos dejó un poco de intimidad.

—¿Te gusta el sitio?

—Mucho —contestó Bruno mientras le daba una calada a la cachimba y hacía un aro de humo.

—Prueba el té. Está buenísimo. Es de canela y lo hacen con leche en lugar de agua.

Alcanzó el vaso y de un trago vació el contenido garganta abajo.

—Pero... —empecé a decir.

—Odio el té. —Sonrió recobrando el aliento.

—¡Pues no haberlo bebido! —dije muerta de risa.

—Venga, fuma.

Le di unas cuantas caladas y eché el humo a nuestro alrededor, creando una nube. Los labios de Bruno se apoyaron en mi cuello, húmedos, y después de un recorrido corto ascendente atraparon el lóbulo de mi oreja. Dejando la *shisha* a un lado y apartando un poco la mesa, me aproximé a él, pero Bruno, no contento con el acercamiento, me sentó a horcajadas sobre él, rodeados de un montón de cojines.

—Oh… —dije.

—¿Qué? —me retó, acercándose.

—Nada.

Ladeé la cabeza y lo besé, gustosa de que sus brazos me envolvieran las caderas. Su lengua bailó otra vez dentro de mi boca, provocándome un cosquilleo dentro de la ropa interior. Después bajó hasta mordisquearme la barbilla mientras mis dientes pellizcaban mi labio inferior con placer y sus manos se adentraban por debajo del vestido.

Me incliné sobre su cuello y lo besé, lo mordí y lo lamí hasta llegar a su oreja, con la que jugué. A Bruno debía de gustarle porque gimió suavemente. No evité que mientras su mano izquierda me manoseaba el trasero, la derecha se escapara hasta mi pecho.

Vaya, vaya… El ambiente se estaba caldeando. Y yo con estos pelos.

Bruno me levantó de pronto de la cintura y me acomodó en su regazo. Había que estar medio inconsciente para no darse cuenta de sobre qué estaba yo ahora sentada… Porque una erección de aquel calibre no suele pasar inadvertida. Y, mientras, seguimos besándonos como chiquillos.

Moví las caderas hacia él y echó la cabeza hacia atrás a la vez que se le escapaba un jadeo y un taco. ¿La verdad? Me encantaba que fuese tan malhablado. Lo hice otra vez y en esta ocasión la que lanzó una palabrota bastante malsonante fui yo al notar su boca húmeda y caliente en mis pechos aún por encima de toda la ropa.

—¿Vamos al hotel? —susurró—. ¿O quieres que terminemos en comisaría por comportamiento público impúdico?

—¿Ya? —contesté juguetona.

—Ay, Dios…

Sus manos me desabrocharon un par de botones del escote del vestido y su boca dibujó un camino por mi piel, en busca de uno de mis pechos. Me di cuenta de que mis caderas se movían ya de manera instintiva.

—Sería capaz de hacerte de todo aquí, no juegues conmigo —bromeó.

—¿Como qué?

Sus manos se desabrocharon el pantalón y volviendo a meter la mano debajo del vestido, me apartó la ropa interior hacia un lado. Nos miramos y preguntó en un susurro si aún tenía dudas.

—No. Ninguna. Venga, vámonos —dije al tiempo que me levantaba y me colocaba el vestido y las braguitas.

Recuerda, Valeria, no puedes tener sexo en una semana. No debe ser tan difícil.

—Ve subiendo tú. Yo voy a tener que esperar un minuto —dijo Bruno.

—¿Qué? —pregunté girándome hacia él.

—Si subo así… —dijo señalándose los pantalones donde se adivinaba un bulto bien marcado.

—Oh, Dios… —Me ruboricé.

—Qué mona. Aún te sonrojas por estas cosas. —Sonrió perverso—. Toma, ve pagando, ahora subo.

Bruno me pasó un billete y tan abrumada estaba que ni siquiera peleé por pagar yo aquella consumición. Subí como una autómata y pagué. Después lo esperé en la calle, tras subirme la cremallera de la cazadora.

Salió un par de minutos después y no pude evitar echar un vistazo para evaluar el estado de sus pantalones.

—¿Preocupada?

—Para nada.

Un taxi pasó por delante de nosotros y Bruno le hizo el alto. Un minuto y estábamos en marcha, de camino a su hotel.

Sin mirarlo, le pasé el billete que me había dado y le dije que me dejara pagar algo a mí.

—¿Qué menos que el té y el taxi?

Bruno se acercó a mi cuello y susurró:

—Y esta noche el servicio de habitaciones.

Cuando entramos en su habitación me encontraba hasta mal, sin exagerar. Creo que nunca, jamás, había tenido un calentón así. Estaba dolorida, algo mareada, un poco avergonzada y, sin paños calientes, húmeda. Húmeda e incómoda. Lo peor era pensar que no podía solucionarlo. ¿Me daría Bruno una pequeña tregua para tranquilizarme?

El taxi no había servido porque después del susurro sobre el servicio de habitaciones habíamos vuelto a besarnos como dos energúmenos y su erección había hecho acto de presencia de nuevo. Y que me perdonen Adrián y Víctor, pero yo no había visto nada tan grande en mi vida. Y eso que Víctor ya iba bien cargado.

Bruno me despertó de mi visita a Babia con un suspiro hondo. Juraría que él también andaba un poco apabullado, si no nervioso. Fue a dar un paso hacia mí, pero alcé mi mano derecha con la palma hacia él y le pedí un momento.

—Dame tregua, Bruno, por Dios.

Al final sí voy a creer que no eres de esas —sonrió.

—Es que no lo soy. Además es que te tengo que decir una cosa.

—Tú dirás. —Se dejó caer en el único sillón de la habitación y me llamó con un gesto, sexi, muy sexi.

La entrepierna me palpitó con quemazón y no pude evitar levantarme del borde de la cama, suspirar e ir hacia él. Bruno mismo me acomodó sobre sus rodillas.

—¿Cuál es el problema?

Tuve ganas de decirle que el problema era aquel apéndice suyo que estaba presionándome en ese momento por debajo de mi cuerpo, pero solo me reí, nerviosa. Estaba a punto de darme, sin paños calientes, un parraque de los serios.

—¿Es eso de que no nos conocemos y que…?

—No. Es que no puedo hacerlo. —Apoyé mi frente en la suya.

—Tú también tienes ganas, ¿no? —Asentí—. ¿Entonces? ¿Crees que es demasiado pronto o…?

—El hijo de puta de mi exmarido me contagió la clamidia. Estoy en tratamiento y no puedo hacerlo al menos en cuatro días más. Llevo tres con el antibiótico.

Levantó las cejas. Me sentí fatal. Debí decírselo antes. Si no lo hice fue porque pensé que se formaría una imagen distorsionada de mí por el hecho de que, sin comerlo ni beberlo, mi exmarido me hubiera pegado una ETS. Menuda mierda.

Iba a decir algo más pero no pude, porque Bruno me besó con brutalidad al tiempo que se levantaba del sillón, conmigo encima. Me dejó sobre la cama y, de rodillas sobre el colchón, se quitó la chupa y la camisa, quedándose con una camiseta de manga corta, blanca y lisa, que dejaba ver unos brazos delgados pero fibrosos que me gustaron... Me gustaron un poquito demasiado.

—De verdad, Bruno, no puedo.

—No puedes follar, vale. Pero podemos empezar por el principio.

Sin mediar palabra me quité la cazadora también y de una patada hice saltar mis botas fuera de la cama. Se puso de pie, se quitó el calzado y volvió a arrodillarse en la cama, entre mis piernas, mientras se desabrochaba el cinturón. Aquel gesto me pudo y dando un pasito más me quité el vestido y lo dejé caer junto a la cama, quedándome en ropa interior. Unas medias de liga, un sujetador de encaje blanco y un culotte a juego..., nada más. Y Bruno, como contestación, miró al techo y resopló, demostrando así que le gustaba lo que veía. Después se tumbó sobre mí y entre los dos, con maña, nos deshicimos de su pantalón. Su camiseta corrió la misma suerte.

El pecho de Bruno era delgado, pero delgado sin marcar ningún hueso. No se le notaban las costillas, como me temía, ni las clavículas; solamente un músculo a la altura de su cadera estrecha se asomaba con disimulo a su piel. El resto era normal. Normal. Una cintura delgada, una piel color canela y un pecho marcado por naturaleza, fibroso pero no muy musculado. Tenía un poco de vello sobre él y una línea oscura le recorría el estómago plano y duro hasta perderse por dentro de su ropa interior negra. Era tremendamente masculino. Tanto que sin darme cuenta abrí las piernas.

Pero ¿qué había en todo aquello que me recordaba a Víctor? ¿Qué había allí, si no era su olor ni el color de sus ojos ni el tacto de las sábanas? ¿Es que yo seguía pensando demasiado en él? De pronto tuve miedo. ¿Y si estaba empezando con un maratón de amantes que no terminaría jamás? ¿Y si los hombres empezaban a pasar por mi vida y por mi cama como Víctor hasta que ya no quedase de mí nada de lo que pudiera atraerlos?

Sentí las rodillas temblarme y tragué saliva con dificultad cuando Bruno me desabrochó el sujetador. Su boca fue hacia mis pechos y cerré los ojos, tratando de disipar la imagen del último hombre que me había tenido en la cama.

Y como no pude, me interrogué a mí misma sobre si lo que estaba haciendo no era puro despecho. Necesitaba saber que no estaba equivocándome. Empecé a ponerme nerviosa. El pulso se me aceleró con la respiración. Quería respuestas que nadie podía darme más que yo misma, así que hice otras preguntas.

—¿Con cuántas chicas te has acostado?

—¿Cómo? —dijo, sosteniéndose con sus brazos sobre mí.

—¿Con cuántas chicas te has acostado?

—Pero… ¿y eso?

—Tú dímelo. —Evité mirarlo.

—Pues… No lo sé. No llevo la cuenta exacta.

—Más o menos. Dime, ¿con cuántas?

—Valeria… —Frunció el ceño.

Bruno se incorporó, quedándose de rodillas otra vez. Yo también me incorporé y me tapé con un cojín. Él se humedeció los labios y después, sin reír, dijo:

—Eres muy joven como para pensar que tienes que cargar con las culpas de las relaciones que no han funcionado. —Me quedé mirándolo anonadada. Él siguió—: ¿Que no podemos acostarnos? Bien. ¿Que prefieres esperar? Bien. ¿Que te apetece ir aprendiendo qué tal se nos da esto? Perfecto. Pero, en cualquier caso, esto es normal y yo solo quiero conocerte. No juzgarte.

Tiré de él, que se dejó caer sobre mí. Lo besé con dedicación. Gracias, Bruno. Era justo lo que necesitaba escuchar en aquel momento.

—Me haces sentir bien —susurré después—. No sabes cuánto siento que no podamos ir más allá.

—Dicen que lo bueno se hace esperar —sonrió.

Se acomodó entre mis piernas y me dijo que era preciosa. Seguimos besándonos a ese ritmo que imponía su boca… Lánguido, sensual. Me moría de ganas de acostarme con él y me preguntaba qué apaño encontraría él para solucionar las ganas que empezaban a acumularse entre los dos. No tuve que esperar mucho. Su mano derecha se coló dentro de mis braguitas e introdujo uno de sus dedos dentro de mí casi de inmediato. Gemí y su boca se aplastó contra la mía de nuevo. Me aparté y jadeé, cogiendo aire al notar cómo rozaba mi punto G en su movimiento. Las piernas se me retorcieron y lo miré, con la boca entreabierta, jadeante, mientras mi mano derecha buscaba su erección, que, por otra parte, no fue difícil de encontrar.

Nos quitamos toda la ropa que nos quedaba puesta. En un pispás los dos estábamos desnudos y yo tenía su boca alrededor de uno de mis pezones y dos dedos de su mano derecha entrando y saliendo de mí. Mi mano derecha iba moviéndose arriba y abajo, apretada alrededor de su erección.

Me retorcí de nuevo y gemí quejumbrosamente.

—¿Tendrás suficiente con esto? —le pregunté.

—Es posible que nunca tenga suficiente, pero parece que estás dispuesta a repetir.

Sonreímos.

Apreté los dedos un poco más alrededor de su erección y moví la mano despacio pero firmemente. Me colocó sobre él, a horcajadas, de manera que los dos nos tuviéramos a mano, y nos tocamos a la vez.

—¿Te gusta más así… —preguntó metiendo un par de dedos dentro de mí— o así? —Y me acarició el clítoris.

—Como antes… —dejé escapar un susurro entre mis labios—. Así me gusta mucho.

—Me muero por follarte —susurró—. Quiero probarte.

—Y yo…

—Me muero por que te corras conmigo dentro de ti y grites. —Bruno se removió.

Apremié la velocidad de mi caricia cuando noté que estaba cerca del orgasmo. Y cuando adivinó que estaba a punto de llegar, él también aceleró el movimiento de sus dedos. Lancé un gemido y él un jadeo seco que dio el pistoletazo de salida para mi orgasmo y, en un par de movimientos míos más, también del suyo que... nos dejó a los dos perdidos, de arriba abajo.

Repetimos aquello en la ducha. Bruno demostró que, además de lo que tenía entre las piernas, también gozaba de una fabulosa capacidad de recuperación digna de un chiquillo de quince años. Y yo encantada, que conste.

Dormitamos, volvimos a besarnos, volvimos a masturbarnos despacio y después de corrernos otra vez cenamos algo.

A la mañana siguiente me despertó a las siete y media, antes de irse, para que pudiéramos despedirnos. Recuerdo que llevaba una camiseta, una sudadera y unos vaqueros. Con aquella ropa parecía al menos diez años más joven. Bruno me encantaba, quisiera aceptarlo o no. Fuera demasiado pronto o no.

Me dio un beso en la boca antes de que yo pudiera quejarme porque ni siquiera me había dado oportunidad de lavarme los dientes y me preguntó:

—Entonces, ¿vendrás a Asturias a verme?

—Deja que lo piense.

—Te llamaré cuando llegue a casa. Tienes la habitación hasta las doce.

—No, me voy a casa.

—Quédate.

Me besó en la frente y sonriendo, con esa expresión tan provocadora, abrió la puerta de la habitación y se fue.

Yo me acurruqué entre las sábanas y recordé que hubo un tiempo en el que Víctor me decía lo mismo antes de irse a trabajar.

¿Qué habría pasado con nosotros si yo le hubiera dado aquel beso el día de la conferencia? ¿Por qué daría cualquier cosa en el mundo por despertarme en su casa en lugar de en aquel hotel?

26

Carmen se subió a la tarima de la modista con aquel estúpido cancán y se sintió tan ridícula como de costumbre. Pero debía quitarse de encima todas aquellas manías o tendría que casarse en vaqueros.

Nerea, sentadita en un banco a su lado, le sonrió y le dijo:

—No tienes por qué preocuparte. Te prometo que de esta tienda no sales sin encontrar tu vestido. Y cuando digo tu vestido, imagínatelo con letras luminosas y con purpurina.

—Y dime, ¿en qué se diferencia esta de las otras tiendas de vestidos de repollo?

—En que los vestidos de esta te van a gustar. Me ha costado mucho encontrarla, así que a callar.

Pero en lugar de decirlo con los dientes apretados, esbozó una sonrisa radiante.

Unos pasos en las escaleras las avisaron de que bajaba alguien. Una chica muy mona, con el pelo recogido en una coleta tirante y vestida con una americana negra, una camiseta blanca, unos jeans tobilleros y unos zapatos de tacón altísimo, las saludó con un gesto de lo más amable.

—Hola, tú debes de ser Nerea. Encantada. —Se dieron la mano y Nerea aprovechó para pasarle una de sus tarjetas con un gesto elegante—. Oh, qué bonita.

—Muchas gracias.

—Bueno, me comentabas por teléfono que teníais una emergencia pequeñita, ¿no?

—Sí, verás, ella es Carmen. Es mi mejor amiga. Y mi mejor amiga ha resultado ser muy exigente con el tema del vestido; tanto que se casa dentro de cuatro meses exactos y aún no lo ha elegido. Necesitamos casi…, casi un milagro. Y si alguien puede hacer milagros, por lo que me han contado, esa eres tú, ¿no? —Las sonrisas de las dos se entrecruzaron y Carmen pensó que Nerea era muy hábil. «Le irán bien los negocios», se dijo—. Carmen, te presento a Helena Loizaga. Es una diseñadora novel que este año se ha llevado un premio muy importante por su colección de vestidos de novia. Y tenemos la suerte de que nos ha hecho un hueco.

—Oh… —dijo Carmen abrumada—. Ahora me siento…

—No te sientas presionada, cielo —dijo la tal Helena—. Creo que tengo por ahí un par de cosas que podrían gustarte mucho. Os va a echar una mano mi ayudante. Yo me tengo que marchar al taller, pero ha sido un placer.

—Muchas gracias por tu tiempo de todas maneras. Encantada de conocerte y espero que sigamos en contacto —contestó Nerea.

—Eso espero también. Jaime me ha dicho que conociéndote tu negocio va a arrasar. ¿Cuándo empiezas a funcionar?

—Según mis cálculos, para el mes de mayo tendremos la maquinaria a punto.

—¿No tendrás alguna tarjeta más por ahí?

Después de las despedidas corteses y de que se marchara, Nerea y Carmen se quedaron solas esperando unos segundos a la ayudante. Carmenchu miró de reojo a Nerea, que repasaba su manicura, y en un murmullo le dijo:

—¿Se puede saber cómo has conseguido esto?

—Es la mujer de Jaime.

—¿Jaime tu ex? —preguntó anonadada.

—Sí. Para más datos es la tía que se lo tiraba cuando aún estaba conmigo, así que...

—Pero... —contestó Carmen confusa.

—Ella me debe algo y lo sabe, aunque solo sea moralmente. Y, mira por dónde, me lo va a dar.

Compartieron una mirada y Carmen se quedó perpleja por la capacidad de Nerea la fría para darle la vuelta a la tortilla. La suerte es una actitud, sin duda alguna.

Carmen esperaba que aquello se convirtiera en otra tortura china y que terminaría frustrada, cansada y cabreada pero, sorpresas de la vida, no tuvo que esperar más que quince minutos para encontrar su vestido. ¡Su vestido! Y tal y como decía Nerea, de pronto la palabra «vestido» brillaba y tenía purpurina por todas partes. Lo supo en el mismo momento en que lo deslizaron por su cuerpo. Era precioso y lo mejor es que también le encantaría a su madre, con la que no tendría que pelearse.

Era blanco roto y tenía un amplio escote en U, muy favorecedor, y dos manguitas en farolillo. Debajo del pecho una cinta de color champán con unos bordados en hilo de oro que, no obstante, no lo hacían ostentoso. Sobre la falda, una especie de tul del mismo color blanco roto se partía por la mitad, creando un efecto que también la estilizaba.

No le pusieron velo. La ayudante, encantada, solo le recogió algunos mechones de pelo y le colocó un pasador con unos apliques muy parecidos a los que llevaba el vestido bajo el pecho. Cuando se vio en el espejo, tuvo ganas de llorar. Sí. Era su vestido. Era Carmen cosida en seda salvaje y tul. Tan sencilla...

—Estás preciosa —dijo Nerea conteniendo un puchero.

Y Carmen, la misma Carmen que la última vez que le dijeron eso al verla vestida de novia las mandó a todas al cuerno, asintió y dijo:

—Es mi vestido.

—¿Os habéis comprado ya el vestido para la boda de Carmen? —pregunté yo hojeando una revista.

—Yo sí —contestó Nerea repantingada en mi sillón—. Es color verde botella, silueta *new lady* y palabra de honor. Ya me están haciendo el tocado a juego con plumas de pavo real.

—Ostras —dije con la mirada llena de pánico—. Lola, ¿tú también tienes el vestido? ¡¡Yo ni siquiera he empezado a mirar!!

—Yo lo que tengo son unas ganas brutales e insanas de que pase ya toda esta mierda de la boda. Odio las bodas. Las odio con toda mi alma. Lo único que me gusta es la barra libre y que siempre termino follando con alguien en el baño.

Nerea y yo la miramos.

—¿Cómo puedes tener ganas de que pase? ¡Es nuestra Carmen! —se quejó Nerea.

—Porque soy insensible. Nací sin corazón. Para vivir devoro las emociones ajenas. Soy un vampiro emocional.

—Mientes. Te hace mucha ilusión —dijo Nerea entrecerrando los ojos.

—Claro. Y llevaré a Rai como pareja. Pero cogido de la mano, para que no se pierda. Igual en el bolso de mano me caben también unos cuantos cochecitos de juguete para que se entretenga durante la ceremonia.

Estallé en carcajadas y ella esbozó una sonrisa mientras me miraba de reojo.

—Estás celosa —comentó Nerea—. Estás acostumbrada a ser el centro de atención.

—¿Yo? —dijo señalándose el pecho—. ¿El centro de atención?

—Sí, con todas estas historias tuyas tan truculentas de pitos y...

—Me confundes con Valeria.

—¡Oye! A mí dejadme tranquila. —Me reí, encendiéndome un cigarrillo.

—Estás celosa —repitió Nerea volviendo a su cómoda postura en el sillón.

—Quizá un poco —se rio Lola mientras me pedía el mechero con un gesto—. Pero no son celos. Si estuviéramos preparando una superorgía para Carmen no estaría así. Estaría emocionada y ya habría elegido la ropa interior.

—Eres de lo que no hay. —Me reí.

—Oye, eso me ha dado una idea.

—No, Lola, no vamos a ir a ninguna orgía y menos aún a una que organices tú.

—No, no, de eso nada. —Se incorporó y mirando a Nerea le dijo—: Vamos a celebrar mi cumpleaños por todo lo alto. Mis veintitodos. Y tú te sirves del asunto para hacerte publicidad. Invitaremos a todos nuestros amigos. Alquilaremos algún sitio. Contrataremos una barra libre y un DJ.

—¿Una barra libre? ¿Un DJ?

—Sí, mujer. Uno de esos que ponen música en Máxima FM. —Sonrió, emocionada—. A lo mejor tengo suerte, me lo calzo y después me hago su mánager o algo así.

—Lo primero —dijo Nerea con tono repipi—, tienes novio. No vas a calzarte a nadie. Lo segundo, ¿de dónde piensas sacar la pasta para pagar todo eso?

—¿Por cuánto puede salir?

—¿Quieres camareros? —preguntó Nerea con gesto desafiante.

—Vale. Y catering.

—¿Para cuántas personas?

—Cien.

—Estás para atarte. —Seguí riéndome yo.

—Pues la broma no va a salirte por menos de dos mil quinientos euros en un garito cutre y sin contar con los mil que te cobraría el DJ.

—Bueno, quizá tengamos que invitar a menos gente. Cincuenta estaría bien. En plan íntimo.

—Quítale el DJ famoso y el catering. Te lo consigo por mil.

—¿Por mil? ¿Estamos locas? —dije yo temiéndome que la cosa empezara a parecer de verdad.

—¿Por mil? Yo pago seiscientos y tú cuatrocientos —le respondió Lola.

—¿Y yo por qué tendría que pagar si es tu cumpleaños?

—Porque es tu presentación en sociedad. Es tu baile del clavel.

—De la rosa —puntualicé yo.

—De la flor que a ella le dé la gana. ¿Trato hecho? —Le tendió la mano.

—¿Qué día?

—Mi cumpleaños creo que cae en sábado.

—Un viernes te va a salir más barato.

—¿Viernes? Pues vale. Viernes 13 de abril.

—¡¿Viernes y trece?! Eso es jugar con el destino —bromeé.

—Te doy casi dos meses.

—Me sobra —replicó Nerea haciéndose la chulita, y le apretó la mano a modo de acuerdo.

—¿Te sobra? Pues ale, viernes 13 de abril, para cincuenta personas con catering y barra libre.

—Habíamos dicho que sin catering.

—Te sobra el tiempo, ¿no?

—¿Qué has hecho, Nerea? Has creado un monstruo —me quejé.

—Podéis invitar cada una a diez personas. Yo, como soy la cumpleañera, invitaré a veinte.

—¿A diez personas? Si quieres invito a mis padres y a Adrián para hacer bulto —me reí.

—Bueno, pues tú invita a cinco. Yo me quedo con tus cinco sobrantes —replicó Lola emocionada—. Así que ya podéis buscaros modelito porque esa noche yo seré Paris Hilton y vosotras seréis como esa chusmilla que lleva alrededor que va siempre lamiéndole el culo.

—Yo me pido ser el perro —dije mientras levantaba la mano.

—Perra ya eres un rato —murmuró Lola.

—¿Y ahora yo qué he hecho?

—¿Le has contado a Nerea lo de tu escapadita de la semana que viene? —dijo levantándose a por otra cerveza.

—No —contesté alargando la o con la boquita pequeña.

—¿Qué escapada? —preguntó Nerea alarmada.

—La niña ha comprado en un arrebato de pasión unos billetes para ir a ver a ese amiguito suyo escritor —continuó Lola asomándose desde la cocina.

—Pero, Valeria… ¡Si no lo conoces prácticamente de nada!

—Sois un poco pesadas —refunfuñé.

—Víctor era de confianza y mira por dónde te salió el tío —se quejó Nerea otra vez.

—¡¿Queréis dejar de nombrar al maldito Víctor?! Bruno no es Víctor.

No. No lo era.

—¿Le has pedido ya perdón por el numerito de su despacho? —preguntó Lola bastante más seria que antes pero aún a gritos desde la cocina.

—Noooooo —contesté irritada—. Estoy buscando el momento.

—¿Quieres que le mande chocolate de tu parte? —preguntó Nerea abriendo la agenda con la que ahora iba a todas partes.

—¿Qué dice de chocolate? —inquirió Lola al volver—. Que yo sepa Víctor fuma porros muy de vez en cuando, no lo tiene por costumbre.

Las dos la miramos sin entenderla.

—¡Ah! ¡¡Chocolate para comer!! Ja, ja. Qué buenas sois —dijo, y se sentó en el suelo.

—En serio, Val, yo lo soluciono. Le mando una tarjeta de lo más aséptica pidiéndole disculpas y una fría cesta de chocolate.

¿Sí? ¿Estaba eso de moda?

—Lo del chocolate no me acaba de convencer, pero lo dejo en tus manos. Me harías un favor enorme, la verdad. No me apetece en absoluto tener ni que pensar en él.

Como si no lo hiciera habitualmente, unas veinte o treinta veces al día...

—Y Bruno ¿qué? —insistió Lola.

—¿Qué de qué?

—Por lo que cuentas es bastante listo el tío.

—Es inteligente, sí. Lo es. Y me gusta. El resto me da igual.

—A ver si... —empezó a decir Lola con tono de sermón maternal mientras encontraba su paquete de tabaco y lo blandía con mi mechero en la mano—. Aquí estás, pequeño mamón.

—A ver nada. Los dos tenemos muy claros los términos de nuestra relación. Punto y pelota.

—Te vas a chingártelo porque, por estrecha, la primera noche te quedaste con las ganas —sentenció Lola.

—Para chingar no haría tantos kilómetros. ¿A que no? —preguntó Nerea.

—¿Te ha contado el tamaño descomunal del pene de ese tío?

—Metro y medio —dije yo cansada—. No te jode poco.

—Poco no, te va a joder mucho. Igual hasta te ata a la cama y descubrimos tu cuerpo dentro de año y medio, muerto de agotamiento.

—O a ti sin dientes —le dije en un murmullo.

—Deja de amenazarme. Es que no conocemos de nada a ese tío, y sigo sin creerme eso de que solo es un rollo...

—Pero yo sí lo conozco y me parece que es lo que importa. Además, a Víctor lo conocías muy bien y mira... Nada es garantía.

Lola se quedó mirándome muy fijamente.

—Víctor no es un monstruo ni come niños.

—No estoy diciendo que lo sea —me defendí—. Pero me ha dejado bastante tocada, Lola.

—En su pecado tiene el castigo —añadió, y se encogió de hombros mientras le daba una calada a su cigarrillo.

Nerea, a la que los enfurruñamientos nunca le han gustado, dio una palmada y dijo:

—¿Por qué no traes a Bruno a la fiesta? ¡Eso le daría caché! Un escritor famoso…

27

Hacía unas semanas que Víctor se había animado a llamar a Cristina, la pelirroja que conoció en el bar de copas. Y habían pasado un buen rato.

Salió del estudio, la recogió en su trabajo y después, en un alarde de buenas intenciones, la invitó a cenar. Fueron a un local informal, donde bebieron vino, picaron algo y coquetearon tan descaradamente que Víctor tuvo miedo de que les llamaran la atención.

Después pasaron directamente al dormitorio de su casa, donde Cristina se desnudó y prácticamente lo devoró en un maratoniano polvo de una hora que lo dejó agotado y vacío. Vacío en todos los sentidos posibles.

Lo que más le gustaba de Cristina es que no era de esas chicas que se acurrucaban en la cama esperando quedarse a dormir con él. Para Víctor eso significaba intimidad y comodidad, que era algo que no tenía con ellas. Cristina siempre se levantaba de la cama de un salto, casi sin recobrar el aliento, y se metía en el baño, del que salía completamente vestida.

—Hasta la próxima, Víctor —susurraba provocativamente cuando se iba.

Y allí estaba él un sábado por la mañana, sentado en la cocina tomándose un café y pensando en ello. En ello y en algunas cosas más que prefería evitar. Estaba enfadado.

Como si fuera un mecanismo de defensa, ese enfado rabioso, colérico y, a su modo de ver, justificado le provocaba pensamientos eróticos al momento. No. No se excitaba al recordar la discusión, pero era como si su cuerpo quisiera decirle a la cabeza que podía entretenerse en cosas más placenteras.

Vio la puñetera cesta en un rincón, sobre el banco de la cocina. No lo podía creer. Una jodida cesta de esas que las niñas bien mandaban sin ton ni son, tanto para felicitar la Navidad como para pedirte que no vuelvas a llamarlas. Algo que, evidentemente, no había elegido ella. Y la nota. Dios. La nota le cabreaba mucho.

Estimado Víctor
Te pido disculpas por lo ocurrido en tu despacho.
Lo siento,
Valeria

Había que joderse.

Alargó la mano y cogió el teléfono inalámbrico. Giró la tarjeta que tenía sobre el mármol, junto a su taza, y marcó con dedos ágiles.

—¿Sí? —contestó una voz sensual.

—Hola, preciosa —respondió él—. ¿Qué haces?

—La pregunta es: ¿qué quieres tú que haga?

Los dos se echaron a reír.

—¿Yo? Yo quiero abrir la puerta dentro de un ratito y encontrarte a ti con poco más que el abrigo —susurró él—. Pero sé que no eres de esas chicas que acatan órdenes.

—Supongamos que, por una vez y con el fin de hacer realidad las fantasías sexuales de un pobre pero guapo depravado, lo hago. ¿Corsé, braguitas y medias de liga?

—Hum…, solo braguitas…

—En un rato voy.

Cuando Víctor abrió la puerta, Cristina lo esperaba con una sonrisa sugerente y envuelta en un bonito abrigo negro que realzaba el rojo de su pelo. La miró de arriba abajo. Labios rojos, zapatos de tacón alto, el bolso y el abrigo. Seguro que llevaba poco más.

—Pasa —dijo notando cómo se le llenaba el pantalón—. Es la habitación del fondo a la izquierda. No hay pérdida.

—¿Y si jugamos a que vas a pagarme por lo de hoy?

—Quien paga manda… —sonrió perversamente Víctor.

—De eso va el juego.

Víctor se mordió el labio inferior y le acarició con maestría un mechón de pelo.

—Dime, Cristina…, ¿haces de todo? Por lo que voy a pagar por ti espero que la respuesta sea que sí.

—Sí, señor. Valgo ese dinero. Francés hasta el final, convencional, griego… No le decepcionaré. —Y le acarició los botones de la camisa de cuadros que Víctor llevaba puesta.

Cuando llegaron a los pies de la cama, Víctor le abrió el abrigo y se sentó en el sillón, como evaluando si realmente Cristina valía el precio que tenía en su fantasía.

—Y ahora ¿qué? No sé lo que viene ahora. Nunca he pagado por sexo —le dijo.

Cristina lanzó una carcajada muy sexi.

—¿Para qué narices iba a hacerlo alguien como tú? Toca o pide…

Víctor alargó las manos y amasó sus pechos. Una de sus manos viajó vientre abajo y se metió dentro de las braguitas hasta acariciar una zona húmeda. Ella gimió.

—Quiero que te pongas de rodillas —le susurró despacio, sintiéndose eróticamente sádico, mientras deslizaba dos dedos entre los labios vaginales de ella—. Quiero que me la comas de la manera más sucia que conozcas y después…

—¿Después?

—Haces de todo, ¿verdad?

Víctor y Cristina llevaban veinticinco minutos sobre la cama entre preliminares. Ella estaba regalándole un cumplido asalto oral y, aunque estaba siendo genial, Víctor necesitaba desquitarse. Él necesitaba más; pero ese «más» que quería no lo encontraría allí y lo sabía. Eso lo frustraba y lo excitaba a partes iguales. Se sentía haciendo algo prohibido.

Bastante más brusco de lo habitual, colocó a Cristina a cuatro patas en la cama y le susurró al oído:

—Te voy a follar el culo. Coge un condón del primer cajón.

Cuando ya se lo hubo colocado la tocó, se humedeció un par de dedos y los introdujo en ella sin miramientos. Ella gimió suave.

—Cuidado… —le pidió.

—No es lo que me pedirás dentro de un rato —gruñó él.

Cristina siguió gimiendo mientras él la tocaba. Llegados a un punto, los dos decidieron que ambos estaban preparados y de un solo empujón la penetró. Cristina gritó.

—¡Joder! ¡Que me matas! —Y después se dejó caer parcialmente sobre el colchón.

—Shhh… —le susurró él acariciándole la espalda—. Relájate.

—Para, para, en serio, Víctor. Que me rompes. —Víctor se retiró—. Ahora… despacio —lo animó ella.

Y siguiendo sus instrucciones, Víctor reanudó el ritmo.

—Entra…, más…, más…, para…, para.

—Ya está casi —gimió él.

—Vale. Ahora. ¿Ya?

—Casi.

Cristina lanzó un quejidito y Víctor coló una mano entre sus piernas para acariciarla a la vez que bombeaba dentro y fuera. Cerró los ojos. Sí. Placer y morbo. No necesitaba nada más. Nada. A nadie.

—No pares…, no pares… —suplicó Cristina entre espasmos.

Aumentó la fuerza de las embestidas, olvidándose de ser cuidadoso, de ser suave y de preocuparse por el placer de su compañera. Cuando quiso darse cuenta Cristina lanzaba alaridos que no parecían de dolor. No tardó demasiado en correrse. Ella, a juzgar por sus convulsiones, tampoco.

Se tumbó en la cama, se quitó el condón y se tapó los ojos con el antebrazo. Escuchó, como siempre, cómo Cristina salía de la habitación de camino al baño.

Tuvo ganas de gritar.

No servía de nada. Seguía estando allí. ELLA seguía estando allí dentro. Dentro de su cabeza, del bombeo rápido de sus venas. Si sangrara, lo único que saldría sería ELLA. ELLA. Maldita sea.

Cristina volvió sonriente y se sentó en la cama un momento. Víctor se dio cuenta de que aquello no era lo que venía siendo normal y, tras apartarse el brazo de la cara, la miró también. Sus ojos cristalinos estaban estudiándolo con interés.

—¿Qué pasa? —le preguntó él.

—Eso mismo pensaba yo.

—¿A qué te refieres?

—Bueno, solo es que… me gustaría que me contaras qué os pasó.

—¿Cómo? —Víctor se incorporó. Al observarse en el espejo que había en la puerta del armario, se vio ceñudo.

—Me refería a que siempre que terminamos estás como… arrepentido. Y yo creo que nos lo pasamos bien, de modo que solo hay dos posibilidades. Una: que seas ultra religioso y que tus creencias te digan que esto está mal y que vas a arder en el infierno; o dos: que haya una chica con la que las cosas no terminaron bien y de la que sigues enamorado. Y, ¿sabes?, no veo crucifijos, rosarios, estampitas…

Fue como una botetada a la que reaccionó francamente mal. Interrumpiéndola en su discurso, le dijo:

—A ver, cielo, has debido de confundir las cosas. Yo no quiero hablar contigo. Lo único que quiero hacer contigo es follar. Y ya lo hemos hecho.

Después cogió la ropa interior y se la puso.

—Ya —susurró ella—. Bueno. Pues me voy. No hace falta que me acompañes a la puerta. Ya sé el camino.

Víctor la vio recoger el abrigo y ponerse los zapatos.

Eso sí se le daba bien: hacer que una mujer se sintiera mal. Pero ¿por qué le hablaba con aquella rudeza? ¿Por qué había dicho todas esas cosas? Se arrepintió.

—Espera, espera… —le dijo al verla salir de la habitación. Cristina no paró y siguió andando por el pasillo de camino a la puerta. Él la detuvo—. Lo siento. No tengo derecho a hablarte así.

—Si no me lo quieres contar, no me lo cuentes —le contestó molesta—. Pero no me trates como a una puta.

—Lo siento.

Sin saber por qué, Víctor alargó los brazos y la envolvió con ellos contra su pecho desnudo. Cristina se apoyó en él, tensa como un hilo de cobre. Era de esas mujeres a las que las muestras de cariño le hacían sentirse violenta. No. Cristina no quería un abrazo. No le hacía falta que él fingiera que sentía algo más allá del morbo y el cariño. No quería que él se enamorara de ella. Cristina era sincera con lo que quería, como ELLA. Ella nunca mintió.

Cristina solo quería la verdad. Pero ELLA siempre quiso más.

—No dejo de pensarlo, ¿sabes? No dejo de pensar dónde empecé a equivocarme de verdad —dijo Víctor agarrado a una copa de vino, vestido, sentado en la alfombra del salón.

—¿Y has llegado a alguna conclusión?

—No —respondió mirando cómo el líquido oscuro bailaba y resbalaba por el cristal—. Sigo sin saberlo.

—¿Crees que fue una equivocación conocerla?

—A veces sí. Pero si no lo hubiera hecho, no sabría cómo es sentirse... así.

—¿Qué os pasó?

—Siempre fue demasiado intenso y complicado. No me van ese tipo de historias y... hui.

Cristina sonrió sentada a su lado, vestida solamente con una camiseta de algodón que Víctor le había prestado. En la mano también tenía una copa de vino.

—A mí me pasó algo parecido.

—¿Y? —Víctor se giró a mirarla.

—Él sigue casado. Hace unos meses nació su segunda hija. —¿Os seguís viendo?

—A todo el mundo le digo que no, pero no tengo motivos para mentirte a ti. No hemos dejado de vernos nunca. Él llama de tanto en tanto, cuando su mujer mira a otro lado… Y yo no puedo evitarlo, por más que quisiera.

Víctor resopló.

—Si tengo que vivir eso me volveré loco.

—Víctor…, ¿le has contado a alguien que te sientes así?

—No. —Negó vehementemente con la cabeza.

—¿Por qué?

—Porque los hombres no hablamos de estas cosas.

—Pues quizá deberíais hacerlo.

28

Sí? —dijo una vocecilla infantil al otro lado del teléfono. Me separé el móvil de la oreja y me aseguré de estar llamando a Bruno.

—Hola…, esto…, ¿está Bruno?

—Sí. ¿Quién le digo que le llama?

Levanté las cejas sorprendida por el protocolo que se gastaba la enana.

—Valeria.

—Papá, te llama Valeria —gritó.

Escuché una de sus carcajadas sexis y después su voz al otro lado del teléfono.

—Hola, cielo —susurró—. ¿Qué pasa?

—¿Te pillo ocupado? Puedes llamarme si quieres esta noche.

—No, no. No te preocupes por Aitana. Estamos haciendo los deberes.

—Qué padre más ejemplar.

—Se intenta.

—Tengo un montón de cosas que contarte.

—¿Sí? Espero que una de esas cosas sea que tienes unos billetes de avión para ver a alguien... —No dije nada y Bruno se echó a reír—. ¡No me lo puedo creer! ¿Los compraste?

—Estaban muy baratos —confesé.

—¡Te lo dije! Será genial —susurró—. Espera un segundo. Aitana, mi vida, subo al estudio un momento, ¿vale?

—Vale —contestó una vocecita infantil.

—No salgas.

—Echaste la llave. —Le recordó la niña.

—Sí, tienes razón. Eché la llave.

Escuché unos pasos subir escaleras y una puerta cerrarse con un leve chirrido.

—¿Qué vas a decirme que no quieres que escuche tu hija?

—Que tengo unas ganas de verte que me muero, a poder ser desnuda entre las sábanas de mi cama.

—¿Y eso? —Me reí.

—¿Necesitas de verdad que te lo explique?

—Sí, por favor.

—Pues mira, listilla, tengo ganas de verte porque quiero que me ayudes a plantar unos helechos como Dios te trajo al mundo.

—Ah, ¿sí?

—Deja de picarme porque conseguirás que te diga un par de guarradas y entonces los dos sabemos que te reirás como una chiquilla y me colgarás el teléfono.

—A lo mejor soy una chiquilla —le pinché.

—¿Sí? Pues creo que te estás poniendo en tesitura de que te meta en vereda. Que te meta…

—No termines la frase.

Se echó a reír.

—¿Qué día llegas?

—Cogí los billetes para la semana que viene. Llego el miércoles.

—Perfecto. ¿Y cuántos días tengo?

—Hasta el lunes.

—Cinco. Bien. Puedo hacer muchas cosas en cinco días —susurró perverso.

—¿Como qué?

—Uy, uy, uy, Valeria… —Se rio.

—Has creado un monstruo.

—Ya existía, pero tú tenías a esa Valeria muy escondidita. Dime, ¿tienes ganas de verme?

—Sí.

—¿Y eso? —Y el tono que le dio a la pregunta me derritió de deseo.

—Porque besas muy bien.

—Y porque te quedaste con ganas de más.

—Puede.

—Espera. —Escuché su voz un poco más lejana entonces—. ¿Qué, Aitana? Veintitrés más quince son…, ¡oye! Haz la suma tú, vaguncia.

—Bruno…

—Sí, mejor te llamo cuando esté acostada. Así igual consigo que me digas qué braguitas llevas puestas. O mejor aún…: que no llevas ningunas.

—Espera, déjame decirte solo una cosa más.

—¿Qué?

—¿Podrás venir el 13 de abril a la fiesta de cumpleaños de Lola?

—Eh…, pues…, ¿querrás tú seguir viéndome dentro de dos meses?

—¿Querrás verme tú a mí?

—Eso seguro. Eres tú la que va de durita.

—Adiós, papá ejemplar.

—Adiós, mi guerrera.

Por la noche me llamó a las once pasadas. Había estado preparando la cena de Aitana, ayudándola a preparar las cosas para el colegio y leyéndole antes de dormir. Después había tenido que adelantar algunos artículos que no había tenido tiempo de preparar hasta entonces. A mí no me importó que me llamara a esas horas porque últimamente me costaba mucho dormir.

Así que pasamos un rato hablando sobre el cumpleaños de Lola. Le conté cómo había surgido la idea y se rio de buena gana con nuestras ocurrencias. Después charlamos de tonterías, y de pronto llevábamos casi una hora de conversación y nos habíamos puesto un poco más íntimos de lo que a mí me apetecía, la verdad. Había ciertos temas que no me sentía cómoda tratando con él. Bueno, ni con él ni con nadie.

—¿Qué es lo que más te dolió de tu ruptura? —preguntó Bruno.

Me tumbé en la cama y suspiré, con el teléfono en la oreja.

—¿Por qué te empeñas en hablar de esto?

—Porque quiero estar seguro de que te has parado a pensar y a superarlo.

—A día de hoy creo que fue tan breve que superarlo solo implicaba la inteligencia emocional de un adolescente —mentí.

—¿Qué es lo que más te dolió de que Víctor rompiera?

—Supongo que me sentí engañada. Me sentí decepcionada y me dio la sensación de que me tiraba a la basura, como a una cualquiera. Siguió su patrón. Para él no fue especial.

Tumbada allí encima viajé de pronto a unas sensaciones que no me gustaron. Me empecinaba en recordar lo malo de mi relación con Víctor, pero de vez en cuando recordaba cosas que me hacían daño, porque eran preciosas. El viaje a Menorca, las carcajadas relajadas de Víctor, esa manera de llamarme «nena», convirtiendo esa palabra en una declaración de amor demasiado intensa como para juzgarla. La entrega, el silencio compartido cómodo y sincero. Encontrarlo en la cama en mitad de la noche y sentirme segura. Su olor. Sus ojos. Su boca susurrando lo mucho que me quería y jurando que conmigo el sexo era «más».

Bruno carraspeó. Un silencio demasiado largo. Un silencio demasiado largo después de nombrar a Víctor.

—¿Y tu divorcio? —insistió.

—¿Y el tuyo? —Me reí, pero para disimular que de pronto tanta pregunta me incomodaba—. ¿De qué va este tercer grado?

—Dijiste que no sabías si no habrías tapado el tema de tu ruptura sepultándolo en otras cosas. Solo evito que me salte a la cara.

—A ti no te va a saltar a la cara nada.

—Ah, sí, ¿eh? Soy un rollete de primavera. —Se rio.

—Sí. En San Juan te dejaré por uno de verano y así seguiré años y años.

—Y cada vez los escogerás más jóvenes.

—De eso nada. Me gustan de tu edad.

—¿Y eso?

—Pues porque ya no sois niños y la mayoría tenéis una vida adulta, pero no sois lo suficientemente mayores como para...

—Sufrir disfunción eréctil.

—Me consta que al menos tú no la sufres.

—Creo que ha llegado el momento de que te diga que una vez...

Me eché a reír.

—Esa vez no me importa —le dije en un susurro.

—Contigo no me va a pasar.

—Ya, claro. Segurísimo.

—No es porque yo viva aquí, pero esto es precioso. Te va a encantar, ¿sabes? —Cambió de tema.

—¿Cuánto? ¿Como tú o más?

—Cuando me dices esas cosas me pongo triste. —Y lo imaginé haciendo un mohín.

—¿Por qué?

—Porque intuyo qué tipo de chica eres y creo que si fuera verdad que yo te encanto no me lo dirías. —A pesar de no verlo, sabía que sonreía.

—¿Qué pretendes con ese comentario?

—Me gustas —susurró—. Me gustas mucho.

—Tú a mí también.

—Pero como un rollete, ¿no?

—Mis amigas dicen que no soy capaz de tener solo un rollete. ¿Te asusta?

—No. Me flipa. Hay pocas chicas con tantas pelotas para decir una cosa así a alguien al que apenas está conociendo.

—Estoy harta de no ser sincera y de tener que andar con estrategias. La verdad es que no sirvo; no he servido nunca. Pero con esto no estoy diciendo que quiera una relación seria, ¿eh?

—Dime una cosa, ¿qué pasaría si vieras a tu ex? Imagínate que te lo encuentras, no sé, saliendo de hacerse la depilación láser de las ingles.

—¡Bruno, por Dios! —Me tapé la cara con un cojín. Víctor no se depilaba. Víctor era perfecto tal y como era…, con su vello en el pecho, con sus muslos…, con… todo.

—Imagínatelo —insistió.

—¿Qué quieres que te diga?

—Imagínate que te dice que quiere invitarte a algo.

—Pues la verdad es que me apetecería muy poco. —Me froté los ojos con vehemencia, evitando imaginarlo de verdad.

—¿Por qué? ¿Porque no te apetecería verle la cara o porque pensarías en mí?

—Es un poco pronto para hacerme esa pregunta, ¿no crees?

—¿No quieres contestar? —me picó.

—Es que aún no sé la respuesta.

—Solo quiero establecer los límites.

—¿Y dónde quieres tú que estén?

—¿Yo? Pues mira, ahora mismo cogería un rotulador y empezaría a trazarlos alrededor de esa cintura que tienes..., alrededor de tu ombligo también —añadió susurrante—. Y no vayas a pensar que tus piernas se iban a quedar a salvo, de eso nada.

—Estamos en la misma onda hoy, por lo que parece.

—Ven a dormir conmigo. Te dejo la puerta de la cocina abierta, ¿vale? Mi habitación es la de la izquierda según subes la escalera.

—¿Y Aitana?

—Duerme como un tronco. No se entera de nada.

Sonreí al decirle:

—Vale, pues espérame, que en media horita estoy allí.

—Ah, y cuando entres, por si estoy dormido ya, despiértame con cuidado. Ya tengo una edad. No querrás matarme, ¿verdad?

—No. No quiero.

—Pues siéntate despacito sobre la cama y después métete debajo de la colcha y bésame el cuello. Me gusta cómo lo haces.

—¿Y entonces?

—Yo me giraré despacito y te besaré también el cuello. Y después te besaré suavemente el lóbulo de la oreja.

—Eso me gustará. Igual me pongo tonta.

—¿Me dejarás tocarte un poco?

—Deberíamos colgar ya el teléfono —dije mientras me acomodaba dentro de la cama, bajo la colcha.

—O podríamos…

—¿Qué?

—Venga…, tócate.

Miré alrededor, como si alguien pudiera verme.

—Yo también voy a hacerlo. Pensaré en ti, desnuda sobre mí, moviéndote —confesó.

Cerré los ojos.

—¿Y qué más? —me atreví a preguntar.

—Quiero dibujar un camino por tu cuerpo hasta llegar con mi boca entre tus piernas. Meteré la lengua entre todos tus pliegues y esperaré a que te humedezcas para penetrarte con mis dedos.

Me mordí el labio inferior, con las mejillas ardiéndome.

—¿Qué te gustaría que te hiciera a ti? —pregunté.

—Me gustaría tu boca alrededor de mi polla. —La manera en la que lo dijo me derritió.

Metí la mano derecha dentro de mis braguitas y me acaricié, llevándome la sorpresa de que estaba ya empapada.

—Me estoy tocando —le confesé.

—Yo también. Imaginarte chupándomela me ha puesto demasiado.

—¿Te gusta despacio o rápido?

—Me gusta despacio y hasta el final… —Cerré los ojos.

¡Joder!, cómo me puso eso…—. Quiero hacértelo muy fuerte… —Y su voz bajó un poco más, haciéndose silbante—. Quiero follarte hasta que te duela. Desde el mismo día que te conocí.

—Me encantas… —gemí—. Y me encantará que lo hagas…

—Imagíname encima de ti, follándote.

—Me apetece mucho —gimoteé.

—¿Estás húmeda?

—Mucho…

—Estoy empalmado y húmedo, pensando en ti cabalgándome.

—Quiero hacerte de todo —exclamé.

—Y yo a ti. Y lo voy a hacer. No esperaré. Te desnudaré en cuanto pongas un pie en mi dormitorio. Te tiraré sobre la cama, te abriré las piernas y te recorreré con la lengua como no lo ha hecho nadie. Suplicarás que te folle.

Nos callamos un momento. Escuché su respiración irregular y me aceleré, tocándome cada vez más rápido.

—Dios, voy a correrme ya —gemí.

—Espera, espérame…

—Imagina que lo haces en mi boca. Imagínate que te corres mientras te la chupo.

Vale, ya sabemos qué tipo de Valeria despertaba Bruno…

Gemí. Él gimió. Sentí que me iba y, acariciándome más despacio, me corrí sin contener mis sonidos de satisfacción. Él hizo lo mismo.

Ah…, conque eso era el sexo telefónico, ¿eh?

Dejé caer con fuerza la cabeza sobre la almohada y el pelo voló a mi alrededor, quedándose esparcido sobre la funda lavanda del cojín. Mi estómago se hinchaba histéricamente y cogí una bocanada de aire mientras escuchaba a Bruno agotar unos jadeos apagados. Y lo peor es que si hubiera estado a mi lado no le habría dejado descansar.

Después de unos segundos de silencio escuché a Bruno moverse dentro de su cama.

—Dame un momento —susurró.

Dejé el auricular sobre la almohada y miré al techo, sorprendida no, alucinada por lo que acababa de pasar. De pronto me puse triste, como tras escuchar una de esas canciones folk con las que me castigué tras mi ruptura con Víctor. Me acordé de él. Me acordé de que el sexo con Víctor era diferente; algo que nunca más alcanzaría a conseguir con nadie. Con Víctor siempre lo tuve todo a manos llenas. Todo, lo bueno y lo malo.

Un carraspeo al otro lado del teléfono me hizo concentrarme otra vez.

—Joder —farfulló Bruno—. Me muero por verte.

—Es tardísimo. ¿Tú no tienes que madrugar? —pregunté.

—Sí, pero ahora mismo lo que menos me apetece es dormir.

—¿Y lo que más?

—Coger el coche e ir a verte, aunque solo sea para darte el beso de buenas noches. Y te prometo que lo haría si no fuera porque dentro de cuatro horas Aitana tiene que levantarse para ir al colegio.

—¿Me lo prometes?

—Lo haré. Un día de estos lo haré. Cuando menos te lo esperes. Y después me pasaré la noche besándote, follándote y... adorándote, maldita sea. ¿Qué me has hecho?

Yo también me lo pregunté. ¿Qué había hecho?

Víctor solía hacerme la misma pregunta cuando hacíamos el amor. «¿Qué me has hecho, Valeria?».

29

Entonces, por lo que veo, no has entrado en razón, ¿no?
—dijo Lola viendo cómo terminaba de hacer la maleta.

—¿A qué te refieres con eso?

—A que no has cambiado de opinión sobre lo de irte a Asturias.

—Lo que no entiendo muy bien es cómo una persona como tú, y no me hagas definirte ahora porque ya sabes lo que quiero decir, me pone trabas a la hora de aprobar que me vaya unos días a Asturias a ver a un amigo.

—¿Un amigo?

—Aún es un amigo. Algún día podría ser más.

—¿Qué ha sido de eso del rollo?

Me giré hacia ella con los brazos en jarras y suspiré.

—Dime de una vez lo que tienes en contra de este viaje.

Lola frunció el ceño e hizo de sus labios un nudito, como siempre que los pellizcaba por dentro suavemente con los dientes.

—Valeria, yo no estoy en contra de que te vayas a donde quieras irte, solo sufro por ti.

—Pues ya te he dicho que no tienes por qué sufrir.

—Sí, ya te he oído, pero es que te equivocas. Sí tengo por qué preocuparme. Me preocupo porque el año pasado por estas fechas estabas... Estabas casada. Estabas casada con tu primer novio.

—Ya sé que no entiendo nada de hombres, pero la experiencia, dicen, es la madre de la ciencia.

—¿Y qué vas a hacer ahora? ¿Acumular equivocaciones? Eso es a lo que me refiero. No tienes por qué darte tanta prisa, ¿sabes? Necesitas tiempo para superar lo de Víctor.

—Esto no tiene nada que ver con Víctor y no tiene por qué ser una equivocación —le dije muy seria—. Y deja de darlo a entender. Ni siquiera conoces a Bruno.

—Es la primera vez que te veo con alguien del que no sé nada. Y por lo que te conozco, creo intuir que estás ilusionada. Solo es mi manera de decirte que te andes con cuidado.

—¿Lo has hablado con las demás? —pregunté mientras iba a la cocina y sacaba dos copas de Martini, una botella de vermut y unas guindas.

—No me des de beber sin comer antes. Es entonces cuando me multiplico, como los gremlins —dijo con media sonrisa.

Fui a la cocina y saqué dos platos, unas magdalenas de queso (compradas, por supuesto) y un bol con una ensalada de espinacas, queso y nueces.

—Qué bien preparada estás.

—Quedamos para cenar, ¿no? —pregunté algo tirante.

—Pero ¡no te enfades! —contestó sirviendo dos cócteles.

—No me enfado, pero me molesta que me trates como a una niña inconsciente a la que hay que salvar de sí misma. Y me da que Víctor siempre tiene algo que decir en nuestras conversaciones.

—No es eso.

—Lo dejó él, Lola. ¡Él!

—Ya lo sé, Valeria. No quería...

—No me has contestado. ¿Lo has hablado con las demás? —la interrumpí mientras nos sentábamos sobre unos cojines, en la mesa baja de mi «salita de estar».

—Sí. Claro que lo he hablado.

—¿Y?

—Nerea opina que te has debido de volver loca de atar y que esto no es más que una fase posdivorcio. Ella piensa que debiste callarte la boquita con Víctor y dejar que él mismo se diera cuenta de que en realidad teníais una relación convencional, de esas de las que tanto huía.

—Vaya con Nerea... Pero ¿no había dejado de ser victoriana?

—Ahora está en la fase de adaptación a la era moderna. Algunas cosas, como las relaciones personales, aún no las entiende muy bien.

—¿Y Carmen?

—Bueno...

—¿Qué dice Carmen? —Sonreí mientras le servía ensalada en su plato.

—Ella, evidentemente, como ya debes de imaginar por esa sonrisita que estás poniendo, piensa que hay que animarte y que Bruno no tiene por qué ser transitorio.

Ajá.

—No me pongas mucho queso, que me da pedos. —La miré de soslayo y me eché a reír. Ella siguió hablando—: De todas maneras no te creas, que Carmen también tiene sus reservas. No está muy segura de por qué intentas esconder toda esta historia detrás de la idea de que es un rollo cuando todas sabemos que tú eres biológicamente incapaz de tener un rollo.

—No sé por qué pensáis eso.

Lola mordió una magdalena y levantó el pulgar, dando a entender que estaban muy buenas.

—Valeria, corazón —murmuró cuando pudo tragar—, no es solo que tú no tienes experiencia en ese tipo de relaciones informales… Es que ni lo buscas ni es lo que los hombres ven cuando te miran. Es así de simple. Eres una de esas *rara avis* que convierten una historia de cama en una de amor. Si en algo debo darle la razón a ese caballero que te describe desnuda y empapada en sangre de tus adversarios es en que si tú lo supieras, si tú realmente fueras consciente del efecto que causas en los hombres que se fijan en ti, podrías conseguir que se postraran a tus pies y besaran además la tierra a cada paso que dieras.

—No sabes lo que dices.

—Sí que lo sé. Y no hablo porque me lo imagine, sino porque he escuchado a un hombre hablar de ti, Val… —Nos miramos—. Pero no quieres saber nada de eso —se contestó ella misma.

—No es que no quiera saber nada, es que no me lo creo —expliqué.

Lola pestañeó despacio, paladeó un trago de su copa y después empezó a hablar muy resuelta:

—Que a veces sea imbécil, que lo es, no quita que sea capaz de besar por donde tú pisas, chata. Lo último que le escuché decir sobre lo vuestro es que fue amor de verdad, del que no se va si soplas fuerte.

—Vale, déjalo —le pedí.

—Te quiere.

Levanté una ceja y le aparté la copa.

—Deja de beber ya.

—¿Ya? Esperaba que tuvieras otra botella guardada de esto, porque… cómo me gusta esta mierda. —Se comió la guinda y sonrió.

30

Para ser sincera diré que no esperaba que ninguna cambiara de opinión sobre Bruno, sobre todo sin tener la oportunidad de conocerlo antes. No es que no estuviera de acuerdo con ellas en que no estaba muy ducha en lo que a relaciones se refería y también era consciente de que Bruno sabía mucho de la vida, pero al final me había terminado convenciendo de que quien no arriesga no gana. Y había algo que me empujaba hacia él. Llamémosle X… o atracción sexual.

Sí, es cierto, aún no estaba recuperada de lo de Víctor, pero tenía que seguir con mi vida del mismo modo que él había continuado con sus rutinas. Sus chicas, sus salidas de fin de semana, sus sábanas revueltas… ¿Qué sentido tenía llorarlo durante meses en la más estricta soledad? Bruno había pasado por allí y había tendido una mano hacia mí que… ¿por qué no coger? Necesitaba divertirme.

No me lo pensé. Total, ya había comprado los billetes con la excusa de que eran tan baratos que podía perder el vuelo si al final no me convencía. Pero ¿por qué no me iba a convencer irme a una casa en pleno prado a disfrutar frente al fuego del hombre al que estaba conociendo? Bueno…, del hombre con el que me iba a acostar. Eso seguro.

Así que allí me encontraba, arrastrando la maletita hacia la puerta de salida de mi vuelo, en el aeropuerto de Asturias, cerca de Avilés, esperando ver a Bruno entre la gente. Y lo que me pareció más tierno fue que me temblaran las rodillas y que el estómago se me pusiera en la garganta en cuanto lo vi, sonriendo en una mueca de lado, con ese gesto algo perverso.

Dio unos pasos hacia mí, se sacó las manos de los bolsillos y nos quedamos mirándonos.

—¿Qué tal el vuelo? ¿Pudiste dormir algo?

—Oh, por Dios, bésame ya. —Me reí.

Bruno me envolvió en sus brazos y nos fundimos en uno de esos besos de película en blanco y negro que empezó casto y terminó siendo más bien digno de pantalla de cine X en el centro de la ciudad.

—No me puedo creer que estés aquí —dijo apoyando su frente en la mía.

—Ni yo.

Bruno tenía un coche familiar con sillita de niño en la parte de atrás y parasoles con dibujos infantiles en las ventanillas traseras. Al verme con los ojos puestos en estos, hizo una mueca y, encogiéndose de hombros, dijo:

—Soy papá y tener una niña conlleva estas cosas.

—No me molesta. Me parece tierno.

—¿Te gustan los niños? —preguntó mientras metía mi *trolley* en el maletero.

—Mucho.

—Pues tú tranquila, que yo esta noche te hago uno.

Le di un golpe en el brazo y él aulló.

El camino se me hizo eterno. Quizá fueran los nervios. No lo sé, pero la cuestión es que la sinuosa carretera que atravesaba el valle me estaba poniendo enferma. Curva a la derecha, curva a la izquierda, terraplén, camino de cabras y vuelta a empezar con las curvas.

Tragué bilis y cerré los ojos, mientras escuchaba a Bruno describir el salón, con la chimenea, frente a la que leeríamos y nos besaríamos. Creí escuchar algo sobre mis tetas moviéndose al ritmo de algo, pero no estaba para monsergas, así que pasé de todo.

—¿Estás bien? —me preguntó Bruno—. He dicho una barbaridad y no me has arreado.

—¿Falta mucho? —inquirí con un hilo de voz.

—Un poquitín. —Asentí y respiré hondo—. Joder, estás amarilla. ¿Tan mal conduzco? —Me miró otra vez, y devolvió la mirada rápidamente a la carretera—. ¿Paro? Cruzamos este pueblo y a dos kilómetros está mi casa, pero mejor paramos en el pueblo y te tomas un café, ¿no?

—No, no... Mejor en tu casa. Este camino se me está haciendo larguísimo.

—Ábrete la ventanilla un poco.

El coche dio un pequeño acelerón; Bruno pisaba a fondo el acelerador. Y no era por lo que yo esperaba que Bruno tuviera ganas de acelerar. Creo que temía pasar la mañana del miércoles limpiando vómito de su coche.

Al llegar ya me encontraba un poco mejor. Lo primero porque por fin estábamos allí; lo segundo porque era precioso, y en tercer lugar porque prometía muchas cosas, todas muy interesantes.

Aun así, me senté en una silla en una amplia cocina y puso en marcha una cafetera eléctrica. Después salió y volvió al cabo de unos segundos con una manta en la mano, que me echó por encima.

—¿Qué haces? —me quejé.

—Déjame ver. —Me apoyó los labios en la frente y negó con la cabeza—. No, no tienes fiebre.

—¡No estoy enferma! —Me reí—. ¡No hagas de padre conmigo!

Se alejó un par de pasos y me miró poniendo los brazos en jarras.

—Estás hecha un asco.

—Gracias. —Sonreí débilmente.

—De follar ni hablamos, ¿no? —Le lancé una patada—. Venga, túmbate un rato en el sofá. Voy a encender el fuego y cuando te encuentres bien, si eso ya me la chupas.

—Repetí el movimiento de pierna y él, esquivándola de nuevo, se echó a reír—. Sabes que estoy de coña. Con que me la toques un poco me doy por satisfecho.

—Imbécil.

—Así me gusta. Tus insultos significan que estás volviendo en ti.

—¡Que estoy bien!

—Bueno, bueno, pues déjame que te mime un poco.

Me sujetó por detrás de las rodillas con el antebrazo derecho y, en un movimiento, me levantó a pulso y me llevó en brazos hasta el salón, donde me dejó en un sofá mullido. Me colocó un cojín debajo de la cabeza y se dirigió a una preciosa chimenea de piedra.

—¡Estás loco! —me reí.

—Ahí quietecita.

Sonrió y se dedicó a encender el fuego. Tras unos minutos me senté y le pregunté dónde estaba el aseo.

—Saliendo, la primera puerta a la derecha, frente a las escaleras.

Entré. Todo en orden. Un aseo limpio, blanco y algo impersonal. Una toalla bien doblada del mismo color berenjena que el detalle del zócalo de los azulejos de la pared. Abrí el grifo del agua fría, me mojé la cara y la nuca y después me arreglé el maquillaje y los chorretones de rímel que tenía bajo los ojos. Respiré hondo y mientras salía me di cuenta de que no me sentía como quien va a casa de un desconocido. Me sentía... bien.

Al volver a entrar en el salón el crepitar del fuego me hizo sonreír. Bruno se levantó de frente a la chimenea y respondió a la sonrisa.

—¿Mejor?

—Ya te he dicho que estoy bien. Solo cansada.

—¿Te enseño la casa?

La cocina por la que ya había pasado era una estancia amplia y muy luminosa, con una mesa de madera cuadrada y cuatro sillas a juego. Todo lo demás, típico en una casa como aquella, era muy rústico. Junto a la cocina había dos puertas. Una, la de una alacena ordenada, con estantes de madera y los típicos botes grandes de cristal con azúcar, sal, harina…; ¿sería además apañado para las labores del hogar o tendría quien le ayudara? La otra puerta daba al jardín trasero.

El salón también era grande. Tenía una mesa al fondo, amplia, como para ocho personas, de madera robusta pero de líneas sencillas y unas sillas. Las paredes estaban plagadas de estanterías atestadas de libros viejos, nuevos y enciclopedias. En un rincón, un sillón de orejas junto a una mesita y una lámpara de pie. En el centro, frente a la chimenea, un sillón marrón, liso, sin estampados y mullido, donde había estado echada hacía un rato.

Subimos un primer tramo de escaleras y en un pequeño descansillo descubrimos tres puertas. Una era otro cuarto de baño, este con cortina de ducha con dibujitos y en el lavabo un cepillo de dientes y otro de pelo cuyos mangos eran muñequitos. Claramente el baño de su hija.

La otra puerta, por supuesto, una habitación infantil preparada, limpia, ordenada y luminosa. Me encantó el detalle de que también estuviera llena de libros. ¿Qué si no, si tu padre es escritor?

La tercera puerta era su dormitorio, donde ya estaba mi maleta. Bien, no sé por qué me sonrojaba; siempre estuvo claro que compartiríamos habitación, ¿no?

En el centro había una gran cama cubierta por una funda nórdica blanca impoluta y el cabecero era una pequeña repisa de obra, sobre la que se abría una gran ventana y se apoyaban marcos de fotos de su hija desde que era un bebé. En las paredes, más estanterías, más libros y a cada lado de la cama una mesita de noche pequeña; en el que deduje que era su lado de la cama, un despertador de los de cuerda, un libro cerrado y unas gafas de pasta sobre él. En un rincón, a la izquierda de la puerta, había un sillón, parecido al que tenía en el salón, y junto a él, otra lámpara de pie y una mesita. A la derecha de la puerta, una cómoda sobre la que se apoyaba una preciosa foto en blanco y negro de los que supuse que eran sus padres el día de su boda. Junto a esta, una puerta que daba, claramente, a un cuarto de baño con bañera. Nos imaginé al momento dentro de aquella bañera, comiéndonos a besos. Creo que se me subieron los colores hasta las orejas.

—Tienes una casa preciosa.

—Gracias. Pero espera, aún no has visto mi parte preferida.

En el descansillo había otro tramo de escalera que subía un piso más y que me había pasado por alto. Conté ocho peldaños hasta subir a la buhardilla, completamente de madera, donde reinaba un escritorio enorme lleno de papeles bien colocados y un ordenador. Entre más estanterías y más libros, una máquina de escribir antigua y dosieres numerados, había un sofá, una mesita baja sobre la que descansaban un paquete de tabaco y un cenicero y una televisión enorme alrededor de la cual había millones de DVD.

—Tu cine privado —dije sonriéndole.

—Cine, estudio y a veces dormitorio. Si no está Aitana vivo prácticamente aquí. ¿Tienes hambre?

—Eh…, sí. —Sonreí.

—¿De mí o de algo más comestible?

—Si espero encontrar chicha en ti… —Me reí.

Me dio una sonora palmada en el trasero y me dijo que bajara.

—Voy a enseñarte el patio.

Salimos por una puerta que había en la cocina hacia la parte de atrás. En medio tenía un caminito de gravilla y a ambos lados un tupido y verde césped cuidado, salpicado aquí y allá de flores blancas. Sobre el césped había dos hamacas de teca y una pequeña mesa también de madera barnizada. En el lado contrario se hallaba un minúsculo huerto donde se veía alguna pequeña mata de tomates y algunos pimientos.

—¿Quieres deshacer la maleta? Te he separado un par de perchas por si querías colgar algo.

—Gracias —respondí mientras sus brazos me envolvían la cintura por detrás—. ¿Esta semana no tienes a tu hija?

—Fui a llevarla al cole esta mañana. Le comenté a Amaia que tendría compañía y me dijo que, si no me molesta, prefiere que la niña se mantenga al margen de estas cosas hasta que…, ya sabes, vaya en serio.

—¿En serio? —Arqueé las cejas.

—Sí, ya, ya lo sé, soy un rollete —dijo sonriendo.

—Es entendible.

—¿Lo del rollete?

—No, la postura de tu ex.

—Lo sé. Esperemos pues que llegue ese día, ¿no? —Lo miré de reojo y me mandó arriba—. Ve a deshacer la maleta. Te dejé vacío también el primer cajón de la cómoda, por si quieres guardar algo.

—¿Dónde habrás escondido todo el porno que tendrías allí metido?

—Debajo de la cama. Y no mires, no vayas a descubrir que me va algo que te asuste. —Bruno sonrió ampliamente y, después de darme un beso escueto en los labios, añadió—: Ahora subo yo.

Cuando cerraba la maleta vacía y la metía debajo de la cama (y aprovechaba para echar un vistazo por si era verdad lo del porno), Bruno entró en la habitación con una bandeja con algo de comer y una botella de cristal verde sin etiquetar bajo el brazo. Lo dejó todo en la mesita que tenía junto al sillón orejero y me enseñó la botella.

—Sidra. Qué menos, ¿no? Bienvenida a Asturias.

—¿Quieres emborracharme?

—Quizá. —Su boca volvió a dibujar una de esas malévolas sonrisas que tanto me gustaban—. Venga, señorita, vaya desnudándose.

Bruno abrió la botella y mientras él lo hacía y servía, yo, confiando en que no se le antojara ponerse a escanciar allí en medio, me quité la chaqueta de lana y el cinturón con el que la llevaba sujeta y ceñida a la cintura. Después pensé: ¿qué demonios? Y sin que se diera ni cuenta, me quité las botas y la blusa blanca, que dejé, junto a la chaqueta, sobre la cómoda. Me desabroché el pantalón vaquero y me lo quité a toda prisa, junto con los gruesos calcetines. Cuando se giró, yo estaba en ropa interior.

—¡Oh, Dios santo, me lees el pensamiento! —Sonrió.

—Lo dijiste en voz alta.

Me eché a reír y me tumbé sobre la colcha, con la piel de gallina, mientras Bruno se quitaba el jersey de lana marrón, la camiseta blanca de debajo, se desabrochaba el cinturón y dejaba caer el pantalón. Cuando se echó sobre mí en la cama solo llevaba puestos los calzoncillos.

Nos besamos profusamente y volví a dejarme llevar por el baile de su lengua, cálida, húmeda y fuerte, dentro de mi boca, guiando a mi lengua por donde él quería. Después me besó la barbilla, bajó por mi cuello y me desabrochó el sujetador. La luz entraba sin pudor alguno en la habitación y mis pechos se descubrieron delante de sus ojos oscuros y su boca, que sonrió perversa.

—Eres perfecta.

—Ya, claro.

—Algo tendré que decir para llevarte al huerto, ¿no?

Su erección se me clavó en el pubis y gemí cuando al retorcerse me rozó intensamente y me presionó el clítoris. Él también gimió y, sin hacer más preguntas, me bajó la ropa interior y fue lamiéndome el estómago en dirección descendente, separándome las piernas. A pesar de que el sexo oral siempre me pareció tremendamente íntimo, no lo paré en su recorrido. Controlé mis nervios y me dije que no pasaba nada, que era algo natural. «Dejaste que Víctor lo hiciera y, después de todo, él no fue especial, ¿no?».

Cuando estaba a punto de meter la lengua allá abajo y yo esperaba entre nerviosa y excitada, un peso cayó a mi lado en la cama con una especie de gorjeo y de un salto, sobresaltada, cerré las piernas, apresándole a Bruno la cabeza entre ellas.

—¡Eh! —se quejó.

—¡Joder, qué susto!

Un gato enorme blanco y negro ladeó la cabeza, mirándonos, y lanzó un maullido ronroneante.

—Es Anisaki, ni caso.

«Claro, me apetece mucho que me dediques un cumplido asalto de sexo oral mientras tu gato mira».

—¿De dónde ha salido? —le pregunté tratando de controlar la respiración.

—Pues no lo sé. De debajo de la cama, del averno, vete tú a saber…

Una cabeza de la misma envergadura, esta anaranjada, se encaramó a la cama y después, de un salto, otro gato gigante subió y se quedó mirándonos.

—Este es Sanguijuela.

—Qué nombres más bonitos —dije sardónicamente al tiempo que notaba un beso en mi monte de Venus.

—Bueno…, ignóralos. Se irán. —Y el calor de su aliento se acercó un poquito más.

—Bruno… Bruno… —Lo aparté de entre mis piernas—. Me cortan el rollo.

Bruno bufó, se levantó de la cama, los cogió y los llevó fuera. Después cerró la puerta y me fijé en el bulto que llenaba su ropa interior.

—¿Podemos seguir? —Levantó las cejas ilusionado—. Y no me digas que no o esta noche los hago a la brasa.

—Ven. —Sonreí.

Bruno se tumbó sobre mí y nos besamos, rozándonos. Se escuchó un coro de maullidos a través de la puerta y lo miré con ojos de cordero degollado.

—¿Los mato? —dijo con carita lastimera.

El sonido del teléfono me evitó tener que contestar y Bruno, estirándose aún sobre mí, alcanzó el auricular.

—¿Sí? Ah, hola, Amaia.

Se acostó a mi lado y yo alcancé las braguitas y me las puse.

—Sí, se lo olvidó aquí en la cocina esta mañana. Lo dejé en su habitación. ¿Te lo llevo? Si quieres se lo llevo mañana al cole. —Hizo una pausa—. ¿No? Bueno, vale. Ya está. Claro. Cuídate. —Colgó—. Aitana se dejó su cocodrilo y pensaba que lo había perdido.

—¿Tiene un cocodrilo? Vaya, vaya, qué aventurera.

—Es un muñeco, bueno, ya lo imaginarás. Ella lo llama *crocrodilo*. No hay manera de que lo diga bien.

Sonreí y él sonrió también. Miré hacia su entrepierna y lo vi todo… normalizado.

—Bajó —dije.

Se miró y, lanzando una carcajada, asintió.

—Amaia es como el bromuro para mí. Es oírla y anular mi libido. Ese debe de ser su superpoder. Eso y ser superpesada. —Me reí y él, negando con la cabeza, me pidió perdón—. Primero los gatos y después mi exmujer. ¿Qué es lo siguiente?

—Mi madre.

—No, no, a tu madre ya le dije que no viniera hoy a verme, que quería poder echarte un polvo. —Me miró y suspiró—. Te has puesto las braguitas, así que deduzco que no…

—Tenemos cinco días. Tómate las cosas con calma.

—Si esta situación se alarga, voy a volver a tener po-
luciones nocturnas.

—Llorica —me reí.

Comimos en la cama y nos bebimos la botella de sidra, que
estaba buenísima, todo sea dicho. Después nos volvimos
a tumbar en la cama y, a pesar de que él solo llevaba un pantalón de pijama y yo un camisón... y de que hasta volvimos
a besarnos, Bruno parecía haber decidido que aún no era
momento para ir un paso más allá.

Me desperté a las ocho de la tarde, cuando ya había os-
curecido. Me levanté, fui al baño, alcancé mi bolsa de aseo y me
desmaquillé. No tenía ningún sentido andar por allí con un
antifaz negro que mantuviera en secreto mi identidad y, además, quería asegurarme de no dejar la almohada manchada, si
no lo había hecho ya. Cuando salí, Bruno se removía bajo el
edredón de plumas. Fuera todo estaba negro, como la boca de
un lobo. Me dejé caer a su lado en la cama y él abrió los ojos
y me miró. Después una sonrisa plácida se dibujó en su boca.

—He soñado... un montón de cosas —dijo.

—¿Con qué has soñado?

—Contigo.

—¿Conmigo?

—Sí.

—¿Y qué pasaba?

—Y a partir de aquel momento, solo le rezaría a ella.
Mi diosa —susurró.

Salimos al jardín trasero abrigados y cargando dos mantas. Bruno colocó una sobre la cerca de piedra y me animó a sentarme sobre ella, de cara al prado. Después dejó la otra en mis brazos y me pidió que me acomodara.

Sus pasos crujieron sobre la gravilla del camino y unas tenues luces iluminaron el jardín. Me quedé mirando la negrura y, cerrando los ojos, cogí aire. Todo olía a hierba mojada, a alguna flor dulzona y a frío. Víctor y yo queríamos visitar Asturias y Galicia en primavera. Hacer el viaje en coche, parar donde nos apeteciera, dormir donde quisiéramos... Y nos sentaríamos de noche a mirar el paisaje mientras sentíamos en los huesos el frío y la humedad del norte.

Los pasos de vuelta de Bruno me devolvieron a la realidad. Lo encontré detrás de mí, tendiéndome una copa de vino y con una pipa en la mano.

—¿Fumas en pipa?

—Cuando me siento aquí sí. ¿Nunca lo has probado?

—No.

Se sentó a mi lado y nos cubrimos con la manta; le di un trago a la copa y Bruno encendió su pipa creando una nube de humo a nuestro alrededor.

—Huele bien —dije.

—No es el tabaco.

—¿Y qué es?

—Lo que se está cocinando entre los dos.

Lo miré de reojo y sonrió. Me tendió la pipa y después se colocó justo detrás de mí, de modo que pude apoyar la espalda en su pecho. Bruno nos envolvió a los dos en la manta y le di una calada a la pipa mientras su nariz paseaba por mi cuello. Lo besó.

—¿Desde cuándo tienes esta casa?

—Va a hacer cuatro años.

—¿Aún estabas casado?

—No. La compré nada más divorciarme.

—La niña sería pequeña. —Pensé en voz alta.

—Un bebé.

—Y desde entonces… ¿has salido con alguien?

—Pues… Al principio no me quedaron muchas ganas. Creo que los dos pensábamos que podía arreglarse. Amaia y yo lo intentamos, por Aitana, pero es imposible. Hace un par de años conocí a una chica, pero tampoco funcionó.

—¿Y por qué no funcionó?

—¿Quieres que te diga la verdad o te lo enmascaro elegantemente?

—No me digas más. Te acostaste con su mejor amiga, con su hermana o algo por el estilo.

—No. —Se rio—. La verdad es que era demasiado apocada para mí. Demasiado formal.

—Eso suena a elegante enmascaramiento.

—Y no me seguía el ritmo. —Cuando intuyó que iba a seguir preguntando añadió—: En la cama.

Me giré para mirarlo.

—Creo que eso me asusta.

—No, no te asusta. —Lo vi sonreír y su mano me quitó la pipa de la mía para colocarla en su boca—. A decir verdad estás impaciente por saber cómo me las gasto.

—No tengo mucho donde comparar.

—Por lo que he leído, Víctor tampoco se anda con chiquitas, ¿no?

—Bueno... —Me costó tragar.

—Pero no va a ser así. —Me rodeó la cintura con los brazos.

—¿Y eso?

—Soy brusco —susurró junto a mi oído—, no me ando con galanterías. Espero que no te importe.

—Suena a egoísta —le pinché.

—Si tienes alguna queja formal después de haberlo probado, ya lo hablaremos —siguió susurrando.

—¿Por qué tú y yo siempre estamos hablando de sexo?

—Supongo que porque no lo practicamos. Quienes no lo hacen se dedican a hablar.

Una de sus manos bajó hasta la cinturilla de mi pantalón y se metió dentro. Yo actué como si no estuviera allí.

—Qué calma. No se oye absolutamente nada. Y... creo que no había visto tantas estrellas en mi vida. ¡Ni en el planetario! —Su mano estaba empezando a ponerme nerviosa y había activado mi verborrea.

—Ya. —La otra mano me desabrochó el cinturón y el primer botón de los vaqueros.

—¿Quieres vino? —le dije—. Está muy bueno.

—Tengo las manos ocupadas.

—Eso ya lo noto.

Su dedo corazón buscó un hueco en mí y en un movimiento repetitivo, arriba y abajo, empezó a acariciarme.

Yo gemí, despacito, esperando que ese no fuera el momento elegido por la vaca Lucinda para hacer su aparición estelar.

—Coge la pipa, por favor.

La cogí y la apoyé en la cerca, junto a la copa de vino. Su boca, caliente, me puso la piel de gallina en el cuello mientras su mano seguía moviéndose dentro de mi ropa interior.

—Dime una cosa —me susurró al oído.

—Tú dirás. —Carraspeé tratando de disimular mi respiración entrecortada.

—¿Prefieres la cama o la alfombra del salón?

—La alfombra del salón —contesté.

Bruno era brusco, eso era verdad. No tuvo demasiados miramientos en levantarme al vuelo por el trasero y encajarme en su cuerpo de camino al salón. Tampoco los tuvo al tumbarse conmigo enganchada debajo ni al quitarme la ropa. Contagiándome, tampoco yo fui cuidadosa al quitarle la suya.

Su lengua… ¿Cómo podía Bruno besar tan absolutamente bien? Besarlo era como… Era… Creo que no sabría explicarlo. Era como volver a los primeros besos, esos que te parecían un mundo, que no terminaban. Los primeros besos húmedos, que van pidiendo más. Y su lengua invadiéndome, recorriendo mi boca…

—Al menos ya sé que no te gusta andarte con rodeos —sonreí.

—No. Y digo tacos y guarradas. Avisada quedas.

El crepitar de los troncos en el fuego casi se había extinguido, pero con la poca luz que quedaba en la habitación vi a Bruno bajar hasta tener la boca a la altura de mis braguitas. Acto seguido, sus manos las bajaron y las tiraron por encima de su hombro.

31

β runo tampoco era delicado en el sexo oral, ni falta que hacía. Su lengua, fuerte, y sus labios, hábiles, se movían humedeciéndolo todo a su paso, mientras sus manos me abrían más las piernas.

Tras respirar hondo me convencí a mí misma de que no pasaba nada, de que podría volver a vivir lo que sentí con Víctor en el pasado.

El dedo índice de su mano derecha se deslizó dentro de mí y arqueé un poco la espalda. «Para, Víctor, o terminaré», pensé. Oh, Dios, el jodido Víctor también estaba allí. No dije nada, retorciéndome mientras la lengua de Bruno hacía círculos y trazaba después líneas rectas dentro de mis labios hinchados.

—Para, por favor —le pedí por fin.

Bruno se incorporó, tiró de la pernera de su pantalón vaquero, que andaba por allí, lo alcanzó y sacó del bolsillo un puñado de condones. Vaya, qué bien preparado. Se puso uno sin apenas mirarme. Su expresión había cambiado, de la sonrisa socarrona y perversa a los labios entreabiertos y el ceño fruncido. Estaba claro que Bruno se tomaba muy en serio aquellas cosas.

Abrí las piernas cuando vi que todo estaba preparado y Bruno se echó sobre mí con la mano derecha entre nuestros cuerpos, para ayudarse a penetrarme. Lo sentí adentrándose tímidamente y se apoyó con los dos brazos sobre la alfombra. En un movimiento de cadera toda su erección se me clavó y me quedé sin respiración. Le golpeé el hombro con un quejido, pero él no se movió en unos segundos, hasta que mi cuerpo se fue acostumbrando a su tamaño.

—Ah… Dios. —me quejé.

—Lo siento —jadeó—. Voy a moverme.

—No, no… —le pedí con pánico—. Sácala, sácala.

Habría llorado de no haber tenido tanta vergüenza.

—Shh…, mira… —Bruno se movió despacio, sacando su pene de dentro de mí y deslizándolo otra vez con más cuidado—. ¿Mejor?

—Sí —mentí, queriendo gritarle cosas como «saca esa cosa monstruosa de ahí dentro».

Apoyó los antebrazos en la alfombra y se balanceó. La fricción me pareció placentera. Cerré los ojos y me concentré en aquello. El dolor se iba. Casi como si fuera virgen.

Recordé que la primera vez que Víctor y yo nos acostamos también empezó doliéndome. Llevaba mucho tiempo sin hacer el amor. Él fue cuidadoso y muy dulce.

Víctor, vete de aquí.

Me di cuenta de que tenía que hacer algo para hacerle desaparecer, así que fui yo quien movió las caderas entonces. Bruno casi gruñó de placer y lanzó al aire un contundente: «La hostia puta».

Sonreí y apretando los dientes, me penetró haciéndome lanzar un grito agudo.

Giramos y me senté sobre él a horcajadas, pero con las piernas lo más abiertas que pude. Lo tenía tan dentro... Sus manos, grandes, me agarraron los muslos y, arriba y abajo, marcaron un ritmo que hizo moverse mis pechos sin tregua.

—No pares —gimió.

Apoyé las palmas de las manos en su estómago y me removí más despacio, ondeando la espalda y las caderas, provocándole sacudidas.

—Joder... —masculló—. Eres increíble.

Me aparté el pelo hacia un lado y seguí moviéndome sobre él. No sé si era su tamaño, el ángulo, la postura o todo junto, pero estaba conteniéndome continuamente para no acelerar y en dos embestidas más irme.

—¿Qué tal eso de que te follen mientras te limitas a mirar? —Levanté una ceja, sonreí y hasta sin verme supe que aquella sonrisa era perversa y una provocación.

Bruno dio la vuelta hasta terminar con mi espalda sobre la alfombra.

—¿Qué pasa? ¿Quieres más marcha y no sabes cómo pedirla? —jadeó.

—¿Tengo que pedirla?

La primera penetración me cortó otra vez la respiración, la segunda hasta me dolió, con la tercera pensé que no podría aguantarme y la cuarta me encantó. Le clavé las uñas en la espalda para demostrárselo y gimió tan fuerte y ronco que pensé que se iba.

Se echó hacia atrás y llevándome con él me encajó en su cuerpo, que estaba de rodillas. Aguantamos haciendo equilibrios en aquella postura un par de minutos más de lo que en un primer momento esperaba. Después se separó y yo, sin apenas darme cuenta, gimoteé, hambrienta, y me dejé caer de nuevo en la alfombra.

Una vaga sonrisa se asomó a sus labios y, tras tumbarse sobre mí, me besó en los labios, apretados. Dimos la vuelta y me coloqué de nuevo sobre él. Bruno empezó a jadear rítmicamente y su sonrisa se agrandó mientras me miraba cabalgar encima enfermizamente. Me dejé caer con más fuerza en su regazo y se incorporó de golpe:

—Joder, la hostia… —Me miró a los ojos y añadió—: Fóllame, mi diosa.

Cerré los ojos. La última vez que me acosté con alguien, en el estómago seguía notando el revoloteo de unas ñoñas mariposas que me hacían sonrojarme. Hasta el polvo más salvaje, brutal y sucio con Víctor era hacer el amor.

Bruno despertaba otra Valeria, pero no esa. No era esa…

Un gemido me sacó del pensamiento y vi a Bruno, bajo mi cuerpo, conteniéndose. Me avisó:

—Si sigues moviéndote así voy a correrme.

—Espera… —supliqué sin dejar de moverme—. Espérame.

—No me voy a ningún sitio.

—Espérame…

Me empujó la espalda unos grados hacia atrás y levantó un poco más las caderas en cada embestida; acoplamos nuestros movimientos a la perfección.

Un cosquilleo me avisó de que estaba a punto de correrme e intensifiqué la fricción mientras él hacía lo mismo con la profundidad de las penetraciones. Abrí la boca para gemir pero no me salió la voz, a la vez que una oleada de placer explotaba en mi sexo y me alcanzaba las piernas de arriba abajo, la cintura, los pechos, el cuello, los brazos y la columna vertebral, centímetro a centímetro. Aquel orgasmo duró muchos más segundos de lo que estaba acostumbrada y hasta que no pasó, la voz no acudió a mi garganta.

Bajo mi cuerpo, Bruno miraba mi expresión, conteniéndose.

—Ahora tú —le dije exhausta—. Ahora tú.

—No sin ti. —Y sonrió.

Dimos la vuelta y agarré la alfombra con fuerza.

—Tócate —me pidió—. Tócate, joder, tócate…

Mi mano derecha se metió entre mis piernas, entre ambos cuerpos, y me acaricié al tiempo que percibía la contundencia de los golpes secos de su cadera. Notaba su erección candente y palpitante llenándome por completo y cuando mis gemidos empezaron a brotar de nuevo de mi boca, Bruno se corrió.

—¡Me cago en la puta! —soltó a voz en grito.

Y yo, simplemente, me corrí otra vez.

Aprendí muy pronto que cuando Bruno decía que era mal-hablado, no bromeaba. Lo comprobé ya aquella primera vez, pero él lo ratificó después en la segunda y la tercera, que fueron aquella misma noche. Había todo un arsenal de combinaciones posibles para lanzar en el momento en el que mis movimientos le hacían deshacerse de placer. Y que conste que aquella semana tuvimos muchos momentos para escucharnos decir esas cosas.

El día siguiente lo pasamos prácticamente entero en su habitación. Solo salimos para comer algo en la cocina, donde terminamos follando contra la pared. Era como si nos hubieran dado cuerda. Y sí, me acordé de que al principio con Víctor fue igual. Igual pero diferente.

Bruno tenía además la boca muy sucia durante el sexo y me descubrió todo un mundo de frases subidas de tono para lanzar en el momento álgido. Y le cogí el gusto, que conste. Al principio lo pasaba mal, pero me dejé llevar y me convencí de que solo éramos nosotros dos. Era una forma como cualquier otra de expresar lo mucho que disfrutábamos juntos. Bruno..., joder, Bruno. Bruno me descubrió que el sexo es divertido como deporte. Como deporte, que quede claro.

Lo hicimos prácticamente en todas las partes de su casa. Bueno, en todas menos en la habitación y el baño de su hija. Pero en el resto del recorrido sexual incluimos la escalera. Y lo de la escalera tengo que admitir que fue bastante interesante. ¿Y qué decir de su bañera? ¿Y de la ducha del cuarto de baño de abajo? ¿Y del sofá? ¿Y del banco de la cocina? Aunque lo más divertido fue su coche...

—¿Que nunca has follado en un coche? —me dijo con voz estridente—. Pero ¿¡cómo puede serl? ¿Tú has tenido adolescencia? ¡Cómprate una vida!

Después, cuando ya empezaba a enfurruñarme por sus carcajadas, me cogió de la mano, me arrastró hasta el jardín delantero y abrió el coche desde allí.

—Quítate las bragas antes de subir.

32

Entré en el dormitorio de Bruno y lo vi hablando por teléfono junto a la cama.

—Vale, cariño. Pero lo del zoo no me convence mucho. —Hizo una pausa, después de la que estalló en carcajadas—. No, no, no hay nada que puedas hacer para convencerme. Dialogaremos, ¿vale? —Se giró al intuir mi presencia y me guiñó un ojo—. Dialogar es hablar, discutir algo pero sin gritar ni llorar y dejando al otro que termine las frases. Vale. Aceptado. Dialogaremos mañana por la noche. Adiós, mi vida. Dale un beso a mamá.

Colgó y dejó caer el teléfono sobre la colcha.

—Ya tendrás ganas de verla —le dije.

—Tengo, pero no de que te vayas. —Me cogió de la cintura y me besó en los labios—. Estos días han sido geniales. Aunque como soy un rollito creo que se tendrán que quedar aquí, ¿no?

Levanté una ceja.

—¿Ya te has cansado de mí? ¡Qué pronto!

Le acaricié por encima de la ropa. Llevaba un jersey de lana de color beis, una camiseta blanca debajo y unos vaqueros Levi's desgastados. Estaba para comérselo.

—¿Sabes que quiero que…? —empezó a decir.

—No me hagas promesas —le pedí—. No me gusta que me traten así, que me digan lo que creen que quiero escuchar.

Asintió con una sonrisa.

—¿Entonces?

—Haz que no me olvide nunca de estos días —pedí, coqueta.

—¿No lo he hecho ya?

—Quizá necesito irme con la memoria fresca…

Se quitó el jersey y lo dejó caer al suelo, junto al resto de ropa que fuimos quitándonos entre besos húmedos, hasta que estuvimos desnudos.

—¿Lo quieres romántico? —preguntó con sorna.

Negué con la cabeza.

—Quiero que me lo hagas como siempre hayas querido hacérmelo.

Porque para mí romántico significaba sentir cosas que aún no sentía por Bruno. Cosas que quizá todavía sentía por otra persona a la que tenía que olvidar.

Me senté en la cama y Bruno se acercó y me acarició el pelo. Mi cabeza quedaba a la altura de la parte baja de su línea alba. Se mordió el labio inferior con deseo; no tuvo que decirme en voz alta que quería una mamada. Lo entendí, soy una chica lista.

Así que me dejé caer de rodillas junto a la cama, sobre la pequeña alfombra gris, y llevé su inicio de erección hasta mis labios. Cuando deslicé la punta sobre mi lengua, ya estaba dura. Moví la cabeza, metiéndola y sacándola, y él me agarró del pelo.

—Qué bien lo haces…, sigue…, no pares.

La llevé hasta lo más hondo de mi garganta que pude y después me alejé, presionando el tronco con los labios conforme salía de mi boca. Repetí varias veces ese ritmo y después lamí la punta a lengüetazos cortos que fueron recorriéndolo entero hasta la base. Gimoteó, sorprendido y lleno de morbo, cuando le acaricié los testículos.

Volví a la punta y, sin ayudarme con las manos, empecé a chuparla con más brío. Las manos de Bruno recogieron los mechones de mi pelo y después empezó a bombear con cuidado hacia mí.

—Me gusta follarte la boca —gimió.

Y yo, como a esas alturas ya estaba acostumbrada, no me sonrojé. Solo me excité.

—¿Quieres hacerlo hasta el final? —dije sacándolo de mi boca.

Negó con la cabeza.

—Hay muchas cosas que quiero hacer antes… —Me levantó y me tiró en la cama—. Tócate…

Me llevé la mano hasta mi sexo y me acaricié con el dedo corazón. Estaba húmeda. Bruno se tocó despacio, mirándome y se colocó un preservativo.

Me penetró con una fuerza que me movió sobre el colchón.

—¡Ah! —grité, pero no sabía si era por dolor, por morbo, por ganas de más o por placer. Todo un poco, me imagino.

—Te voy a follar hasta partirte en dos.

Me reí provocativamente y él siguió embistiendo con rabia.

—Me pones tan cachondo que sería capaz de estar días corriéndome dentro de ti, follándote la boca, llenándote entera.

Me removí y él aprovechó para salir de mí, darme la vuelta y colocarme a cuatro patas. Se hundió haciéndome gritar.

—¿Estás cachonda? —me preguntó.

—Mucho…

Acercó dos dedos a mi boca y los metió dentro. Los chupé con dedicación y después me di cuenta de que podíamos vernos en el reflejo del espejo del armario. Eso me puso más cachonda aún. No tenía freno.

Llevó sus dos dedos ensalivados hasta mi trasero y me acarició suavemente entre las nalgas.

—Para… —le pedí.

—Un día lo haremos —gimió.

—No creo —contesté con una carcajada.

Se echó a reír y metió un dedo dentro de mí, tensándome.

—¿No lo has probado?

—No… —gimoteé—. Para…

Lo retiró, me dio la vuelta y, mirándome a la cara, dijo que él me lo haría pronto… Descolgué la cabeza por el borde de la cama y me miré, bocabajo, en el reflejo del espejo mientras Bruno, entre mis piernas, empujaba fuerte.

—Me gusta ver cómo me follas —dije.

Se levantó de encima de mí y después me alzó y me llevó en brazos, encajada en él, hasta el lado de la cama que estaba frente al espejo.

—Pues vas a verlo bien. —Se dejó caer allí y me hizo levantar—. Date la vuelta y siéntate encima de mí, dándome la espalda. Pero métetela... —Lo hice y me encantó ver mi propia cara al sentirlo tan dentro de mí—. Sube las piernas —me dijo, y me ayudó a colocarlas cada una a cada lado de él. —Me quedé con las piernas abiertas de cara al espejo viendo cómo entraba y salía de mí—. Míralo. Mírame follarte. Mira cómo voy a hacer que te corras.

—Sí, sí... —gemí.

Aceleramos el ritmo y ninguno de los dos perdió detalle del movimiento de sus dedos, resbalando en mí, masturbándome mientras me penetraba. Me corrí una vez, salvajemente, y antes de darme cuenta una segunda, suave y desconcertante.

—Me corro... —avisó.

Me levanté de él, la saqué de dentro de mí y me arrodillé en el suelo otra vez. Tiré del condón y lo dejé caer sobre el suelo de madera. Cuando me la metí en la boca sabía a látex, pero ¿qué más me daba?

Bruno se corrió sobre mis labios...

Si Nerea hubiera estado por allí, habría caído muerta sin poder hacer nada por su vida, víctima de un síncope victoriano.

Pero es que el sexo es así. Sexo.

Huy, qué calor hace aquí, ¿no?

33

β runo y yo nos despedimos apenados en el aeropuerto. Habían sido cinco días geniales y ahora tendríamos que estar separados durante no sabíamos cuántas semanas. Bruno no había trabajado nada y yo…, menos aún. Bueno, habíamos trabajado en otro sentido. En ese mucho. Joder. Creo que tengo agujetas en el culo desde entonces.

Sin embargo, por otra parte, parecíamos ilusionados. Al menos no era la única en pensar que aquello había ido bien y que abría una puerta… Una puerta enorme a la posibilidad de hacer de ese viaje el primero de muchos. Yo podía reírme mucho con la salvaje sinceridad y la lengua de azada de Bruno, pero era un hombre que se tomaba muy en serio todo aquello que emprendía. ¿Se tomaría tan en serio nuestra relación? Pero… ¿no era un rollete?

Cuando llegué a Barajas, cogí un taxi y me fui a mi casa con la intención de poner dos lavadoras, meterme en

el cuarto de baño yo sola por fin y después dormitar, pero…
Ja, ja.

Al entrar en casa lo primero que vi fue la luz roja parpadeante del contestador. Maldita sea. ¿Y por qué esa gente no me había llamado al móvil tal y como había dicho en el mensaje? Encendí la cafetera y de paso la calefacción, me senté en el borde de la cama y le di al botón de escucha de mensajes:

«Ay, Valeria, cariño, se me había olvidado que te ibas de casa rural. No quería nada en especial. —La voz de mi madre se calló y escuché a mi padre murmurar de fondo—. Ja, ja, ja. Eso, eso. Dice tu padre si esas vacaciones quieren decir que te has puesto a trabajar y vas a sacarnos de pobres de una vez. Nada, nada, ya nos llam…».

Y el mensaje terminaba ahí. Bueno, vale, no terminaba ahí, pero yo pasé al siguiente. Esperé que el segundo fuera un poco más agradable.

«¡¡¡Valeria!!!», vociferaba Lola, y el corazón por poco no se me salió del pecho, «¡¡vuelve de una vez!! Paso de llamarte al móvil para que me contestes con monosílabos. ¿Te lo has follado? Quizá», dijo imitando mi voz en plan repipi. «¿Lo come bien? Quién sabe… Vuelve, anda. Si es que… Quien con niños se acuesta, mojada se levanta. Tú al menos te has buscado un hombre».

Ni adiós ni nada. Solo el sonido de su teléfono al colgar. «Valeria, soy Jose. Como dices en tu mensaje que vuelves el lunes por la tarde no hace falta que te llame para decirte que en la revista están muy interesados en conocerte. Buenas noticias, ¿eh? Pagan estupendamente por palabra, pero yo no te he dicho nada. Y nada, que ya he terminado *Vale-*

ria en el espejo. Vaya tela. Espero que el final sea una licencia literaria para hacerlo más interesante. Llámame el lunes». Me levanté, dancé un poco por allí, muy contenta, y fui hacia mi bolso para celebrarlo con el cigarrillo de la victoria. Entonces, una voz me hizo pararme y sonreír.

«Te echo de menos. Sobre todo te echo de menos encima de la alfombra del salón. La cosa es que me tumbo y… no me da el mismo gusto que cuando estabas tú. Bueno…, pues nada. Llámame cuando llegues. Espero tu llamada con la chorra en hielo».

Las semanas siguientes fueron muy estresantes. Al menos lo fueron para mí, pero no porque estuviera acostumbrada a unas jornadas laborales de risa, sino porque estaba pendiente de un hilo una posible colaboración con una importante revista para mujeres que me reportaría mi buen dinerito al mes. No sería un sueldazo, seguro, pero me daría para ir tirando y abriendo más posibles puertas.

Debo confesar que lo primero que hice fue descolgar el teléfono y llamar a Bruno para darle la buena noticia. Y él se alegró como si le afectara en primera persona. ¿Me parecía a mí o nos tratábamos ya como si fuésemos una pareja que se lo toma en serio?

Cuando pude hablar con Jose (Jose siempre comunica, tarda tanto en coger el teléfono que te hace desesperar o directamente no contesta), concertamos la comida con la editora de la revista para el miércoles de aquella misma semana. Yo tenía que llevar varias propuestas, por si acaso, para que vieran que era una persona proactiva, creativa y llena de ideas, y parafraseo al bueno de Jose, al que me da la sensación de que la editorial daría un plus si conseguía aquella «publicidad» gratuita para ellos. Pero eso sí, a aquella comida tenía que ir sola. Sola ante el peligro.

Me pasé toda la noche del lunes sentada frente al ordenador, recolectando cosas que tenía ya escritas por ahí que, tras darle algo de forma, podían ser presentables. También estuve escribiendo. No recuerdo cuántos cafés pude tomarme, pero fueron muchos. El martes me acosté a las siete de la mañana, dormí hasta las once y después de una ducha y otro cafecito, me puse a trabajar. Quería poder acostarme pronto y no tener cara de zombi en la reunión.

El miércoles, cuando salí del metro a una manzana del restaurante, llamé una a una a mis chicas y lloriqueé un poco, presa de los nervios. Todas ellas me vitorearon, me dieron ánimos y me cantaron arengas militares. Después cogí aire, me miré en el reflejo de un escaparate para asegurarme de que todo estaba en orden y me fui decidida, porque la suerte es una actitud.

Localicé a la editora en la barra del restaurante, tomándose una copa de vino blanco. Tenía el pelo castaño en media melena, una sonrisa deslumbrante y unos ojos marrones grandes y expresivos. Me cayó bien solo con verla. Además, no podía ser más glamurosa. Llevaba unos pantalones vaqueros capri, una blusa blanca con botones dorados y un perfecto de cuero im-pre-sio-nan-te, además de caminar encima de unos *stilettos* de Salvatore Ferragamo capaces de hacerme suspirar de deseo. Nos saludamos con dos besos y le pedí disculpas por la espera, pero me confesó que se había adelantado, queriendo escapar del ambiente de histeria colectiva que se respiraba en la redacción a días del cierre. Me hizo sentir segura y cómoda. Y, además, le encantó mi *look*.

—Oh, Valeria, dime, ¿qué color de pintaúñas llevas? ¿Es Vendetta, de Chanel?

—Pues... sí —dije sorprendida—. ¡Qué ojo!

—Ojo clínico —contestó mientras nos acomodábamos en la mesa que ella misma había reservado—. Me encanta el efecto ahumado que le has dado a tus ojos con la sombra. A las chicas de belleza les caerías bien de inmediato. ¡Por no hablar de las de *shopping*, que ya se habrían desmayado al ver esos maravillosos vaqueros de DKNY!

Dios, era como hablar en un idioma que, a pesar de entender, no podía manejar con naturalidad.

—Una compra de última hora —confesé, escueta pero sonriente.

Nicoletta, que así se llama, era una mujer sabia, de esas que sabe hacer las cosas de la manera más natural posible, así que, en lugar de abordar el tema de los negocios a bote pronto, inició una conversación educada y relajada sobre tendencias, mi trabajo anterior, mi formación, los años de universidad y algún viaje. No sé si evaluaba mi *background*, pero, si lo hacía, era una manera muy elegante de hacerlo. Me sentí, por primera vez, con la capacidad de poder expresar de mi formación todo lo que el encorsetado currículo no me permitía.

Al tratar el tema de *Oda,* se confesó una seguidora de mis novelas. Había leído *En los zapatos de Valeria* porque se lo había hecho llegar la editorial y confesó que había conseguido, bajo mano, el borrador de la segunda parte. Así que, inevitablemente, hablando de mi trabajo como escritora y de mi experiencia, tocó abordar también mi vida sentimental.

—Y dime, ¿Víctor existe en toda la plenitud con la que lo imaginamos en la redacción?

—Bueno. —Me reí—. No sé con qué plenitud lo imagináis, pero, sí. Me temo que sí. Pero si te digo algo más, te estoy *spoileando.*

—Habrá tercera parte, entiendo.

—Sí.

—¿Estás con ella ya? —dijo, apoyándose en la mesa de una manera sumamente estilosa.

—Estoy viviéndola, me parece.

Sonrió.

—¿Sabes? No creo que todo el que lo lea sepa que es una historia de verdad.

—Mejor así. Mi madre no está demasiado contenta y eso que le he dicho que la mitad es inventado.

—Ya, me imagino lo que diría mi madre. Dime, ¿ahora sales con alguien?

Me eché a reír, sintiéndome cómoda a pesar de la pregunta.

—Sí. Creo que sí.

—¿Es Víctor? Ay, no, no me lo digas. —Se rio—. Esperaré a la tercera parte.

—Al menos unos meses.

—Al menos unos meses —repitió—. Ahora dime, ¿qué harías si tuvieras media página en nuestra revista?

—¿Media página? Uhm…, creo que necesitaría una entera. —Le guiñé un ojo.

Debí de contestar exactamente lo que Nicoletta quería escuchar, a juzgar por su sonrisa. Después tomamos otra copa de vino, comimos, compartimos un postre y charlamos como si fuéramos viejas conocidas. Sí, pintaba bien.

Nos despedimos en la puerta del restaurante con un «hablaremos pronto» en sus labios y con ella desapareciendo en un taxi. Se llevaba una carpeta llena de mis proyectos bajo el brazo.

Jose me llamó unos días después para decirme que había recibido magníficas referencias mías y que, aunque no sabía nada de la revista, mi libro saldría en mayo. Diez meses después del primero.

—Eso te dará tirón. Como la pescadilla que se muerde la cola. Prepara la tercera, chata.

Que alguien confíe tanto en el tirón de algo que has escrito tú es increíblemente reconfortante. Pero a la vez terriblemente angustioso. ¿Y si realmente no funcionaba? ¿Y si no se vendía? No tenía por qué no funcionar. El anterior había tenido una salida a la venta tímida, pero había ido remontando, circulando de boca en boca. Igual que *Oda*, aunque *Oda* nos dio más alegrías al nacer, porque empezó aparentemente fuerte, llevándose un premio por el camino.

Si eso mismo me sucediera ahora no creo que dejara mi trabajo, como hice entonces. Aunque al final la cosa no salió tan mal. ¿Qué puedo decir? Me las arreglé bien.

Y es que todo lo que me había pasado, y cuando digo todo me refiero a mi tambaleante situación económica, a mi matrimonio fallido, mi posterior divorcio y el añadido de la relación hundida con Víctor, todo, me había pasado por ser una niña. Me creía muy mujer cuando tomé la decisión de casarme, pero no tenía en cuenta todos los reveses que te da la vida. Y que fueran todos como estos.

Y como mi boda, todo lo demás. La inmadurez te dificulta mucho la gestión de todos esos asuntos con los que las mujeres nos encontramos haciendo malabarismos en nuestra vida. Y cuanto más te ayuden los demás, cuanto más arropada estés, más tardarás en salir del cascarón, donde confieso que se estaba muy calentito.

Después de la llamada de Jose, con la edición de mi tercera novela en la cabeza, la segunda sobre mi propia experiencia, no pude evitar dejarlo todo de lado durante unos días. Me enclaustré y pensé, pensé, pensé. Pero no era un pensar de esos que te lleva a algún lado. Era un pensar que te deja a la deriva, adormecida.

Cuando desperté de entre los muertos me di cuenta de que ya era el mes de marzo y que dejaba de hacer frío. Y ya hacía casi tres meses que conocía a Bruno. Y ya hacía casi tres meses que Víctor y yo habíamos roto. Y hacía seis meses que había firmado los papeles de mi divorcio. Y hacía nueve meses que Adrián se había ido de casa.

Bruno y yo, por supuesto, seguimos llamándonos por teléfono todos los días, algunos hasta dos veces. Y juro que me daba rabia no poder olerlo mientras le hablaba o besar su cuello mientras escuchaba su voz. Pero, claro, él tenía más labores que sentarse a escribir frente a un ordenador, cuestión que podría haber hecho en mi casa en los ratos en los que mi obsesión por devorarlo entero se lo permitiera. Era articulista para alguna que otra publicación, además de participar en un programa de radio. Y, para más inri, era padre. Claro, a la niña uno no podía cogerla, meterla en una mochila y marearla de aquí para allá, «mira, esta es la amante de tu papá». Y me moría de ganas por volver a estar con él. Pero, desde luego, aquellas no eran condiciones para empezar una relación propiamente dicha, ¿no? Además… ¿quería?

34

Carmen se dijo a sí misma que si había aguantado con fortaleza seis años de su vida trabajando para un completo subnormal, era absurdo dejarse vencer ahora por los preparativos de una boda. Y se lo dijo mirándose al espejo, convencida de que, a pesar de que su razonamiento era sumamente lógico, se encontraba al límite de sus fuerzas.

Estaba ojerosa, se le caía el pelo y no podía parar de comerse las uñas, pero, muy a su pesar, no era lo único que no podía parar de comer. Nunca había estado tan nerviosa. Aunque nerviosa no era la palabra. Estaba agobiada. Todo de lo que se supone que se tenía que encargar según Nerea le sonaba a chino mandarín, el tiempo se le venía encima y, además, esos kilitos que se había planteado perder seguían ahí. Y habían traído a algún compañero…

Acababa de llegar a casa después de la segunda prueba del vestido de novia. No podía quitarse de la cabeza la desilusión que le había provocado su propia imagen. En su

347

cabeza el vestido caía sobre su cuerpo de una manera que al final no había sido la real. La costurera le había preguntado si había engordado. Ahí fue cuando quiso morir.

Había ido a muchas bodas. Casi todas sus amigas del pueblo no solo habían pasado ya por la vicaría, sino que algunas hasta tenían bebés. Por eso ella ya sabía el tipo de comentarios de los que la novia es el blanco. Y no quería ser la diana en la que algunas personas lanzaran dardos envenenados. Hasta su suegra le preguntó si no se había planteado ponerse a dieta.

—Estás muy gordita, Carmen. No te va a sentar bien el vestido y luego no te gustarán las fotos.

Borja había reaccionado fatal a aquel comentario. Aquello fue lo único que la reconfortaba, aunque en el fondo se preguntaba si su suegra no tendría razón.

Se desnudó en el cuarto de baño y se subió a la báscula. Cuando miró la cifra que le devolvía, se bajó, se tapó la cara y se echó a llorar.

Lo que más le dolía era estar llorando por algo como aquello. Ella siempre había sido muy consciente del cuerpo con el que había nacido y sabía qué tipo de cuerpo no tendría jamás. Pero nunca le importó tener curvas. Nunca le pareció algo realmente importante en su vida. Al fin y al cabo, los años pasan para todas las chicas. Todas aquellas amigas suyas que se pasaban la vida preocupadas solamente por sus kilos se encontrarían a los cincuenta con un pellejo arrugado sobre los huesos y una vida muy vacía. Sabrían mucho de hidratos de carbono o dietas milagro, pero poco más.

Al menos eso era lo que siempre le habíamos dicho nosotras cuando sacaba a colación lo delgada que se había quedado fulana o mengana en su pueblo y los comentarios que tenía que soportar sobre su aspecto.

—Carmen, tú eres así, como te ves. Guapa —le había contestado Lola con desdén hacia las demás—. Esos comentarios malvados no son más que envidia, porque tú no necesitas meterte en una talla pequeña para parecer atractiva. Tú lo eres por naturaleza. Tienes un cuerpo delicioso y a quien no le guste…, que te coma el coño.

Claro. Esa era Lola, la que defendía con uñas y dientes a sus amigas. Pero ella era Carmen y no quería que su boda estuviera empañada por la sensación de ser el centro de todas las críticas. Quería sentirse bonita, quería que Borja la encontrara preciosa y que a todo el mundo se le olvidara su talla.

Sollozó fuertemente, avergonzada, justo antes de oír el roce de unas llaves en la cerradura.

—Cariño… —Era la voz cansada de Borja—. Perdona por no avisarte de que vendría. Pero es que mi madre se ha puesto superpesada y necesitaba salir de allí… —Entró en el dormitorio de la que sería la casa de los dos y que por ahora ocupaba solamente Carmen y se quitó la americana, hablando hacia la puerta del baño, que ella acababa de cerrar—. Me pongo el pijama y preparo la cena, ¿te parece?

Ella se secó las lágrimas, se desmaquilló y después se puso un camisón. Antes de salir se soltó el pelo, esperando disimular las rojeces de su cara. Y es que cuando Carmen llora le salen unos ronchones por toda la cara, a la pobre.

—No tengo hambre, cariño —le dijo.

Le dio un beso rápido en los labios a Borja, agradeciendo que este no hubiera encendido la luz, y salió hacia la cocina para prepararle algo a él. Pero unos dedos se cernieron alrededor de su muñeca y tiraron de ella. Al girarse hacia él lo vio fruncir el ceño.

—¿Qué pasa? —le preguntó muy serio.

—Nada. ¿Qué va a pasar?

—¿Por qué has llorado?

—No, no he llorado, mi vida. Es que me acabo de desmaquillar. Se me habrán enrojecido los ojos.

—Cariño. —Borja suspiró—. ¿Crees que me comprometería de por vida con alguien a quien no conociera?

Ella lo miró conteniendo un puchero y al final estalló en llantos. Él chasqueó la lengua contra el paladar y la abrazó.

—Vale. No llores, no te preocupes. Cuéntame qué te pasa. ¿Ha sido mi madre? ¿Te ha vuelto a decir algo?

—No… —balbuceó con los labios hinchados por el llanto.

—¿Entonces? ¿Es el trabajo? Cuéntamelo… Venga… —La apartó de su pecho, le colocó los pulgares bajo los ojos y le secó las lágrimas, mientras susurraba que por favor se lo contara—. Verte llorar me destroza, Carmen.

—Es que… —empezó a contarle ella entre hipos— me he probado el vestido de novia y… ¡estoy muy fea!

A Borja le cambió la expresión de preocupada a estupefacta. Después esbozó una sonrisa.

—Debes de estar de coña —le dijo.

—¡No! —Y lloró con más fuerza.

Él la zarandeó con cariño, suavemente.

—¡Mi vida! —Se rio—. ¡Eso es porque estás nerviosa! ¿No ves que es imposible que tú estés fea? ¿Cómo vas a estarlo si eres lo más bonito que he visto en mi vida?

—¡¡Porque estoy muy gorda!!

Borja dejó de sonreír.

—No quiero escucharte decir esas cosas ni en broma.

—No estoy bromeando. Doy asco.

Él levantó las cejas.

—¿Crees que me das asco?

—No... —murmuró Carmen llorosa.

—¿Entonces?

—Todos me mirarán y pensarán que soy una cerda que no sabe cerrar el pico para comer. Pensarán que... todo lo que no has comido tú ha llegado a mi plato.

—Pero vamos a ver... —Le levantó la barbilla—. Mírame y dime, por favor, que esto es porque estás cansada, nerviosa o porque tienes el síndrome premenstrual. No me puedo creer que esté haciendo las cosas tan mal...

—¿Tú?

Asintió, cogiéndole la cara con las dos manos.

—Recuérdame que te diga más a menudo que eres la mujer más guapa del mundo, que me pierdo en cómo caminas, que estaría todo el día desnudándote, como en un milhojas, y haciéndote el amor. Eres deliciosa. —Carmen quiso agachar la mirada, sonrojada, pero él le hizo mirarle a los ojos—. Y me pasaré la ceremonia entera pensando en el momento en el que te lleve a la cama porque, cuando te corres..., mi mundo tiembla. Entero.

Carmen y Borja se besaron y ella le echó los brazos alrededor del cuello. Él la levantó a pulso y la condujo hasta la cama. Allí le agarró la mano y, llevándola a su entrepierna, le dijo:

—¿Cómo puedes pensar esas cosas de la única mujer que me pone así con un solo beso?

Y, después, el mundo entero de Borja tembló durante una hora.

Cuando una Carmen despeinada, desnuda y sonrosada se levantó de la cama para ir al baño, le pareció que, efectivamente, debía de haberse vuelto loca si de pronto le importaba más lo que dijeran de ella al verla vestida de blanco que lo que viera en los ojos de su marido…

35

L ola se encontraba en la puerta de su piso despi-
diéndose con ahínco de Rai. Y cuando Lola se des-
pide de alguien en la puerta de su casa amorosamente quiere
decir que:

Ese chico le gusta a rabiar.

La ha dejado lo suficientemente satisfecha.

Tiene la lengua y las manos demasiado ocupadas como
para hablar.

Así que allí estaba, morreándose con su chico de aún
diecinueve años, a abrazo partido, como diría mi padre,
y con una mano perdida en la bragueta de él.

—Para —le pidió Rai.

—¿Por qué?

—¿No lo notas?

—¿Entramos? —dijo ella con una sonrisa pícara.

—Me parece increíble que sigas teniendo ganas. —Se
rio—. Pero ni me veo capacitado ahora mismo para hacerte

algo digno ni creo que a tu amigo, ese al que estás esperando, le guste mirar mientras nos lo montamos.

—No me extrañaría que le fuera el rollo *voyeur*…

Los dos se echaron a reír y volvieron a acercarse a la boca del otro.

Víctor salió del ascensor mascando chicle para encontrarse una escena seudopornográfica en la puerta del piso de Lola. Dio un respingo y pensó en volver a bajar en el ascensor, pero finalmente optó por carraspear.

Lola se giró hacia él sonriendo, con los labios hinchados y rojos, de tanto besuqueo. Él le contestó con una sonrisa y levantó la mano a modo de saludo.

—A tu ritmo, ¿eh?

Ella se giró y le susurró algo a su acompañante. A Víctor le llamó la atención su aspecto. Era grande para su edad. Alto. Y se podía decir que también fornido. Como si se tratara de un jovencito americano que es capitán del equipo de rugby. No obstante, era delgado.

Cuando por fin se despegaron, el chaval se acercó afable hacia él y le dio la mano, presentándose:

—Hola, soy Rai, su chico.

Lola, detrás de él, puso los ojos en blanco.

—Encantado, soy Víctor, un amigo.

—Mi mejor amigo —recalcó ella.

Los dos se sonrieron.

—Bueno, yo mejor me voy. Os dejo que os pongáis al día.

—¿No te quedas a tomar algo con nosotros? —preguntó Víctor solícito.

—Él ya se va con una buena ración de Lola, no te preocupes. Ahora te toca la tuya.

—Espero que no en el mismo sentido —sonrió Rai.

Todos se rieron y, tras despedirse, Lola y Víctor entraron en el piso.

—Qué educado, Lola —dijo él.

—¿Qué opinas?

—Que parece mayor. Nunca diría que no ha cumplido ni los veinte. Hasta te diría que... Coño, Lola, hacéis buena pareja.

—¿En serio? —le preguntó ella extrañada.

—Sí, supongo que sí. Toma.

Le pasó una botella de ginebra.

—Qué bien. Tengo tónicas en la nevera.

—Me la hubiera bebido hasta a morro, así que...

—¿Qué te pasa? —le preguntó ella mirándolo de reojo.

—¿Qué me tendría que pasar?

—Hombre, cuando yo quiero amorrarme a la botella de ginebra a palo seco, o bien tengo una resaca de mil demonios o es que estoy triste a morir.

Él negó con la cabeza, mascó y, abriendo el armario donde Lola guardaba el cubo de basura, tiró el chicle.

—Ni una cosa ni otra. Ponme una copa, por diversión.

—Bien. Seré tu madrina cuando vayamos a Alcohólicos Anónimos juntos.

Víctor le sonrió mientras se sacaba del bolsillo interior del abrigo la invitación del cumpleaños de Lola. Se la enseñó.

—¿Quieres confirmar en persona tu asistencia? —le preguntó Lola mientras preparaba dos *gin tonics* con esmero.

—En realidad creo que no debería ir.

Lola dejó la ginebra sobre el banco de la cocina y se giró hacia él, que la miraba con las cejas arqueadas y el labio inferior entre los dientes.

—Sabes que no debería ir —añadió.

—Pero vas a venir. Porque es importante para mí.

—Nos vas a hacer pasar un mal rato.

Lola volvió a girarse para exprimir medio limón y repartir el jugo en las dos copas de balón.

—Hace ya cuatro meses que rompisteis. ¿Por qué ibais a pasar un mal rato? Los dos habéis rehecho vuestras vidas. Os saludáis civilizadamente y andando. Habrá más gente. No tenéis más que cruzar un saludo educado. Incluso puedes saludarla con la cabeza, eso que haces tú en plan chulito.

Víctor cogió la copa que le tendía y fue hacia el sofá, donde apartó una caja de condones y la agenda roja de Lola para sentarse. Nada de eso le extrañó. Lola salió de la cocina comiéndose un pepinillo.

—¿Quieres uno? —le ofreció.

—No. Preferiría un cigarrillo.

—Creí que lo habías dejado.

—Lo había dejado. ¿Me das uno? —Ella le señaló el paquete que había sobre la mesa de centro mientras terminaba de masticar y tragar—. Entonces… —dijo después de encenderse un pitillo— ¿ella ha rehecho su vida?

—Se ve con un tipo. No sé más.

—Sí sabes, pero no me lo quieres decir. —Víctor levantó las cejas, sonriendo comedido.

—Exacto. No me hagas sentir incómoda.

—Nunca. —Le palmeó la rodilla.

—¿Montaréis un numerito? Ese es el único caso en el que prefiero que no vengas.

—No creo. No te voy a negar que me molestó la manera que tuvo de pedir perdón por culparme de lo que le había pegado su ex…, pero…

—Por cierto, ¿tuviste que medicarte?

Asintió mientras daba una calada al cigarrillo y echaba el humo en una nube.

—Sí. Antibiótico y nada de sexo en una semana.

—¿Lo soportaste?

—Te sorprenderías.

—¿Te has vuelto un asceta y no sientes la llamada de la selva, querido Víctor?

—No. Ayer mismo me tiré a Virginia. Y sí, ya lo sé; sé que no la tragas.

—Supongo que ella sí que se lo traga todo.

Él se rio y se encogió de hombros.

—Hay una chica…, otra chica…, a la que veo de vez en cuando. Se llama Cristina. Es pelirroja y carnosa. —Le sonrió a Lola, que le devolvió el gesto—. Es una monada y una verdadera depredadora sexual. Nos lo pasamos bien. Pero… me siento aliviado cuando se va.

Hizo una mueca.

—¿No encuentras a tu chica, Víctor?

—Quizá no esté hecho para tener una chica. Quizá es así como debe ser... —Se quedó mirando el humo de su cigarrillo recorrer el pequeño salón del piso de Lola.

—Quizá es que ninguna es Valeria.

Él la miró de reojo.

—No vayas por ahí.

—Pues ven a la fiesta. Demuéstrame que no tengo razón. Porque si la tengo eres un verdadero gilipollas. Dejaste a la chica de tu vida por... ¿Por qué, Víctor?

—No te pega nada decir cosas como «la chica de tu vida».

—No me has contestado.

—Joder, Lola... —protestó de mal humor—. La dejé porque ella quería cosas que yo no podía darle. Y porque lo habíamos estropeado todo.

—Soy traductora y bilingüe también en «Víctor»-español. ¿Y sabes lo que significa lo que me has dicho?

—Sorpréndeme. —Y se llevó la copa hacia los labios con expresión apática.

Después Lola empezó a cloquear como una gallina y Víctor no pudo más que echarse a reír, escupiendo parte de la bebida sobre Lola.

—¡¡Cabrón, memo, malfollado!! —se quejó ella—. ¡Deja de escupirme cosas encima si no vas a hacerlo en plan erótico, joder!

—Iré a esa jodida fiesta... —añadió entre carcajadas, secándose a manotazos—. Pero solo para que veas cuánto te quiero, maldita hija de perra.

36

Bruno entró en mi casa y se quedó mirándolo todo un rato con una sonrisa en los labios. Después se rio.

—¿Te gusta mi ratonera? —le pregunté.

—¿En serio vivías aquí con tu marido? No me extraña que os divorciarais.

—A veces tienes la mismita gracia que el zumo de limón en un ojo. —Me enfurruñé.

Bruno me cogió a pulso en brazos, sobándome el culo de paso.

—¡Cállate ya! —dijo riéndose—. Te he echado de menos… como un loco.

—Y yo a ti.

Nos besamos y caímos en la cama, donde él se dedicó a quitarme la ropa.

—Bruno… —gemí cuando metió uno de mis pechos en su boca y tiró suavemente del pezón.

—¿Qué haces cuando estás sin mí? ¿Quién te llena como yo? —murmuró con la mano derecha dentro de mis braguitas.

—Nadie… —contesté.

Nadie me hacía sentir lo suficientemente cómoda para ser tan sincera, tan apasionada y, sobre todo, tan explícita. Desde que estaba con él empezaba a plantearme las cosas de otra manera, incluso nuestra relación. Yo era consciente de que él tenía una vida que giraba en torno a su hija y nunca me planteé que esa situación cambiara. La acepté como natural y me preocupé por buscar el hueco que me correspondiera. Importante, sí, pretendía terminar siendo importante para él, pero nunca lo único de su universo.

Y durante la siguiente hora lo único que se escuchó en mi piso fueron gemidos, jadeos y blasfemias. Durante una hora de reloj.

Nerea volvió a coger la calculadora rebufando. A ver. Mil y doscientos, mil doscientos, más trescientos, mil quinientos, más quinientos…, dos mil. No había duda. Se había pasado mil euros del presupuesto y, mirara por donde mirara, no sabía por dónde cortar.

Cogió el teléfono y llamó a Carmen, que a esas horas debía de estar en el trabajo. Le contestó al tercer tono.

—¡Rubia!

—Hola, Carmen. Tengo un problema —dijo hablando muy deprisa.

—¿Qué pasa?

—La fiesta de Lola. Me sale por el doble de lo acordado. Y aun así me parece barato.

—¿Qué incluye?

—Pues todo. Y cuando digo todo es que Lola se va a morir del gusto cuando lo vea.

—A ver…

—Gorila para la puerta para revisar si estás en lista o no. Eso le va a encantar.

—Sí, le va a encantar —se rio Carmen.

—Y sale barato, no te creas. Es amigo de un amigo de… Bueno, da igual. También un *photocall* con el logo de mi empresa por todas partes; eso lo pago íntegro yo porque me lo voy a quedar y lo reutilizaré seguro. ¿Qué más? Ah, sí. Fotógrafo; es un chico que me ha recomendado la muchacha que me echará una mano esa noche. Catering y camareros; los pobres salen baratitos: son colegas de mi sobrina la mayor. Barra libre con carta de combinados, eso sale por una pasta. Vídeo conmemorativo. DJ, que cobra como un ministro. Luces. Tarta. Las invitaciones, que ya salieron por correo.

—Joder… Es una pasada.

—Ya te digo. Pero, claro, son dos mil. Yo estoy dispuesta a poner más, pero para ser sincera, no me puedo permitir hacer una inversión superior a…, no sé, ochocientos.

—¿Cuánto pone Lola?

—Seiscientos.

—Vale, ochocientos y seiscientos, mil cuatrocientos. Yo pongo trescientos y Valeria otros trescientos. Apañado.

—Pero, nena, tú vas a casarte, te hace falta el dinero…
Te lo digo yo que estoy organizándote la boda.

—Y a Val tampoco le va a venir bien darlos, pero es una solución, ¿no?

—Sí. Supongo que sí.

—Dime tu cuenta. Te hago la transferencia ahora mismo.

Lola abrió la puerta y Rai entró cargando con uno de esos cuadernos grandes para dibujar que utilizan los artistas. Llevaba un sombrero gris, una chaqueta tipo militar de color verde y unos vaqueros que si hubieran estado más rotos no habrían podido llamarse pantalones.

Lola lo miró de arriba abajo y negó con la cabeza.

—Pero, vamos a ver, alma cándida, ¿adónde vas con ese sombrero?

—¿Qué? —dijo él con el ceño fruncido—. Ah, ¿este? Es mi borsalino.

—Pues tienes una facha… —contestó Lola.

Rai se quitó el sombrero y lo dejó sobre el sofá sin hacer más comentarios. No tenía demasiadas ganas de ponerse a pelear por si su atuendo era el indicado. Después se sentó mientras Lola iba a la cocina a por algo de beber.

—¿Te apetece una cerveza?

—¿Tienes una coca cola? —preguntó él mientras se acomodaba y se quitaba la chaqueta.

—Si prefieres te puedo poner un vaso de leche caliente con unas galletas de dinosaurios.

Rai puso los ojos en blanco y no contestó. Se quitó la chaqueta y la dejó sobre la mesita que Lola tenía justo detrás del sofá, separando el espacio de la entrada del «salón». Al hacerlo, unos papeles cayeron desparramándose por el suelo. Se levantó maldiciendo y los recogió. No pudo evitar echarles un vistazo.

—Como no me has contestado, te quedas sin galletas —dijo ella pasándole un refresco—. ¿Qué miras?

—He tirado sin querer estos papeles. ¿Qué son?

—Ah, pues papeleo. Cosas.

Rai se los acercó y los miró con interés, notando que Lola se ponía visiblemente nerviosa.

—Es una lista de invitados. ¿De la boda de tu amiga?

—No. De mi fiesta de cumpleaños —contestó ella con soltura.

—¿Vas a celebrar tu cumpleaños? —Rai puso carita de cachorrito abandonado.

—Sí. Mis veintidos.

—Y… —Rai dejó la coca cola sobre la mesa y se metió las manos en los bolsillos—. ¿No pensabas invitarme?

—Bueno, como también es tu cumpleaños pensé que ya tendrías algo pensado para celebrarlo con tus colegas. Algún macrobotellón en algún polígono industrial…, ¿no?

—Pues… no. Pensaba que lo celebraríamos juntos.

—Vale, pues mira. —Cogió un boli y agregó el nombre de Rai a la lista—. Ya estás añadido.

Rai asintió, pero con un gesto que le decía a Lola que el asunto no iba a terminar allí.

—Y dime, Lola, a esa fiesta ¿voy como novio o como…?

—Ay, Rai. Novio, novio... Odio esa palabra —lo interrumpió ella.

—Eso soy tuyo, ¿no? Tu novio.

—Como quieras llamarlo —contestó ella con desdén.

—Pues sí, quiero llamarlo así. Entonces, ¿voy como tu acompañante o como el tío que te monta cuando no tienes otra cosa que hacer?

Lola se sorprendió al ver la dureza con la que hablaba él, pero quiso aclarar las cosas, aplacando las inesperadas ganas de gritarle.

—Es que habrá mucha gente, Rai. Mucha gente con la que tendré que estar y...

—Ya.

—¿Por qué no te traes también a un amigo? Así no te aburrirás.

—Claro, porque tú no vas a presentarme a tus amigos.

—Hombre, no me voy a pasar la noche de aquí para allá, presentándote a todo el mundo... No me daría tiempo de disfrutar de mi fiesta.

Rai suspiró hondo y cogió la chaqueta. Se la puso ante la atenta mirada de Lola y después, tras coger el bloc de dibujo y su sombrero, se fue hacia la puerta.

—Y ahora ¿qué pasa? —dijo ella levantando moderadamente la voz.

—Soy un crío. Soy un crío que te va a poner en evidencia. Mejor lo dejamos estar y lo hacemos a tu manera. Me llamas cuando quieras echar un polvo y cuando no te apetezca estar sola y después, para el resto, ya si eso me jodo. ¿Vale? ¿Lo hacemos así?

—¿¡Por qué te pones de esa manera!? —Lo miró extrañada.

—¿Que por qué…? Adiós, Lola. Es lo más sano. No quiero darle más vueltas.

—¡No te vayas!

Rai cerró la puerta y Lola salió al rellano detrás de él. Increíble.

—Con estas reacciones no vas a terminar por demostrarme nada, ¿no lo ves? —dijo ella.

—¿Yo tengo que demostrarte algo? ¿Y tú? ¿Vas a demostrarme tú algo?

—¿Y por qué tengo yo que…? —Se señaló con el dedo en el pecho.

—¿Y yo? ¿Porque nací nueve años después que tú tengo que pagar el pato?

—Eres aún… Eres aún un niño, Rai.

—¿Sabes lo que pasa? Que la niña aquí eres tú. Cuando crezcas y decidas que lo que piensen los demás de las relaciones que mantienes te da igual, me llamas. En el sexo todo te da igual, pero si la cosa va de llamarme novio, ahí ya aprietas el culo y te escondes. Pues mira, puedes hacer lo que te plazca con tu vida, pero no cuentes conmigo.

—¡A mí ya me daba igual lo que pensaran los demás cuando tú ibas con pañales! —contestó molesta.

—¿Lo ves? —Rai se paró frente al ascensor—. Yo no hago estas cosas. Las haces tú. A ti te dará igual lo que piensen de tu lista interminable de follamigos. Pero yo no soy eso. Da más miedo, ¿eh?

Después, solo entró en el ascensor y se fue.

37

Viernes 30 de marzo

Nerea entró en mi casa con una sonrisa y el pelo recogido en una coleta. Venía en vaqueros, una especie de zapatillas de deporte de Carolina Herrera, un jersey de cuello vuelto marrón y un chaleco acolchado beis.

—¿Val? —preguntó.

—Pasa, pasa —dije desde la cocina—. Puntual como tú sola.

Salí y le pregunté si le apetecía tomarse un café. Me dijo que sí con una sonrisa clara. Hacía años que no veía en su cara aquella expresión tan plácida. Era como si se hubiera quitado años de encima; como esas pinturas que al restaurarlas brillan más que nunca.

Saqué su taza de café, la mía y un azucarero en una bandejita y la coloqué en la mesa baja del espacio que me gustaba llamar «salón», pero que era una extensión del dormitorio y del recibidor. Eché mano al bolsillo trasero de mis vaqueros y le tendí un sobre.

—Cuéntalo, anda.

—Me fío de ti.

—Pero yo no me fío de mi capacidad para contar billetes. No suelo hacerlo.

Nerea abrió el sobre y con dedos hábiles fue pasando el dinero y sonrió.

—Trescientos. Todo correcto —dijo tendiéndome el sobre por si quería volver a contarlo—. Mil gracias, Valeria. Sé que no te viene lo que se dice bien.

—No, me viene fatal, ya te lo dije por teléfono. Pero ¿qué le vamos a hacer? Ahí va el regalo de su boda y los bautizos de sus hijos. —Me reí—. ¿Cómo van los preparativos?

—Pues bien. No sé si te lo creerás pero prácticamente me ocupan todo el día, como una jornada laboral. Eso sí, va a ser la fiesta del año. Lola no se lo espera. Por eso no quería quedarme... —Señaló el sobre con el dinero—. Corta.

—¿Sabes por qué te he dado tanta pasta? —dije mientras me sentaba a su lado, sobre un cojín.

—¿Por qué?

—Si fuera por la fiesta de Lola te hubiera dicho que hincháramos cuatro globos del chino y utilizáramos serpentina.

—¿Entonces? —dijo levantando las cejitas rubias.

—Quiero poder decir dentro de unos años que fui tu mecenas para la primera fiesta que montaste.

—¿Crees que me irá bien? —preguntó algo trémula.

—Para muestra un botón: me has sacado trescientos euros sin apenas proponértelo. ¿Qué no conseguirás de gente a la que le sobre? Ahora cuéntame...

Nerea sonrió y abrió una agenda que llevaba con ella, dentro del bolso.

—He puesto en común la lista de invitados de Lola con el listado de sus amigos que Carmen y tú proponíais. Al final, eliminando contactos duplicados y todas esas cosas, quedan setenta y cinco. Me parece un buen número.

—¿Ella se huele algo?

—Nada. Se ha pasado toda la semana diciéndome que no podía creer que solo le dejáramos invitar a veinte personas. Así que se los encontrará allí de sorpresa. Ya envié las invitaciones. Toma la tuya.

Me pasó un sobre negro con letras doradas en las que ponía «¿Estarás a la altura?». Muy provocador. Digno de Lola, sí, señor. Dentro, una cartulina negra también con más rúbrica dorada: la dirección del local, la hora del evento, el *dress code* exigido y un número de teléfono en el que confirmar asistencia.

—¿Tengo que llamar también o vale con que te diga que no me lo perdería ni loca?

—Nosotras ya estamos confirmadas. —Sonrió—. Nosotras, el catering, el DJ, el gorila de la puerta, la chica que me ayudará esa noche y el fotógrafo.

—Casi se me olvida. —Me levanté y alcancé una cajita metálica que algún día albergó galletas—. Aquí están todas las fotos que tengo en las que sale Lola. Esto es como en el programa este de la MTV en el que montan fiestas... Son los dulces dieciséis de Lola con unos años de retraso.

Nerea ojeó las fotografías y sonriendo confesó que quedaría un vídeo precioso.

—¿Ya tienes vestido? —me preguntó.

—Para la boda de Carmen sí. Mira.

Saqué una funda de tela y abrí la cremallera, dejando ver un vestido color azul klein, con un solo tirante.

—Muy bonito.

—Gracias. También llevaré un tocado. Me lo estoy haciendo yo. No te lo enseño porque está a medias y parece un complemento de Lady Gaga —expliqué, contenta por haberme quitado el nubarrón de encima y haberlo hecho bueno, bonito y barato.

—¿Y para la fiesta?

—Pues para la fiesta ya veré. Cualquier cosa. Unos vaqueritos y algún top.

Nerea levantó la ceja izquierda y, tras rebuscar en su bolso, sacó una revista que llevaba marcada con pósit de colores.

—No se lo he enseñado a nadie, pero quiero que le eches un vistazo, como aviso. Este es el vestido que voy a llevar yo. Y no es un decir. Es este.

Señaló una esquina de la revista y pestañeé varias veces.

—¿Estás de coña?

—No —contestó tajantemente—. Como dicen las invitaciones..., ¿estarás a la altura?

—Pues me temo que no puede haber nada que esté a la altura de tu vestido, chata.

Nerea se rio. Me quedé mirándola en silencio y me asaltó una duda a la que ya llevaba casi un mes dándole vueltas. Albergaba la esperanza de no tener que formular la pregunta que aún estaba pendiente, pero se acercaba el día y...

Nerea me sostuvo la mirada y al final chasqueó la boca.

—Pregúntamelo ya —dijo cruzando las piernas.

—¿Le habéis mandado invitación también a él?

—Sí. Es uno de los mejores amigos de Lola. Fue el primer nombre de su lista, cariño.

—Oh... —dije toqueteándome las puntas del pelo.

—Pero no creo que confirme y aunque lo haga ya no tienes nada pendiente con él. Rompisteis, te disculpaste por aquella visita tan poco protocolaria y ahora sales con otra persona. Si te lo encuentras os saludáis como seres civilizados y adiós muy buenas.

¿Adiós muy buenas? Yo no lo tenía tan claro.

Viernes 6 de abril

Lola entró en mi casa como un elefante en una cacharrería cargada con un montón de bolsas, con su bolso colgando inerte del hombro y la agenda roja bajo el brazo.

—¿Vaqueritos y algún top? —me preguntó con voz estridente.

—Lola...

—Te he traído cosas para que te las pruebes.

—¿Tuyas?

—Claro —asintió.

—¿Y tú qué te pondrás?

—Mira, acabo de recogerlo de la tintorería.

Dejó caer el resto de las bolsas al suelo y sacó del plástico de la tintorería un microvestido color morado, de raso, con escote en pico tipo túnica, sin mangas y con la cintura ceñida por un cinturón del mismo color con apliques brillantes.

—Oh, Dios... —exclamé al verlo.

—Lo sé. Voy a tener que estar a sopas tres días antes para que no se me marque todo.

—Vas a estar espectacular.

—Lo sé —dijo con soltura—. Es mi cumpleaños. Todas las demás tenéis que estar monas, pero no podéis eclipsarme. Ya sabes.

—¿Has visto el de Nerea?

—Sí —dijo—. Qué zorra. —Y se echó a reír—. Echa un vistazo a lo que te traigo —insistió.

—Lola, tú y yo no tenemos la misma talla. Me van a quedar pequeños.

—Ya verás como no.

Saqué de una bolsa una minifalda ceñida de lentejuelas negras, un vestido rojo tipo *strapless*, una microfalda vaquera con *strass*... Me quedé mirándola.

—¿Tú qué te has fumado? —le dije.

—¿Qué le pasa a mi ropa?

—Que es minúscula. ¿Estás segura de que no has vaciado el cajón de la ropa interior en estas bolsas?

—Échale un vistazo a este vestido. —Metió el brazo en una de las bolsas y rebuscó—. Ni siquiera lo he estrenado.

—¿Y eso?

—Me parece demasiado recatado.

—Eso promete —dije.

Sacó de otra bolsa un montón de tops minúsculos, brillantes, de licra y rebuscando entre ellos tiró de una manga de encaje negro. Lo alisó con la mano y me dijo que habría que llevarlo a la tintorería a plancharlo.

Era corto, muy corto, pero precioso. Las manguitas de encaje negro llegaban un poco por debajo del codo y el escote era muy cerrado, casi en línea recta. Debajo llevaba un microvestido de tirante finísimo negro, de escote corazón, más corto aún, de manera que al ponérselo el escote y un palmo de muslo estarían cubiertos solamente por encaje. Descarado, sí, pero precioso también.

—Es muy bonito.

—¿Por qué no te lo pruebas? —Miró la etiqueta—. Es tu talla.

Lo miré. Sí. Era mi talla.

—No sé, Lola. No estoy habituada a llevar cosas tan cortas ni tan ceñidas. Me da la sensación de que es un precioso camisón de La Perla.

—Toma. Pruébatelo.

Lo cogí, me quité el jersey desbocado que llevaba y los *shorts* vaqueros recortados. Le pedí a Lola que me pasara el vestido y, tras ponérmelo por encima de la cabeza, metí los brazos en las mangas, lo deslicé y le pedí que me subiera la cremallera.

—Si ves que no sube, no la fuerces o tendré que reventarlo como Hulk para poder salir de él —le dije, dándole la espalda.

—Sube sin problema. —Y el sonido de la cremallera ascendente le dio la razón.

Lola dio dos pasos hacia atrás y me miró. Al girarme la vi con la boca abierta. No le presté atención. Fui al armario, cogí unos salones negros de tacón alto y me los puse.

—¿Qué tal?

—Te regalo el vestido, pero, por Dios, póntelo para la fiesta.

Me miré en el espejo y yo misma me sorprendí del resultado.

—Debajo de toda esa ropa que te pones tienes este cuerpo y... ¿no lo enseñas?

—Y dime: ¿no lo enseño demasiado con este vestido? —pregunté mirándome desde todos los ángulos posibles.

—No. Estás perfecta. En serio, Valeria. Ni te lo pienses.

Me observé de lado y de frente otra vez.

—Demasiado, Lolita —dije y le pedí que me bajase la cremallera de nuevo.

Se acercó y la bajó.

—Lo dejaré aquí para que te lo pienses. ¿Vale?

Después, mientras me vestía, Lola se puso a deambular por la habitación, cabizbaja.

—¿Qué te pasa? —le pregunté—. ¿Problemas con Rai?

—No. Bueno, un poco. Pero los que más me preocupan son los que tengo contigo.

—Conmigo no tienes ningún problema —me reí.

—Aún no. Cuando te diga que le insistí a Víctor para que viniera a la fiesta..., a lo mejor entonces sí que lo tengo.

Me quedé mirándola sorprendida. Después cogí aire y asentí.

—No te preocupes, Lola. Sé cuánto lo aprecias. No quiero ser yo quien te ponga entre la espada y la pared.

—Gracias —dijo con verdadera sinceridad—. Ahora... ¿qué tipo de cantina es esta? ¡Dame algo de beber, maldita!

Lola se fue pronto. Tenía muchas cosas que hacer. Estaba como la novia que se va a casar en una semana. Tenía hora para una limpieza de cutis y para ponerse extensiones de pestañas. Ah, y tenía que presentarse en casa de Rai para pedirle perdón. Pero eso no lo dijo. Solo se presentó allí, en el piso de estudiantes que él compartía con tres postadolescentes más, y preguntó por él al mozalbete desgreñado que le abrió la puerta.

Cuando Rai apareció por el pasillo, el corazón le dio un brinco en el pecho y sonrió sin poder evitarlo. Él no esbozó ninguna sonrisa. Iba manchado de pintura hasta en el pelo.

—Dime.

—¿Te pillo pintando? —le preguntó en tono dulce.

—Tengo que terminar un trabajo.

—Vengo a bajarme los pantalones, anda, pónmelo fácil. —Rai se mordió el labio de arriba—. ¡Es que tienes veinte años, Rai! —Lloriqueó ella entre la risa y la desesperación.

—¿Y qué? —Se encogió él de hombros—. Cuando no lo sabías no notabas que eso estaba ahí. ¿Qué más dará ahora?

—Es que me acuerdo de mis veinte años y no te imagino en mi fiesta de cumpleaños. Yo a los veinte me subía a las barras a bailar, bebía tequila directamente de la botella e incluso hacía topless en la cabina del DJ. —Rai levantó las cejas—. Eso son los veinte años —siguió diciendo ella—. Emborracharte y mearte de la risa en la cara de todo el mundo. No es lo que quiero que hagas en mi fiesta de cumpleaños, delante de todos mis amigos.

Rai rio con tristeza, negando con la cabeza.

—Esos son tus veinte años, Lola, no los míos. Yo no me emborracho hasta perder el conocimiento, no me quito ropa y no me voy a subir a bailar a ningún sitio. No lo he hecho nunca y no creo que vaya a empezar ahora.

—Pero tienes veinte años... Y la cabra tira al monte.

—¿Te das cuenta? Tengo que responder por tus veinte años, no por los míos. No parece muy maduro si lo piensas.

—Me da miedo que... —rebufó—. Me da miedo que te presentes allí vestido como un fantoche.

—¿Fantoche? —Eso no pareció sentarle muy bien a su chico.

—Sí, con esos sombreros de músico trasnochado y los vaqueros andrajosos y...

—Empieza por el principio.

—¿Qué principio?

—Si voy es para estar contigo, vaya en bolas o disfrazado de imbécil. ¿Quieres que vaya?

Lola lo pensó durante un momento.

—No lo sé.

—Pues cuando lo sepas, llámame.

Después dio un paso atrás y, sin demasiada ceremonia, cerró la puerta.

Miércoles 11 de abril

Carmen me llamó por teléfono para preguntarme si tenía decidido ya qué me iba a poner para la fiesta de Lola.

—Pues la verdad es que no lo sé. Estoy entre un vestido que me ha prestado Lola y uno mío.

—Me ha dicho un pajarito que con el de Lola estás espectacular —canturreó.

—Ya, sí, bueno… Pero con el mío no se me ven las vergüenzas al caminar.

—No seas tonta. Enseña pierna tú que puedes.

—¿Qué te pondrás tú?

—Un palabra de honor verde botella más ceñido que la piel del diablo. Creo que no me voy a poder poner ni bragas. Borja está que trina.

—¿No le gusta?

—Le gusta demasiado, me parece. Ya sabes cómo es. Es como de la quinta de nuestros padres.

—Ya.

—Yo me pondría el de Lola, Val —insistió—. Si yo tuviera tu cuerpo, probablemente iría desnuda por la calle. Tienes que ponértelo. Hazlo por mí.

Las dos nos quedamos calladas y Carmen carraspeó

—¿Qué pasa? —le pregunté.

—Yo te llamaba para decirte que…

—¿Ha confirmado ya? —Cerré los ojos.

—Sí. Esta misma mañana.

—Maldito cabrón —dije enterrando la cara en mi pelo.

—Se veía venir, cielo. Y más después del numerito que le montaste en su oficina. Irá y lo hará más chulito que un ocho.

—No tendría que venir.

—Es una fiesta y está invitado. Además, ya sabes que Lola y él están muy unidos.

—Pero debería pensar que yo iré con más derecho que él y…

—Valeria. No le des más vueltas. Sé consecuente y adulta haga él lo que haga, pero…, eso sí, ponte el vestido de Lola. Me encantaría que se tropezara con sus propios cojones al andar y se cayera por las escaleras.

Jueves 12 de abril

—Hola —dijo Bruno al contestar—. ¿Qué haces?

—Pues nada. Aquí estoy. Me he hecho la manicura y la pedicura. Para la fiesta de mañana, ya sabes.

—Ah, sí. ¿Te bañarás al final en leche de burra para conseguir luminosidad en tu piel? —dijo tomándome el pelo.

—No. Mejor en sangre de diez vírgenes.

—Oh, Dios, me acabo de empalmar.

Puse los ojos en blanco.

—Bruno… —susurré pedigüeña—. ¿Por qué no vienes?

—Porque no puedo. Ya lo sabes.

—Voy a ir medio desnuda. No deberías perdértelo.

—Bueno, no es que no pueda verte desnuda del todo de vez en cuando. Desnuda encima de mí, o debajo, o de lado, o en la ducha, o de rodillas, o en…

—Deja de decir cochinadas y ven… —supliqué.

—No puedo. Tengo obligaciones. Será así en muchas ocasiones. No es fácil que tu novio viva lejos y sea padre, cielo.

—Ya lo sé.

—Dime… Él va a ir, ¿no? —Abrí la boca para contestar, pero como tardé un poco más de lo necesario, Bruno se echó a reír—. ¿Y tienes miedo de que te vea sola?

—No tengo miedo de nada. Ni de verlo, ni de no verlo, ni nada de nada. Víctor ya no me importa lo más mínimo.

—¿Quieres chulear de nueva conquista?

—No digas tonterías —dije molesta.

—No, solo digo la verdad. Quizá la que se esté comportando un poquito como una niña pequeña…

—Soy yo.

Sí, era yo, sin duda.

—Pues igual sí —contestó él alegremente.

—Olvídalo. Es solo que Carmen irá con Borja y seguro que hasta Lola irá con su chico. Me hacía ilusión que las conocieras.

Bruno chasqueó la lengua contra el paladar.

—No puedo, Valeria. No hay más que hablar.

Y cuando Bruno decía que no había más que hablar, no lo había. En algunas cosas se notaba que Bruno era padre y a mí... A mí se me notaba que necesitaba tutela.

38

Lola se desesperó al escuchar el décimo tono en el móvil de Rai. Empezaba a pensar que aquel chiquillo la había plantado, pero no se lo podía llegar a creer. Colgó y se puso a escribir un mensaje de texto, que borró cincuenta veces antes de mandar la versión definitiva: «Rai, te he llamado diez veces por lo menos. No sé si te has dejado el móvil por ahí o si es por ahí a donde me quieres mandar a mí. Solo quería decirte que hoy es la fiesta y sigo sin saber si vendrás y... si tendré pareja el día de mi propio cumpleaños. Solo llámame, por favor».

Después se sentó de nuevo en su cama y cruzó las piernas. Miró de reojo su vestido, que colgaba de la manilla del armario, y después el reloj. Era hora de salir hacia la peluquería. Suspiró y supo que si Rai no terminaba accediendo no habría fiesta que valiera.

Maldito chiquillo...

Yo estaba igual que Lola, sentada en mi cama, mirando el vestido que ella se había empeñado en que me pusiera aquella noche, fumándome un cigarrillo de liar. No es que me hubiera hecho moderna y me hubiera pasado al club de los que prefieren liárselo ellos mismos. Yo sabía que mi habilidad para ello era prácticamente nula, pero era más barato. Después del donativo que hice para la fiesta iba a tener que fumar aquello durante años.

Un pensamiento me llevó a otro y de pronto me acordé del olor del tabaco de pipa que Bruno fumaba cuando se sentaba en el jardín. Joder. Apenas llevábamos cuatro meses, en los que, todo hay que decirlo, nos habíamos visto... ¿cuánto? ¿Cuatro o cinco veces? Y había tanto sexo de por medio...

Si hubiera decidido venir... Tampoco pensaba haberle pedido tantísimo. Le había avisado hacía un montón de meses. Quería que viniera al cumpleaños de Lola y no solo porque supiera que Víctor terminaría yendo. Sí, he dicho no solo.

Y, claro, tras pensar esto me acordé de Víctor. Hacía más de cuatro meses que lo habíamos dejado. Saber que aquella noche nos veríamos me ponía nerviosa. Nos veríamos otra vez y sabía que al verlo seguiría sintiendo todas esas cosas ñoñas y absurdas (absurdas con alguien como él) que sentía cuando estábamos juntos. Contendría el aliento, me marearía, sonreiría, apretaría los muslos y me dejaría arrullar por la sensación que los nervios me producían en el estómago.

Existía la posibilidad de que cuando nos viéramos yo me volviera gilipollas y perdiera el culo por meterle las bragas en el bolsillo y asegurarme de que no se fuera con otra. Y él podría irse a casa acompañado, conmigo o sin mí, y con el ego hinchado, porque no podría dejar de seguirlo en toda la noche con la mirada. Y esa posibilidad no me gustaba. Necesitaba un escudo emocional que me recordara que Víctor me había dejado porque no me quería y que yo estaba ahora empezando de nuevo.

No quería ser débil. Todo lo que había hecho con él desde que lo conocí era digno de una persona débil, o al menos así lo pensé en aquel momento. Débil. Sin voluntad. Un pelele. Un pelele calentorro. Y, además, Bruno...

Sonó el timbre de la puerta de mi casa. Quise que fuera Bruno, pero, claro, no era él. Por el contrario, me encontré a Lola, vestida con unos vaqueros pitillo tobilleros, unas bailarinas y un cárdigan a través de cuyo escote se podía ver parte del encaje de su sujetador. Hasta ahí todo normal, pero cuando llegué a su cuello eché en falta su mata de melena color chocolate. La busqué en una coleta, pero no la encontré. Abrí los ojos como platos y Lola entró en mi casa.

—Pero... ¿qué...? —acerté a decir.

—¿Mi pelo? —dijo—. ¿Preguntas por mi pelo?

—Sí. ¿Dónde está?

—Pues lo último que sé de mis treinta centímetros de pelo perdido es que se fueron a la basura cuando la zorra de la peluquera los barrió.

Me quedé mirándola. Llevaba una media melena escalonada que ni siquiera le habían secado con gracia y se le

veía en la cara que estaba a punto de gritar, llorar, patalear
o todas esas cosas juntas.

—Vale, tranquila, Lola. Esto tiene arreglo —susurré.

—Claro, ¿sigues guardando la maquinilla de Adrián?
Voy a afeitarme la cabeza.

Levanté las cejas.

—¡¡Déjate de historias!!

—Valeria... Hoy es la fiesta. —Hizo un puchero.

—Ya lo sé, pero la solución no es afeitarse la cabeza
y acudir pareciendo Kojak.

—Y sola. —Se sentó en el único sillón de la casa y se
hundió en él. Me pareció verle los ojos vidriosos.

—Oh, dios, no. Lola, no te eches a llorar, por lo que
más quieras. Tú eres la que nunca llora. Tú eres la que nos
hace sentir ridículas a las demás cuando lo hacemos.

Se levantó y respiró un par de veces seguidas.

—Vale. Ya estoy tranquila. —Pero lo dijo como auto-
convenciéndose.

—¿Te preparo algo?

—Sí. Una peluca.

A las dos nos entró la risa nerviosa y después nos quedamos calladas.

—El caso es que... —Me acerqué a ella y metí los dedos entre su pelo, evaluándolo—. El caso es que tiene arreglo. Con el flequillo de lado... Quizá si te saco un poco más
de flequillo y te lo corto más espeso de lado...

—Sí... —dijo ella esperanzada.

—Lo rizamos con una plancha cerámica y después lo
alborotamos, deshaciendo el rizo.

—¿Tú sabes hacer todas esas cosas?

—Me temo que tendré que aprender sobre la marcha.

Lola se sentó en el taburete de la cocina. El único taburete de la cocina, claro está. Llevaba el pelo algo húmedo y una bolsa de basura abierta a modo de capa encima. A su alrededor no había nada. Habíamos apartado todos los muebles y yo blandía unas tijeras de costura como arma, sin atreverme a empezar.

Le peiné la raya al lado, cogí más pelo para el flequillo y entre las dos decidimos la altura de este.

—A la de una… —decía yo—, a la de dos…

—¡No, no, para!

—¿Querías cortártelo como la teniente O'Neil y ahora te da miedo esto?

—¡No disimules! ¡Tú también estás cagada! ¡¡Te tiemblan las manos!!

En esas estábamos cuando sonó el timbre.

—Joder, debe de ser mi hermana —le dije—. Me comentó que igual se pasaba a ayudarme con el pelo.

—Pues que nos ayude a las dos con el mío.

—Si no te fías de mí, no te recomiendo que te fíes de mi hermana.

Abrí el portal sin preguntar y me quedé mirando la facha que tenía Lola con la bolsa de basura de capa, allí sentada. Daba penita. Parecía una niñita abandonada.

—Creo que es la primera vez que te veo sin maquillar —le dije mientras daba una calada a uno de mis cigarros de liar—. Tienes una cara de niña…

—No digas tonterías. Es este pelo. Parece que tenga trece años.

—Mira... ¡Ahora tu novio y tú parecéis de la misma edad!

Alguien llamó a la puerta con los nudillos justo cuando esquivaba el cepillo del pelo que Lola me había lanzado. Abrí y di la espalda a la entrada enseguida.

—Vienes en el momento ideal, Rebeca. Ayúdanos con el flequillo de Lola. La peluquera debió de fumar opio para desayunar.

La cara de Lola se volvió un poema japonés y cuando la puerta se cerró, temí haberle abierto e invitado a pasar a dos testigos de Jehová.

Me giré despacito para ver a Bruno mascando chicle y quitándose una cazadora negra cruzada con el cuello subido con la que estaba para comérselo.

—Hola —dije con un hilo de voz.

—Hola —contestó.

Dejó una maletita pequeña junto a la cama, la chaqueta sobre la colcha y se arremangó el jersey hasta los codos. Me entraron unas ganas locas de tumbarlo en el suelo y dejarlo sin oxígeno a base de besos. Sin embargo..., no sabía qué hacer ni qué decir.

—¿Qué hacéis? —preguntó como si en realidad fuera el vecino de al lado que se hubiera pasado por allí para matar el tiempo.

—Pues... —Titubeé—. A Lola le han estropeado el pelo y... Quería flequillo... Más flequillo. De lado. Ya sabes.

—Ya. —Siguió masticando chicle silenciosamente.

—Pero no nos atrevemos.

—¿Y eso?

—No sé.

Lola me miraba como si hubiera dejado entrar a Hannibal Lecter y le hubiera ofrecido darme un mordisquito en una nalga. Bruno me cogió las tijeras y, decidido, se fue hacia Lola, a la que sonrió.

—Valeria... —dijo ella aterrada.

—Hola, Lola —saludó él—. Esto es como hacerse la cera. Hay que hacerlo de una vez y sin mirar. ¿Por aquí?

—¡¡¡¡¡Valeriaaaaa!!!!! —gritó ella despavorida sin saber ni siquiera quién era.

Y antes de que pudiera quitarle las tijeras ya había cortado. Lola cerró los ojos con fuerza y empezó a berrear mientras Bruno, muy concentrado, retocaba el corte. Después soltó las tijeras sobre la mesa, cogió su paquete de tabaco y se encendió un cigarrillo.

—Ale, ya está. El cigarrito de la victoria.

Lola se fue después de que le secara el pelo a mano y se lo ondulara con la plancha. Una cera de peinado hizo el resto y..., la verdad, el flequillo le quedó muy bien. Era cuestión de decisión, como decía Bruno.

Después de las presentaciones me pareció que se caían bien. Lola se había visto guapa en el espejo, de modo que se había quitado un peso de encima. Y él se mostró como siempre, divertido, desinhibido y abierto... Aunque a veces resultara malsonante. Por ese lado, Lola y él se iban a llevar bien, sin duda. Pero siempre me dio la impresión de que Lola prefería que yo estuviera con otra persona.

Miré el reloj. Tenía cuatro horas por delante. Tiempo de sobra para arreglarme y requetearreglarme, pero ¿y si lo que venía a continuación duraba ya tres horas cumplidas? Eso nunca se sabe.

Bruno apagó otro cigarrillo en el cenicero, fue a la cocina, tiró el chicle y se metió otro en la boca. Después salió a mi encuentro.

—¿Qué? —me dijo, plantándose delante de mí.

—No te esperaba. No sé ni siquiera qué decir.

—Y, la verdad, no tenía que haber venido. Es como cuando discuto con mi hija porque rechista y después de mandarla callar le doy conversación. —Y lo dijo muy serio.

—Ella tiene cinco años.

—Eso digo yo.

Nos quedamos mirándonos en silencio.

—No es para tanto, ¿no? Que te pida que vengas a una fiesta. Solo… Me hace ilusión que hagamos cosas juntos, verte, presentarte a mi gente y…

—La cuestión es: ¿entiendes que esto no voy a poder hacerlo continuamente? —Y se le escapó una sonrisita.

—Claro. —La sonrisita se me contagió a mí también.

—En los próximos meses es posible que venga muchas veces por cuestiones de trabajo, pero debes entender que tengo obligaciones allí. Mi hija.

—Lo sé y lo entiendo, te lo aseguro.

—Bien.

—Pero, entonces, ¿por qué has venido?

—Porque podía.

—Me dijiste que…

—Quería darte una sorpresa.

—¿Ayer ya sabías que ibas a venir?

—Claro. Pero ¿has visto qué recibimiento más frío me has dado? —Se revolvió el pelo—. No creo que repita. Creí que me verías, te lanzarías a mis brazos, me besarías y después me llevarías hacia la cama mientras te desnudabas.

Sonreí y me quité la camiseta y los pantaloncitos, dejándolos caer al suelo. Me coloqué las braguitas a la altura que a él le gustaba, en la cadera, y me solté el pelo, que me cayó sobre el hombro y el pecho.

—¿Así?

Bruno levantó la ceja izquierda y susurró que eso ya empezaba a parecerle mejor, mientras se sentaba en la cama. Coloqué una mano sobre su pecho y, haciendo fuerza, lo tumbé y me senté encima.

—Dímelo… —susurré.

—Quítate más ropa.

Me quité el sujetador, lo tiré e, inclinándome sobre él, repetí:

—Dímelo…

Bruno me miró a los ojos, como si primero mirara el derecho y después el izquierdo. Y sonrió. Escuché cómo susurraba entre dientes:

—Fóllame fuerte, mi diosa…

39

Vi a Bruno despeinado levantarse de la cama desde el espejo del baño e intentar alisarse el remolino de pelo con las manos sin conseguir ningún resultado. No era para menos. Después del revolcón que nos acabábamos de dar yo pensaba que me iba a tener que desmontar entera y volverme a montar. Y seguramente los vecinos habrían estado a punto de llamar a un exorcista, porque las blasfemias que la boca de Bruno dejaba salir a todo volumen se superaban día a día.

Bruno vino hacia donde yo estaba y se colocó a mi espalda, apoyando las manos en el lavabo y encerrándome a mí entre sus brazos. Me giré y le besé.

—¿Qué me pongo, jefa? He traído varias opciones. ¿Traje?

—No, no hace falta.

—Vale. Pues voy a darme una ducha.

Me quedé mirando a la nada cuando Bruno desapareció tras la cortina. Había algo en el ambiente que no lograba identificar, pero que me gustaba. Era como los dos primeros años de matrimonio con Adrián, en aquel piso alquilado en el que para cerrar la puerta del baño uno tenía que salir. Era… Como los primeros meses con Víctor, cuando pensaba que tenía más intimidad con él que con el que había sido mi marido. Era… ¿Era simplemente que empezaba a creer que aquello prometía? Pero tanto sexo… Tanto…

Al salir de la ducha, empapado con una toalla blanca alrededor de la cintura, Bruno me pareció delicioso, tan masculino, tan firme, tan de verdad que no pude remediar dejar mi pelo a medias y mendigarle un beso.

Bruno, como si aquel beso hubiera estado en el guion de una película y los dos fuéramos los actores, me envolvió con sus brazos con naturalidad y me besó una y otra vez, mirándome a los ojos en cada descanso. Perdimos quince minutos, después, besándonos como adolescentes. Bueno… Y diez más follando como perros contra los baldosines del baño.

En la invitación decía que la fiesta empezaba a las diez, pero todas sabíamos que hasta que Lola no hiciera acto de presencia a las once, la cosa no empezaría de verdad. De modo que, tal y como habíamos quedado, Carmen, Nerea y yo nos encontramos en la puerta del local a las diez y media pasadas, mientras Bruno dejaba el coche en el aparcamiento más cercano. Se fue con la misma cara que se le quedó cuando me calcé los zapatos, ya vestida. Al preguntarle me dijo crípticamente: «Mucha piel».

Nerea estaba apostada en la puerta del local, cuya entrada tenía una alfombra roja desde el bordillo de la acera hasta sus pies. Llevaba una coleta repeinada y estaba impecablemente maquillada, tanto que parecía una muñeca. Una modelo. Una dominatrix del futuro, que en vez de traernos la lejía que no desgasta la ropa viene con un látigo y unas braguitas de látex. Pero de eso ya hablaré, si me tiráis de la lengua. El vestido era espectacular, tan espectacular que no me imaginaba a nadie que conociera que pudiera ponérselo con dignidad más que ella. Era azulón de lentejuelas negras, de una sola manga, corto y pegado como un guante a su cuerpo. A los pies llevaba unos impresionantes Christian Louboutin de *strass* negro, en la oreja izquierda un pinganillo y en la mano derecha una carpeta con unas hojas: la lista de invitados.

Al verme abrió la boca y se echó a reír. Yo me sonrojé como un tomate, pensando que a lo mejor estaba ridícula, tan corta y tan ceñida, pero al ver a Borja me pareció entender que no iba por ahí. Carmen se quedó mirándolo y él, tras despegar la mirada de mis piernas, pidió perdón, se frotó los ojos y miró al suelo.

—No estabas mirándola como te he visto mirarla, ¿verdad? —preguntó Carmen con los brazos en jarras.

Borja se echó a reír y, mirándome esta vez a la cara, tímidamente dijo:

—Perdona, no estoy acostumbrado a verte… así. Pareces otra.

—¡Menudo despliegue! —siguió riéndose Nerea.

Me sonrojé y me aparté el pelo de la cara.

—¿Y tu chico? —preguntó Carmen, que estaba soberbia con su vestido verde ceñidísimo.

—Se ha ido a dejar el coche a un parking. He bajado porque necesito ir al baño con urgencia. Ahora os lo presento. Sed amables con él, por favor —dije moviendo las piernas nerviosa.

—Abajo. Al fondo a mano derecha —me indicó Nerea señalando la entrada.

—Tu sombra de ojos azul eléctrico me tiene obnubilada. —Fui hacia la entrada pero caí en la cuenta de algo y me giré hacia ellas con gesto grave—. ¡¡Bruno no os conoce!! ¡Voy a tener que esperar de todas formas!

—Ve, yo sé quién es. Por la foto del libro.

—Carmen, el libro que te dejé no tiene foto.

Ésta enrojeció como un tomate y, escondiéndose detrás de Borja, confesó que lo había buscado por internet.

Me reí, fui hacia la entrada, pero las vi chismorrear a mis espaldas.

—Nerea… —empecé con un hilo de voz.

Cuando iba a preguntarles a qué venían los cuchicheos, ella dijo:

—Al fondo a la derecha. —Y lo repitió con una sonrisita tirante.

Nerea le dijo al armario empotrado con brazos que había en la puerta que me dejase pasar y entré en el local, que estaba bastante oscuro. Dos chicos que no conocía me silbaron al pasar y me sentí tan extraña…

El fotógrafo trató de pararme, pero me escabullí, no sin antes pensar que era de lo más mono. Seguí las indicaciones de

Nerea y me encaminé hacia el fondo. Me quedaban cinco o seis pasos cuando me di cuenta de que alguien, allí, me miraba sin despegar los ojos de mí. Probablemente llevaba ya un rato haciéndolo. Y entendí las miraditas entre Carmen y Nerea.

Era, evidentemente, Víctor.

Desvié la mirada de él al suelo, fingiendo que no lo había visto, aunque para no hacerlo había que estar ciega. Víctor, en una fiesta, siempre brillaba. Brillaba hasta en la calle un martes cualquiera. Vestido para la ocasión cegaba. Y sus ojos verdes se habían clavado de una manera en mí... Verdes como lo más verde del mundo...

Fui correteando hacia el baño, confiando en estar rodeada pronto de las chicas. Víctor era mi talón de Aquiles y necesitaba que alguien pudiera sujetarme en caso de que una flecha me lo atravesara.

Tardé un poco más de lo necesario en salir. Necesitaba un momento en blanco, un vacío de sonido y de atenciones para decirme muchas cosas. Aunque básicamente me repetí, como en un mantra: «No hagas ninguna tontería».

Cuando salí, tuve que pasar junto a la barra en la que él estaba, pero lo hice rezando por que no me viera pasar.

Víctor. Cuatro meses acostándome con otro hombre y solo verlo me hacía temblar las rodillas.

No lo vi a mi alrededor, así que me apresuré hacia las escaleras, pero unos dedos me cogieron de la muñeca, tirando ligeramente de mí.

—¿Eres tú? —dijo junto a mi cuello.

La piel, en una oleada, se me fue poniendo de gallina de arriba abajo. Los muslos se apretaron, el corazón quiso

salírseme del pecho y los pezones se endurecieron. Eso solo con una pregunta de dos palabras.

Me giré hacia él y nos miramos. Me pareció que los
dos estábamos francamente tristes.

—Hola, Víctor. —Sonreí con dulzura—. ¿Qué tal?

—Pues…, bien. He venido con… —Señaló a su espalda, pero no se giró a mirar a sus amigos. Sus ojos estaban
clavados en mí, deslizándose por mi cara, mi cuello y el encaje del vestido.

Levanté la mirada y vi a Juan y a Carlos observándo-
me como si fuera un conejo y ellos llevaran escopetas.

—¡Ey, chicos! ¿Qué tal? —Fingí ser muy simpática.

—¡De lujo! —contestó Juan levantando el pulgar, sin
quitar la mirada de mi canalillo.

Al volverme hacia Víctor él despegó su vista de mi
cuerpo y fue hacia mis ojos.

—Estás… —Sonrió tímidamente—. No sé. Estás increíble. No puedo decir mucho más.

—Gracias —contesté como si no me importara que
me estuviera escrutando así.

Y al mirarlo otra vez, lo vi, como si instantes antes solo
estuviera viendo un holograma de él. Pero no. Era Víctor. Era
Víctor, con su metro noventa; con su cintura estrecha y su
espalda bien torneada; con su boca de bizcocho, con su pelo
perfectamente peinado, sus ojos verdes brillantes y su barba
de dos días. Víctor oliendo a Allure Sport, de Chanel. Llevaba una camisa blanca, un pantalón negro, una corbata también
negra y una americana entallada de *tweed* jaspeado. Y verlo
era como un latigazo dentro de mis entrañas. Lo juro. Y me

gustaría no tener que ponerme así, pero cada vez que pestañeaba mis muslos sentían una descarga que subía hasta que me costaba respirar. Sé que todas lo hemos sentido alguna vez. Lo ves, contienes el aliento, dejas de respirar y no te das cuenta hasta que sientes un mareo. Y vomitarías hasta arcoíris de darse el caso. Sientes el corazón en el pecho, bombeando, en las orejas, retumbando y hasta detrás de los ojos y en las sienes. Y no porque llevara aquel conjunto ni porque sus ojos fueran verdes. Solo porque era él.

ÉL.

Nos reímos con vergüenza cuando nos dimos cuenta de que llevábamos demasiado tiempo en silencio, mirándonos. Él se pasó la mano por el mentón y empezó a hablar:

—Si hubiera sabido que ibais a venir… así, me hubiera arreglado más. Casi vine directamente desde el trabajo —dijo un poco incómodo—. Pero cuéntame… ¿Qué tal todo? ¿Y tu sobrina?

Esa pregunta me ablandó un poco más.

—Muy bien. —Sonreí—. Está bonita, espabilada y graciosísima. ¿Y tu sobrino?

—Genial. Mejor me callo ya o empezaré a babear. Es increíble. —Hizo una pausa y, mirando hacia el camarero, tragó y me acercó un poco más a él—. Deja que te pida algo de beber.

—No te molestes. En realidad entré al baño… Estoy esperando a…

—¿Viene Lola ya?

—No. —Me reí—. Lola aún tardará un poquito. Va a hacer entrada triunfal, ya la conoces.

—Pues… no sé si logrará captar la atención si estás tú por ahí. —Rio avergonzado y se frotó los ojos—. Joder, ese vestido es un arma letal.

Y al preguntarme si lo único que le llamaba la atención era un vestido con poca tela… me enfadé. Así que contesté lo primero que me pasó por la cabeza:

—Eso dice Bruno. —Y lo dejé caer con naturalidad mientras miraba hacia la puerta.

—¿Cómo? —Frunció el ceño.

Y la jugada me salió redonda porque, entre la gente, vi abrirse paso a la brillante y chisporroteante Nerea, a Borja y, detrás, a Carmen y Bruno, charlando con una sonrisa.

—Espera —dije apoyando mi mano en el antebrazo de Víctor.

Mis dedos juguetearon sobre su vello, serpenteando en una caricia casual e involuntaria. Cuando me di cuenta me sonrojé. Era un gesto que me nacía tan natural…

Fui hacia Bruno y me eché a sus brazos, sintiéndome aliviada de no tener que enfrentarme a lo que quedaba entre Víctor y yo. Él sonrió y respondió como si lo hubieran estado aleccionando en la puerta para poder ponerle la guinda al pastel. Me envolvió con sus brazos y después me besó escandalosamente. Tan escandalosamente que algunas personas hasta se alejaron unos pasos de nosotros para poder mirar. Después me dejó en el suelo otra vez y me dio una palmadita en el trasero y, cogiéndole de la mano, nos giramos hacia Víctor, que nos miraba intensamente.

—Perdona, este es Bruno.

—Bruno Aguilar. Conozco tus libros —sonrió forzadamente Víctor mientras le daba la mano—. Y del día de la conferencia, claro.

Pues vaya. Parece que el día de la conferencia le dio tiempo a ver muchas cosas a pesar de estar cinco putos minutos.

Bruno le tendió la mano y sonrió.

—Encantado. ¿Y tú eres?

—Víctor, su ex.

Carmen y Borja dejaron escapar una risita y se escabulleron hacia un lado de la barra. ¿Me lo parecía solo a mí o aquella aclaración había estado un poco fuera de lugar?

Bruno, con mucha naturalidad, levantó las cejas sorprendido.

—Vaya, pensaba que tu exmarido se llamaba Adrián.

—Sí, Adrián es su exmarido. Yo soy posterior…, o coetáneo, no sabría decirte.

Quise saltar sobre su cabeza y desnucarlo con un golpe de muñeca como Steven Seagal en sus películas, pero me limité a sonreír a Bruno, que me pasó el brazo por la cintura y me susurró al oído si podíamos pedir una copa ya.

—Claro —dije mirándolo—. Bueno, Víctor. Un placer verte.

Me giré, fui hacia un hueco en la barra, llamé al camarero y pedí. A mi espalda, Bruno me abrazaba la cintura, Borja pensaba si pedir una cerveza o un refresco y Carmen y Nerea se chocaban las manos, disfrutando de la cara de imbécil que se le había quedado a Víctor.

A esa misma hora alguien llamaba a la puerta de casa de Lola. Al abrir, esta se encontró a un Rai engalanado para la ocasión, como un modelo del momento. Vaqueros desgastados, camiseta con mensaje y americana negra, combinada con una barba de tres días que hacían de aquel chaval de veinte años de metro ochenta y cinco un caramelito para la vista. Pero a ella lo que menos le importaba en aquel momento era la maldita ropa. Lola se colgó de su cuello, tratando de disimular que le temblaban hasta los carrillos. Y, abrazándolo, dijo algo que no todos hemos tenido el honor de escuchar de Lolita:

—Lo siento tanto, Rai… Perdóname.

Y Rai la besó y la abrazó con todas sus fuerzas.

Lola hizo su entrada con toda la atención que recibiría en un estreno la estrella de turno. La música cambió, todas las luces la alumbraron y ella, en lugar de amedrentarse por tener a setenta y cinco de sus conocidos más íntimos (calculamos que, de estos, unos cuarenta eran hombres y, de los cuarenta, Lola había retozado al menos con el cincuenta por ciento), se creció. Como una gran diva. Lanzó besos. Se puso a gritar de alegría y recibió todas las fotos del fotógrafo con posturitas incluidas. A cinco pasos de distancia, Rai, que no parecía ni de lejos el chiquillo que en realidad era, la miraba entre la risa y la vergüenza. Normal. Sonaba *Purpurina* de Alberto Gambino. ¿No sabéis qué canción es? Pues dadle una oportunidad y cuidadito con la letra…

Nosotras la esperábamos junto a la tarima para darle un abrazo. Nerea se apretó el pinganillo en la oreja, sacó un *walkie talkie* y murmuró algo. Una chica, salida de la nada, indicó a Lola que la esperábamos allí. Al vernos vino saltando, como una niña con un juguete nuevo, gritando, poseída por la emoción de ser el centro de tantas atenciones. Nos abrazó, saltó, lanzó más besos y recibió más flases con la naturalidad de una estrella de cine. Nerea y Carmen exclamaron al ver su corte de pelo y ella, en un momento de subidón me envolvió en sus brazos y me besó en la boca, echándome hacia atrás. Todo el mundo silbó y yo, apartándola, muerta de risa, traté de que se tranquilizara. Parecía un niño hiperactivo que se acaba de dar un atracón de chuches.

Nerea se acercó a ella, se abrazaron y después le pasó a la homenajeada un micrófono, animándola a que dijera unas palabras, y ella… Ella se subió a la tarima sin que ni siquiera nadie tuviera que proponérselo. Subió y todo el mundo la aplaudió. El vestido lo merecía, hay que admitirlo. Estaba espectacular.

Rai, al que no conocíamos aún, se quedó junto a nosotras y nos saludó con una sonrisa. Yo me acerqué a Bruno y dejé que me abrazara la cintura, mientras Carmen y Borja hacían lo mismo y Nerea le hacía señas al fotógrafo para que no se perdiera ni un instante.

—Bueno —dijo Lola—. Guau. Sois todos unos cabrones. Valientes hijos de puta. —La sala estalló en carcajadas—. Yo venga llamar a la gente y todos poniéndome excusas. Pues que lo sepáis: a la mayoría de vosotros os deseé una almorrana. —Todos nos reímos y ella cogió carrerilla—. Lo primero, dar las gracias a Nerea Carrasco, sin la cual esta fiesta no habría sido posible. Vales tu peso en oro, monada. Bueno, ¿qué más? Que como me he gastado la pasta que me he gastado, espero que todos os emborrachéis hasta hacer el ridículo, sobre todo delante de este chico tan mono que está haciendo las fotos. Y... —Una voz masculina preguntó a gritos dónde estaba su pelo y ella, atusándose la melena, sonrió—. Renovarse o morir. Pero tranquilo, que te he hecho un camafeo con un mechón para que puedas olerlo mientras te pajeas. —Carmen y yo nos escondimos en el pecho de nuestros respectivos para reírnos a gusto—. Y ¡ah! ¡¡Habéis visto a mis amigas Carmen y Valeria!? ¡¡Coño!! ¡Qué buenas están! Tarde, chicos, están pilladas. Pero igual, con un par de copas, luego las convenzo para hacer una cama redonda. —Borja y Bruno se carcajearon cuando la gente empezó a aclamarnos y nosotras dos no encontramos tras lo que escondernos y desaparecer—. Nada más. ¡Bebed y follad, que el mundo se acaba!

Un aplauso casi derribó hasta las paredes y la música subió de volumen. Salieron al menos diez camareros (todos ellos con pinta de estudiar aún la secundaria) con el catering.

Lola bajó, le plantó un beso de infarto a Rai y después, trayéndolo hacia nosotras, hizo las presentaciones formales:

—Rai, estas son mis niñas: Nerea, Carmen y Valeria. Estos dos son Borja, el futuro marido de Carmen, y Bruno, el chico de Val. Chicas, este es Rai, mi novio.

Al escuchar la palabra «novio» las que nos vinimos arriba fuimos nosotras y Rai no pudo evitar que se le nota-se en la cara lo mucho que le gustaba escuchar a Lola decir aquello.

En el fondo de la sala una pantalla se iluminó y empezaron a aparecer fotos de Lola y, parecerá mentira, el *photocall* se llenó de gente haciéndose fotos con la cumpleañera, a la que secuestraban cada dos por tres.

Con la cuarta copa de vino blanco en la mano, Nerea vino a informarme de que se había terminado el catering y que si quería algo tendría que pedirlo en la barra.

—Pero no hagas cola. Dímelo a mí y te lo traerán.

—¿No vas a relajarte en toda la noche? —le pregunté.

—Cuando saquemos la tarta y se visione el vídeo. Entonces me cogeré el pedo de mi vida. Antes no. Esto es trabajo.

Y con su pinganillo desapareció entre la gente, como si fuera un agente del FBI supervisando la escena de un crimen.

Cuando vi a Carmen y a Borja acaramelados entregados al baile me di cuenta de que sí, aquella fiesta iba a marcar un hito. Habría un antes y un después. Y allá donde miraras había gente bailando y poniéndose cariñosa. Si no fuera porque sabía que era Nerea la que había organizado todo aquello, creería que se nos había suministrado a todos éxtasis líquido para que nos pusiéramos tan retozones.

Lola bailaba, saltaba, bebía y la vi tirar copas por encima de al menos cinco o seis caballeros. Y lo peor es que los caballeros en cuestión no se sintieron molestos con la ducha de alcohol, sino que le rieron la gracia. Si alguien podía hacer eso y salir tan campante, era ella.

Cuando se acercó a Víctor y lo estrechó con ilusión entre sus brazos quise apartar la vista, pero la mantuve el tiempo suficiente para ver cómo se miraban. No, no era por supuesto amor ni deseo ni nada oscuro. Pero era una de esas amistades que no se rompen por asuntos sentimentales ajenos... como los míos.

Me hice un apunte mental: nunca poner a Lola entre la espada y la pared con aquel tema. No se lo merecía.

Después me apretujé contra Bruno y le pregunté si le gustaba bailar. Me confesó que el baile no era lo suyo.

—Me agito si me obligan, pero tengo más bien poca gracia.

—¡No puede ser! ¡Con lo bueno que eres en la cama! —contesté animada por el alcohol.

—Es verdad..., todas decís lo mismo. —Se rio, moviéndose al ritmo de la música y sobándome el trasero de paso.

Me giré, apoyé la espalda en su pecho y me contoneé. Vacié la copa garganta abajo y le hice una seña a Nerea, que se encargó de que en menos de un minuto alguien sustituyera mi vaso vacío por un *gin tonic* recién preparado. Esto de ser VIP en una fiesta era un lujo...

De pronto la música se paró en seco con un chirrido, como si alguien hubiera desconectado el tocadiscos, y todas las luces se apagaron. La gente silbó y se escucharon un par de gritos. Uno de ellos mío, porque Bruno había aprovechado el apagón para meterme la mano por debajo del vestido y tratar de quitarme las braguitas. La pantalla se quedó en negro y de pronto un puntito blanco fue creciendo en ella hasta ocuparla por entero. Empezó a sonar una canción preciosa de Florence & The Machines que nos encantaba, *Dog days are over*, y se sucedieron fotos de Lola mucho más personales. Lola en la cuna. Lola desnuda sobre una alfombra, recién nacida. Lola desdentada. Lola con dos trenzas. Lola disfrazada de león. Lola con un terrible look de los noventa, con mallas de flores y diadema incluidas. Lola en la universidad, vestida de macarra. Lola enseñando barriga con un top que mi madre habría quemado. Lola bebiéndose una copa. Lola estudiando con gafas, en la biblioteca de la facultad. Lola en su primer día de trabajo, vestida de oficina. Lola enseñando el dedo corazón de esa forma que solo podía resultar elegante si lo hacía ella.

Y, de pronto, los que aparecimos fuimos todos y cada uno de los invitados a aquella fiesta, en pequeños vídeos.

—Lola es... —decía Nerea al principio—, Lola es la bomba.

Y todos decíamos algo que nos recordara a nuestra Lolita. Una palabrota malsonante en el momento adecuado, un pellizco en el culo, un sueño, una de esas noches que no quieres que acaben nunca, una preciosidad, la lujuria, una apisonadora. Hubo para todos los gustos. Cuando me tocó el turno de aparecer en la pantalla lo hice sentada en el salón de mi casa, con los pies enfundados en unos calcetines altos, con *shorts* y con una coleta despeinada diciendo: «Lola es un dedo corazón erguido con estilo». Me grabó Nerea una tarde en la que vaciamos más botellines de cerveza de los que se debe confesar.

Víctor apareció poco después, en su despacho, con una camisa blanca con un par de botones desabrochados. Esbozaba una sonrisa, bajaba la vista hacia la mesa, donde tenía un libro abierto, y decía: «Lolita, luz de mi vida, fuego de mis entrañas».

Las primeras palabras de *Lolita*, de Nabokov. Fue mi regalo de cumpleaños. Lo leyó prácticamente entero en mi cama, a veces apoyándolo en mi espalda desnuda.

Me giré en la sala a oscuras y lo localicé junto a la barra, mirándome. ¿Era una felicitación original para Lola o un mensaje para mí?

Sentí un nudo en la garganta. Así que cogí la copa y lo deshice con el *gin tonic*.

Lola subió otra vez al «escenario» cuando terminó el vídeo y uno de los chicos que estaba en la barra sirviendo copas le sacó una tarta enorme hecha de *cupcakes* pequeñitos y los flases continuaron cegando a Lola, que estaba encantada de la vida. Mordiendo uno. Dándole un beso a otro... Y no hablo de los pastelitos. El pobre Rai... Yo habría jurado que estaba bastante avergonzado.

Después Nerea salió, con garbo y sin ninguna vergüenza, junto a Lola para entregarle su regalo de cumpleaños. Había sido de lo más hábil y había pedido a todos los invitados un donativo de seis euros en concepto de «regalo de cumpleaños» y al final consiguió cuatrocientos cincuenta euros que había gastado íntegros en un par de zapatos de

Christian Louboutin, negros, con su reluciente suela roja. Lola se puso como loca cuando los vio y tardó milésimas de segundo en ponérselos, pero Carmen y yo la convencimos pronto de que quizá había bebido demasiado para llevar un tacón de quince centímetros. Nerea los puso a buen recaudo y después… Después hasta ella se entregó a la fiesta.

El alcohol, la música a toda pastilla, Bruno agarrado a mis caderas, toda aquella gente bailando y el bajo de las canciones rebotando en mi pecho… Qué sensación. Me liberé. Me liberé y me relajé. Ya me sentía bien con aquel vestido. Ni siquiera me paré a pensar en que me tendrían que doler los pies. Ni siquiera me paré a pensar en por qué se me instalaba aquel nudo en la garganta cuando veía a Víctor. Ni tampoco me paré a pensar en si Bruno era consciente de lo tensa y delicada que era realmente la situación.

Y cuando miré el reloj de Bruno era la una y media y la gente estaba en pleno subidón. Hasta las cuatro de la mañana aquello iba a ser la madre de todas las fiestas.

Lola y Rai estaban bailando en el centro de la pista, entregándose de vez en cuando a unos besos de lo más escandalosos que hacían que la gente de alrededor se pusiera a gritar y a animarlos. Carmen no paraba de reírse porque decía que parecían Shakira y Piqué, y después Bruno se puso a hablar sobre las fotos de la entrepierna del futbolista y, para zanjar la cuestión, los cinco, Borja, Carmen, Nerea, Bruno y yo, hicimos un concurso de chupitos en la barra. Ganó Bruno, eso estaba claro, que fue el único capaz de tomarse cuatro seguidos sin tener arcadas. Borja fue el primer eliminado, poniendo cara de rata al beber el primero. Nerea y Carmen cayeron en la segunda ronda cuando Carmen sofocó una arcada y a Nerea se le salió parte por la nariz. Yo pude controlar a duras penas las ganas de vomitar en el tercero y… Bruno vencedor.

Después Nerea cogió el ritmo y, tras unas copas, la vi en brazos de un mozalbete, con el brazo en alto, siguiendo el ritmo de la música. Y me quedé sin palabras…, sobre todo porque la cantidad ingente de alcohol en sangre no me permitía muchas palabras coherentes, la verdad.

Hacía rato que había perdido de vista a Víctor. Pensé que se habría marchado y sentí, al mismo tiempo, alivio y recelo. Recelo porque no quería que estuviera con nadie y porque quería verlo. Alivio porque sabía que era lo mejor para los dos.

Bruno y Borja, que parecían haber hecho buenas migas, se fueron a una especie de apartado que habían denominado «zona de fumadores» y Carmen y yo decidimos salir un momento a que nos diera el aire. Por el camino le preguntamos a Nerea si venía, pero estaba riéndose a carcajadas (carcajadas de película, para ser más concreta) con el chico mono encargado de las fotos, así que pasamos al lado de Lola, que estaba morreándose con Rai, y fuimos hacia la salida. Coincidencia o no, no lo sé, me tropecé con Víctor junto a la puerta.

—¡Ey! —dijo, y solo en esa escueta exclamación se le notó que él también estaba borracho.

—¿Qué pasa? —dije muy pizpireta.

Carmen se apartó un momento, expectante.

—¿Vas fuera? —me preguntó él.

—Sí —respondí, aunque más bien sonó como «shhhi».

—Perfecto, yo también.

Miré a Carmen, que me interrogó sobre si quería que nos acompañara. Negué con la cabeza y ella volvió sobre nuestros pasos. En la puerta del local saludé al gorila como si fuésemos amigos de toda la vida y le pedí que me pusiera el cuño bien fuerte.

—Me temo que mañana no me acordaré ni de dónde he estado. Así que será una pista de puta madre —le dije.

Y el tipo, que parecía tener cara de pocos amigos, se echó a reír y en sus mejillas salieron dos hoyuelos de lo más graciosos.

—Ey… —volvió a decir Víctor.

—Dime.

—¿Tienes un pitillo?

—Tú no fumas —dije sonriendo, coqueta.

—A veces sí. ¿Tienes?

—Toma, pero dentro hay una zona de fumadores.

—Lo sé, pero me he tomado como cien chupitos de un licor infernal y creo que necesitaba despejarme.

Le tendí un cigarrillo de mi pitillera plateada y me puse yo otro en la boca. Encendí los dos con mi zippo negro de Swarovski. Víctor sonrió cuando dejó escapar el humo de la primera calada.

—¿Ese tío es tu novio? —preguntó apoyándose en la pared.

—Algo así.

—¿Algo así? ¿Es que tenéis un rollo? Pensaba que no te gustaban los rollos.

Me eché a reír con sordina.

—No contestaré. No voy a morder el anzuelo.

—Y dime: ¿no es un poco mayor para ti? —volvió a preguntar.

—Solo tiene dos o tres años más que tú. ¿Eres tú demasiado mayor para mí?

—Parece mayor que yo.

—Ese comentario es muy malintencionado. —Debo confesar que de lo que tenía ganas era de decirle que sí, que la gran diferencia que encontraba entre él mismo y Bruno era que este último era un hombre y él…, él aún andaba en pañales.

—Un poco malintencionado, sí —aclaró—. Debe de ser porque sigue doliéndome que pidieras disculpas con una maldita cesta de chocolate que claramente otra persona eligió por ti.

Su sonrisa entonces fue tirante.

—¿Y tú? ¿Has venido solo? —Cambié de tema.

—Con los chicos, ya te lo dije.

—¿De caza? —Y me daba totalmente igual, que conste.

—Bueno. De escaparates más bien. —Le dio una honda calada al cigarrillo y miró hacia el cielo cuando soltó el humo, levantando la barbilla.

—Mirando, ¿eh?

—Exactamente. Pero por lo visto hay cosas que por más que quisiera no podría comprar.

—¿Y eso?

—Parece que ya tienen dueño.

Me eché a reír como si en realidad me hiciera gracia. Solo «como si», pues, no sé por qué, no me la hacía en absoluto.

—Espero que no te estés refiriendo…

—Sabes perfectamente a qué me estoy refiriendo —dijo poniéndose serio.

—Pues andas equivocado.

—¿En qué?

Di un paso hacia él, quedándome muy cerca. Sus manos, rápidas, me cogieron de la cadera.

—Yo no tengo dueño, porque no soy una cosa. Soy una mujer. Si tengo algo, es un compañero.

—Que eres una mujer ya lo veo. Ese vestido no deja lugar a dudas.

—¿Te gusta? Me lo prestó Lola. —Preferí dar un paso atrás y hacerme la tonta.

—El vestido es muy mono, pero no me interesa. —Se encogió de hombros—. Ya sabes que lo que me gusta eres tú y que me da igual qué puñetas te pongas encima.

—Oh… —Me alejé un paso más, ligeramente oscilante, mirando al suelo, borracha.

—¿Y sabes de qué me he acordado?

—¿De qué? —Le miré a la cara otra vez.

—De aquella tarde que te acompañé de compras para elegir un vestido… Y tuve que subirte la cremallera…

Cerré los ojos, apreté los labios y después me alejé otro paso más. No podía. No podía cargar con más recuerdos, con más sensaciones y con la puñetera pregunta que me torturaba continuamente: «¿Por qué importan estas cosas con él?». ¿Por qué? Fueron seis meses. Seis meses, por Dios. Deberíamos haberlo superado ya los dos.

—Me acuerdo también de ese otro vestido. El negro, el que llevabas el día que te conocí y que te pusiste para conocer a mis padres —siguió diciendo mientras se observaba los dedos de las manos y luego me miraba a mí.

—No recuerdo que me presentaras a tus padres. Recuerdo más bien que fui a una fiesta de cumpleaños, sin compromisos, ¿no? Como todo lo nuestro. Sin compromisos, sin explicaciones.

—Ya, bueno. Soy un imbécil.

—Sí, lo eres —asentí, y fui consciente de cuánto daño seguía haciéndome aquello.

—Debo de serlo. Debí hacer muchas cosas cuando estuve contigo, pero ahora estás con otro.

—Estamos conociéndonos. —Y el estómago empezó a burbujearme.

—¿Desde cuándo?

—No sé, desde diciembre. —Me revolví el pelo suelto.

—Tú y yo rompimos en diciembre.

—Tú y yo no rompimos. Tú me dejaste. Y Bruno y yo nos conocimos en diciembre.

—Sé cuándo os conocisteis —aseguró—. Debí haberme quedado.

—Entre otras cosas.

—¿No me guardaste ni un poco de duelo? —Arqueó la ceja izquierda.

—¿Tenía que hacerlo?

—Me has dado una lección. Y me repatea. —Hizo una mueca.

—Las cosas son así. Las historias terminan y uno debe seguir con su vida. Estoy segura de que tú también has seguido con la tuya, Víctor.

Y quise metérselo en la cabeza a golpes. Quise que entendiera que aquella discusión disfrazada de charla cordial no nos servía de nada y que, si me había dejado, se hiciera a un lado, se marchara y me jurara que era por fin para no volver. Así sería todo más fácil.

—Yo no estoy con nadie —dijo algo más serio.

—Tú nunca has estado con nadie. Ni siquiera estando conmigo estabas con nadie en concreto.

—Eso no es verdad. —Negó vehementemente con la cabeza.

—¿No?

—No. Pero soy imbécil, lo acepto.

—Las chicas entramos y salimos de tu vida así. No tienes por qué disculparte. —Quise zanjar la cuestión.

—Las chicas, no tú. Tú no eres una chica. Eres mi chica.

Al principio no supe qué hacer. Era como si alguien me hubiera dado un golpe detrás de las rodillas. Las piernas amenazaban con flaquear. La garganta me picaba, estaba mareada y el corazón me bombeaba, ensordeciéndome.

Eres mi chica.

Quise llorar.

Bufé, miré al suelo y deseé aparecer de pronto entre las sábanas de mi casa. Me dolía tantísimo hasta mirarlo...

—Dime, ¿ese Bruno y tú…? —empezó a preguntar con aire compungido—. ¿Estáis saliendo? ¿Vais muy en serio?

—No lo sé pero, Víctor, explícame qué valor puede tener esa información para ti ahora.

Víctor se humedeció los labios. Miró al cielo y riéndose con vergüenza se encogió de hombros.

—Te echo de menos. Es todo.

Te echo de menos. Es todo.

Es todo.

Como una patada en el hígado. Es todo. Déjame acercarme, porque quiero volver a cocinarme tus sentimientos a fuego lento y comérmelos después. Es todo.

Pero… ¿no iba yo preparada para hacer que se tropezara con sus propias gónadas? Entonces, ¿por qué me costaba tanto tragar? ¿Acaso porque estaba utilizando a Bruno?

Sentí que me temblaba el labio inferior y me enfadé. Me enfadé mucho conmigo misma y, de paso, también con Víctor.

—¿Me echas de menos? —le dije levantando las cejas, fría.

—Sí.

—¡Pues habértelo pensado hace seis o siete meses, cuando decidiste que era mejor que no empezáramos nada! —Subí el tono—. Habértelo pensado mejor… ¿sabes cuándo? ¡¡El día que decidiste que eras demasiado niñato como para darme lo que yo quería de ti!!

—Valeria… —Me cogió una mano.

—No. ¿Y te acuerdas ahora que me ves de que me echas de menos? —Me reí y de pronto me hizo gracia—. Me voy dentro. ¡Suéltame!

—Valeria... —Me volvió a coger una muñeca.

—Déjame.

—Estás dolida, ya lo sé, pero...

—No estoy dolida. ¿No ves que lo he superado? ¿No ves que he rehecho mi vida? ¡Déjame en paz!

—¿¡Te crees que me acuerdo ahora que te veo!? ¿¡Crees que no te echo de menos, joder!?

—Déjame... —gemí—. Déjame, por favor.

Víctor pegó un tirón de mi muñeca y me acercó a su boca de golpe. No me besó. Solo me dejó a escasos milímetros, me miró a los ojos y susurró otra vez que me echaba de menos.

—Y lo haré todos los días. Cuando me despierte te echaré de menos encogida a mi lado. Cuando me acueste te echaré de menos, esté con quien esté, si es que me quedan fuerzas para seguir intentándolo con otras.

Dejé caer el cigarrillo al suelo. El humo del suyo dibujaba una cortina a nuestro lado y yo me quedé mirándolo susurrar sin saber si iba a poder resistirme. Y, como me quedé mirando sus labios susurrar, no vi a Bruno hasta que no estaba justo junto a nosotros.

40

Víctor tenía mis muñecas cogidas y sus labios a la altura de mis ojos parecían estar inclinándose. Está bien claro lo que tuvo que pensar Bruno cuando nos vio. Y no lo culpo; vio lo que había, no tuvo que imaginarlo.

Di dos pasos hacia atrás, apartándome algo violentamente.

—Hola —dijo Bruno sonriéndonos cínicamente—. ¿Qué? ¿Al fresco?

Ninguno de los dos contestó. Fue como si nuestros padres nos hubieran pillado haciendo pellas.

—Víctor, ¿te importaría dejarme un momento con Valeria?

Víctor se quedó mirándolo en silencio unos segundos, pero finalmente tiró el cigarrillo al suelo y me dijo:

—Gracias por el pitillo.

Y volvió dentro.

Miré preocupada a Bruno, que no parecía dar muestras de… de nada. Consultó su reloj de pulsera, se palpó la americana en busca de su paquete de tabaco y, cuando lo localizó, sacó un cigarrillo y se lo encendió. Después miró al cielo, sin decir nada.

—Bruno… —susurré.

—¿Quieres uno? —me ofreció.

—No.

Se giró hacia mí y su boca dibujó una sonrisa resignada.

—Pillada, ¿eh? Con la mano dentro del tarro de galletas.

—¿Nos vamos a casa? —le pedí. No quería discutir también con él allí.

—No. Yo me voy, pero tú quédate.

—Pero si tienes las cosas en mi casa y yo…

—No te preocupes. Me voy a un hotel —contestó con firmeza mientras daba una calada a su cigarrillo.

—Bruno… —Le cogí de un brazo—. De verdad que no es lo que parecía. Yo no iba a besarlo.

Bruno sonrió, tiró el cigarrillo y me miró directamente a los ojos.

—Valeria, cielo, sé que no estabais haciéndolo, pero mejor lo dejamos estar esta noche.

—No, no, no. —Le cogí el brazo y el corazón se me desbocó de pronto.

—No pasa nada. Mira, me voy ya. Tú diviértete, duerme y piensa. Mañana hablaremos.

—No te vayas, por favor. —La voz me falló.

Bruno sonrió, como un padre que está aleccionando a una niña y sabe cuáles serán sus reacciones.

—Ven…

Nos apartamos del alcance de las luces de la entrada del local y pensé que lo hacía porque no quería que nadie me viera llorar cuando se marchara. Allí, se metió las manos en los bolsillos de su pantalón vaquero y sonrió.

—Valeria, voy a hablar claro, ¿vale? —Asentí—. Tienes que crecer. —Abrí los ojos, sorprendida. Él siguió—: Eres aún una niña, Valeria, cielo, y juro que me gustas mucho, que no te lo digo para hacerte daño, pero tienes que crecer. Yo no puedo poner la mano derecha sobre mi pecho y jurarte que te quiero, que estoy enamorado, porque es imposible que lo esté ya. Y no hablo del enamoramiento de los quince años, hablo de querer de verdad. De querer a alguien de esa manera que no hace daño, que no es tormentosa y que no se parece en nada a las novelas. La única que creo que vale la pena. ¿Me sigues? —Asentí. Bruno carraspeó y añadió—: No estoy enamorado, lo sé, pero sé que algún día podré estarlo, que, si seguimos, algún día lo estaré. Y me harás falta. Y querré estar contigo siempre. Y querré darte todo lo que me pidas. Y no lo digo como… No quiero convencerte de nada. Solo deseo ser sincero y cuidar de mí mismo. No me gustan los dramas y no me van a gustar jamás, así que evitemos hacernos daño. Tienes que madurar, porque es la única manera de que podamos estar juntos. Y ahora eres tú la que decide si de verdad quieres estar conmigo. Estarlo de verdad. Intentarlo al menos. Eres tú la que debe decidir si quieres crecer. Si quieres decirle adiós y dar carpetazo a ese asunto. Yo solo te pregunto: ¿estás dispuesta?

Crecer. Olvidarme de todos los dramas. Una vida más fácil; al menos más lineal. Una vida adulta. Porque era verdad, ¿cómo podía Víctor quererme de esa forma, madura, adulta, sensata, con tanto drama de por medio? ¿Cómo podía quererlo yo a él? ¿No sería que Valeria se había colgado cual colegiala de alguien que, en el fondo, no le convenía? Pero… ¿una vida sin Víctor?

Me quedé mirando a Bruno con la boca entreabierta, como a punto de decir algo, como con la tentación de rebatirle en los labios, pero la cerré, porque no tenía nada que añadir.

—Piénsalo, Valeria. Piensa en esta noche. Desde el momento en que salimos de casa hasta hace dos escasos minutos. Dale una vuelta. Reflexiona. Pero no tiene que ser ahora. Date esta noche. Ve, vuelve con tus amigas, bébete un par de copas más y después consúltalo con la almohada. No es carta blanca, claro. —Cerró los ojos, se cogió el puente de la nariz y suspiró—. Solo…, solo piénsalo.

Tragué saliva y me vi desde fuera, ilusionada como una quinceañera con su cena de fin de curso o con su graduación o con la fiesta de cumpleaños de una amiga, donde sabe que se encontrará con ese chico tan guapo con el que estuvo jugando a besarse durante unos meses. Ese chico al que quiere dejar con la boca abierta y al que quiere impresionar. Me vi sintiéndome ridículamente segura por llevar un vestido con poca tela y verme favorecida. Yo no era así. No lo había sido de esa manera ni siquiera a los dieciséis. ¿Qué me había pasado?

¿Y qué esperaba? ¿Esperaba sentirme mejor? ¿Más mujer? ¿Más completa? No sé si ver a Víctor me llenaba o me vaciaba, pero era… Era la sensación que necesitaba para estar bien.

Era una adicta. Adicta a él aunque me hiciera daño. Bruno lo sabía, pero yo no.

Me avergoncé y me sentí ridícula. Me sentí estúpida por no saber discernir qué era lo correcto en aquel momento. ¿Era Bruno? ¿Era Víctor? ¿Qué necesitaba Valeria de verdad para el resto de su vida?

Los ojos se me llenaron de lágrimas, pero no las derramé. Respiré hondo y asentí. Bruno me besó en la mejilla y sus dedos apretaron mi hombro izquierdo antes de dar media vuelta e irse caminando tranquilamente, calle abajo, hacia la intersección por donde se veían pasar las luces verdes de los taxis.

41

A Carmen y Borja el pelotazo de los chupitos les vino con efecto retardado, como una hora larga después de haberlos tomado, así que ni siquiera se preguntaron por qué Víctor había vuelto con aquella cara, por qué se había tomado dos vasos casi de un trago con sus amigos y por qué se había vuelto a marchar solo para no volver. No se preguntaron por qué Bruno les había dicho que salía a por mí y no lo habían vuelto a ver. Ni a él ni a mí, claro. Pensaron que lo más fácil era que nos hubiera entrado un calentón insano como el que les estaba atacando a ellos.

Empezaron besándose en un rincón. Siguieron metiéndose mano junto a los baños y, finalmente, decidieron irse a casa de Carmen a terminar lo que el alcohol y el ambiente había empezado por ellos. No se despidieron de Nerea porque no la encontraron entre el gentío y no se despidieron de Lola porque tampoco estaba localizable. Las malas lenguas decían que se habían escuchado gemidos dentro del cuarto de baño de señoras, así que... tenían sus sospechas sobre dónde podría estar Lola.

El trayecto en taxi se les hizo eterno y cuando entraron en casa ni se molestaron en quitarse toda la ropa. Carmen se quitó las braguitas por debajo del vestido con bastante desvergüenza y se sentó en las rodillas de Borja, a horcajadas, mientras él se desabrochaba el pantalón. Sin más, la penetró, haciendo que ella echara la cabeza hacia atrás, mordiéndose los labios y gimiendo.

Ninguno de los dos echó mano del calendario para calcular si era buena fecha. Ninguno de los dos echó mano del primer cajón de la mesita de noche de Carmen, donde guardaba los preservativos. ¿Qué más daba? Y, por supuesto, ninguno de los dos echó el freno de mano cuando, a puntito de caramelo, vieron venir el orgasmo.

En un movimiento más, Carmen explotó en un quejido de alivio y Borja se corrió dentro de ella, sujetándola fuertemente por la cintura, mientras respiraba ruidosamente, pegado a su cuello.

—Te quiero —le dijo él—. Más que a mi vida.

Carmen se dejó caer, apoyando la cabeza en el hombro de Borja, y aspiró su perfume con placer...

Nerea no entendió nada cuando se despertó. Se irguió en la cama y recapacitó. Lo primero, ¿era su cama? Sí. Era su cama. De eso estaba segura.

Frente a su cama tenía el tocador y el espejo le devolvía una imagen bizarra de sí misma. El maquillaje se le había corrido y llevaba los ojos como si en vez de vestirse de fiesta se hubiera disfrazado de mapache la noche anterior. Y la coleta ya no estaba repeinada y bien recogida, sino que, además de que se le escapaban un millón de pelos por todas partes, tipo corona de luz románica, había cedido quedándose como una palmera en la parte derecha de la coronilla. Parecía imbécil.

Se removió, dispuesta a sentarse en la cama, e, inmersa aún en un mareo supino y en unas náuseas enormes, observó muchas cosas de vital importancia:

1. Todavía llevaba el vestido puesto. Las lentejuelas le habían raspado los muslos y los brazos, pero daba lo mismo. El vestido, que valía una auténtica fortuna para ser lo pequeño que era, parecía estar intacto.

2. No llevaba braguitas. Las localizó en un escaneo rápido sobre la lámpara de pie del rincón, cuestión que no se explicó hasta que no reparó en que…

3. Había un zagal medio desnudo durmiendo boca abajo a su lado.

—Oh, Dios… —lloriqueó.

Se levantó. Se puso las braguitas, deshizo el peinado y, tras coger una goma del pelo, se hizo un moñete. Se acercó por el lado contrario de la cama y dio un par de toquecitos en el brazo a aquel muchachote, que, por lo que se veía, tenía una espalda bien torneada y una mala camisa, horrenda, muy arrugada. Un murmullo salió de la boca de su compañero y ella quiso gritar.

—Oye…, tú —dijo muy decidida—. Creo que es hora de que te vayas.

El chico se incorporó y se revolvió más aún el pelo. El caso es que aquella mata de pelo alborotado color canela le recordaba a alguien.

—¿Qué pasa? —preguntó él con voz somnolienta.

—Que es hora de marcharse. —Trató de sonar firme y resuelta.

El chico se incorporó en la cama, haciendo una especie de flexión, y Nerea no pudo más que sorprenderse de ver tantos músculos en tensión en una espalda tan delgada. Ahogó un suspirito y después un grito, cuando vio quién era. Jorge, el fotógrafo. Sí, el mismo con el que había hecho un acuerdo para que fuera el encargado de las fotos de la boda de Carmen. Y, a juzgar por los dos condones usados que había sobre la mesita de noche, habían sellado el acuerdo y se lo habían pasado bien.

—¿Jorge? —dijo aterrada.

—Mñ…, sí —respondió él haciendo pastitas con la boca.

—Jorge… ¡Jorge! —gritó.

—No grites, rubia. ¿Qué pasa?

—¿Que qué pasa? Pero… ¿qué me has hecho? —Instintivamente se tocó la entrepierna.

—¿Que qué te he hecho? —dijo él extrañado—. ¿Yo? Pero ¡si por poco me comes en el recibidor!

—¿Estás loco o es que tomas drogas?

—Nerea, rubia, relájate. —Se volvió a recostar en la cama.

Ella, presa de algo que estaba muy cerca de ser un ataque de nervios, cogió toda la ropa de Jorge que encontró por el suelo y se la tiró encima.

—Jorge, antes de que me ponga a gritar... Vete.

Él se encogió de hombros, se levantó, se puso los pantalones y después se abrochó del todo la camisa.

—Qué raras sois las tías, de verdad... —susurró—. Yo casi que me espero a que saquen el manual de uso.

—¡Cállate! —le contestó Nerea—. ¡Y vaya camisa fea que llevas, joder!

—¿Te crees que yo ando por la calle de esta guisa? —preguntó él con una sonrisa.

Ay. Pero qué mono cuando sonreía, ¿no? No, no, no. Nerea tenía que centrarse.

—Adiós, Jorge —dijo muy fríamente—. Y llévate la guarrería esa. —Señaló los condones.

—¿Nos vemos el 6 de junio? —preguntó Jorge mientras recogía del suelo su cartera y se ponía las Converse sin desatar.

—¿Y por qué te iba a ver yo el 6 de junio?

—Porque me has contratado para una boda. —Cogió el envoltorio de los preservativos y los envolvió como pudo.

—Ah..., sí, claro. Pues ale, ale, vete. Nos vemos el 6 de junio.

Cuando Jorge cerró la puerta de la casa, Nerea no pudo evitar recordar vagamente lo que había pasado. Y sí, es muy probable que ella, en un ataque de vete tú a saber qué, se hubiera comportado como si fuera una gata de la noche. Se tapó la cara con las manos. ¿Estaría a tiempo de encontrar otro fotógrafo para hacer negocios? Para la boda de Carmen no, estaba claro. Prefería no arriesgarse.

Volvió a la habitación y cogió las sábanas, hizo un burruño con ellas y mientras las llevaba a la lavadora se preguntó muy en serio si no sería mejor quemarlas.

Esas sábanas eran los únicos testigos de que Nerea la fría había pasado a ser Nerea la calentorra y había tenido una aventura sexual de una noche. Sí…, lo mejor era hacerlas desaparecer.

Cuando salió a correr, reprimiendo las ganas de pararse en un portal y vomitar, aprovechó y echó una bolsa de basura al contenedor. Las sábanas. Claro.

Lola se despertó a las tres y media de la tarde. Pero se despertó porque un olorcito agradable la ayudó. Si no, habría dormido hasta el martes al menos, aprovechando las vacaciones de Semana Santa. Un peso en el otro lado de la cama llamó su atención cuando ya pensaba en salir de entre las sábanas. Al girarse vio a Rai, con el pelo mojado, pasando una bandeja a su lado, con un vaso de zumo de naranja, un café, unos pepinillos y un plato de macarrones con queso al horno. Lola sonrió. Si en el cielo había menú, para Lola sería ese.

—Buenos días —dijo con la voz pastosa.

—Buenos días, tarada.

Lola lo miro a través de sus pestañas llenas de rímel pegoteado.

—¿Por qué me llamas tarada?

—Por anoche.

—¿Hice mucho el bestia? —Sonrió rascándose la cabeza.

—Al menos no enseñaste las tetas desde la cabina del DJ.

—¿Ves? Que no se me ocurriera la idea es muestra de que me estoy haciendo mayor.

—No, no. —Se rió Rai moviendo la cabeza—. Sí se te ocurrió, pero fui yo quien te convenció de que era mejor no hacerlo.

Lola se acomodó con un par de cojines en la espalda y se quedó mirándolo con una sonrisa en la cara.

—Pues eso muestra que tienes razón y, a pesar de todo, la niña soy yo.

Después lo besó y antes de comer miró de reojo la caja con sus Christian Louboutin. Recordó algunas cosas de la noche anterior y en una carcajada interna se dijo a sí misma que, desde luego, había sido la mejor fiesta de cumpleaños que tendría en su vida. Lo tenía todo.

Me desperté de golpe, sobresaltada. Lo primero en lo que pensé fue en Bruno y en lo decepcionado que debía de estar conmigo. Me tapé la cabeza con lo que sobraba del cojín y me pregunté por qué narices entraba tanta luz en mi habitación. ¿Qué hora sería?

Palpé la mesita de noche en busca de mi móvil, pero lo único con lo que me topé fue con un despertador digital que no recordaba tener. Abrí un ojo, quejumbrosa por la fotosensibilidad de la resaca, y vi la marca de mi rímel en las sábanas color lila. Esa mancha habría que frotarla a mano, joder.

Fue entonces cuando lo ligué todo… ¿Despertador digital? ¿Mucha luz en mi dormitorio? ¿Sábanas de color lila?

—No, joder, no… —murmuré.

Me giré hacia la otra parte de la cama y me encontré con Víctor incorporándose entre las sábanas, frotándose los ojos.

—Joder… —balbuceó.

—Mierda, mierda, mierda…

Yo estaba desnuda y, por lo que veía, él tampoco llevaba ropa. Y ni siquiera me acordaba de cómo había llegado hasta allí.

—¿Hemos follado? —le pregunté nerviosísima.

—No… —dijo con la voz pastosa—. Yo anoche no me follé a nadie. —Víctor apartó el edredón de plumas y salió de la cama completamente desnudo. Me tapé la cara con las manos—. Como si no supieras ya lo que hay —masculló.

Rebufé. Me acordaba de haber entrado al local a buscar mis cosas para irme a casa. Me choqué con él cuando salía de nuevo. Discutimos. Nos gritamos. Pero era como si se hubieran borrado los sonidos y los recuerdos fueran una película muda.

Escuché a Víctor en el baño y el agua de la ducha. Salí de la cama y me puse la ropa interior, que encontré tirada por el suelo. ¿Dónde estaba mi vestido, joder? Busqué entre las sábanas, debajo de la cama, detrás del sillón de cuero… Nada.

Víctor regresó al dormitorio con una toalla rodeándole la cadera y el pelo empapado. Buf… Me echó un vistazo en ropa interior y después bajó la mirada al suelo.

—No encuentro mi vestido.

No contestó. Se limitó a abrir cajones, sacar ropa y dejarla sobre la cómoda.

—Víctor… —pedí en un tono amable.

—Anoche me dijiste que yo no era más que otro imbécil vacío y que no tenía más que ofrecer al mundo que una polla medianamente aceptable. Me lo soltaste después de que te dijera que no me veía siguiendo sin ti. —Levanté las cejas. Sí, se lo había dicho. Los recuerdos empezaban a recuperar el sonido—. Me dijiste que te hice más daño que tu marido y que te gustaría poder borrarme de tu vida y… no haberme conocido nunca. Que no sé dar nada bueno y que soy mediocre. Me dijiste que no sé querer y que no sé hacerlo porque ni siquiera me lo merezco. —Abrí la boca para contestar, pero él siguió—: Me dijiste cosas horribles. ¿Cómo crees que me siento después de eso?

Me recordé gritando, desgañitándome, escupiendo palabras sin forma, todas duras y deformes. Lo vi a él contestar a gritos también. Me vi empujarlo y a él retenerme, gritando que no volviera a pegarle en mi vida. Nos vi besándonos. Víctor me había dicho que me quería al llegar a su casa. Y había sollozado.

—¿Te hice… llorar?

Se giró hacia mí.

—Tu vestido está en el salón, que fue donde te lo quitaste, junto a tus zapatos.

Salí del dormitorio sintiéndome mal. Francamente mal. Mal por Bruno, mal por Víctor y mal por mí, sobre todo ahora que caminaba en ropa interior por el pasillo de una casa que no era la mía y en la que no me sentía bienvenida. Encontré el vestido hecho un burruño junto a los cojines revueltos del sofá. Me lo puse, recoloqué todo lo que pude y volví con los zapatos en la mano hacia su habitación, donde se encontraba el resto de mis cosas y donde él ya se había vestido.

—¿Por qué no lo hicimos? —pregunté de golpe—. Estábamos desnudos y borrachos…

—Si no te acuerdas, ¿qué más da?

Me froté la cara.

—Lo siento, ¿vale? Lo siento. Pero tienes que comprender que lo de ayer…

Víctor chasqueó la lengua contra el paladar y me pidió que me fuera. Me puse los zapatos en mis pies doloridos, cogí la chaqueta y el bolso y me dirigí hacia la entrada. No quise ni mirarme en el espejo, por no ver el resultado de mi maquillaje y mi peinado después de toda la noche.

—La próxima vez que pase no te quedes a dormir —dijo desde el pasillo, caminando descalzo hacia la cocina.

Me volví y me quedé mirándolo. Desapareció dentro y lo seguí.

—No sé a qué te refieres. No va a volver a pasar.

—Claro que va a volver a pasar. Como siempre. —Respiró profundamente, encendió la cafetera y palpó en los bolsillos de su pantalón hasta localizar sus gafas de pasta, que se colocó diligentemente—. Supongo que la próxima vez no llorarás cuando te la meta. A lo mejor la próxima vez el que llora soy yo.

Me quedé parada, de piedra. Dios... Era verdad. Pestañeé y nos vi en la cama. Sentí la presión de Víctor tratando de entrar en mí...

Di la vuelta y fui hacia la puerta, pero al escuchar a Víctor arrancando un quejido al linóleo del suelo al dejarse caer en un taburete, me lo pensé mejor. Entré en la cocina y me quedé mirándolo.

—¿Quieres de verdad que me vaya así?

No contestó y seguí allí, estudiándolo, con la mandíbula tensa bajo la piel de su precioso mentón y el pelo negro revuelto.

Era lo que había. Víctor ya no era mío. Ni yo suya.

Cuando ya iba a marcharme a casa a intentar hacerme una lobotomía con la aspiradora, por ejemplo, los dedos de Víctor se cernieron alrededor de mi muñeca.

—No, espera, Valeria. No te vayas.

Confusa, levanté la mirada hacia él, que, cogiéndome de la nuca, me llevó hasta sus labios. No me hice de rogar. Nos besamos. El sabor de su saliva me invadió toda la boca, mezclado con el sabor de la pasta de dientes.

—Te quiero —susurró apoyando su frente en la mía—. Sé que no soy el único que preferiría que eso no fuera verdad. Pero no podría cambiarlo, aunque quisiera.

Si hubiera pensado un segundo, lo hubiera apartado de mí con suavidad, le hubiera pedido perdón por todo y le hubiera jurado que no volvería a verle. Pero no sé si es que pensar está sobrevalorado o que a mí no me funciona la maquinaria...

Así que hice todo lo contrario.

Me encaramé a él y agarrándolo de la camiseta lo estampé otra vez contra mi boca. Poco me importó todo lo demás. Víctor me levantó y yo le rodeé con las piernas a la altura de su cintura.

—Anoche te hice el amor —gimió—. Joder, Valeria... Dime que te acuerdas.

Cerré los ojos abandonándome al tacto de sus manos debajo de mi vestido y de sus labios húmedos en mi cuello.

La noche anterior... Sí, lo hicimos en su dormitorio, despacio. La cabeza me daba vueltas y él, sobre mí, entre mis piernas, empujaba despacio haciendo que su erección se hundiera en mí con una lentitud desconcertante. Y lo hicimos sin preservativo. Y se corrió dentro de mí. Los dos nos manchamos de la mezcla de nuestros fluidos y nos tocamos hasta estallar en otro orgasmo, con las bocas apretadas, oliendo a alcohol. Víctor me dijo que me quería y después volvió a hacerme el amor. Otra vez a pelo. Solo él... Su carne abriéndome, resbalando entre mi humedad y los restos de su semen. Me pidió que lo perdonara, me pidió que jamás dejara de abrazarlo, me suplicó que no volviera jamás con Bruno...

—Me acuerdo —le dije.

Me dejó sentada sobre la barra de la cocina y se desarmó el pantalón vaquero. Me bajé las braguitas y abrí las piernas, recibiendo su pene dentro de mí. Aún no estaba duro del todo y yo no estaba húmeda.

—La última vez... Por favor, la última... —le pedí—. No podemos repetirlo.

—Te quiero demasiado. —Y su voz parecía estar a punto de romperse.

Se clavó en mí de pronto, haciéndome gritar.

—Nunca más, Víctor.

—Dame una última vez…

Nos besamos mucho y terminé, como una muñeca de trapo, dejándome manejar por sus manos, que me levantaban las caderas hacia él. Me corrí en silencio. Él se corrió dentro de mí y siguió embistiéndome hasta que perdió su erección. Terminé con su semen recorriéndome los muslos hacia abajo.

Nos dimos una ducha. Nos ayudamos a limpiarnos los dos y después nos abrazamos. Lloré, muerta de vergüenza, y él me acarició el pelo, que caía pesado, tranquilizándome.

—Se acabó —le dije—. No podemos…

—Ya lo sé —contestó—. Ha sido la última vez.

42

El *Canon* de Pachelbel recibió a la novia interpretado por tres violines y una viola. Todo era perfecto... Tal y como lo habría planeado Nerea para ella misma. Carmen apareció preciosa, tanto que todos los presentes contuvimos la respiración. Se notó en el aire y ella agachó un poco la cabeza y sonrió, antes de mirar a su padre con esa expresión de... completa emoción.

Cogí aire. Mi Carmen...

Su pelo, de un color caramelo natural al que jamás había puesto ni un solo tinte, estaba suelto, con sus ondas naturales solamente recogidas en parte por dos peinetas brillantes inmersas en su melena, y el velo bajo cuya cola arrastraba sobre la alfombra. Su vestido era tan bonito... En las orejas llevaba unas criollas de oro blanco y brillantes que le habíamos regalado nosotras. No lucía ningún adorno más, solo el anillo de pedida y un maquillaje suave. Parecía una niña. Una niña muy enamorada. ¿Qué tenía Carmen que brillaba con luz propia? Llevaba dos meses tan bonita, tan completa…

En el altar la esperaba Borja, al que le temblaron hasta las manos. Resopló varias veces y desde donde nosotras estábamos sentadas pudimos apreciar lo mucho que le brillaban los ojos. El padre de Carmen la dejó junto a su futuro marido en el altar y, tras un beso en la mejilla, fue a sentarse con la madre de Carmen, que lloraba disimuladamente de emoción.

Desde detrás, la imagen de la cola del velo de Carmen extendida sobre la alfombra, con ella de pie y Borja sosteniéndole una mano, era espectacular.

Nerea no pudo más y cogió aire y lo liberó suavemente, pero a trompicones, dejando rodar unas lágrimas por sus mejillas. Yo la cogí por la cintura con mi brazo derecho y también rompí a llorar en silencio, emocionada. Lola nos miró de reojo y después siguió mirando al frente, mordiéndose el labio inferior, a la derecha de Nerea.

La ceremonia continuó con normalidad y la soprano que Nerea había contratado consiguió ponernos a todos la piel de gallina interpretando un *Ave María* que casi hizo desmoronarse a la mismísima madre de Borja, que parecía estar allí como quien no se encuentra del todo satisfecha con el «trueque».

E intercambiaron las arras, y se pusieron los anillos, y se prometieron amor eterno, y yo… Yo me lo creí. Todo. Creí por fin que el amor, a veces, va más allá de lo que funciona o no funciona. No era la boda lo que lo haría funcionar, sino las ganas de los dos de luchar porque fuera siempre perfecto.

Había otras parejas que se querían pero que jamás podrían funcionar…, ¿no?

En la puerta de la iglesia, ya como marido y mujer, recibieron una lluvia de arroz y pétalos de rosa. Y entre pétalo y pétalo, los mejores deseos, porque eran unos valientes. Quererse y hacerlo realidad, sin dramas, sin dobleces, sin negarlo… Eso era ser valiente.

Y pensé: valiente…, como Lola. Al mirarla, allí, con sus ojos color chocolate bien abiertos, me pareció una heroína, un modelo a seguir. Lola había sucumbido a su parte humana por fin, apartando los prejuicios que le impedían dejarse llevar ahora, cuando de verdad tenía que hacerlo. Lola, la valiente, presentaba a su novio de veinte años con la misma seguridad con la que luego nos contaba en la intimidad qué era lo mejor de tener a un veinteañero entre las sábanas.

Unos mechones de pelo rubio moviéndose en el viento me desconcentraron y miré a Nerea. Dios, qué guapa estaba. Y hablando de valientes…, ella. La valiente Nerea, que allí estaba; sola y haciendo que un negocio sacado de la nada levantase el vuelo con el único esfuerzo de su persona. Con su dinero, con sus dolores de cabeza, con sus jornadas de trabajo de doce o catorce horas. Y con aquel resultado, convirtiendo el día más especial de la vida de alguien en un fotograma más que hiciera posible que ella, por fin, pudiera rodar su propia película y no viviera de los papeles que los demás le dieran.

No pude evitar sentirme algo estúpida, porque si algo no es Valeria, es valiente, eso ya se ha visto. Son muchas páginas hablando de mí misma como para mentir ahora e incluirme en ese saco. Pero al menos, pensé, empezaba a ver de verdad que la vida era mucho más que historias truculentas hiladas de mano en mano masculina.

Al menos había conseguido solucionar algunas cosas. Una de ellas mi precaria situación económica y laboral. En aquel momento Valeria ya era la orgullosa autora de un artículo a página completa en la revista que siempre, cada mes, compraba religiosamente. Y no había espacio allí para hablar de hombres. De eso que se encargaran otras que supieran al menos lo que se hacían. Yo, Valeria, me limitaría a hablar de lo que conocía, aunque solo fuera un poco. Una página para hablar con melancolía de los viajes que marcan el camino por el que pasamos; una página para la calle en la que crecimos, las relaciones que se mantienen con los antiguos amigos o la satisfacción de nuestro primer trabajo. Una página para escribir y retozar sobre la sensación de una canción que se escucha en una terraza junto al mar y que evoca todo tipo de recuerdos, en cascada. A veces una de esas noticias que se escuchan en el telediario era suficiente para llenar aquella página de deseos, ambiciones, esperanzas o reflexiones.

Valeria no sabe de nada en concreto, pero se le dan bien las palabras y al final ¿lo importante no es que los demás se dejen arrullar con ellas?

Carmen y Borja se marcharon en su coche adornado a fotografiarse besándose y todas esas cosas que se nos obliga a hacer en nuestra boda, como si fuesen cosas únicas y volátiles que solo fuésemos a hacer ese día. Y nosotras nos quedamos viéndola marchar a los pies de la escalera de piedra de la capilla, como el pequeño resumen de un arcoíris: Lola, con su vestido malva hasta los pies; Nerea, con su palabra de honor estilo *vintage* verde botella, y yo, vestida de azul... Las tres con los ojos puestos en cómo, calle abajo, desaparecía el coche de los novios.

Nerea la fría había vuelto a coger las riendas, de modo que ya no se permitiría ni una lágrima más. Estaba en la parte más cercana a la carretera con el ceño un poco fruncido porque el sol le daba en los ojos. Un soplo de brisa le revolvió de nuevo la melena cuando, junto a ella, con un casco de moto en el codo y la bolsa de la cámara de fotos, pasó Jorge, el fotógrafo. La mirada que él le dedicó fue tan breve como intensa. Se me erizó hasta el vello de los brazos. Pero ¿Nerea? Esta ni siquiera movió ni un ápice la cabeza, aunque los ojos se le desviaran hacia él, sin mirarlo. En realidad, Nerea solo repasó la gravilla que los pies de Jorge movían al andar.

Busqué a Lola con la mirada, esperando que ella también hubiera estado atenta a aquel pequeño momento de tensión, a aquella microrrelación intensa que yo, con la información que tenía en aquel momento, no entendía. Lola, en el último escalón, se acercó a Rai, que vestido con un traje que seguramente era prestado, la recibió con una sonrisa y un beso sobre el pelo. Se miraron, se cogieron por la cintura y por primera vez en mucho tiempo Lola me pareció relajada.

Yo, a tres escalones de donde se encontraba Nerea y con algunos pétalos todavía en la mano, miré alrededor, donde la gente se movía. Respiré hondo queriendo quitarme esa sensación que toda amiga de la novia tiene el día de la boda: que una parte de ella no volverá después de ese día.

Una mano se tendió frente a mí. La cogí con una sonrisa conformada y su propietario, vestido con un precioso traje negro, con camisa blanca y corbata gris, me ayudó a bajar lo que quedaba de escalinata. Después me pasó su brazo por la cintura y me abrazó.

—¿Estás triste?

—Sí. —Me acurruqué junto a su pecho.

—No puedes estarlo. Es la boda de una de tus mejores amigas. Creo que es hasta ilegal.

—No es eso —dije con la mirada perdida al final de la calle.

—¿Entonces? ¿Es que... te recuerda cosas que...?

—No. —Sonreí—. Solo... es como que... deja de ser mi niña. Ahora es la suya.

Lola se giró para increparme por ser tan ñoña, pero al final sonrió y volvió a centrar su atención en Rai.

Los brazos de mi acompañante me apretaron más contra él y olí su perfume con placer. Su pecho se hinchó en un suspiro y lo miré a la espera de que dijera algo sabio.

—Bueno —sonrió, mirándome también—. Esta es solo la forma elegida por ella para dar el paso y crecer. No tiene por qué dejar de ser lo que es para ti. El resto no tiene por qué desaparecer.

—¿No?

—No —negó, y los mechones de su brillante pelo negro vibraron—. Ya verás como no.

Bruno y yo nos besamos y, como siempre, una descarga sexual me atravesó el cuerpo. No, con Bruno era complicado besar con ternura. Con Bruno era complicado tratar de hacer el amor.

Pero pensaba que él era la decisión adecuada. ¿Por qué? Porque no tenía ganas de dramas y porque todo lo que Víctor y yo sentíamos era tan absolutamente intenso que no sabía gestionarlo. Dudaba que pudiéramos hacerlo alguna vez.

Supongo que, como pasa con las grandes cosas de la vida, la respuesta es simplemente evidente y toda explicación que nuestra mente racional quiera darle carece de sentido. O a lo mejor fue aquella conversación, en la puerta del local donde Lola celebró que nunca más cumpliría los veintialgo, lo que me empujó a creer que Bruno ofrecía algo de verdad, que podría dar. Quizá había sido la noche con Víctor lo que me había convencido de que hay historias que es mejor no retomar.

Bruno no prometía imposibles y si los prometía era porque estarían a su alcance, para engarzarlos en mi pelo y, al mirarme, jurarme que sería su diosa. Encontraríamos ese rincón de intimidad que no hiciera falta teñir de deseo. Encontraríamos la manera.

Entonces... ¿por qué prefería no pensar en Víctor? ¿Por qué me daba la sensación de estar contentándome con algo fácil y cómodo en lugar de pelear?

No, Víctor era demasiado para mí. Y yo era demasiado para él. ¿Demasiado qué? Ni lo sé.

Entonces, si estaba decidido que no volvería a formar parte de mi vida, ¿por qué sentía palpitar mi teléfono móvil en mi bolso de mano? Bueno, era algo así como el cuento de Poe sobre el corazón acusador. Inevitablemente aquel mensaje palpitaría siempre y cuando yo no encontrase las fuerzas suficientes como para borrarlo y olvidarlo. Para olvidar aquella noche, más concretamente, que se me había terminado de ir de entre los dedos. Una noche y una mañana y unos besos y unos susurros…

Demasiado.

Eran solo palabras, me decía. Solo palabras. Exactamente cuarenta palabras que sabía ya de memoria, cuyo remitente supongo que ni siquiera tengo que aclarar: «Sé lo que dije. Sé que dije que era la última vez. Pero… necesito verte. Necesito olerte. Necesito que vuelvas a mirarme como aquella noche. Vuelve, por favor. Vuelve porque ya no te echo de menos. Ahora, simplemente, te necesito».

Solo palabras, ya lo sé. Pero…

Y ahora ¿qué? Porque la vida, de pronto, había perdido los matices y empezaba a ser solo en blanco y negro.

43

Víctor abrió la puerta de su casa y se encontró con Cristina. Llevaba un vestidito de verano color verde, vaporoso, que le quedaba muy bien. Los labios, como siempre, pintados de rojo.

—Hola —le dijo con una sonrisa—. ¿Habíamos quedado y lo olvidé?

—Eh…, no —contestó ella avergonzada—. Pero estoy de vacaciones…, no tenía nada que hacer y… pensé que…

—Pasa.

Víctor desdibujó la sonrisa en cuanto le dio la espalda. No estaba de humor, pero Cristina no tenía la culpa, de modo que sería amable.

—¿Café, vino, una cerveza?

—Una cerveza, gracias.

Se inclinó en la nevera y sacó dos, las abrió y le tendió una a la pelirroja.

—¿Qué te cuentas? —dijo apoyándose en la barra.

—No mucho... —Los dos dieron un trago a sus bebidas y ella se acercó a Víctor—. ¿Sería muy atrevida si te pidiera un beso?

Víctor iba a contestarle, pero se desconcentró y cerró los ojos cuando un olor lo abofeteó.

—¿Qué..., qué perfume llevas?

Cristina se quedó parada un segundo y después se acercó un paso más.

—Coco Mademoiselle, ¿te gusta?

Él asintió mientras tragaba un nudo que se le había formado en la garganta.

Cristina dejó su botellín de cerveza y le quitó a Víctor el que sostenía él. Después se pegó a su cuerpo y le besó en los labios. Los tenía fríos por el contacto del líquido fresco..., también la lengua.

Víctor cerró los ojos, la besó y le acarició el pelo. Así, en la oscuridad total, los mechones de su cabello se alargaban hasta convertirse en los de otra persona. Su olor..., ese olor lo catapultaba a unos recuerdos concretos, con alguien que no era ella.

Sin pensarlo dos veces, la envolvió en sus brazos y le pidió que fueran a su dormitorio. Y se lo pidió con dulzura, con verdadera necesidad.

Ella lo condujo hasta su cama. Allí se abrazaron, se besaron, se desnudaron y, cuando pudo, él volvió a cerrar fuertemente los párpados para no verla. Le gustaba, pero no la necesitaba a ella.

Le bajó las braguitas por las piernas, deslizándolas sobre la piel, e imaginó el rubor en unas mejillas que no eran las de Cristina. Sonrió.

—Joder, nena… —La apretó contra sí.

Cristina se sorprendió por el tono y el cariz de las caricias. Y también por aquel «nena», tan dulce, tan… ¿vulnerable? No quiso pensar. Solo se dejó llevar.

Víctor tuvo que frenar y recordarse a sí mismo que no era su chica. Se apartó de su imaginación por un momento y paró para colocarse un condón. Después se tumbó sobre ella, abrazándola, y volvió a cerrar los ojos mientras la penetraba.

No era exactamente su olor. No era el tacto de su piel bajo las yemas de sus dedos. No era ELLA, pero podía imaginarlo durante un rato. Su perfume… Tenía que concentrarse en la mezcla de su perfume y el suavizante de las sábanas. Esos olores le devolvían a la chica a la que quería abrazar.

Se esforzó tanto que Cristina dejó de ser ella y el sexo dejó de ser sexo. La penetró suavemente, despacio, con cariño. Le besó el cuello, las mejillas, los hombros. La estrechó contra él y le sacudieron unas fuertes ganas de decirle que la quería, pero tuvo el atino de callarse. Solo se mordió el labio inferior, grueso y jugoso.

Cristina, por su parte, nunca había visto a ese Víctor. Ni en la cama ni fuera de ella. Estaba totalmente entregado a lo que estaban haciendo. Tanto que parecía no estar allí. La estaba abrazando con ternura y los suspiros no eran sus habituales gemidos graves. Y resultaba tan agradable tener a alguien que la tomara así... de aquella manera... ¿Sería aquello hacer el amor?

Recorrió la espalda de Víctor con las yemas de los dedos y él se arqueó, mientras se enterraba en ella con los ojos cerrados.

—Nena... —repitió con un jadeo—. No te vayas..., nena.

Los dos se besaron en los labios y siguieron ascendiendo poco a poco, con la intención de lanzarse en caída libre al orgasmo. Cristina jamás se había sentido tan especial.

Víctor se hundió en su cuello y respiró hondo. Todas las emociones que había despertado ELLA desde el momento en que la conoció llenaron la habitación. Ese cosquilleo en el estómago, como cuando la llevó a casa en coche por primera vez; esa ilusión que le llenaba cuando ELLA se reía a carcajadas; ese pánico cuando sentía que con ELLA no necesitaba nada más. Como cuando hacían el amor y él la miraba, tumbado, esperando que el tiempo se ralentizara para no perderse ni el recorrido de sus mechones de pelo moviéndose sobre él. ELLA era lo que lo llenaba todo. Como cuando hicieron el amor por última vez, cuando se despidieron, agarrándose con desespero, arrancándose sollozos.

Sintió un escalofrío en lo más hondo y supo que estaba a punto de correrse.

—Córrete, nena... Córrete conmigo.

Y con los ojos cerrados se acordó de ELLA desnuda sobre él en una habitación muy amplia. A la izquierda había un gran ventanal abierto. Las cortinas ondeaban a los lados y fuera se ponía el sol en aquella isla que siempre le había gustado tanto. Viajó al momento en el que se dio cuenta de que ya no podría negárselo por más tiempo.

—Te quiero, mi amor —le dijo aquella vez.

Y ELLA, sorprendida, sonrojada e ilusionada, le devolvió aquel te quiero, hundido en un sentido gemido. Con su pelo largo y de ese color, entre dorado y cobrizo. Con sus labios mullidos. Con sus pestañas largas. Con sus pechos redondos, pequeños pero firmes, que llenaban sus manos del latido desatado de su corazón. Siempre nerviosa, siempre a punto de teñir sus mejillas de rojo. Siempre esperando que él pudiera dar lo mejor de sí mismo…

El orgasmo fue confuso, como si apareciera por casualidad, como si no lo estuviera buscando. Como siempre que hacía el amor. Era como si buscando el modo de abrazarla más, de tenerla lo más cerca posible, hubiera encontrado que la única solución era hacerlo de aquella manera.

Le faltó el aire cuando necesitó decirle que la añoraba. Respiró profundamente y abrió los ojos dispuesto a besarla y a pedirle que no se marchara. Pero no la encontró. Encontró a otra persona…

Se dejó caer a un lado y maldijo entre dientes. Cristina, por su parte, se acurrucó mirándolo. Ella se preguntaba si lo que había tenido por un entretenimiento no podría convertirse en algo de verdad y para siempre… Alargó la mano y le acarició el pecho.

Víctor se incorporó incómodo, se puso un pantalón de pijama y se sentó en el borde de la cama, con la cabeza entre las manos.

—Lo siento, Cristina...

—¿Qué sientes? —Ella se incorporó detrás de él y le besó el hombro.

—Siento lo que acaba de pasar. Por favor, vete.

—Pero...

—Vete —le suplicó.

Cristina se levantó de entre las sábanas y se vistió. Ató cabos. No..., no había estado con ella en la cama, sino con esa chica...

—Víctor, si necesitas...

—No creo que debamos vernos más, Cristina.

Ella se marchó por el pasillo, avergonzada. Antes de irse dejó una tarjeta sobre la barra de la cocina con su teléfono y una nota: «Llámame si necesitas hablar». Pero sabía que él no la llamaría jamás. Y ella tampoco lo haría.

Víctor pasó más de una hora sentado en el borde de la cama, con los ojos perdidos en las vetas de la madera del suelo, pensando en todas las cosas que había hecho mal y en las pocas que podía alegrarse de haber hecho bien.

Todo había cambiado. Él podría empeñarse en seguir con su vida de antes, pero nada sería igual. Ella lo había cambiado, dándole a la palabra sexo muchas más letras...

Víctor alargó la mano por fin y cogió el teléfono móvil, que tenía cargando en una peana en la mesita de noche. Ojeó los mensajes y localizó el que quería recordar. Un mensaje que aún no había recibido contestación, y que no sabía si la tendría alguna vez: «Sé lo que dije. Sé que dije que era la última vez. Pero… necesito verte. Necesito olerte. Necesito que vuelvas a mirarme como aquella noche. Vuelve, por favor. Vuelve porque ya no te echo de menos. Ahora, simplemente, te necesito».

—Por favor, Valeria, vuelve… —susurró.

Y después solo tic tac, tic tac, tic tac…

AGRADECIMIENTOS

Como no quiero repetirme demasiado, esta vez trataré de ser breve. Si me olvido de alguien, sé que sabréis perdonarme.

Gracias a…

Óscar, el amor de mi vida.

A papá y mamá, por estar cerca siempre, en cada momento.

A Lorena, por los buenos consejos.

A Marc, porque es el niño de mis ojos.

A María, porque me hace sentir en casa, da igual dónde estemos.

A Aurora, Laura Ll, María G, Vega, Jazmín, Paula, María H, Raquel, Laura L, Jessy, Catu, Lari, Estefi, Alma O, Lucía A, María M, Alma L, Ani, María D, Marieta, Vero, Su, Toni, Javichu, Román, Rafa… por los años de amistad verdadera. A Alba, por los años que vendrán.

A Chu, Jorge, Cris, Juan Ángel, Bea, Varo, Félix, Jose, Mar... por ser mi familia en Madrid.

A la gente de la oficina que ayuda a que cada día sea un poco especial.

A Ana, mi editora, por la confianza.

A todos mis lectores, por seguir haciendo mi sueño realidad.

P. D.: Si me olvido de alguien, por favor, ¡sed buenos conmigo!